屈辞域外地名与楚辞文化

汤洪 著

中华书局

图书在版编目（CIP）数据

屈辞域外地名与外来文化/汤洪著. —北京：中华书局，2016.1
ISBN 978-7-101-11306-8

Ⅰ.屈…　Ⅱ.汤…　Ⅲ.楚辞研究　Ⅳ.I207.22

中国版本图书馆 CIP 数据核字（2015）第 245176 号

书　　名	屈辞域外地名与外来文化
著　　者	汤　洪
责任编辑	吴爱兰
出版发行	中华书局
	（北京市丰台区太平桥西里 38 号　100073）
	http://www.zhbc.com.cn
	E-mail：zhbc@zhbc.com.cn
印　　刷	北京天来印务有限公司
版　　次	2016 年 1 月北京第 1 版
	2016 年 1 月北京第 1 次印刷
规　　格	开本/640×960 毫米　1/16
	印张 16¾　插页 2　字数 220 千字
印　　数	1-1500 册
国际书号	ISBN 978-7-101-11306-8
定　　价	56.00 元

目　录

序

汤洪以其《屈辞域外地名与外来文化》索《序》于我，使我得到又一次学习屈辞的机会，更深地品味到屈辞中所包含的丰富的文化意蕴。

我一直以为，导致屈辞较之《诗经》难读的原因，不是两者之间什么浪漫主义与现实主义的区别，而是两者自身主题与题材之间的距离。就其大较而言，诗的主题是当代的，而其表现这一主题的题材亦是当代的，二者之间没有距离；屈辞的主题同样是当代的，但其表现这一主题的题材却并非当代的，二者之间存在着巨大的间离。正是这种主题与题材之间距离的不同，造成了诗歌风格与审美感受的巨大的不同。不过，我上述关于主题和题材间距离的观察只是时间概念上的。读了汤洪的大作，我应该赶快补充一点，这种观察还应有空间的概念：诗的主题是当地的，其表现这一主题的题材亦是当地的，二者之间没有距离；屈辞的主题同样是当地的，但其表现这一主题的题材却是异域的，二者之间存在着巨大的间离。我们对屈辞能够获得多深刻、准确的理解，多丰富的审美感受，其实就取决于我们对这种时间和空间距离的能否把握与渡过。因此尽管我还不能说对汤洪大作所言尽皆领会和同意，但却要衷心感谢他给了我这样一次学习的机会和这样的启迪。

当然，我知道，汤洪所讨论的论题是危险甚至容易招来谩骂的（尽管鲁迅先生早就说过恐吓和辱骂绝不是战斗），其观点是不容易得到很多人赞同的。不过在我看来，人文学科中缺乏具体时间和空间坐标以及数据的结论，大约都是相对真理而并没有什么绝对真理。但重要的并不是结论，而是得出结论的过程。因此从这一角度而言之，有什么论题是禁区呢？有什么样儿的讨论是不允许进行的呢？关键在于对问题的探讨是不是认真的、严肃的。只要是认真严肃的探讨,就是值得尊敬的。人类数万年演进的过程中,正如人文学科领域中这样许许多多认真严肃的探讨(无论其结论是对是错),促进了人类大脑机能的健全和发展。

汤洪所讨论的这一论题其实并非他的发明。在我看来,这一论题有着很高的难度且难以在短时间内获得公认结论。因此我就更敬佩他勇于面对难题,孜孜不倦,极其认真严肃的读书、思考、讨论的态度。这是一位年轻的学者应有的良好的学术品格。他的讨论大量汲取了半个多世纪以来中外学者在相关学术领域中取得的成果,应该说再一次推动了这一论题的探讨。我期待他的讨论能够得到学术界的良好的互动。

是为序。

李　诚

2015 年 10 月 12 日

绪 论

一 研究范围之作者问题

屈原其人,自司马迁为之立传,两千余年来学术界多就其人格问题展开争论,大体形成褒贬两派。正反双方随历史时代与政治舞台的转换彼此消长,时至今日,尚未消歇。屈原其作,自汉代即有专门评述,汉人研究兴趣大多聚集于屈原《离骚》和《天问》字句注释与文脉大意的阐发。先有淮南王刘安奉诏撰《离骚传》,成为真正学术意义上研究屈原作品第一人。后有司马迁《屈原列传》、刘向和扬雄《天问解》、班固和贾逵《离骚经章句》、马融《离骚注》等行世。王逸第一个对今所传《楚辞》进行了全面深入的探讨,不但考订注释屈原其作,亦对书中所收宋玉及汉人拟作进行了系统梳理。历来治《楚辞》者前后相继,成果斐然。然《楚辞》所收作品非止一家,考虑到本论所探讨的问题集中于先秦文化,故舍却汉人拟骚之作。另外,《楚辞》一书所收宋玉《九辩》,从时间上看,亦当归入先秦之列。但一来考虑到即使把《九辩》纳入研究视野,也无法反映出宋玉其作之总貌,反致使研究对象游离于核心之外而徒增混乱。再则,宋玉《九辩》亦极少涉及历史、神话、传说、外来文化和宗教等内容,从而对本研究可能并无多少帮助。因此,本文也舍弃宋玉其作,将研究对象集中于屈原其人其作,从而使研究范围明确而单一,以便为研究工作留出更多空间去旁涉并深入思考其他内容。

二 研究范围屈辞篇目之认定

《楚辞》一书,哪些作品应归为屈原所作,此并非易事。自汉两千多年以来,屈原作品之真伪与篇数一直歧说纷繁,纠缠不休。时至今日,学界亦未能达成一致意见。

极端如否定屈原其人之存在者暂且不论。《汉书·艺文志》载"屈原赋二十五篇"①,由于班固未能具列二十五篇作品篇名,遂至后世治屈辞者各逞其词,仁智互见,迄无定论。

若要厘定屈辞这二十五篇具体名目,最重要的工作是对《九歌》进行清理。历来楚辞研究者多认为《九歌》当为屈原所作,其分歧主要集中于对《九歌》篇数的认定,兹简述如下:

(一)九篇说。此说又有九种不同情况。

其一为合《湘君》与《湘夫人》、《大司命》与《少司命》。周用《楚词注略》(上海图书馆藏顺治九年周之彝刊本)、胡文英《屈骚指掌》(《续修四库全书》,上海古籍出版社,2002)、王邦采《屈子杂文笺略》(北京出版社,2009)、蒋骥《山带阁注楚辞·楚辞余论》(上海古籍出版社,1958)、吴世尚《雍正五年尚友堂刻本》、顾成天《楚词九歌解》(《四库全书存目丛书》,齐鲁书社,1997)、刘梦鹏《屈子章句》(《四库全书存目丛书》,齐鲁书社,1997)、日本学者青木正儿《楚辞九歌之舞曲的结构》(《中国文学史论文选集》,台湾学生书局,1986)、陈子展《楚辞直解》(复旦大学出版社,1996)等主此说。

其二为合《湘君》与《湘夫人》、《国殇》与《礼魂》。贺贻孙《骚筏》(北京出版社,2000)、林庚《诗人屈原及其作品研究》(古典文学出版社,1957)等主此说。

其三为合《山鬼》《国殇》《礼魂》。黄文焕《楚辞听直》(《续修四库全书》,上海古籍出版社,2002)、林云铭《楚辞灯·九歌总论》(《四库全书存目丛书》,齐鲁书社,1997)等主此说。

其四为合《大司命》与《少司命》、去《礼魂》。汪瑗《楚辞集解》(北京古籍出版社,1994)等主此说。

其五为去《河伯》《山鬼》。钱澄之《庄屈合诂》(《四库全书存目丛书》,齐鲁书社,1995)等主此说。

---

① 班固:《汉书》,中华书局,1962年,第1747页。

其六为去《湘夫人》《国殇》。国光红《九歌考释》（齐鲁书社，1999）等主此说。

其七为去《东皇太一》《礼魂》。郑振铎《插图本中国文学史》（人民文学出版社，1957）、孙作云《楚辞〈九歌〉之结构及其祀神时神、巫之配置方式》[《文学遗产》（增刊）八辑，中华书局，1961]、丁山《论〈九丘〉即〈九歌〉,〈九歌〉迎神曲全用婆罗门教祭仪》（《古代神话与民族》，商务印书馆，2005）、闻一多《什么是〈九歌〉》（《闻一多全集》，三联书店，1982）、姜亮夫《九歌解题》（《楚辞学论文集》，上海古籍出版社，1984）等主此说。

其八为去《国殇》《礼魂》。陆时雍《楚辞疏·楚辞条例》（《续修四库全书》，上海古籍出版社，2002）、李光地《离骚经注·九歌后叙》（《四库全书存目丛书》，齐鲁书社，1997）、徐焕龙《屈辞洗髓》（康熙三十七年无闷堂刻本）、王萌《楚辞评注》（北京出版社，2000）、王闿运《楚词释》（《续修四库全书》，上海古籍出版社，2002）、刘永济《屈赋通笺》（中华书局，2007）、黄凤显《再论〈国殇〉与〈九歌〉》（《中央民族大学学报》2002年第3期）等主此说。

其九为去《山鬼》《国殇》。朱东润《〈离骚〉以外的屈赋》（《光明日报》1951年5月12日）等主此说。

此外，胡应麟《诗薮》（上海古籍出版社，1979）等亦主《九歌》篇数为九。

（二）十篇说。王夫之《楚辞通释》（中华书局，1959），屈复《楚辞新集注》（《四库全书存目丛书》，齐鲁书社，1997），梁启超《要籍解题及其读法·楚辞》（《梁启超全集》，北京出版社，1997），支伟成《楚辞之研究》（泰东书局，民国十二年，1923），陆侃如、冯沅君《中国诗史》（山东大学出版社，2000），游国恩《楚辞论文集》（古典文学出版社，1957）等主此说。诸家大致认为《礼魂》篇没有祭神对象，且形制过于短小，为前面十篇之通用乱辞，故《九歌》只有十篇。

（三）十一篇说。王逸《楚辞章句》列《离骚》《天问》《九章》（九篇）、《远游》《卜居》《渔父》等十四篇确为屈原所作，参之《汉书·艺文志》所载屈原作品二十五篇之数，推测王逸似认定《九歌》为十一篇。此外,姚宽《西溪丛话》(中华书局,1993)、吴景旭《历代诗话》(中华书局,1958)、杨慎《丹铅余录》(《文渊阁四库全书》,上海古籍出版社,1987)、钱澄之《庄屈合诂·释九歌》(《四库全书存目丛书》,齐鲁书社,1995)、马其昶《屈赋微》(《续修四库全书》,上海古籍出版社,2002)、马茂元《楚辞选》(人民文学出版社,1985)、汤炳正《楚辞类稿》(巴蜀书社,1988)、金开诚《屈原辞研究》(江苏古籍出版社,1992)、毕大琛《〈离骚〉〈九歌〉释》(北京出版社,2000)等主此说。持此论者认为"九"为约数、并不实指,当有"多"意,因而《九歌》非为九首,而是十一首。

由于对《九歌》篇数的认定如此分歧,遂直接导致班固所言屈原二十五篇作品的具体名目难于确定。宋人晁补之在《离骚新序中》的纠结可为代表:"然《汉书》至屈原赋二十五篇,今起《离骚经》《远游》《天问》《卜居》《渔父》《大招》而六,《九章》《九歌》又十八,则原赋存者二十四篇耳。并《国殇》《礼魂》在《九歌》之外为十一,则溢而为二十六篇。不知《国殇》《礼魂》何以系《九歌》之后,又不可合十一以为九。若溢而为二十六,则又不知其一篇当损益者何等也!"①

笔者认为此一问题的关键在于怎样解释"九"这个数字。

不少学者认为"九"与数量无关,实为通假。

姜亮夫《楚辞今绎讲录》(北京出版社,1981)介绍"九"通"纠",意为集合起来的歌辞,马茂元《楚辞选》(人民文学出版社,1981)主此说。

何新《〈离骚·九歌〉新解》(时事出版社,2002)认为"九"通"交",意为郊祀之歌、交合之歌。

郭沫若《屈原赋今绎》(人民文学出版社,1953)认为"九"通"纠",意为缠绵婉转之歌。

姜亮夫《楚辞今绎讲录》介绍"九"通"虬","虬"即龙,"虬""禹"古音通,夏以龙为图腾,《九歌》即为夏氏之歌,国光红《九歌考释》

---

① 晁补之:《济北晁先生鸡肋集》卷三十六,载《四部丛刊初编》,上海书店,1989年,第171册,第3页。

（齐鲁书社,1999）、黄灵庚《〈九歌〉源流丛论》（《文史》2004 年第 2辑）主此说。

龚维英《楚辞学习札记·〈九歌〉释九》（《学术月刊》1963 年第 6期）认为"九"通"鬼",意为鬼歌,国光红《九歌考释》、林河《〈九歌〉与沅湘民俗》（三联书店,1990）、翟振业《试论楚辞九歌的结构——兼论九歌的性质》（《思茅师专学报》1987 年第 1 期）主此说。

但是,以上通假诸说似皆过于曲折、随意,难以服人。

也有学者释"九"为虚数,与数字之"九"并无关系。真正意义上将"九"当作虚数看待的或许要晚至明代的杨慎,杨慎于《丹铅余录》中说:"古人言数之多,止于九……《楚辞》《九歌》乃十一篇,《九辨》亦十篇,宋人不晓古人虚用九字之义,强合《九辨》二章为一章,以协九数,兹又可笑。"①后经清人汪中《述学·释三九》的再一次申说后,"九"为虚数的说法即为治楚辞者靡然风从。

但是,事实或许并不如杨慎所言。笔者认为,"九"在屈辞中似多指确数而非虚数,如"九天"②"九畹""九州""九疑""九重""九子""九则"等皆应作确数看待。此外,同为篇名,为何《九章》为"九"篇,而《九歌》却要为"十"篇或者"十一"篇呢? 这未免太过随意,难圆其说,因而《九歌》之"九"为确数才更符合屈辞的整体风貌。"九"即为确数,《九歌》就应有九篇。但是,《九歌》之《东皇太一》《云中君》《湘君》《湘夫人》《大司命》《少司命》《东君》《河伯》《山鬼》《国殇》《礼魂》等十一个名称中,合九之数的又是哪九篇呢?

郑振铎《插图本中国文学史·诗经与楚辞》认为:"或以《礼魂》为送神之曲……但《九歌》实只有九篇。除《礼魂》外,《东皇太一》实为迎神之曲。"③孙作云《楚辞〈九歌〉之结构及其祀神时神、巫之配置方式》认为:"现在我认为《东皇太一》是迎神曲;本题应题曰'吉日',其中的'上皇',即主祭者楚怀王;与所谓'东皇太一'完全无干……

---

① 杨慎:《丹铅余录》,载《文渊阁四库全书》,上海古籍出版社,1987 年,第 855 册,第 82 页。
② 汤洪:《"九天"新释》,《文史杂志》2009 年第 2 期。
③ 郑振铎:《插图本中国文学史》,人民文学出版社,1957 年,第 60 页。

'东皇太一'这题目,大概是汉初编辑屈原赋的人所加的……《九歌》
最后一篇《礼魂》,乃是这一套祭神歌合用的送神曲……《九歌》十一
篇,去前一篇迎神曲及后一篇送神曲,仍是九篇,颂九神。"①丁山《论
〈九丘〉即〈九歌〉,〈九歌〉迎神曲全用婆罗门教祭仪》认为:"考其内
容,《东皇太一》实迎神曲,《礼魂》为送神曲,非《九歌》之本体。屈原
所润色者,当即《云中君》至《国殇》九章,章祭一神。"②闻一多《什么
是〈九歌〉》认为:"前人有疑《礼魂》为送神曲的,近人郑振铎、孙作
云、丁山诸氏又先后一律主张《东皇太一》是迎神曲。他们都对,因为
二章确乎是一迎一送的口气……除去首尾两章迎送神曲,中间所余
九章大概即《楚辞》所谓《九歌》。"③姜亮夫《九歌解题》认为:"按全
曲所以祀昊天者也,即东皇太一,而以群神从祀。东皇者主神,例需
迎送,故全篇皆歌礼备迎神之事,此舞中之迎曲,而乐中之金奏也。
故语不颂神貌,神之特性不具,不作祝颂之语。但侈陈选日,供张,节
鼓陈瑟,芳菲满堂而已。此迎神之意也。故《东皇》一章有词有曲,而
舞容不具,故不入九数也,其《礼魂》一篇,则言成礼会鼓,传芭代舞,
绝无其他至义,而韵语短掇,以曲言,盖所以送上列九神者也,以乐
言,则为群巫大合唱,以舞容言,则为全舞之合演,无主神,故亦不入
九数。"④

　　上引郑振铎、孙作云、丁山、闻一多、姜亮夫诸家似乎都一致认为
《东皇太一》和《礼魂》本为迎神送神之曲,笔者极为赞同此说。《九
歌》除去这首尾两篇,余下篇目正合九数。将《九歌》算作十篇或是
十一篇者,实则为不解祭礼之迎神送神仪则所致。笔者认为,《九歌》
所祭诸神并不是一次非要同时全部完成,主祭者可以根据需要在某
个时地选择一个或者多个进行祭祀,但每礼祭一位神祇,都需要重置
这套迎神送神之曲。

　　① 孙作云:《楚辞〈九歌〉之结构及其祀神时神、巫之配置方式》,载《文学遗产》(增刊)八辑,中华
书局,1961 年,第 24—28 页。
　　② 丁山:《古代神话与民族》,商务印书馆,2005 年,第 364 页。
　　③ 闻一多:《什么是〈九歌〉》,载《闻一多全集》(第 1 册),三联书店,1982 年,第 266—267 页。
　　④ 姜亮夫:《楚辞学论文集》,上海古籍出版社,1984 年,第 299 页。

　　《九歌》既为九篇，为何王逸《楚辞章句·九歌》却列《东皇太一》《云中君》《湘君》《湘夫人》《大司命》《少司命》《东君》《河伯》《山鬼》《国殇》《礼魂》十一篇呢？此亦为关键问题，笔者试作如下解释：

　　《汉书·艺文志》记载屈原存二十五篇作品。《艺文志》为东汉班固时代官藏之图书总目，班固对其进行了系统整理，按理他对屈原二十五篇作品皆应亲眼所见。王逸去班固不远，与班固同时代的王逸为《楚辞》作注疏，似乎没有理由漏收屈原的作品，即《楚辞章句》一书应当存有《艺文志》所载屈原二十五篇作品。

　　这二十五篇作品具体篇名又是什么呢？《史记·屈原贾生列传》记载："……故忧愁幽思而作《离骚》……渔父见而问之……乃作《怀沙》之赋……余读《离骚》《天问》《招魂》《哀郢》，悲其志。"①《怀沙》《哀郢》俱在《九章》之中，如果依照司马迁的记载，《离骚》《天问》《九章》《招魂》《渔父》当为屈原作品无疑。

　　而王逸《楚辞章句》明确载录《离骚》《九歌》《天问》《九章》《远游》《卜居》《渔父》为屈原所作，同时，《楚辞章句》认为《大招》一篇为屈原作，但又可能为景差所作。

　　细加考究，不难发现，历来一切分歧似乎皆源于王逸没有将《招魂》归为屈原的作品，而将其归为宋玉所作，这是问题的关键所在！由于王逸误归《招魂》为宋玉的作品，去了一篇《招魂》，屈原的作品就少了一篇，为合《汉书·艺文志》二十五之数，王逸遂将《九歌》之迎神曲《东皇太一》和送神曲《礼魂》也各算一篇，此一结果，却又多出了一篇之数，于是，王逸又归《大招》可能为景差所作。

　　但是，早于王逸的司马迁归《招魂》为屈原所作，司马迁去屈原未远，且又亲自踏访过屈原所生活的楚地，其判断当不无依据。以文学手法以及辞章文气考察，《招魂》与《大招》文辞类似，其主体部分文风一致，似应为同一人所作。

　　综上所述，如果我们采取司马迁《史记·屈原贾生列传》的记载，

① 司马迁：《史记》，中华书局，1959年，第2482—2503页。

确定《招魂》为屈原的作品,补《招魂》入王逸《楚辞章句》所定屈原篇目,那么,屈原的全部作品即是这样:《离骚》《九歌》《天问》《九章》《远游》《卜居》《渔父》《招魂》和《大招》,《九章》九篇,《九歌》九篇,一共二十五篇,与班固《汉书·艺文志》所记一致,若合符节。

本论题所讨论的屈原作品的范围也即划定在此二十五篇之内。

三 屈辞、屈骚与屈赋

屈原二十五篇作品,如果能冠以一个总括性的名称,将极大方便研究的开展。但这并非易事,两千多年来,同屈原作品的真伪与篇数一样,屈原作品冠名问题亦是观点不一、意见分歧,综观之,"屈骚""屈赋""屈辞"三说最有影响。

以"屈骚"称名者,最为看重屈原独具特色的代表性诗歌《离骚》,且以一概全,用"骚"代称屈原全部作品。"骚"所含义项颇丰,既可是《离骚》这部性灵作品的简称,又可暗示人内心情感的牢骚、愁烦意,所以最能传达屈原其人其作的神韵,故后世以《离骚》称代《楚辞》或屈原其作、或用"屈骚"称代屈原其作者代不乏人。但是,笔者认为,以"骚"总称屈原作品,难免有以偏概全、以点带面之弊,且不明就里者极有可能将屈原其他非《离骚》作品一并当作"牢骚愁烦"的象征主题加以看待,从而容易造成对屈原作品先入为主的误解,所以笔者未予采用。

以文体论,《楚辞》所收作品大体为诗,其关注点不在叙事,多以抒情为主。赋,虽间有诗之韵语,但就总体而论应为散文,其最初当以叙事状物为主要创作目的,所以,笔者一贯主张"辞""赋"当为两种不同的文体。

"辞"之登峰造极即是屈原其作。《楚辞》成书之初编辑者以"辞"为名似亦有此考虑,而且,流传至今的王逸《楚辞章句》一书所收作品似乎也是按照上述标准进行的选编。

但是,汉人对"辞""赋"的态度却是另一番景象。自司马迁始,

"辞赋"即已并称①,班固又以"赋"称"辞",遂归屈原作品为"屈原赋二十五篇"。汉人的"辞赋"观,自有其生成的时代原因。不识庐山真面目,只缘身在此山中,汉人身处赋体文学大盛的全新时代,无暇顾及"辞""赋"两种文体的内在区分,尚不能以旁观者的身份主动观察二者的区别,以致"辞""赋"不分或以"赋"称"辞"。汉人的模糊不清的判断,直接导致后世楚辞学家在屈原作品冠名问题上的混乱,即使文学理论家如刘勰以《辨骚》《诠赋》这样十分彰明的区分来作"划境"之论,后世学者也依旧囿于传统和习惯仍用"屈赋"来代称屈原作品。笔者认为,中原从地域政治上统一楚国以后,楚地即纳入中原版图,楚地文化自然也会融入中原文化体系。中原文学以《诗》为正统,当中原文人接触到楚地歌谣后,其迥异于《诗》的特殊表达形式即被吸收运用,文人们以一种全新的楚地文学形式来表达中原传统《诗》中的情感,并把这种全新的结合用文献古已有之的"赋"来命名,"赋"体文学由此而生。这种现象,在中国文学发展史以及文化史上当属通例。汉人身处庐山,其时代离屈原不远,故而产生此种认识上的混乱,当属情有可原。但自刘勰之后,尤其当今,若仍以"赋"称"辞",似颇不利于分门别类的专门研究,因而,笔者也不采取"屈赋"来统摄屈原其作。

　　笔者采用"屈辞",基于三重考虑。一为遵从《楚辞》书名,《楚辞》以屈原作品为代表,宋玉以下大致皆可看作怀念屈原或模拟屈原之作,所以,以书名之"辞"代称最具代表性作家屈原其作应最能体现《楚辞》成书之原貌。再则,即使不将"辞"作为一种特殊文体对待,仅仅看成是一个作家留存的"文字",也即"言辞",那么,"屈辞"即是屈原遗留下来的那些以文学形式呈现出来的言辞,屈原作品诸如《离骚》"就重华而陈辞"、《抽思》"结微情以陈辞""兹历情以陈辞""敖朕辞而不听"、《思美人》"因归鸟而致辞"、《惜往日》"听谗人之虚

――――――――

　　① 司马迁《史记·屈原贾生列传》记载"屈原……乃作《怀沙》之赋",似是以赋称屈原其作。但是,在同传里,他又说"屈原既死之后,楚有宋玉、唐勒、景差之徒者,皆好辞而以赋见称",似乎司马迁又认为屈原所作当为"辞",宋玉、唐勒、景差虽喜好屈辞却另创新体——赋,辞与赋又是截然不同的。又《史记·太史公自序》云"作辞以讽谏,连类以争义,《离骚》有之",此又以辞称《离骚》。

辞""不毕辞而赴渊"、《少司命》"入不言兮出不辞"等皆有此意。另外，以"屈辞"统称屈原其作，前代学者已不乏其人，清人徐焕龙有《屈辞洗髓》、陈本礼有《屈辞精义》，今人金开诚有《屈原辞研究》、黄凤显有《屈辞体研究》，因而，笔者以"屈辞"总称屈原其作，似亦不为唐突。

四　相关研究概况

自淮南王刘安奉汉武帝诏撰《离骚传》以来，《楚辞》研究已逾两千余年。两汉关注《楚辞》的学者似皆聚焦于《离骚》与《天问》语词的训释。先有刘向《天问解》与扬雄《天问解》，后有班固《离骚经章句》与贾逵《离骚经章句》，马融亦撰《离骚注》，惜书皆不传。东汉王逸第一个对《楚辞》进行了全面而深入的探讨，从现存文献看来，王逸也是继刘安之后最能彻底贯彻以经解《楚辞》准则的学者。王逸之后，郭璞有《楚辞注》，此书参考价值颇多，惜已亡佚。南朝刘宋何偃《楚辞删王逸注》、隋皇甫遵训（按：《隋书》卷三十五载"《参解楚辞》七卷皇甫遵训撰"，初不知"训"字当为名，抑或属下与"撰"连成一词。然观洪兴祖"楚辞卷第一"下之注文称皇甫遵训《参解楚辞》，知"遵训"当为皇甫之名。）《参解楚辞》亦皆不存。刘勰秉承王逸精神，仍以儒家经义标准评价屈辞。魏晋隋唐，除声韵外，建树甚少，依《隋书·经籍志》记载，晋代徐邈有《楚辞音》、刘宋诸葛氏有《楚辞音》、孟奥有《楚辞音》、隋释道骞有《楚辞音》，除敦煌石室发现释道骞《楚辞音》残卷外，其他诸书今皆亡佚。有唐一代，《楚辞》研究寂寞，少有创获。五代南唐王勉《楚辞释文》应有较大参校价值，其书已不可得，仅存七十余条于洪兴祖《楚辞补注》之引文。宋代洪兴祖《楚辞补注》与《楚辞考异》出，集校勘训诂之大成，为后世治《楚辞》者所必读。承续洪兴祖训诂考证之学者，蒋骥《山带阁注楚辞》、戴震《屈原赋注》、朱骏声《离骚赋补注》、马其昶《屈赋微》、俞樾《读楚辞》、刘师培《楚辞考异》、闻一多《楚辞校补》、姜亮夫《楚辞通故》与《重订屈原赋校注》、朱季海《楚辞解故》、刘永济《屈赋通笺》等为其代表。朱熹

《楚辞集注》以义理为先，开阐释大义之途，明清追随者颇夥，汪瑗《楚辞集解》、黄文焕《楚辞听直》、王夫之《楚辞通释》、林云铭《楚辞灯》、王闿运《楚词释》皆其代表。传统学者多从文献训诂角度研读与诠释《楚辞》，这种方法一直延续到 19 世纪末。受西学冲击之影响，梁启超《屈原研究》尝试用现代文艺眼光研究《楚辞》，在几千年由汉儒旧学规制的求解路途上别开蹊径，另求新解。

　　20 世纪，现代《楚辞》学诞生。学者们运用新观点、新方法、新视野、新材料从文献学、文艺学、语言学、神话学、考古学、地理学、心理学、哲学、历史学、民族学、民俗学、社会学、宗教学、天文学、文化学、美学、传播学、比较文学、楚辞学史等诸多方面对《楚辞》进行全方位探索，使研究呈现出全新面貌。自刘师培、王国维、梁启超提出南北文化不同说后，楚辞文化研究遂成显学，并且这一宏观研究模式亦将成为楚辞学发展新的研究范式，今后的楚辞研究，人们会更加注重将楚辞放在宏大的时空背景下来考察，以文化学、历史学及人类学的研究视角对楚辞进行重新诠释。

　　一个作家在创作中所使用的名物术语，往往能体现这个作家的个性气质，作者通过这些特别的名物能传递出语言背后的深层文化内涵，如果我们能捕捉到这种讯息，对于我们认识作者思想意识以及价值观念都将大有裨益。《楚辞》名物研究，虽然历来治《楚辞》者少有系统涉及，但单一、零星的研究亦不乏其作。梁刘杳有《楚辞草木疏》，惜已佚。宋吴仁杰《离骚草木疏》（《文渊阁四库全书》，上海古籍出版社，1987）举五十五种草木，格物之外，多所寄托，此后，明人屠本畯《离骚草木疏补》（《四库全书存目丛书》，齐鲁书社，1997）、清人祝德麟《离骚草木疏辨证》（张之洞《书目答问》存目）对《离骚草木疏》进行了不同程度的补正。宋谢翱《楚辞芳草谱》（《香艳丛书》五集，国学扶轮社）收二十三种花草，弥补了王逸注释之不足。明末清初周拱辰《离骚草木史》（《续修四库全书》，上海古籍出版社，2002）于名物制度之考证颇见功力。此外，陈妙华《从山海经楚辞看草木与文学的关系》（台湾中国文化大学中国文学研究所 1986 年硕士论文）从宏观层面把握了楚辞草木意象的渊源与构成。高星《屈原的香草与但丁的玫瑰》(东方出版社,1997)亦着眼屈辞香草所传递的文化意蕴。草木之外,也有学者专门研究《楚辞》人名,俞樾《楚辞人名考》(《春在堂全书·俞楼杂纂》,光绪二十八年,1902)对一百四十六个人物进行了集中考订,是其代表。

地理亦是名物中特出之一种。《楚辞》地理地名之研究,历来注《楚辞》者皆有涉及,但旧注家们大都着眼单个语词本身,对地名做封闭式的文字训解,从而缺乏系统性、整体性以及宏观的空间地理认识。这一缺失在明清之际有所改观,清初学者在考释地名时,已注意到各地名之间的相关联系,其中,蒋骥《山带阁注楚辞》当为代表。蒋骥考订《楚辞》地理,详赡全面,时有独到之见。蒋骥于该书绘有“楚辞地理总图”“抽思思美人路图”“哀郢路图”“涉江路图”和“渔父怀沙路图”五幅地图。这些地图把蒋骥散见于《楚辞》各章注释中的有关地理地名的结论集中形象地呈现出来,事实上,蒋骥已经开始对《楚辞》先秦古地理进行深入而系统的研究,特别是《楚辞地理总图》对本论题的研究多有参考价值。此外,夏大霖《屈骚心印》(《四库全书存目丛书》,齐鲁书社,1997)于卷首亦绘《七国舆图》,图中多记屈辞地理。胡文英在《屈骚指掌·凡例》(《续修四库全书》,上海古籍出版社,2002)中也说到他为了考察落实屈原所涉历的地区,曾经两次亲历楚南,三次亲历楚北,对屈原行踪作具体深入的田野调查。但需说明的是,屈原的行踪范围并不能就等同于屈辞地理语词所反映出来的空间范围,这是解读屈辞极关键的问题。民国二十三年(1934)《清华大学学报》(自然科学版)载有钱穆《楚辞地名考》。钱穆对溆阳、沧浪之水、三闾、洞庭、澧、沅、湘、高唐、巫山、九江、鄂渚、汨罗等地名进行了详细考证。此后,游国恩《读骚论微初集》(商务印书馆,1947)载有《论屈原之放死及楚辞地理》,该文运用综合分析推论法解释屈原见疏、初放、再放的时地问题,对《楚辞》相关地理进行考证,并绘“楚辞地理略图”于后。稍后,饶宗颐于民国三十年(1941)撰成的《楚辞地理考》(商务印书馆,1946)对《楚辞》所涉高唐、溆阳、北姑、苍梧、方林、洞庭、五渚、江南、湘水、巫山、鄢郢、都、黔中等地名进行了详切考辨,并对钱穆《楚辞地名考》中诸如“三闾”为地名的说法进行了特别辨证。姜亮夫《楚辞学论文集》(上海古籍出版社,1984)一书绘制出《屈子游踪图》,也试图对屈原实际行踪地理给出自己的答案。新出周秉高《楚辞原物》(内蒙古大学出版社,2008)从天文、地理、动物、器物、饮食、服饰、建筑等方面对《楚辞》七类名物进行了梳理、疏证与考辨,其中《楚辞地理研究》一章在《楚辞地理资料汇编》的基础上,对涂山、嶓冢、鸣条、重泉、汉北、南巢、南岳、云梦、庐江、夏水等十个地名进行了详细考证。以上诸家研究重点旨在考证《九章》地理,也即是屈原所亲历过的楚地地理。屈辞所涉地理地名,除楚地沅湘洞庭之外,尚有诸多屈原所没有亲历过的域外地理,这些域外地理对理解屈辞以及认识屈原思想及价值观念亦很重要,此即为本论题重点选取屈辞外来地理地名深入研究的动因所在。

　　1988年天津古籍出版社出版萧兵《楚辞新探》,萧兵对九嶷、悬圃、灵锁、瑶圃、扶桑、若木、汤谷、沃焦、尾闾、流沙、不周、西海、西极、黑水、玄趾、帝台等地名进行了详细考辨,与以往研究者所不同的是,萧兵重点探讨了《楚辞》中的神话地理。

　　李诚在《楚辞论稿》(中国社会科学出版社,2006)第四章《屈骚中的材料》中,对屈辞中神、人、角色以及地域方位作了量化分类整理,发前人所未发,并且说:“屈骚中存在相当多表示方位、地域的词。文学作品中这一类词通常表明作者创作时,其头脑中活动的空间内容,因而它们具有指明作者创作时知识渊源的意义。”①该章节后面附录有《屈骚中的地域方位》,对《离骚》《九歌》《天问》《九章》《远游》《卜居》《渔父》《招魂》和《大招》中涉及的地域方位进行了分类统计,极有参考价值。

　　由于本论题将要涉及屈辞外来文化,故对《楚辞》外来文化研究情况也稍作陈述。《楚辞》外来文化研究,向称寂寞。一为研究者主观排斥,总在楚境之内或中原版图中寻求屈辞文化之来源;一为研究客观所造成的困难,先秦有关文献资料和考古实物都极其匮乏,尤其

---

① 李诚:《楚辞论稿》,中国社会科学出版社,2006年,第150页。

有涉中外交通方面的证据就更为单薄，所以要想找出屈辞中关涉外来文化的来踪去迹就难上加难。但是，一些研究者尚能力排艰难，作出了斐然成绩。丁山《古代神话与民族》一书有颇多涉及，是书有专章详论荆楚文化所受印度之影响，诸如《九歌》迎神曲全用婆罗门教祭仪，《天问》宇宙本源论即《梨俱吠陀》创造赞歌之意译等，大有可观之处。苏雪林在张星烺、方豪等对中西上古交通史研究的前提下，撰出《域外文化两度来华的来踪去迹》《域外文化第一度来华的根据地》《中希乐歌故事》《中外神话互相发明例证数则》《屈赋中的外来语》《昆仑之谜》《希伯来文化对中国之影响》等系列论文，从《九歌》神祇与巴比伦七星坛神道的对比研究中，得出战国时代外来文化大量涌入，屈原遂取有关外来九重天之九神的新资料与楚地资料混合，写出祭九重天天神之《九歌》，苏氏并以此为立论根柢，对屈辞中诸多难解语词作出自圆其说的疏解。特别是苏雪林在《屈赋论丛》《屈原与〈九歌〉》《楚骚新诂》以及《天问正简》中对诸多外来神话、地理的大胆探究，为本论题提供研究基础并留给笔者进一步思索的无限兴趣。诸如苏氏对"昆仑"和"黑水"的探索，直接引发笔者诸多疑惑。为了解答这些疑惑，本论题对苏氏研究成果多有汲取和引用，笔者在"昆仑"和"黑水"的基础上又继续探寻出屈辞中更多值得关注的古地理语词。萧兵在《世界中心观》（《淮阴师专学报》1991 年第 1 期）、《屈原赋和"阿特兰提斯"》（《云梦学刊》1991 年第 2 期）等论文中有与苏雪林相似的观点，萧兵《楚辞与神话》（江苏古籍出版社，1987）亦多有涉及。此外，萧兵《楚辞文化》（中国社会科学出版社，1992）一书论述了楚与印度可能存在的文化交流，同时还兼论《山海经》与域外文明。岑仲勉于《〈楚辞〉中的古突厥语》（《岑仲勉史学论文续集》，中华书局，2004）一文认为犀比、謇、蹇、羌、些、憑、娿、婵媛、偃蹇、侘傺、僤佪、荃、荪、蟋蟀、灵、爽、瀛、梦、荆楚、离骚、謇等语词似乎都与古突厥语有关。毛庆《屈原与中华文化和民族精神》（四川大学出版社，2008）一书第一章第三节《考古文化证明的屈骚外来文化背景》认为，屈骚确有着海外文化背景，古希腊罗马人的审美心理、审美趣味竟与楚国人十分相近，事实证明，比之中原文化，楚文化多了一层海外文化背景,毛庆的结论为本论题提供了有力佐证。此外,李诚的两篇论文《从图腾看屈赋神话传说与华夏文化的关系》(《四川师范大学学报》1988 年第 1 期)和《古蜀文明与华夏文明》(《天府新论》1998 年第 5 期)对本论题研究思路的进一步展开也多有裨益。李诚认为文化是一种复杂的社会现象,屈赋的浓郁色彩是多方面因素构成的,应当多层次、多角度地加以探讨,既要看到其中的南方地域特色,更加需要注意其中北方华夏民族的文化内涵①。笔者正是基于这一思路,置屈辞于先秦广阔时代语境之下,对屈辞蕴含的丰富文化因子做进一步探寻。李诚认为从神话学角度考察,中国神话中大约与古希腊神话中奥林波斯山相匹的众神之山即岷山,而且对到底是古蜀文明东迁还是形成古蜀文明的某种因素西来问题亦提出了自己的疑惑,并且主张古代文献中所反映出来的古华夏文明,其主体部分应是来源于古蜀文明②。这些论题虽尚待进一步探讨,但其研究思路对本论题置屈辞于世界文化宏观语境的思索无疑具有极大启发。

五　研究目的

笔者在研读《楚辞》尤其是屈辞的过程中,产生颇多困惑,特别是屈辞中一系列古地理名词,更是阻碍着我对屈辞的深度理解。但是,历来楚辞研究者的注疏中却找寻不到解决困惑的现成答案。例如,屈辞诸多地理名词如"昆仑"是神话虚构还是现实地名?如果是现实地名,"昆仑"又是哪座大山?屈原的游踪为什么要以"昆仑"为中心?以"昆仑"为中心坐标的"流沙""赤水""不周",甚至"西海""崦嵫""西极""黑水""三危"等地名是神话地名还是现实地名?如果是现实地名,它们具体所指又是哪里?为什么历来楚辞注疏者对这些地理语词的注疏如此分歧?分歧的原因何在?为什么置注家们的注疏于屈辞文本,屈辞不能有前后照应的逻辑关联?是屈原创作的逻

①　李诚:《从图腾看屈赋神话传说与华夏文化的关系》,《四川师范大学学报》1988 年第 1 期。

②　李诚:《古蜀文明与华夏文明》,《天府新论》1998 年第 5 期。

辑混乱还是注家们的注疏存在偏误？如果承认屈辞逻辑上有比较清晰的方位秩序，那么注家们注疏的失误又在哪里？楚辞注疏者为什么总是将视域锁定在楚国或者中国？屈辞中到底有没有外来文化因素？如果有，它又以什么面目呈现出来？屈辞诸多难解的古地理语词是否完全只关涉楚境或中国？可不可能会与域外有关联？如果关涉域外地理地名，这些外来地理素材有没有进入屈辞的可能？它们又是通过什么途径进入屈原的视野？屈原使用这些外来地理素材有无特别的思想情感寄托？是屈原无意识的选择还是反映了屈原自觉的世界地理观念？这些地理素材在屈原以前或同时的典籍中是否也有遗存？我们是否可以通过屈原的地理观念去认识先秦的时代特征？屈原利用域外地理素材创作的旷世绝响为后世乃至中华文化又留有怎样的启示？这一连串的问题都是笔者的困惑，本论题之研究目的即为试图解答这些疑惑。通过梳理屈辞古地名以及先秦汉初典籍所涉屈辞同类地名，笔者发现屈辞古地名的注疏混乱异常，本论题的研究即试图回答造成淆乱的原因所在。在相关学科的启发之下，笔者得出这样的推论：先秦甚至更古的史前时代，华夏民族一直都与外界保持着紧密联系，这种联系既有器物文化层面上的，也少不了思想观念的层面。屈原正是这个时代较为特出者，表现于屈辞，大量外来地理地名的使用即为印证。

六　研究方法

本论题拟采用归纳法、证伪法及逻辑推理、假设法、旁证法等研究方法对上述疑问进行一一解析。

第一，归纳法。笔者首先详细梳理了历代楚辞注家对屈辞古地理语词的注疏情况，大量文献材料展示出来的都是一个结论：屈辞古地理语词语义混乱不清。难道这仅仅是楚辞注疏者注释所造成的混乱？接着，笔者再对先秦汉初涉及屈辞古地理语词的相关典籍进行了系统钩稽，众多的历史文献材料所呈现出来的也是一个结论：屈辞所涉古地理语词语义不仅在楚辞注释中，在先秦其他典籍中同样亦混乱不清。笔者之所以花大量篇幅对这些材料进行系统归纳整理，旨在试图穷尽其相，读者自可根据这些材料作出自己的判断或者据以做进一步深入研究。

第二，证伪法及逻辑推理。一个结论能否成立，在于它是否能被验证。注疏屈辞古地理语词，不能仅仅只关注语词字面本身，还应该置注释理解于屈辞文本之中，观照其是否能使屈辞文义得以畅达。在大量的文献梳理基础之上，笔者随时将注疏者们对屈辞古地理语词的诸种解释置入屈辞文本以求其逻辑验证。仅就单个语词而论，有些解说不无道理，但是，屈辞是一个完整体系，我们应该对它作全局式的整体观照，也即是说，应该将屈辞中的古地理语词看成一个有机整体，注解个别地名须通盘考察与它相关联的其他地名所涉及的地理方位，而不应该只是对单个语词作局部式的片面考察。以此而论，诸多注疏者的解释皆纷纷与屈辞整体逻辑地理方位相龃龉。

第三，假设法。科学的研究方法不应仅停留于对散乱的材料作机械归纳，而应有自己大胆的设想，假设本身即是一种构拟。面对聚讼纷纭的屈辞古地名，没有假设，研究就很难进行。但假设必须服从严密的验证，否则假设就只能是猜想，而不能成其为结论。本论题提出了诸多假设，然后置这些假设于屈辞文本之中，并以此为条件进行逻辑推理，力图验证假设的合理性。但笔者清楚知道，这些假设只是科学研究的第一步，假设本身可能也有难圆其说的漏洞，通过假设构拟起来的屈辞世界地理观念可能也有证据不够充实的缺陷，但是，在科学研究中，提出一个认真而负责任的假设或亦不乏积极意义，人所戒惧者乃在于提出假设之后而不允许他人反驳或者在面对有力的反驳时墨守自我不容异说。因此，笔者在反驳楚辞研究者对屈辞古地理语词注疏偏误的同时，也期待后来的研究者能给予本论题更多中肯的批评。

第四，旁证法。笔者清理《楚辞》以外其他先秦汉初典籍所涉同类古地理地名，其目的在于以其他材料旁证屈辞。笔者置假设于屈辞文本，屈辞要义皆能得以贯通，这只是一种逻辑推理式的内证法。凡事有果皆有因，世间没有无因之果，也没有无果之因。如果把假设看成是果,那么如果能从其结果中探究出原因来,也可证明出此因此果的逻辑链条。故笔者置假设于先秦广阔时代语境之下,借助相同或相似的历史条件,对形成假设之果的诸种原因进行一一清理,用屈原的交游、先秦交通、先秦民族迁徙及南北丝绸之路等旁证材料对假设的结论进行了多维度旁证。

七　研究材料

本研究论题主要采用了以下五类文献材料。

第一,楚辞学文献。历来有涉屈辞古地名的楚辞类文献材料是本论题主要使用的原始材料。这类材料包括屈辞文本、《楚辞》注疏、《楚辞》研究等文献典籍。屈辞文本有诸如明翻宋本《楚辞章句》、汲古阁刊本《楚辞补注》等。《楚辞》注疏类主要有洪兴祖的《楚辞补注》、朱熹《楚辞集注》、汪瑗《楚辞集解》、王夫之《楚辞通释》、林云铭《楚辞灯》、蒋骥《山带阁注楚辞》、戴震《屈原赋注》、王闿运《楚词释》、闻一多《楚辞校补》《离骚解诂》及《天问疏证》、游国恩《离骚纂义》及《天问纂义》、姜亮夫《楚辞通故》及《重订屈原赋校注》、萧兵《楚辞全译》、孙作云《天问研究》、赵逵夫《屈骚探幽》、黄灵庚《楚辞章句疏证》等。《楚辞》研究类主要有洪兴祖《楚辞考异》、朱熹《楚辞辨证》、汪瑗《楚辞蒙引》及《楚辞考异》、蒋骥《楚辞余论》及《楚辞说韵》、梁启超《屈原研究》、钱穆《楚辞地名考》、饶宗颐《楚辞地理考》、游国恩《楚辞论文集》、姜亮夫《楚辞学论文集》、汤炳正《屈赋新探》《楚辞类稿》及《渊研楼屈学存稿》、苏雪林《屈原与〈九歌〉》《天问正简》《楚骚新诂》及《屈赋论丛》、萧兵《楚辞新探》及《楚辞文化》、赵逵夫《屈原和他的时代》、李大明《楚辞文献学史论考》及《汉楚辞学史》、熊良智《楚辞文化研究》、李诚《楚辞文心管窥》及《楚辞论稿》等。

第二,楚辞学外相关历史文献。这类材料在本论题的研究中亦占极大比重,主要为印证屈辞古地名所涉相关问题之先秦汉初文献以及厘清地名演变轨迹所涉之史地文献。诸如《周易》《尚书》《诗经》《周礼》《仪礼》《礼记》《左传》《公羊传》《榖梁传》《老子》《论语》《庄子》《孟子》《墨子》《晏子春秋》《荀子》《列子》《韩非子》《管子》《慎子》《公孙龙子》《商君书》《孙子》《吴子》《尹文子》《吕氏春秋》《国语》《战国策》《穆天子传》《古本竹书纪年》《逸周书》《世本》《帝王世纪》《山海经》《说文解字》《尔雅》《史记》《新序》《淮南子》《海内十洲记》《神异经》《盐铁论》《论衡》《汉书》《后汉书》《三国志》《十三州志》《文选》《文心雕龙》《水经注》《博物志》《华阳国志》《括地志》《元和郡县图志》《太平寰宇记》《舆地广记》《太平御览》《元一统志》《大明一统志》《大清一统志》等。

第三，近代以来中外考古类文献。本论题在对屈辞所涉古地名进行考证时，还参考了出土文献及考古资料。如在探讨"九州"问题时，即使用了《殷周金文集成》。在探讨先秦交通时，也多参考新近出土文物资料，如《楚文化考古大事记》《曾侯乙墓》《望山楚简》《楚文物图片集》《中国考古大发现》《三星堆祭祀坑出土文物选》《中国文明的起源问题》《中国文明起源研究》《剑桥插图考古史》《世界考古大探索》《西亚考古史》等。

第四，中西交通史文献。上古交通问题为本论题旁证部分之重要基石，一切文化交流总要通过一定的交通渠道与媒介来完成，故本论题亦花费较多笔墨介绍了先秦时代中西交通与文化交流的整体面貌。这类材料主要涉及中国各类史书所涉与交通相关的记载以及中西交通研究史料，诸如《史记·匈奴列传》《史记·南越列传》《史记·西南夷列传》《史记·大宛列传》《汉书·匈奴传》《汉书·西域传》《后汉书·南蛮西南夷列传》《后汉书·西域传》《佛国记》《大唐西域记》《东西洋考》《西域水道记》《西突厥史料》《多桑蒙古史》《中西交通史》《中西交通史料汇编》《中国古代航海史》等。

第五，泛义化研究文献。本论题研究先秦特别是屈辞中所涉古地理，研究目的并不仅仅在考证这些古地理语词本身的原初含义，笔者更加关注的是，通过屈辞古地名的研究，探索先秦时代的文化地理观念，以期对先秦文化以及先秦时代中国文化与世界文化之关系做些补益。故笔者在论述中还大量使用了中、西泛文化类文献材料。

这里所说的"泛文化"类文献,主要是指除了以上各类文献材料以外,举凡涉及与本论题相关,却又难于有所明确归类的各类文化学、神话学、宗教学、人类学、社会学、地理地图学等各学科文献,其中包括《楚文化史》《中西文化交流史》《中印文化交流史》《中国青铜时代》《中国哲学对于欧洲文化之影响》《明清之季中西关系简史》《中国天文学史》《中国地图学史》《世界三大宗教在中国》《中国科学技术史》《圣经》《历史》《西洋上古史》《希腊神话》《奥义书》《古兰经》《历史哲学》《神话学》《比较神话学》《金枝》《文化人类学》《原始思维》《古代社会》等。

八 论题缘起

屈辞中存有大量地理语词,从东汉王逸到当代,楚辞注疏者对此多有注解与研究,近代饶宗颐《楚辞地理考》最为集中。在探讨屈辞地理时,旧注家们大多聚焦于对屈原所生活的楚地实际地望的考证。此外,历来治楚辞者又多试图努力将屈辞域外地名以中土视域进行诠释,或将屈辞神话地名指实为中土实际地望,但不论结论如何,正是因为有楚辞研究者薪火相继的不断探索,原貌也才有揭晓的可能,辜鸿铭先生在《中国学》一文里的一段话正契合此意:"一个站在巨人肩膀上的侏儒,很容易把自己想象得比巨人更高大;尽管如此,必须承认的是,侏儒具有位置上的优势,当然会看到更加宽广、更加辽阔的风景。因此,我们将站在前人的肩膀上,纵览中国学的过去、现在和将来;而且,在我们的尝试中,如果最终我们并不完全赞同前人的意见,那么,我们希望这些意见不要被理解成暗示了我们在某种程度上炫耀着我们的高傲,我们认为只是我们位置上有优势。"①

鉴于两千多年屈辞地名研究的历史与现状,我们需先对屈辞中涉及的地理方位专有名词作一番简单梳理。屈辞涉及诸多地理名词,这些地名大致可归并为楚地、中原、神话、域外等四种类型。基于

---

① 辜鸿铭:《中国人的精神》,李晨曦译,三联书店,2010年,第90页。

前人整理研究的基础,本书选取其中的域外地理地名进行专题讨论。需要特别说明的是,这些域外地名的类型也不少,有似乎可以指实为域外地望的,如"昆仑""流沙""赤水""不周""西海"等;有似乎来源于域外天文地理知识而形成的概念,如"悬圃""九天""九坑"等;有似乎来自域外神话而形成的神话地名,如"瑶台""阊阖""阆风""天津"等。屈原在创作中自觉运用这些世界性地理知识编织成奇章异句,这些地名的大量使用,为诗篇增添不少奇思妙境,从而更加彰显诗人独具个性的艺术风格,本书探讨的重点也即在此。

《离骚》记诗人上天入地行程游踪的两段文字中地理地名十分密集,研究也从此开始:

> 朝发轫于苍梧兮,夕余至乎县圃。欲少留此灵锁兮,日忽忽其将暮。
>
> 吾令羲和弭节兮,望崦嵫而勿迫。路曼曼其修远兮,吾将上下而求索。①
>
> ……
>
> 遭吾道夫昆仑兮,路修远以周流。扬云霓之晻蔼兮,鸣玉鸾之啾啾。
>
> 朝发轫于天津兮,夕余至乎西极。凤皇翼其承旂兮,高翱翔之翼翼。
>
> 忽吾行此流沙兮,遵赤水而容与。麾蛟龙使梁津兮,诏西皇使涉予。
>
> 路修远以多艰兮,腾众车使径待。路不周以左转兮,指西海以为期。②

第一段文字描写的是诗人朝发舜帝重华所居之苍梧山,夕至悬圃("县""悬"为古今字),悬圃即是昆仑,详后论。第二段文字描写

---

① 洪兴祖:《楚辞补注》,中华书局,1983 年,第 26—27 页。
② 洪兴祖:《楚辞补注》,中华书局,1983 年,第 43—46 页。

的是诗人从昆仑天津行流沙遵赤水路不周到西海的整个神游踪迹。在《离骚》中，诗人的神游路线始终以昆仑为中心，我们的研究即以昆仑为中心原点展开探索。"朝发轫于苍梧兮，夕余至乎县圃"句的用语规律与"朝发轫于天津兮，夕余至乎西极"句相同。"苍梧"承接前篇"就重华而陈辞"，此即指重华所居之地，"悬圃"即是此次飞升神游的目的地。"天津"本为昆仑之别名（后有详论），"西极"亦即是第二次神游的目的地。从苍梧至昆仑悬圃，再从昆仑至西海，屈原两次神游的队伍大致相同，多云霓、鸾凤之属，每次神游都会用到这些相同的仪仗队伍，由此可知，《离骚》中的神游物象并不具有特殊的区分功能，它们只是某种固定的程式化道具象征，神游的道具虽并无多大区别，但是诗人神游的地理方位却发生了明显位移。从苍梧到昆仑，从流沙经赤水到不周再到西海，神思风驰电掣，穿越时空，真可谓乾坤大挪移，此正是屈辞光怪陆离意象的典型表现手法。我们读《离骚》，之所以觉得诗篇恢宏驰骋，与诗人不断转换超越常人思维的时空叙事方式大有关系，这正如陆机《文赋》所言"精骛八极，心游万仞"的神思境界。本于此，笔者认为如果探究出"悬圃""崦嵫""流沙""赤水""不周""西海"等在诗人神思中所暗指的实际地理方位，将有助于认识屈原独特的诗歌构造手法，从而能更好地认识屈辞通过频繁转换时空所呈现出来的独特想象艺术。

在讨论之前，我们先来看看《后汉书·西域传》的一段史料：

> 大秦国一名犁鞬……或云其国，西有弱水、流沙，近西王母所居处，几于日所入也。[1]

《史记》所载张骞自西域返汉之时，似尚不知有大秦一名，其时大秦名为犁轩。犁轩到底所指哪一地区，中外歧义颇多。伯希和、白鸟库吉认为是埃及的 Alexandria（亚历山大），余太山认同此说；夏德认为是西奈半岛以东那巴提安人王国首都 Rekem 的汉译名；藤田丰八

---

① 范晔：《后汉书》，中华书局，1965 年，第 2920 页。

认为是古代米底（Media）东端的 Raghā①；大秦，夏德认为是 Tyre；德巴拉威认为是 Seres 的对音；藤田丰八认为是伊兰语 Dasina 的对音；玉尔、沙畹认为是希腊语 Polin 的对音；杨宪益据罗马皇帝维斯巴西昂置黑海以西原希腊殖民地为一省，其名为 Thynia，认为大秦即为 Thynia 之对音，凡此种种，意见颇为分歧。虽然古大秦国的地理位置尚存争议，但学界普遍认为，古大秦国位于地中海沿岸，这当是不争的史实。读者尤须注意，依《后汉书》所记，大秦国附近有弱水、流沙等地名，且近西王母所居。我们知道，神话当中西王母所居住的地方是西方昆仑大山，那么，大秦国附近应当有昆仑山的原型存在。因此，笔者在接下来的探讨中，将"流沙""赤水""不周""西海"等地名置于远离中国视域的地中海沿岸一带，于史似乎也不无根据。

上引《离骚》两段文字涉及先秦古地理语词尚多，此对探讨屈辞域外地理以及屈原世界地理观至关重要，这也是笔者首先选取这一组极具代表性的地理语词进行追根溯源的原由所在，本书的问题也由此而开始。除了《离骚》"悬圃""崦嵫""昆仑""流沙""赤水""不周""西极""西海"等域外地名外，屈辞中尚有诸多隐含世界地理文化信息的域外地名，诸如"冬暖之所""夏寒之所""黑水""玄趾""三危""北极"等。这些意涵世界地理意识的地名或许并不是诗人的无意识行为，它应是诗人艺术创作的精心安排，诗人有意将诗篇的语境和意境放在更为宏阔的世界地理背景之下，以便让自己的神思和牢愁更具时空超越感，但是，屈原的这一世界意识是否有其时代背景和可能性，这将是本书又一致力探讨的问题。

在接下来的讨论中，研究将采用单个地名专章论述的形式，对屈辞所涉系列先秦古地理语词进行——深入探索。每章都将从楚辞传统注疏对该语词语义的纷繁歧说、先秦相关文献典籍所涉该语词的淆乱情况以及屈辞古地名原义再探索等三个方面进行深入研讨。本书所谓楚辞传统注疏指的是两千余年来楚辞研究者对屈辞古地名所作的解释，这是笔者发现问题的由来，也是笔者探寻屈辞古地名的门

---

① 龚缨晏：《20 世纪黎轩、条支和大秦研究述评》，《中国史研究动态》2002 年第 8 期。

径,亦为本书立论的基石,更是笔者所提出一切假说的前提。因此,此一问题的梳理在本研究中占有极大比重。屈辞所涉古地名并不仅存于屈辞中,在先秦其他文献中也同样存在。倘若研究视野仅仅局限于屈辞,其结论的说服力无疑会大大削弱。如果将这些古地理语词置于先秦时代背景之下,为论题提供更多翔实的文献证据,尝试作更为宏观的考察,那么,研究所得假设与结论将更有依据。通过清理考察先秦文献中所涉屈辞相关古地名,我们发现不仅屈辞注疏纷繁复杂,后世注家对先秦文献所涉屈辞相关古地名的解释同样混乱。由此可知,自先秦以后,历代文献注疏者在对待先秦域外地名时或许具有某种相同的文化观、时空观和历史观。本书所谓屈辞域外地名原义再探索,其实是一系列逻辑上互相关联的假说,但是,这些前后映照的假说是以先秦时代中西文化大交流、大碰撞为时代背景的,同时,也关照屈原自身知识结构、作家个体意识发生等内在动因。这些环环相扣的系列结论皆是试图揭示屈辞中神游八极的构思,试图勾勒出屈辞中既是神话的同时又是有所现实附丽的、既是想象的同时又隐含着一个世界性地理空间观念的游踪线索。每个地名的假说虽各自成章,但是,请读者务必将这些假说看作一个互为参证有联系的整体,切不可割裂假说,孤立、单独地看待某一地名。若是,方才符合研究的初衷,也才与屈原在屈辞中所展现的地理逻辑游踪相契合。

第一章　悬　圃

《离骚》"朝发轫于苍梧兮,夕余至乎县圃"与《天问》"昆仑县圃,其尻安在"句,皆涉及"悬圃"。"县""悬"为古今字,当初应为"悬挂的花园"。"悬圃"在《楚辞》各版本及其他典籍中,与昆仑都有着紧密联系。典籍不同版本记载的"县圃""悬圃"与"玄圃",其实所指相同,但这并不是传统注疏者所言的简单通假,而是由昆仑兼有黑色大山的文化意象所决定。"悬圃"原初或借用两河流域古代"空中花园"这一事物,由于具有通天功能,后用以描摹神话昆仑大山的通天高境。在解析"悬圃"的文化意象过程中,顺带考证了《天问》"昆仑县圃,其尻安在"句当作"其尻",而不作"其尻"。

一　楚辞传统注疏"悬圃"语义之歧说

在《离骚》中,屈原埋怨君王不察己之忠心,谣诼之众又嫉妒己之娥眉,而自己又不愿与党人同流合污,遂生返车归家之意。当自己回归故居,女嬃以满腔爱护之真情,劝说屈原放弃博謇好修之婞节,应随众俯仰沉浮,而不应效尤鲧亡身羽野的悲剧。自己敬重的女嬃也如是劝谏,诗人决定另寻贤者做一决断。于是诗人就重华陈述衷情,人间至贤的重华亦尚难对此做出判决,也没能给屈原一个满意的肯定答案。屈原只有企盼飞升天界,求天帝给予一个公平的裁决。诗人从舜帝重华所居之苍梧出发,"驷玉虬以乘鹥兮,溘埃风余上征。朝发轫于苍梧兮,夕余至乎县圃。欲少留此灵琐兮,日忽忽其将暮"[1]。朝发"苍梧",夕至"县圃",屈原欲借道"县圃"之高境飞升至天庭去向天帝倾诉衷情。"县圃"一语,历来楚辞注家各逞其词,纷纭

---

[1]　洪兴祖:《楚辞补注》,中华书局,1983 年,第 25—27 页。

聚讼,或脱离全篇,孤立求证;或游离屈辞文化宏观语境,做字词考证,遂至词意混乱,语意晦涩,无法给人以明畅顺达之感。

王逸《楚辞章句》作"夕余至乎县圃",并谓"县,一作悬"①。隋释道骞《楚辞音》谓:"县,玄音。"②《文选》李善注本作"夕余至乎县圃"③,与《文选》尤刻本、《文选》六臣本、明万历四十六年(1618)毛晋绿君亭校刊《屈子》所记俱同。朱熹《楚辞集注》、钱杲之《离骚集传》、《楚辞章句》明正德十三年(1518)黄省曾本、《楚辞章句》明隆庆五年(1571)朱多煃本、《楚辞章句》日本宽延三年(1750)庄允益本、《楚辞章句》明翻宋本与洪兴祖《楚辞补注》所录王逸《楚辞章句》所记相同。汪瑗《楚辞集解》作"夕余至乎悬圃"。以上诸家对《离骚》"夕余至乎县圃"句"县圃"的解释,没有多大本质不同,只是在"县""悬"古今字的不同记写上存有小的分歧。由此,"县"原意当为"悬挂","县圃"即为"悬挂的花园"。

此外,"县圃"一语还见于屈辞《天问》"昆仑县圃,其凥安在?"④洪兴祖《楚辞补注》作"县"。黄省曾、朱多煃、毛晋、庄允益、明翻宋本与洪兴祖所记俱同。朱熹《楚辞集注》亦作"县圃",并谓:"县,音玄,一作玄,非是。"⑤以上诸家皆认为屈辞涉及这一语词处当作"悬圃"解,特别是朱熹还对"玄圃"一说予以特别的否定。

但是,后世尚有不少楚辞注家另持异说,认为屈辞"悬圃"当作"玄圃"。东方朔《海内十州记》谓"昆仑山三角……其一角正西,名曰玄圃堂"⑥,此为"玄圃"一语的最早文献记载。释道骞《楚辞音》用"玄"字直音"县",似为《离骚》"玄圃"一说之端倪。唐写本《文心雕龙·辨骚》引《天问》作"昆仑玄圃"。《文选》五臣本作"朝发轫于苍梧兮,夕余至乎玄圃"。此外,张衡《东京赋》"左瞰旸谷,右睨玄圃"

---

① 洪兴祖:《楚辞补注》,中华书局,1983年,第26页。
② 崔富章、李大明:《楚辞集校集释》,湖北教育出版社,2002年,第411页。
③ 萧统:《文选》,李善注,中华书局,1977年,第460页。
④ 洪兴祖:《楚辞补注》,中华书局,1983年,第92页。
⑤ 朱熹:《楚辞集注》,上海古籍出版社,1979年,第57页。
⑥ 东方朔:《海内十洲记》,载《文渊阁四库全书》,上海古籍出版社,1987年,第1042册,第279页。

一句,李善的注解犹能为我们提供更多信息,李善谓:"玄圃,在昆仑山上……《淮南子》曰'日出于旸谷,浴于咸池也。'又曰'悬圃在昆仑阊阖之中。'玄与悬,古字通。"①这是"玄""悬"古字相通说法的最早案例。洪兴祖《楚辞补注》也说"玄与县,古字通"②。金开诚《屈原集校注》谓"县、悬为古今字,玄借字"③。林庚《天问论笺》谓:"县圃,即玄圃。"④但是,自朱熹《楚辞集注》之后,亦有现代学者就这一问题提出了自己的质疑,苏雪林《楚骚新诂》谓:"县圃或作玄圃,误也,以作县为是。"⑤

通过梳理楚辞注疏者的不同注解,我们得知屈辞"悬圃"本身的流传过程中,出现了"县圃""悬圃"与"玄圃"等三种不同版本的记写与解说。"县""悬"为古今字,实为一说,当无多大分歧。但是,李善、金开诚等诸家认为"玄"与"县""悬"古相通用的说法缺乏古文字学上的依据,未免太过随意,纯属对某一既存事实逆推"存在即是合理"的偷换概念式的牵强缝补。照此逻辑,如果在流传过程中偶然出现"白圃"一词,恐怕注家们亦会有"白"与"县""悬"古相通用的说法,这岂不是强为其说,流为附会。《说文》曰:"玄,幽远也。黑而有赤色者谓玄。"⑥"县,系也。"⑦徐铉注谓:"此本是县挂之县,借为州县之县,今俗加心别作悬义。"⑧看来,"玄"与"悬"应当不会有字面意义上的简单通假,李善、金开诚等认为"玄""悬"于古通用的说法于史无征,似乎有误。但是,"玄圃"与"悬圃"从文化角度考察却正好喻指同一事物,但这并不是由通假所致,而是因中间牵涉到神话昆仑从而引起的语义嬗变。

除了文字上的以上歧义,楚辞注家对《离骚》"夕余至乎县圃"句

---

① 萧统:《文选》,李善注,中华书局,1977 年,第 64 页。
② 洪兴祖:《楚辞补注》,中华书局,1983 年,第 26 页。
③ 崔富章、李大明:《楚辞集校集释》,湖北教育出版社,2002 年,第 411 页。
④ 崔富章、李大明:《楚辞集校集释》,湖北教育出版社,2002 年,第 1078 页。
⑤ 苏雪林:《楚骚新诂》,武汉大学出版社,2007 年,第 103 页。
⑥ 许慎:《说文解字》,中华书局,1963 年,第 84 页。
⑦ 许慎:《说文解字》,中华书局,1963 年,第 184 页。
⑧ 许慎:《说文解字》,中华书局,1963 年,第 184 页。

中"县圃"和《天问》"昆仑县圃,其尻安在"句中"县圃"一词意义亦多分歧。

王逸《楚辞章句》谓:"县圃,神山也。在昆仑之上。《淮南子》曰:'昆仑县圃,维乃通天。'(按:洪兴祖《楚辞补注》本作'维绝乃通天')言已朝发帝舜之居,夕至县圃之山,受道圣王而登神明之山。"①王逸从神话角度解读"县圃",难能可贵,但终难跳出汉儒注书习气,故仍以经学眼光诠释屈辞,说什么受道于圣王之指喻,欲登神明之山,落入牵强比附,未免将屈辞恢弘想象固化为政治象征,故难于还原屈辞神采。李光地《九歌注》"王居"之喻、王闿运《楚词释》"谋秦"之比、傅熊湘《离骚章义》"喻秦"之说等皆沿袭王逸比附精神,踵事增华,然皆胶柱鼓瑟,与屈辞原义并不相关。

王逸谓"县圃在昆仑之上",这个说法得到后世注家的普遍认同。吕向注《文选》、洪兴祖《楚辞补注》、朱熹《楚辞集注》、黄文焕《楚辞听直》、王萌《楚辞评注》、陆侃如《楚辞选》等皆认为"县圃"在神话昆仑大山之上,是昆仑山的一个地名,这是楚辞注家的主流看法。但是也有将"县圃"看作为一独立神山的,汪瑗《楚辞集解》谓:"县圃,神山名,寓言耳,非真有是山也。"②

不论楚辞注家解说"悬圃"如何纷繁,但是,他们大多认同"悬圃"与昆仑有着密切关联,"悬圃"本为昆仑大山的一个部分,这正是解密此一问题的关键所在。若要真正揭开"悬圃"之谜,除了楚辞注家的成说外,我们尚需另寻别径,从秦汉文献中去钩稽故迹。

二 文献典籍所载"悬圃"与昆仑关系紧密

《山海经·西山经》载:"又西三百二十里,曰槐江之山……实惟帝之平圃……南望昆仑,其光熊熊,其气魂魂……"③依《山海经》所

---

① 洪兴祖:《楚辞补注》,中华书局,1983年,第26页。
② 汪瑗:《楚辞集解》,北京古籍出版社,1994年,第71页。
③ 袁珂:《山海经校注》,巴蜀书社,1996年,第53页。

记,此"平圃"与昆仑有紧密关联。郭璞注曰:"平圃,即玄圃也。"①郭璞所据何典,我们不得而知。郭璞《注山海经叙》又曰:"穆王享王母于瑶池之上,赋诗往来,辞义可观。遂袭昆仑之丘,游轩辕之宫,眺钟山之岭,玩帝者之宝,勒石王母之山,纪迹玄圃之山,乃取其嘉木艳草奇鸟怪兽玉石珍瑰之器,金膏烛银之宝,归而殖养之于中国。"②从郭璞的记述中,我们照样可以得知,"玄圃"与昆仑关系异常密切。对《西山经》以及郭璞的注解,袁珂也有自己的看法:"玄圃,《穆天子传》《淮南子·墜形篇》作县圃,玄、县声同,古字通用。"③袁珂赞同郭璞解"平圃"为"玄圃",与李善、金开诚等认为的"玄""县"为古今通假的说法相同,其误亦为简单通假,没能联系昆仑作深入的文化阐释。

《穆天子传》记载:"季夏丁卯,天子北升于春山之上,以望四野,曰:'春山,是唯天下之高山也,孳木□华不畏雪。'天子于是取孳木华之实,持归种之。曰:'春山之泽,清水出泉,温和无风,飞鸟百兽之所饮食,先王所谓县圃。'……曰:天子五日观于春山之上,乃为铭迹于县圃之上,以诏后世。"④理解此段材料的关键为"春山"一语。依笔者揣摩,"春山"即为今之"葱岭",即帕米尔高原,是西域和中亚的分界岭,位于中国、塔吉克斯坦和阿富汗边境,号称"亚洲屋脊","北丝绸之路"有一条就是越葱岭西去波斯和罗马的。"春""葱"一音之转,也可能本为音译的外来词,当时的翻译用了不同文字记录这一语音而已。

穆天子姬满在位第十七年,命造父驾八骏、率六师,远涉昆仑山拜会西王母,他们穿越塔克拉玛干沙漠,抵达葱岭,即帕米尔高原,但是,周穆王一行却认为已经到达了昆仑。为什么名为葱岭,会是该山长满青葱?此葱被带回中原,为了和中原本土葱相区别,名之为胡葱。《后汉书·西域传》载"葱岭",李贤注曰:"葱岭,山名也。《西河

① 袁珂:《山海经校注》,巴蜀书社,1996年,第54页。
② 袁珂:《山海经校注》,巴蜀书社,1996年,第542页。
③ 袁珂:《山海经校注》,巴蜀书社,1996年,第54页。
④ 《穆天子传》,载《文渊阁四库全书》,上海古籍出版社,1987年,第1042册,第252页。

旧事》云：'其山高大，生葱，故名。'"①《尔雅翼》《太平御览》《本草纲目》等典籍皆载有"胡葱"，"胡葱"当是异于中原"葱"的一种近似物种，此"胡葱"可能即原产于葱岭。又有典籍认为"葱"当指颜色。《尔雅·释器》曰："青谓之葱。"郭璞注曰："浅青。"②昆仑本兼青黑之义（详后论），两相印证，似乎葱岭当与昆仑有密切关联。王褒《九怀》就谓"朝发兮葱岭，夕至兮明光"③，王褒此句明显模拟《离骚》"朝发苍梧、夕至悬圃"以及"朝发天津、夕至西极"的用语形式。我们知道，《离骚》中屈原的几次神游活动都是以昆仑为中心，王褒正是依据对《离骚》文脉大意的理解来创作拟骚作品的，揣摩王褒诗句，他似乎就认为昆仑即为葱岭。

《淮南子·墬形》篇的记载对解开悬圃和昆仑之谜极有价值："禹乃以息土填洪水，以为名山。掘昆仑虚以下地，中有增城九重，其高万一千里百一十四步二尺六寸……旁有四百四十门，门间四里，里间九纯，纯丈五尺。旁有九井，玉衡维其西北之隅，北门开以内不周之风。倾宫、旋室、县圃、凉风、樊桐，在昆仑阊阖之中，是其疏圃……昆仑之丘，或上倍之，是谓凉风之山，登之而不死。或上倍之，是谓悬圃，登之乃灵，能使风雨。或上倍之，乃维上天，登之乃神，是谓太帝之居。"④此说多为后世楚辞注家广为援引，特别是昆仑三层之说，影响甚巨。"倾宫、旋室、县圃、凉风、樊桐，在昆仑阊阖之中"，联系《离骚》"吾令帝阍开关兮，倚阊阖而望予"句，可知《离骚》与《淮南子》的昆仑神话可能同出一源。依《墬形》所记，昆仑与"悬圃"的关系正如人体之与头顶，不可分离。

东方朔《海内十洲记》也记载了悬圃与昆仑："昆仑山三角。其一角正北，干辰之辉，名曰阆风巅。其一角正西，名曰玄圃堂。其一

---

① 范晔：《后汉书》，中华书局，1965 年，第 2914 页。
② 《尔雅》，郭璞注，载《丛书集成初编》，商务印书馆，民国二十六年（1937），第 49 页。
③ 洪兴祖：《楚辞补注》，中华书局，1983 年，第 270 页。
④ 何宁：《淮南子集释》，中华书局，1998 年，第 323—328 页。

角正东,名曰昆仑宫。"①《淮南子》记昆仑有三层,《海内十洲记》却说昆仑有三角,那么,昆仑到底是三层还是三角? 恐怕已难于考订。但是,郦道元《水经注》曰:"三成为昆仑丘。《昆仑说》曰:'昆仑之山三级:下曰樊桐,一名板桐;二曰玄圃,一名阆风;上曰层城,一名天庭,是为太帝之居。"②郦道元引《昆仑说》为证,认为昆仑大山由三层组成,这与《淮南子》所记相合,所不同者为三层的具体名目。《淮南子》与《水经注》皆从纵向立体角度认为昆仑层叠相加,直插云霄,上达天庭,这似更符合昆仑作为神话通天大山的特质。而《海内十洲记》从横向平面写实的角度描述昆仑山不同方位的三个高峰,似与神话昆仑具有的通天功能相去甚远。

从《山海经》《穆天子传》《淮南子》《海内十洲记》《水经注》等诸多文献典籍对"悬圃"的记载来看,悬圃与昆仑关系异常紧密。昆仑与悬圃的关系正如人体与头部,是整体与局部间不可分离的依存关系。

三 屈辞"悬圃"原义再探索

既然"悬圃"与昆仑关系如此紧密,那么,我们若要探析"悬圃"真义,就不能越过昆仑这一文化语境。我们在考察昆仑这一文化语词时,无意间洞悉了历来楚辞注家纠缠不清的"玄圃"与"县圃""悬圃"这一校勘难题。

正如前述,"县圃"与"悬圃"为古今字形不同所致,当无异议。但历来注家如李善、洪兴祖、金开诚、林庚等俱认为"玄圃"与"县圃"亦同,原因为"玄""县"通假。此种解说,未免失于草率,皆因注家未能从文化语境深层洞察"昆仑"一语所致。昆仑不仅仅是一个单纯的地理语词,如果在考察与昆仑有关联的文化意象时,仅仅从自然地理

---

① 东方朔:《海内十洲记》,载《文渊阁四库全书》,上海古籍出版社,1987 年,第 1042 册,第 279 页。

② 郦道元:《水经注》,岳麓书社,1995 年,第 1 页。

角度出发,那么只可能是盲人摸象,各执一端,郢书燕说而穿凿附会。故我们从与昆仑相关的文化信息去解析"玄圃"之秘。

《晋书》卷三十二《后妃下·孝武文李太后传》载:"时后为宫人,在织坊中,形长而色黑,宫人皆谓之昆仑。"①色黑之人谓之昆仑。又《旧唐书》卷一百九十七《南蛮传》载:"后大臣及国人感思旧主,乃废婆罗门而立头黎之嫡女为王。自林邑以南,皆卷发黑身,通号为昆仑。"②又《旧五代史》卷一百三十《慕容彦超传》载:"慕容彦超……尝冒姓阎氏,体黑麻面,故谓之阎昆仑。"③唐代裴铏所著传奇《昆仑奴》讲述一位名叫磨勒的黑皮肤家奴昆仑如何促成了主人崔生与红绡之间的一段情缘。此外,唐人张籍有《昆仑儿》一诗:"昆仑家住海中州,蛮客将来汉地游。言语解教秦吉了,波涛初过郁林洲。金环欲落曾穿耳,螺髻长拳不裹头。自爱肌肤黑如漆,行时半脱木绵裘。"④张籍所写昆仑儿肌肤特征亦为颜色漆黑。宋人陶谷《清异录》卷上《蔬菜门》载:"甘蔗盛于吴中,亦有精粗。如昆仑蔗、夹苗蔗、青灰蔗、皆可炼糖。"⑤昆仑蔗即现今之罗汉甘蔗,此蔗外皮黑红。《蔬菜门》又载:"落苏本名茄子,隋炀帝缘饰为昆仑紫瓜,人间但名昆味而已。"⑥隋炀帝把茄子妙称为昆仑紫瓜,正是着眼于茄子的黑红外皮,茄子皮和罗汉甘蔗皮极其相似,故都以昆仑称之。

从以上所引文献我们可得如下结论:凡被称为"昆仑"的人和物,其外貌都具有色黑特征。如此多的材料证据告诉我们,"昆仑"一语兼有"黑色"之义,从这个意义上说,昆仑山即为黑色之山。当"世界大山"神话传入中土后,可能是葱岭的土著,也可能是中原人将此神话与当地大山结合,遂产生出了中国昆仑神话,中原人又根据昆仑神话去找寻现实地理大山与之匹配,于是昆仑歧说就层出而不穷。昆仑山在中国实际地望的混乱简直就像层层雾嶂,令人头晕目眩,大致

---

① 房玄龄等:《晋书》,中华书局,1974年,第981页。
② 刘昫等:《旧唐书》,中华书局,1975年,第5270页。
③ 薛居正等:《旧五代史》,中华书局,1976年,第1716页。
④ 张籍:《张司业集》,载《文渊阁四库全书》,上海古籍出版社,1987年,第1078册,第41页。
⑤ 陶谷:《清异录》,载《文渊阁四库全书》,上海古籍出版社,1987年,第1047册,第864页。
⑥ 陶谷:《清异录》,载《文渊阁四库全书》,上海古籍出版社,1987年,第1047册,第864—865页。

计来,有昆仑祁连山说、昆仑玛沁雪山说、昆仑巴颜喀拉山说、昆仑冈底斯山说、昆仑喜马拉雅山说、昆仑于阗说、昆仑敦煌说、昆仑天山说、昆仑葱岭说、昆仑喀喇科龙山说等众多异见歧说。如果我们仅从昆仑具有"黑色"之义着眼考察昆仑,那么地理昆仑山很有可能是巴颜喀拉山。《辞海》于"巴颜喀拉山"条释为"蒙古语意为富饶青黑色的山"①。巴颜喀拉山位于雪线以上,青藏高原强烈的紫外线照射,使山石大多呈黑紫色,这或为"昆仑"一语义含黑色的现实地理来源。总之,不论昆仑到底指实为何山,昆仑山远远望去,应该具有青黑色的外表特征,此为以昆仑命名的大山的一个共性,这一点当无疑义。况且,"昆仑"一语还极有可能为藏缅语"黑色"的音译词②。

至此,我们可以抽丝剥茧,来探寻"玄圃"一词的本来面目了。

前引《说文》谓:"玄,幽远也。黑而有赤色者谓玄。"那么,"玄圃"即为黑色的花园,但是,这怎么能和"悬圃"扯上关系?"悬圃"一词源于两河流域亚述帝国尼尼微城的皇家空中花园,这一事物可能从"北丝绸之路"传入中亚,再经新疆传至中土,中土便将它与昆仑大山结合起来,这恐怕就是《山海经》《穆天子传》《淮南子》等文典中的相关记录。即是说,这一事物开始是作为意译词"悬圃"流传到中原的,当和昆仑大山结合后,因为昆仑山本为黑色之山,那么,悬挂于昆仑山上的空中花园就演变为"黑色的花园",再进而演化为"玄圃"。

至此,我们认为,在中国典籍中杂糅出现的"县圃""悬圃"与"玄圃"三词本指同一事物,它们都是指昆仑大山上的一个地名,即位于昆仑之颠的空中花园。这个地名直接使用外来事物的意译借词,就是"悬圃"。将此外来事物与昆仑山色黑之外貌特征相结合,即为"玄圃"。由于"悬""玄"同音,纯属巧合,让楚辞注家一叶障目,总在同音通假的思维定式中兜圈子,拘于成见,遂使悬案迷雾千古。

"县圃""悬圃"与"玄圃"文字上的疑惑已经解开,那么,接下来我们会问,悬圃这一文化语词源自何处?

---

① 《辞海》,上海辞书出版社,1979 年,第 103 页。
② 宋金兰:《"昆仑"本义探源》,《青海师范大学学报》1993 年第 4 期。

郦道元《水经注》曰："释氏《西域记》曰:'阿耨达太山,其上有大渊水,宫殿楼观甚大焉。山,即昆仑山也'……而今以后,乃知昆仑山为无热丘,何云乃胡国外乎? 余考释氏之言,未为佳证。"①《西域记》认为阿耨达山即昆仑,郦道元以《山海经》和《淮南子》所载进行驳斥,并说"阿耨达六水,葱岭、于阗二水之限,与经史诸书,全相乖异"②。虽然郦道元不太同意昆仑山为阿耨达山,但其所引《西域记》的说法甚为可观,我们可知在印度也有一昆仑存在,此足可引发我们转换视角作进一步思索。朱熹《楚辞集注》曰:"昆仑,据《水经》在西域,一名阿耨达山,河水所出,非妄言也。"③朱熹似亦相信昆仑山可能为阿耨达山的说法。考《史记·司马相如列传》"经营炎火而浮弱水兮"④句张守节正义曰:"姚丞云:《大荒西经》云昆仑之丘,其外有炎火之山,投物辄然。《括地志》云:弱水有二原,俱出女国北阿傉达山,南流会于国北,又南历国北,东去一里,深丈余,阔六十步,非乘舟不可济,流入海。阿傉达山,一名昆仑山,其山为天柱,在雍州西南一万五千三百七十里。"⑤依张守节的解说,阿耨达山在雍州西南 15370 里,这是个较为模糊的地理位置。《中国大百科全书》说:"周以前 300 步为 1 里,秦至隋亦为 300 步 1 里。"⑥《说文解字》云:"六尺为步,步百为亩。"⑦"战国时一尺约合今 23 厘米。"⑧那么,周秦 1 里 = 300×6×0.23 = 414 米。这 15370 里就相当于今天 6363180 米。1 里按 500 米计算,6363180 米即为 12726.36 里,6363.18 公里。那么,这阿耨达昆仑即位于雍州西南 6363.18 公里处。又考《钦定大清一统志·西藏·冈底斯山》曰:"在阿里之达克喇城东北百十里……今阿

---

① 郦道元:《水经注》,岳麓书社,1995 年,第 3—10 页。
② 郦道元:《水经注》,岳麓书社,1995 年,第 11 页。
③ 朱熹:《楚辞集注》,上海古籍出版社,1979 年,第 57 页。
④ 司马迁:《史记》,中华书局,1959 年,第 3060 页。
⑤ 司马迁:《史记》,中华书局,1959 年,第 3061 页。
⑥ 《中国大百科全书》(第二版),中国大百科全书出版社,2009 年,第 13 册,第 574 页。
⑦ 许慎:《说文解字》,中华书局,1963 年,第 290 页。
⑧ 丘光明:《中国古代度量衡》,商务印书馆,1996 年,第 61 页。

里为藏中极西南地,近古天竺境……疑此(按:指冈底斯山)即阿耨达山也。"①综合以上材料,似乎可以证明《西域记》以及朱熹所谓的阿耨达山可能即为冈底斯山。冈底斯山地处青藏高原与印度次大陆的边缘地带,昆仑怎么会远离中原视域,跑到中印边境去了? 不仅如此,朱骏声《离骚赋补注》谓:"昆仑山即……释典之须弥山。"②这昆仑又已经完全成为印度文化中的世界大山须弥山了。

为什么中国和印度都有昆仑山存在? 是巧合还是文献误记? 抑或有其他更为遥远而古老的文化因缘? 对此,苏雪林《昆仑之谜》已有详细考证,苏氏认为,世界昆仑神话同出一源,即两河流域的阿拉拉特山,印度源于此,中国亦源于此。那么,与昆仑关系紧密的"悬圃"是否亦如昆仑具有域外文化因素呢?

《天问》"昆仑县圃,其尻安在"一语对探源"悬圃"多有补益,顺带考证如下。

王逸《楚辞章句》洪兴祖补注本作"昆仑县圃,其尻安在?"洪氏校语曰:"尻,一作居。《天对》云:'积高于乾,昆仑攸居。'"③朱熹《楚辞集注》、《楚辞章句》明正德十三年(1518)黄省曾本、《楚辞章句》明隆庆五年(1571)朱多煃本、明万历四十六年(1618)毛晋绿君亭校刊《屈子》本、《楚辞章句》日本宽延三年(1750)庄允益本、《楚辞章句》明翻宋本俱同洪兴祖《楚辞补注》本"尻",各本校语亦相同。姜亮夫《屈原赋校注》甚至认为:"'尻'、'居'古今字。'尻'象形,《说文》所谓'得几而止'也。'居'则形声字矣。"④

也有不同文字版本纪录作"昆仑县圃,其凥安在"的。屈复《楚辞新集注》、戴震《屈原赋注》、马其昶《屈复微》等皆然。丁晏《天问笺》对戴震"其凥"的认识进行了驳斥,但是刘永济和游国恩等楚辞注家又对丁晏所论进行了再反驳。刘永济《屈赋通笺》认为:"戴君

---

① 和珅等:《钦定大清一统志》,载《文渊阁四库全书》,上海古籍出版社,1987年,第483册,第559—560页。

② 崔富章、李大明:《楚辞集校集释》,湖北教育出版社,2002年,第412页。

③ 洪兴祖:《楚辞补注》,中华书局,1983年,第92页。

④ 崔富章、李大明:《楚辞集校集释》,湖北教育出版社,2002年,第1077页。

博通雅故,其注屈多用古义。此字舍尻从凥者,凥引申之亦有居止义也。丁氏非笑,未免太过。"①游国恩《天问纂义》认为:"尻当作凥。《汉书·东方朔传》:'结股脚,连脽尻。'……陆氏谓尻当为脊骨尽处之尻,诸家多从之,其说甚确。而丁氏反以为非,是说泥于成说之过矣。"②

考《说文·尸部》:"尻,月隼也。"③按《说文》的解释,"月隼"就是"髀",检《汉语大字典》,"髀"就是"臀"④。《说文·几部》曰:"凥,处也。从尸得几而止。《孝经》曰:'仲尼凥。'凥谓闲居如此。"⑤看来,"尻""凥"分属不同文字部类,当各有其字源意义。

以上所举不同版本所载《天问》"其尻"与"其凥"文字聚讼如此。同样,注家们对"昆仑县圃,其尻安在"的语意解释也一样异见纷纭,大致计来,有以下两派不同的说法。

王逸《楚辞章句》曰:"(昆仑)其巅曰县圃,乃上通于天也。"⑥李陈玉《楚辞笺注》谓:"县,古悬字。悬圃者,神人之圃,悬于中峰之上,上不粘天,下不粘地,故尻字最奇。尻,尾骨所坐处也。既是悬圃,则所坐当于何处?"⑦高悬于半空的空中花园,上不粘天,下不粘地,看来是有些难于理解,难怪屈原要发出"昆仑县圃,其尻安在"的疑问。蒋骥《山带阁注楚辞》谓:"县圃,神人之圃。下无所系,悬空而居,故问其所坐何处也。"⑧闻一多《天问疏证》谓:"县者,系也。言其上系于天也……山上系于天,则县空而居,下不着地,故问其基阯安在也。"⑨

黄文焕《楚辞听直》:"人身背后,脊骨尽处,谓之尻。昆仑之顶既峻起天半,则其尻必深入地中。尻可安属乎?背既未易见,尻愈未

① 刘永济:《屈赋通笺》,中华书局,2007年,第123—124页。
② 游国恩:《天问纂义》,中华书局,1982年,第129—130页。
③ 许慎:《说文解字》,中华书局,1963年,第174页。
④ 《汉语大字典》,四川辞书出版社,1993年,第881页。
⑤ 许慎:《说文解字》,中华书局,1963年,第299页。
⑥ 洪兴祖:《楚辞补注》,中华书局,1983年,第92页。
⑦ 崔富章、李大明:《楚辞集校集释》,湖北教育出版社,2002年,第1077页。
⑧ 蒋骥:《山带阁注楚辞》,上海古籍出版社,1984年,第80页。
⑨ 闻一多:《天问疏证》,上海古籍出版社,1985年,第35页。

易知矣。"①屈复《楚辞新集注》谓："问昆仑至高,其下必有托根之所,今安在乎?"②《汉语大字典》据屈复的释义给"尻"字别立义项为"托根之处"③。姜亮夫《屈原赋校注》谓："此言昆仑、县圃之大山,尾麓何在也。"④金开诚《屈原集校注》谓："昆仑山的县圃,它的地址究竟在哪里?"⑤

　　以上是对楚辞注家就"昆仑县圃,其尻安在"的不同释义所作的简单清理,那么,孰是孰非,我们需有一个清晰的界定方能进行下面的讨论。王逸等诸家多从神话角度出发,其解释悬圃更具语义与文化上的合理性;黄文焕等诸家要么将昆仑与悬圃割裂,造成各自独立为两山的误读;要么拘泥于"尻"的释义,解析往往囿于成见,不能洞悉其中的神话意象。无论是"其尻"与"其尻"的文字校订,还是其语意解析的判别,我们若能跳出成见,转换视角,从源头上阐释"悬圃"的文化意象,问题或能得以冰释。

　　要考察"悬圃"一语,我们需穿越美索不达米亚的远古文明。素有"古代世界七大奇迹"之称的"空中花园",一说为巴比伦帝国国王尼布甲尼撒二世在巴比伦城所建造,一说为比他早100多年的亚述帝国国王辛那赫瑞布在尼尼微城所建造,不论是何人在什么地方所建,关于"空中花园"的描述却大致相同。"空中花园"约于公元前600年建成,是一座四角椎体的建筑,由沥青及砖块建成的建筑物以拱顶石柱支承着。台阶种有全年翠绿的树木,植有名花异卉,姹紫嫣红,浇灌花木之水,通过引水系统取之于流经旁边的河水,遥望极似花园半悬于空中。当然,空中花园从来就不可能悬挂于空,这个名字的由来可能为当时辗转翻译所致,即是说,这个新鲜事物流传到中土可能被翻译成了"悬圃"。程嘉哲《天问新注》谓："县圃意为高悬在

① 崔富章、李大明:《楚辞集校集释》,湖北教育出版社,2002年,第1077页。
② 崔富章、李大明:《楚辞集校集释》,湖北教育出版社,2002年,第1077页。
③ 《汉语大字典》,四川辞书出版社,1993年,第406页。
④ 崔富章、李大明:《楚辞集校集释》,湖北教育出版社,2002年,第1078页。
⑤ 崔富章、李大明:《楚辞集校集释》,湖北教育出版社,2002年,第1078页。

空中的花园。"①空中花园在建造之时，台上还建有七星坛，除了满足帝王们观赏娱乐的需求外，筑台还具有祭天通天的神秘功能，高耸的建筑，远远望去，有直插云霄的神秘感。筑高台以通天的神话功能，《圣经》巴别塔也相类似。神话昆仑大山本也有通天的功能，那么，将昆仑大山最高层称之为"悬圃"，这也是极为完美的结合。正如萧兵所言："县（悬）圃，神话世界大山'昆仑'的顶端，好像高悬着的空中花园。可以从此登天。"②此言不差，这或许也正是屈原要飞升至昆仑并取道昆仑悬圃上登天庭的真正原因所在。

至此，关于"悬圃"的文化渊源以及文献的来龙去脉，我们已作了以上清理与探索。这里，顺带对《淮南子》"乃维上天"稍作解释，以便我们更好理解悬圃语义。《淮南子·墬形》曰："昆仑之丘，或上倍之，是谓凉风之山，登之而不死。或上倍之，是谓悬圃，登之乃灵，能使风雨。或上倍之，乃维上天，登之乃神，是谓太帝之居。"③由于"空中花园"翻译成汉语为"悬圃"，"悬"为"悬挂"之意，悬挂必有绳索方可进行。位于昆仑最高层的"悬圃"，悬挂它的绳索在哪里呢？《淮南子》的记载正好给出了完满答案。"维"者，绳索也。《墬形》认为经"悬圃"登天只有唯一的途径，那就是沿着悬挂"悬圃"的绳索向上攀登而至天庭，这也正是屈原朝发舜帝所居之苍梧，夕至昆仑"悬圃"后，需要稍作停留，重整车马，以待飞升天庭的原由所在。由"乃维上天"的记载可知，从"悬圃"往上到达天庭已经没有坦途，仅凭自己的手脚恐难完成使命，这一只有几条绳索连接天庭的路程就只有依赖"望舒""飞廉""凤鸟""飘风"之属的帮助了。

---

① 崔富章、李大明：《楚辞集校集释》，湖北教育出版社，2002年，第1078页。

② 萧兵：《楚辞全译》，江苏古籍出版社，1998年，第25页。

③ 何宁：《淮南子集释》，中华书局，1998年，第328页。

第二章　昆　仑

屈辞《离骚》《九歌》《天问》《九章》皆言昆仑,历来楚辞注家异说纷繁,计有西北、河源所出、仙山、日没之山、西极之山、西域之国、祁连山、和田南山、阿耨达山等不同说法。先秦文献所记昆仑照样歧说众多,或山名、部落名、国名,或在西、西北、北海之北,或甘肃、青海、新疆、葱岭,或大昆仑、小昆仑、海内昆仑、海外昆仑,一团乱麻,让人无所适从。本章重点在清理异说,并试图解释异说产生的原因。本章讨论问题不采用传统中国中心政治地理观念,而以世界地理欧亚视角,着眼屈辞整体地理逻辑,尽量还原屈辞昆仑的本来面目。

一　楚辞传统注疏"昆仑"语义之歧说

屈辞言及昆仑共有 5 处:《离骚》:"遭吾道夫昆仑兮,路修远以周流。"[①]《九歌·河伯》:"登昆仑兮四望,心飞扬兮浩荡。"[②]《天问》:"昆仑县圃,其尻安在?"[③]《九章·涉江》:"登昆仑兮食玉英。"[④]《九章·悲回风》:"冯昆仑以瞰雾兮,隐岷山以清江。"[⑤]为了讨论的方便,我们分别名之为《离骚》昆仑、《九歌》昆仑、《天问》昆仑和《九章》昆仑。

(一)《离骚》昆仑歧说
《离骚》昆仑的注解,多为历来楚辞注疏者所关注。洪兴祖《楚

---

① 洪兴祖:《楚辞补注》,中华书局,1983 年,第 43 页。
② 洪兴祖:《楚辞补注》,中华书局,1983 年,第 77 页。
③ 洪兴祖:《楚辞补注》,中华书局,1983 年,第 92 页。
④ 洪兴祖:《楚辞补注》,中华书局,1983 年,第 129 页。
⑤ 洪兴祖:《楚辞补注》,中华书局,1983 年,第 159—160 页。

辞补注》注解昆仑材料极为详赡,洪氏援引《禹本纪》《河图》《水经》《尔雅》《山海经》《淮南子》《十洲记》与《神异经》等文献材料,文字繁多,兹不引录。洪氏最后曰:"凡此诸说,诞实未闻也。"①洪兴祖所引各条文献材料大多互相矛盾牴牾,这些材料与《离骚》昆仑有什么关系,他并没有加以甄别,仅仅是罗列诸种异说而未下断论,从而我们也难于读出他明确的主张,因而我们不便对其归类,只好单列于此,以资读者参证。现在我们先对历来楚辞注家繁多而歧乱的注释作如下清理:

1.西北说　王逸《楚辞章句》曰:"《河图括地象》言:昆仑在西北,其高万一千里,上有琼玉之树也。"②汪瑗《楚辞集解》承王说:"昆仑,山名,见《尔雅》,在西北。"③

2.祁连山说　朱熹《楚辞集注》曰:"《后汉书》注云:昆仑在肃州酒泉县西南,地之中也。"④徐文靖《管城硕记》大体亦持此说:"《水经》曰:'昆仑墟在西北,去嵩高五万里,地之中也。河水出其东北陬。'……但此河水所出之昆仑,世以为地之中,非肃州之昆仑也。……《后汉书》:'窦固出燉煌,击昆仑塞。'注曰:'昆仑,山名,因以为塞,在今肃州酒泉县西南。'盖河据昆仑,为大昆仑,是为地中。此为小昆仑,不得为地中也。《十六国春秋》:'后魏昭成帝建国十年,凉张骏、酒泉太守马岌上言:酒泉南山,即昆仑之体,周穆王见西王母,乐而忘归,即谓此山。'"⑤赵逵夫《〈离骚〉新注》谓:"昆仑,神话中之山名……此昆仑虽为神话中地名,但一定程度上反映了上古时人们的地理观念和关于上古史的传说……则神话中昆仑山原型,乃今之祁连山。"⑥萧兵《楚辞全译》曰:"昆仑,中国神话里的宇宙山,象征'天',母型可能在和田南山或祁连山。"⑦萧兵《楚辞新探》又谓:

①　洪兴祖:《楚辞补注》,中华书局,1983年,第43页。
②　洪兴祖:《楚辞补注》,中华书局,1983年,第43页。
③　汪瑗:《楚辞集解》,北京古籍出版社,1994年,第101页。
④　朱熹:《楚辞集注》,上海古籍出版社,1979年,第24页。
⑤　徐文靖:《管城硕记》,中华书局,1998年,第260页。
⑥　赵逵夫:《屈骚探幽》,甘肃人民出版社,1998年,第251页。
⑦　萧兵:《楚辞全译》,江苏古籍出版社,1998年,第30页。

"先秦神话里昆仑山的原型最有可能指'祁连山'。"①萧兵《昆仑神水考》亦认为："以《山海经》和《楚辞》为代表的先秦文献里，西北高地有一座神圣的大山昆仑(它的原型最可能是祁连'天山')。"②

3.河源所出说　钱杲之《离骚集传》曰："《尚书·禹贡》：雍州有昆仑。《尔雅》：河出昆仑虚，色白。"③姜亮夫《重订屈原赋校注·离骚》曰："昆仑：从《离骚》整篇观之，曾言及县圃、阆风、西极、流沙、赤水、不周、西海等，此皆环绕昆仑之高峰、大水、灵地、奇境，则屈子之憧憬于昆仑者，极其频繁而深切……惟昆仑实况，屈子盖亦有所不知……古书所载昆仑之说，实至繁杂，最早见于《禹贡》'织皮昆仑'、《逸周书·王会解》'正西昆仑'皆指西宁之西地言，与屈赋所传之昆仑异。屈宋所言昆仑，当指大河所出之昆仑言，与《尔雅·释水》、《史记·大宛传》之说合。"④

4.仙山说　汪瑗《楚辞蒙引·昆仑》曰："或曰，然则大昆仑其居果安在哉？曰：无所谓大昆仑也。屈子之所用昆仑、阆风、悬圃等山，即如《列子》之所谓蓬莱、方丈、员峤、方壶诸山耳，盖虽有是名，而本无是山。假设其号以为神仙清净高远之居也，又岂真有所谓昆仑山者哉？"⑤戴震《屈原赋注·离骚》承此说："战国时，言仙者托之昆仑，故多不经之说，篇内寓言及之，不必深求也。"⑥游国恩《离骚纂义》亦赞成汪瑗此说："至屈子凡及神游而必于昆仑者，则古人神仙飘渺之说，若有若无之境，借此寓言，亦庄生藐姑射之类也。(昆仑神仙所居，其说盛于战国，故屈赋中恒及之。)汪瑗所说均近是。"⑦

5.日没之山说　钱澄之《庄屈合诂》谓："昆仑在西，西为日没之方，由昆仑以益西，所谓日暮途穷也。"⑧

①　萧兵：《楚辞新探》，天津古籍出版社，1988年，第47页。
②　萧兵：《楚辞与神话》，江苏古籍出版社，1987年，第533页。
③　钱杲之：《离骚集传》，载《续修四库全书》，上海古籍出版社，2002年，第1301册，第11页。
④　姜亮夫：《重订屈原赋校注》，天津古籍出版社，1987，第120页。
⑤　汪瑗：《楚辞集解》，北京古籍出版社，1994年，第426页。
⑥　戴震：《屈原赋戴氏注》，载《续修四库全书》，上海古籍出版社，2002年，第1302册，第406页。
⑦　游国恩：《离骚纂义》，中华书局，1980年，第461页。
⑧　钱澄之：《庄屈合诂》，载《四库全书存目丛书》(子部·杂家类)，齐鲁书社，1997年，第164册，第699页。

6.和田南山说　萧兵《楚辞全译》谓:"昆仑,中国神话里的宇宙山,象征'天',母型可能在和田南山或祁连山。"①

上引六种不同的说法,可以窥见《离骚》昆仑解说歧乱之一斑。观王逸《楚辞章句》整体风格,似乎将《山海经》作为不合经义的神怪异说,故多不称引,此引纬书《河图》,而弃《山海经》,或有东汉经生尤重谶纬之学的原由在里面。昆仑到底在哪里?又是哪一座大山?王逸并没有指实,他只给出一个笼统而模糊的西北大方向。汉人说昆仑尚如是迷离不清,后世注家对此问题多是不知所措的彷徨,从而难有一个明确而清晰的界定。

朱熹引《后汉书》李贤注,说昆仑在酒泉县西南,且为地之中央。朱氏在《楚辞辩证》中进一步申说了这个观点:"《博雅》曰:昆仑虚,赤水出其东南陬,河水出其东北陬,洋水出其西北陬,弱水出其西南陬。河水入东海,三水入南海。《后汉书》注云:昆仑山在今肃州酒泉县西南,山有昆仑之体,故名之。二书之语,似得其实。《水经》又言昆仑去嵩高五万里,则恐不能若是之远,当更考之。"②朱熹所引《后汉书》的这条材料,我们尚需重新考察。《后汉书·明帝纪》曰:"冬十一月,遣奉车都尉窦固、驸马都尉耿秉、骑都尉刘张出敦煌昆仑塞,击破白山虏于蒲类海上,遂入车师。"③发生在公元73年的这次军事行动,以窦固的大获全胜而告终,窦固出兵昆仑塞,追北匈奴于蒲类海(今新疆巴里坤湖)。遗憾的是,《后汉书》并没有明确记载昆仑塞的具体位置,只有敦煌郡这一大致方位。昆仑塞可能就位于昆仑山,至少这个名字和昆仑山多少有些关联,李贤的注解也是这么认为的。但是李贤却说昆仑又在酒泉西南,这与《后汉书》所记似相抵牾。考索地图,敦煌、酒泉应有距离不近,依笔者揣测,《后汉书》所言昆仑应指天山山脉,而李贤注所谓昆仑当指祁连山脉。朱熹赞成李贤的说法,因而朱熹眼中的昆仑

① 萧兵:《楚辞全译》,江苏古籍出版社,1998 年,第 30 页。
② 朱熹:《楚辞集注》,上海古籍出版社,1979 年,第 184 页。
③ 范晔:《后汉书》,中华书局,1965 年,第 122 页。

似为祁连山脉。徐文靖认为黄河源头之昆仑为大昆仑,《后汉书》窦固所经昆仑塞为小昆仑,并且周穆王见西王母之昆仑亦为小昆仑,小昆仑位于酒泉南山。徐氏之论可谓左右逢源,依据前面的分析,酒泉南山即祁连山,即徐文靖认为周穆王在祁连山与西王母相见。虽然徐氏并没有明确表明屈辞昆仑到底是大昆仑还是小昆仑,但是从其行文我们似可推测他所称屈辞昆仑当为小昆仑,即为肃州酒泉南山,即祁连山。赵逵夫以神话思维解读屈辞,此外,他还洞察到神话地理在产生之初当有现实地理原型,但是他断定屈辞昆仑的神话原型为祁连山。萧兵《楚辞全译》《楚辞新探》及《昆仑神水考》三书皆一致认为屈辞昆仑为祁连山。赵逵夫和萧兵祁连山说所据何典,我们不得而知。

钱杲之将视角拉得更远,引《禹贡》雍州有昆仑的说法,又以《尔雅》解释昆仑。参之地理,按图索骥,黄河源出于巴颜喀拉山,此山位于青海东南,正位处古雍州境内,恰好也与钱氏所引《禹贡》雍州昆仑相符。但是,在先秦人眼里,黄河源头在何地,则又另当别论,故笔者并没有将钱杲之的观点归为“巴颜喀拉山说”,而贯之以“河源所出说”。姜亮夫将屈赋与儒家典籍截然划境,从而对屈赋昆仑与古书昆仑做了严格的区分,这一思路对研究屈辞至关重要。姜亮夫认为古书所载昆仑皆指青海西宁以西之地,而屈赋昆仑则为河源所出之山。古典文学的研究工作,由于研究对象有特殊历史性,所以,评判也应该是历史的,这样,结论才会尽量符合历史原貌,研究屈辞亦应作如是观。生活在战国时代楚国的屈原,我们并不能简单将他看成是儒家或者其他什么诸子流派,所以他的作品就不应该以经学眼光与儒家典籍同等对待。

汪瑗考索《离骚》昆仑,详切而有新意,他认为昆仑根本就不存在于现实之中,它只是一个虚无缥缈的神话地名而已,而这个神话地名在流传的过程中,被后人用以命名指实了实际大山,遂产生了认识的分歧。我们再援引汪瑗自己的观点来证明:“所以谓之实有者,盖因古者相传昆仑之名,而因以名其山耳,非本来之所谓昆仑者也……吾故尝谓屈子之所用昆仑,乃指本来相传之昆仑,非指诸家所言之昆仑也。"①昆仑原本为神话传说中的一个名字而已,这个流传的名字原初本无定指,但后世注疏者却用它来给现实中具体地理大山命名并以此来解说屈辞。汪瑗此论的确为灼见,他的看法一言中的且符合昆仑语词的历史演变轨迹。但是,汪瑗和游国恩似乎只注意到事情的一面,而忽略了历史的另一侧面。我们认为,任何神话都应该是对现实的观照和映射,神话地名也不例外,那么昆仑也应是某一现实地理的映照。屈原《离骚》中一连串地名自有其前后映带紧密相连的时空逻辑游踪顺序,因而我们认为,《离骚》昆仑虽为神话之境,但在屈原诗歌构思中似应有某个具体地理原型所指,这样才更符合诗人缜密的游踪行程。但是,这个原型到底是哪座大山呢?

钱澄之认为《离骚》昆仑为太阳落山的地方,且屈原用此意境来暗喻自己日暮途穷的人身境况。中国乃至世界诸多典籍所记昆仑皆处大地的中央,不知钱氏此说何据。且《离骚》有"崦嵫"专门指代日落之地,至于日暮途穷,比附穿凿不足为论。

萧兵《楚辞新探》《楚辞与神话》认为昆仑即为祁连山,并批驳其他异说,但他的结论也极谨慎:"'昆仑'异说,到目前为止,似乎仍以'祁连说'为长。"②萧兵认为祁连山才是所谓的古昆仑,也即神话昆仑,和田南山为今昆仑。萧兵《神话昆仑及其原型》还有论述:"说和田南山为秦汉人所定昆仑则可,甚至论定穆王西征曾达中亚亦无不可;说和田南山即《山海经》《楚辞》及神话中的古昆仑,即作为'河源'的昆仑,则均无坚强有力之证据焉。"③萧氏所言甚详,读者自可检索。和田南山一说萧兵自己即已进行了辩驳,由此可见,从萧兵诸书的不同看法已然透露出昆仑问题的异常复杂和难于索解。

(二)《九歌》昆仑歧说

《九歌》昆仑,分歧较少,现清理如次。

---

① 汪瑗:《楚辞集解》,北京古籍出版社,1994年,第426—427页。
② 萧兵:《楚辞与神话》,江苏古籍出版社,1987年,第488页。
③ 萧兵:《楚辞与神话》,江苏古籍出版社,1987年,第470—471页。

1.河源所出说　王逸《楚辞章句》曰："昆仑山,河源所从出。"①洪兴祖《楚辞补注》承王说："《山海经》云:昆仑山有青河、白河、赤河、黑河,环其墟。其白水出其东北陬,屈向东南流,为中国河。《尔雅》曰:河出昆仑虚,色白,所渠并千七百一川。色黄,百里一小曲,千里一曲直。《淮南》曰:河出昆仑,贯渤海,入禹所导积石山也。"②朱熹《楚辞集注》承洪说："昆仑,山名,河出昆仑虚,色白,所渠并千七百一川,色黄,百里一小曲,千里一曲一直。"③后世陈第《屈宋古音义》、王夫之《楚辞通释》、林云铭《楚辞灯》、蒋骥《山带阁注楚辞》、屈复《楚辞新集注》、陈本礼《屈辞精义》、胡文英《屈骚指掌》、马其昶《屈赋微》、蒋天枢《楚辞校释》等诸家皆主此说,兹不俱引。

2.西极山说　王闿运《楚词释》谓："昆仑,西极山。言怀王惑秦伪说,而绝齐也。"④

王逸言《离骚》昆仑位处西北,此又说《九歌》昆仑为河源所出,前后解说恰成互补。洪兴祖《离骚》昆仑补注王逸西北说,《九歌》昆仑补注王逸河源说,皆是搜集史料,补缀注释,敷成王说。楚辞的注解,大至文脉大意,小至一词一字,历来聚讼纷纭,但诸家在《九歌·河伯》昆仑问题上分歧却如此之小,皆一致认同王逸的说法,当源于一个巧合。历来学界多主张《河伯》篇所记为祭祀黄河之神,加之《尔雅》等典籍又主张黄河源出于昆仑,故楚辞注疏者自然会联想到黄河之神登上的是黄河源头的昆仑大山。《河伯》曰:"登昆仑兮四望,心飞扬兮浩荡。日将暮兮怅忘归,惟极浦兮寤怀。"⑤这里的描述与《离骚》的飞升游历极为相似,此言河伯逍遥游观,来到人间仙境昆仑赏玩,骋心荡性,好不自在,要不是遥远河畔的故居令我挂怀,则我日暮尚不知归途。此处描写手法极其细密,意在言说昆仑虽好,家乡却最为关情,因而此处昆仑似乎与《尔雅》所记黄河源头并不相关。

---

①　洪兴祖:《楚辞补注》,中华书局,1983 年,第 77 页。

②　洪兴祖:《楚辞补注》,中华书局,1983 年,第 77 页。

③　朱熹:《楚辞集注》,上海古籍出版社,1979 年,第 43 页。

④　王闿运:《楚词释》,载《续修四库全书》,上海古籍出版社,2002 年,第 1302 册,第 628 页。

⑤　洪兴祖:《楚辞补注》,中华书局,1983 年,第 77 页。

若生硬将《河伯》昆仑解为河源,则会失去此处神话昆仑所隐含的人间逍遥至乐仙境的文化意蕴,也与屈辞中所涉昆仑概念的一贯主张不符。

王闿运认为《九歌》为宗教祭祀乐曲,并主张宗教祭祀皆有其功利目的,《国殇》的功利目的为楚与秦、齐争霸,因而《河伯》亦与此有关。典籍皆载昆仑有居大地正中的特性,从文句"登昆仑兮四望"亦能推知,如果昆仑处于西极,诗人应该不会写出"四望"的道理。至于怀王绝齐之事,更是节外生枝,让人云里雾里了。

(三)《天问》昆仑歧说

《天问》昆仑亦有很多纠缠不清的异说,现清理如下:

1.西北说 王逸曰:"昆仑,山名也,在西北,元气所出。其巅曰县圃,乃上通于天也。"①

2.阿耨达山说 朱熹《楚辞集注》曰:"昆仑,据《水经》在西域,一名阿耨达山,河水所出,非妄言也。"②

3.西域之国说 夏大霖《屈骚心印》曰:"愚读《竹书纪年》,即晋之《乘》也,书舜九年,西王母来朝;又书周穆王十七年,王西征昆仑丘,见西王母,其年西王母来朝,宾于昭宫。据此,昆仑一西域之国,王母其女主耳。自周穆之后,异端蜂起,方士售奸,谬作《穆天子传》,以神仙妄欺人主,神仙之说自此始也。后来《拾遗记》又有王母会燕昭王事,其诞妄不可诘矣。卒流毒于秦皇、汉武,犹未瘳也。"③

4.祁连山说 孙作云《天问研究》曰:"昆仑,山名,即今之祁连山,主峰在甘肃酒泉西南。"④

后世对《天问》昆仑的不同看法虽不及《离骚》昆仑众多,但以上四说却差异颇大。王逸的解释与《离骚》昆仑相同。王逸对屈辞《离

---

① 洪兴祖:《楚辞补注》,中华书局,1983年,第92页。

② 朱熹:《楚辞集注》,上海古籍出版社,1979年,第57页。

③ 夏大霖:《屈骚心印》,载《四库全书存目丛书》(集部·楚辞类·集2),齐鲁书社,1997年,第372页。

④ 孙作云:《天问研究》,中华书局,1989年,第162页。

骚》《九歌》《天问》等三处昆仑的注解,前后互相连贯,互为补充,但同样也免不了自相矛盾。王逸以虚幻的神话解释《离骚》昆仑与《天问》昆仑,但《九歌》昆仑他又坐实为黄河源头之山,王逸尚难免千虑一失,后世有关昆仑五花八门的说法也就在所难免。

对于《离骚》昆仑,朱熹持祁连山说。对于《九歌》昆仑,朱熹持河源所出说。然而,对于《天问》昆仑,朱熹却又认为是河水所出之阿耨达山。根据第一章"悬圃"对阿耨达山的考证,朱熹所谓阿耨达山似为今之冈底斯山。

屈辞昆仑诸说中,夏大霖此说最为特别。其他注疏者思维无论怎样驰骋,尚把昆仑看作是一大山,但夏氏别开生面,释昆仑为西域一个国家。在传不破经的时代,夏氏摒弃成说、提出异见,难能可贵。夏氏的这个说法在《尚书·禹贡》伪孔传里已有提及,此详后论。夏大霖说,此国有女国王,名王母。但王母之国到底位于何方,夏氏并没有交待清楚。夏氏认为《穆天子传》为方士谬作,值得商榷。《穆天子传》记先秦史地故实,只不过很多地名、国名从汉代开始就已无从考证,因而后世便认为书中所记多为仙话。笔者在本研究中将援引该书大量材料,故顺带对此作一简要说明。秦皇、汉武虽然身为雄主,但是仍然摆脱不了对生的眷念和对死亡的恐惧。传言西王母有不死之药,于是他们便以非理性的举动,耗费了大量人力、物力、财力去寻觅西王母,以求取长生不老的仙方。但是,"王母"一语据学者考证原为古印度语 Uma 通过古突厥语演变而来,是印度神话中喜马拉雅山神之妻 Uma 的化身[1]。依此而论,西王母本是印度虚幻的神话之名,传至突厥,已然因译介产生了误解。突厥人将此神话当真,并融入族群历史记忆,将之历史化。当中原接触到从西域传入的"王母"文化时,已经完全将之当作历史来解读,我们不能简单加罪于《穆天子传》,只怨后世贪欲之人误读了前人记载,将历史又作了仙话,且信以为真。何止秦皇、汉武,齐威、齐宣、燕昭亦曾不惜人力物力,大费周折寻找海外仙山

---

① 库尔班·外力:《西王母新考》,《新疆社会科学》1982 年第 3 期。

以觅求仙药,这股自战国延续至汉武帝的寻仙热潮,恐怕亦是道教兴起的来源之一。笔者之所以探寻此问题,关注点尚在屈辞。置屈原于这样的时代大背景之下,屈辞里的种种寻仙飞升远游场景也就有了合理的时代当下原因。虽然寻仙行动皆无果而终,但秦皇、汉武拥有权力与财力将之不断付诸实践,诗人屈原则只能用其恢宏妙笔将这些传说编织在自己的诗篇当中。

孙作云此说,朱熹、徐文靖已有阐发。但与朱、徐所不同,孙氏祁连山说是基于自身的先秦地理交通观念而作出的结论:"在战国时代,商业发达,交通开扩。我国劳动人民足迹所至,东至海上诸岛,西达甘肃、青海、新疆一带,南至南海,北至大漠、积羽之地,地理知识突然丰富。其在西北方面,中原的劳动人民、商人,已至甘肃河西走廊及以西之地。由于中原各国长期战争,而河西走廊比较安定……与中原战乱相比,成为理想世界。神仙家以此客观情况为基础,推波助澜,加以渲染,遂把河西一带说成是神仙之地。这就是战国时代为什么把昆仑山说成是神山,把这一带的氏族社会的女酋长西王母说成是最高神仙的根据。"①孙作云认为战国时代劳动人民的足迹西至河西走廊,这并无不妥,但是一个时代足迹所历应当是一个开放的时空概念,只要陆地不为天堑所阻,人们之间的交流就不会中断。人类足迹所履应当是一个延续的时空过程,战国时代的中原人,即使没有亲自去过河西以西的地域,他凭借耳目知识也完全可以了解河西以西甚至更远的空间,这是人类获取穿越时空历史知识的特殊能力。因此,我们并不能简单认为足迹至河西而人们的认识也就只停留在河西,况且,战国的河西也并不是安定之地,秦国几百年的扩张并不仅仅向东,向西、向北同样也很激烈,因而,将秦国所在的河西之地作为昆仑神话的原型所在,似亦难以服人。此外,孙氏认为昆仑神话产生于战国,但笔者认为,昆仑神话在战国以前早已流传开来,后有详论,此不赘。

---

① 孙作云:《天问研究》,中华书局,1989 年,第 161—162 页。

(四)《九章》昆仑歧说

屈辞《离骚》《九歌》和《天问》言昆仑已多,因而历来楚辞注家对《九章》"登昆仑兮食玉英"(《涉江》)及"冯昆仑以瞰雾兮,隐岷山以清江"(《悲回风》)句中的昆仑基本没有什么特别的新解。惟王闿运《楚词释》有不同的说法,王闿运注解《涉江》昆仑谓:"昆仑,怀王所客之地也。忠于先君,与同生死。心光明如日月也。"①楚怀王曾客居秦都咸阳,将"昆仑"说成是"秦国"当为古今一人。至于什么忠于先君之说更是不着边际,穿凿附会不言而喻。王闿运注解《悲回风》昆仑谓:"冯昆仑,言制秦也。"②如此比附,同样不足为据。

二 先秦文献典籍所载"昆仑"指称之淆乱

屈辞之外,先秦典籍言及昆仑者颇多,择要如下:

(一)《尚书·禹贡》曰:"织皮昆仑、析支、渠搜、西戎即叙。"③如果《禹贡》确为禹臣伯益所记大禹治水之事,那么,昆仑于夏朝初年即已出现于中国典籍。但是,对《禹贡》这句话的理解,历来纠缠异常。伪孔传曰:"织皮毛布,有此四国,在荒服之外,流沙之内,羌髳之属,皆就次叙,美禹之功及戎狄也。"④伪孔传认为《尚书》昆仑为一国家名,前引夏大霖《屈骚心印》也赞同屈辞昆仑为西域之国。伪孔传的说法不但新奇,而且影响甚巨。唐人孔颖达对伪孔传所言的四个国家做了确切的补说:"四国皆衣皮毛,故以织皮冠之。传言织皮毛布,有此四国,昆仑也,析支也,渠也,搜也,四国皆是戎狄也,末以西戎总之。"⑤但是,孔颖达疏引郑玄语却又说:"衣皮之民,居此昆仑、析支、渠搜三山之野者,皆西戎也。"⑥据此,昆仑在郑玄那里却又不是国

---

① 王闿运:《楚词释》,载《续修四库全书》,上海古籍出版社,2002年,第1302册,第636页。
② 王闿运:《楚词释》,载《续修四库全书》,上海古籍出版社,2002年,第1302册,第642页。
③ 《尚书正义》,载《阮刻十三经注疏》,上海古籍出版社,1997年,第150页。
④ 《尚书正义》,载《阮刻十三经注疏》,上海古籍出版社,1997年,第150页。
⑤ 《尚书正义》,载《阮刻十三经注疏》,上海古籍出版社,1997年,第150—151页。
⑥ 《尚书正义》,载《阮刻十三经注疏》,上海古籍出版社,1997年,第151页。

名,而是山名。同一句话,伪孔传与郑玄的看法何以相去甚远! 到底谁的解释更符合《禹贡》昆仑的原貌呢?《禹贡》所言昆仑又到底位于何方? 三国魏经学大师王肃给出了他的答案:"昆仑在临羌西。"①但是,王肃又是凭借什么材料断言昆仑在临羌之西呢? 是据典而论或是凭空臆测,我们不得而知。参之图籍,临羌大致位于今青海省湟中县,湟中之西是青海湖。那么,昆仑是青海湖周边地区的一个古国还是某座大山,王肃并没有给我们说明。

(二)《山海经》言昆仑共 18 则 21 处:

(1)又西北四百二十里,曰钟山,其子曰鼓,其状如人面而龙身,是与钦䲹杀葆江于昆仑之阳。(《西山经》)

(2)又西三百二十里,曰槐江之山……南望昆仑,其光熊熊,其气魂魂。(《西山经》)

(3)西南四百里,曰昆仑之丘,是实惟帝之下都。(《西山经》)

(4)又北三百二十里,曰敦薨之山……出于昆仑之东北隅,实惟河原。(《北山经》)

(5)昆仑虚在其东,虚四方。一曰在歧舌东,为虚四方。(《海外南经》)

(6)羿与凿齿战于寿华之野,羿射杀之。在昆仑虚东。(《海外南经》)

(7)禹杀相柳,其血腥,不可以树五谷种。禹厥之,三仞三沮,乃以为众帝之台。在昆仑之北,柔利之东。(《海外北经》)

(8)流沙出钟山,西行又南行昆仑之虚,西南入海黑水之山。(《海内西经》)

(9)海内昆仑之虚,在西北,帝之下都。昆仑之虚,方八百里,高万仞。(《海内西经》)

(10)昆仑南渊深三百仞。开明兽身大类虎而九首,皆人面,

---

① 《尚书正义》,载《阮刻十三经注疏》,上海古籍出版社,1997 年,第 151 页。

东向立昆仑上。(《海内西经》)

(11)西王母梯几而戴胜杖,其南有三青鸟,为西王母取食。在昆仑虚北。(《海内北经》)

(12)帝尧台、帝喾台、帝丹朱台、帝舜台,各二台,台四方,在昆仑东北。(《海内北经》)

(13)蟜,其为人,虎文,胫有腎。在穷奇东。一曰,状如人。昆仑虚北所有。(《海内北经》)

(14)昆仑虚南所,有氾林,方三百里。(《海内北经》)

(15)国在流沙中者埻端、玺晚,在昆仑虚东南。(《海内东经》)

(16)西胡白玉山在大夏东,苍梧在白玉山西南,皆在流沙西,昆仑虚东南。昆仑山在西胡西,皆在西北。(《海内东经》)

(17)西海之南,流沙之滨,赤水之后,黑水之前,有大山,名曰昆仑之丘。(《大荒西经》)

(18)禹湮洪水,杀相繇,其血腥臭,不可生谷,其地多水,不可居也。禹湮之,三仞三沮,乃以为池,群帝是因以为台,在昆仑之北。(《大荒北经》)①

《山海经》的成书年代,学界尚没有一致意见,其不同篇章的编纂时间可能相距甚远。如《山经》,有学者即认为成书于西周甚至更早,如《外经》,则有学者认为甚至晚至于汉代成书。但即便成书年代晚至于汉,这些材料对本研究所涉先秦时代亦相去不远,故笔者将这些材料作为一个整体来试作探讨。

第(3)则与第(9)则、第(7)则与第(18)则所记内容大体相同。十八则材料所涉及与昆仑相关的人物有鼓、钦鸹、葆江、帝、羿、凿齿、禹、相柳、西王母、尧、喾、丹朱、舜、蟜、群帝,这些人物的活动足迹皆关涉昆仑。如果这些人物确为上古历史人物,那么他们围绕昆仑活

---

① 袁珂:《山海经校注》,巴蜀书社,1996 年,以上条目依次为第 50、53、55、91、241、241、280、343、344、349、358、365、366、369、379、381、466、489 页。

动的地理地域又位于何方？仅就尧帝而论，历来史志所记尧活动于
黄河流域山西一带，那么，昆仑会位于远隔千里的甘肃河西以西甚至
是更为遥远的新疆或者更西的某座大山吗？

　　第（7）则材料记禹杀相柳事，相柳尸血恶，不生五谷，禹在其尸血
处筑高台，其台在昆仑之北。晋人郭璞谓："此昆仑山在海外者。"①
郭璞此说真乃石破天惊，昆仑山怎么会位于海外？先秦典籍皆记昆
仑位于中国西北，此会不会是郭璞的误记？郝懿行即对郭璞的看法
持怀疑态度："《海内北经》云：'台四方，在昆仑东北。'是此昆仑亦在
海内者，郭注恐非。"②于情于理，我们恐怕都不愿意承认昆仑地处海
外。昆仑对中国上古文化太过重要，它是理解上古诸多文化源头问
题的一把钥匙，若解决了昆仑问题，许多问题也就迎刃而解。我们应
该对郭璞的注解重新考量，学识渊博的郭璞应该不会在他的注疏中
任意东西、信口雌黄。那么，事实可能恰如郭璞所言，昆仑本就不是
中土之物，他的怀疑正好为探寻昆仑踪迹的迷途开启了一条寻踪别
径。持相反意见者可能会坚持认为这或许只是郭璞的一个例外而
已，但是，郭璞的这种看法并不是孤证，他对《山海经》第（9）则材料
的注疏亦谓："言海内者，明海外复有昆仑山。"③由此看来，郭璞主张
海内、海外皆有昆仑。值得注意的是，郝懿行对待郭璞的此则注解，
虽有反对，但又极力为之提供证据，敷陈其说："海内昆仑即《西次三
经》昆仑之丘也。《禹贡》昆仑亦当指此。《海内东经》云：'昆仑山在
西胡西。'盖别一昆仑也。又《水经·河水》注引此经郭注云：'此自
别有小昆仑也。'疑今本脱此句。又荒外之山，以昆仑名者盖多焉。
故《水经》《禹本纪》并言昆仑去嵩高五万里。《水经》注又言晋去昆
仑七万里。又引《十洲记》'昆仑山在西海之戌地，北海之亥地，去岸
十三万里'，似皆别指一山。然则郭云海外复有昆仑，岂不信哉。"④
根据郝懿行的补注和证明，郭璞的看法似乎定当有所依据。那么，接

　　① 袁珂：《山海经校注》，巴蜀书社，1996年，第282页。
　　② 袁珂：《山海经校注》，巴蜀书社，1996年，第282页。
　　③ 袁珂：《山海经校注》，巴蜀书社，1996年，第345页。
　　④ 袁珂：《山海经校注》，巴蜀书社，1996年，第345页。

下来的问题是,海内、海外为什么皆有昆仑存在,是海内昆仑承袭了海外昆仑之名,还是海外昆仑承袭了海内昆仑之名,也即是说,此昆仑的文化原型究竟在海内还是在海外,这个问题至关重要,留待后面作详细探讨。

第(16)则材料对探寻昆仑踪迹也很重要。大夏为上古语,所指区域大约为今天以伊朗、阿富汗为中心的中亚地域。白玉山在大夏以东,又在昆仑虚东南,位于白玉山以西的昆仑应该不会是甘肃或者新疆的任何一个昆仑,如果将此昆仑置入里海与黑海间的亚美尼亚高原,正好符合此则材料所记昆仑的方位,这个问题后面还将有详细论述,此不赘。关于白玉山,郝懿行谓:"《三国志》注引《魏略》云:'大秦西有海水,海水西有河水,河水西南北行有大山,西有赤水,赤水西有白玉山,白玉山西有西王母。'"①郝懿行所引裴松之《三国志》注并不全面,容易引起误读,从而造成理解上的偏误,故笔者不惮其烦,重引裴松之引《魏略》的这段注文于此:"斯罗国属安息,与大秦接也。大秦西有海水,海水西有河水,河水西南北行有大山,西有赤水,赤水西有白玉山,白玉山有西王母,西王母西有修流沙,流沙西有大夏国、坚沙国、属繇国、月氏国,四国西有黑水,所传闻西之极矣。"②安息国当位于伊朗高原,大秦与安息相接,这里的大秦应不会是希腊或者罗马,当为紧邻伊朗高原的一个邦国。这大秦以西的海水可能即为里海,海水以西的河水可能为导源于亚美尼亚高原的某条河流。河水再以西的大山就很难考订了,但出乎意料的是,郝懿行却说"大山盖即昆仑也"③,真可谓惊人之论,他似乎也相信昆仑存在于域外了。依此,笔者推测材料所言大山之西的赤水可能即为红海,赤水再以西的流沙可能为撒哈拉沙漠,这是本研究后面即将要探讨的内容,此不赘。材料(16)中的昆仑山,正如郝懿行所言,无论如何应在域外才符合逻辑。但是,郭璞却说:"《地理志》昆仑山在临羌

① 袁珂:《山海经校注》,巴蜀书社,1996年,第381页。
② 陈寿:《三国志》,裴松之注,中华书局,1982年,第862页。
③ 袁珂:《山海经校注》,巴蜀书社,1996年,第381页。

西,又有西王母祠也。"①郭璞援引《汉书·地理志》,认为昆仑又在临羌(今青海省湟中县)之西,此即他所认为的这个昆仑为海内昆仑,所以他才会征引《汉书》为证,但是,这显然不符合材料(16)所记的地理方位逻辑,真是矛盾重重,让人疑窦丛生。

第(17)则材料对认识昆仑文化渊源尤为重要,留待后面详加讨论。

综上所述,如果将《山海经》所记昆仑定位于中国境内任一昆仑或其他大山,似乎皆与材料所记相龃龉,不能自圆其说。

(三)《尔雅》记昆仑有3处:

(1)西北之美者,有昆仑虚之璆琳琅玕焉。②(《释地·九府》)

(2)丘,一成为敦丘,再成为陶丘,三成为昆仑丘。③(《释丘·丘》)

(3)河出昆仑虚,色白。所渠并千七百,一川色黄。百里一小曲,千里一曲一直。④(《释水·河曲》)

《九府》记载了东、东南、南、西南、西、西北、北、东北与中等九个方位所拥有的值得称羡的事物,这九个方位,有以中国为界限的,但似乎也有跨越中国本土地域的域外方位。《九府》所记"中部"为泰山,据此,位处泰山西北的昆仑,其方位应不出甘肃、青海以西。《尔雅》时代,人们观念中的昆仑或许已经凝固于中国西北方向的某座大山。关于昆仑三层神话,诸书记载颇详,汉画像砖描述颇多。《淮南子·墬形》记载:"昆仑之丘,或上倍之,是谓凉风之山,登之而不死。或上倍之,是谓悬圃,登之乃灵,能使风雨。或上倍之,乃维上天,登

----

① 袁珂:《山海经校注》,巴蜀书社,1996年,第381页。
② 《尔雅》,郭璞注,载《丛书集成初编》,商务印书馆,民国二十六年(1937),第81页。
③ 《尔雅》,郭璞注,载《丛书集成初编》,商务印书馆,民国二十六年(1937),第84页。
④ 《尔雅》,郭璞注,载《丛书集成初编》,商务印书馆,民国二十六年(1937),第92页。

之乃神,是谓太帝之居。"①因为昆仑有三层高台,故现实中的三层建筑物被命名为"昆仑丘",这是一个十分形象的比喻,昆仑已从神话意义上的仙境衍伸出了另一个现实的比喻义项。因此,材料(2)中的昆仑已经是一个含比喻意义的形容词,断不可作实际昆仑大山看待。材料(3)与《山海经·北山经》所记黄河导源于昆仑东北隅大体一致。如果将"河"指实为黄河,此昆仑似大致位于甘肃、青海一带黄河源头周边地域。

综观之,《尔雅》所记昆仑为黄河之源,其位于中原之西北方,此昆仑已经是中国化了的昆仑。接下来需要讨论的是《尔雅》的成书年代。有学者认为此书为周公姬旦所作,那么在西周初年,典籍中已经有了昆仑的概念。然而《尔雅》所记与战国其他典籍十分契合,故更多学者认为《尔雅》成书于战国秦汉年间。为什么突然之间战国有这么多士人似乎都流行言说昆仑? 这又使昆仑问题徒增波澜。笔者推测,昆仑文化意象至迟在战国时代已经与中国西北的一些大山有着不可分割的牵连。但是,我们能否即此确定昆仑文化就是战国时代的产物? 如果是,屈辞所记昆仑与先秦其他典籍所载昆仑似乎就不应该有如此大的分歧! 为什么还有海内昆仑与海外昆仑的区别呢? 因而笔者初步蠡测,位于中原西北方向且为黄河源头的昆仑当为借用外来昆仑概念命名中国本土地理而产生的借名,这一现象正如郭璞所言先秦古书里存有两个不同的昆仑概念,一为域外昆仑,一为境内昆仑。

(四)《逸周书·王会解》:"正西昆仑、狗国、鬼亲、枳已、闟耳、贯胸、雕题、离丘、漆齿。"②晋孔晁注曰:"九者,西戎之别名也。闟耳、贯胸、雕题、漆齿等亦因其事以名之也。"③《逸周书》的看法与《尚书》伪孔传极为相似,昆仑在这里不是大山,而是位于中原以西的一个国家或民族。那么,昆仑大山文化意象与昆仑国或昆仑族又有着怎样

---

①　何宁:《淮南子集释》,中华书局,1998年,第328页。

②　《逸周书》,载《文渊阁四库全书》,上海古籍出版社,1987年,第370册,第50页。

③　《逸周书》,载《文渊阁四库全书》,上海古籍出版社,1987年,第370册,第50页。

的关联?《逸周书》所记内容时间大致为周文王至周景王年间,故成书年代不会早于周文王,与《尔雅》成书年代相差不远。《尔雅》中昆仑为山名,而《逸周书》中昆仑则是国家或民族名,显然,在《尔雅》《逸周书》时代,昆仑问题就已经混乱如此了。

(五)《竹书纪年》:"十七年,王西征昆仑丘,见西王母。其年西王母来朝,宾于昭宫。秋八月,迁戎于太原。王北征,行流沙千里,积羽千里,征犬戎,取其五王以东西,征于青鸟所解,西征还履天下,亿有九万里。"①《竹书纪年》记载了周穆王姬满西征昆仑与西王母相见一事,材料所记是对历史事件的真实再现还是人们凭空想象从而形成的仙话臆测,至今学界尚存分歧。《竹书纪年》记事年月详切,事迹清楚,人物活动方位路线逻辑井然,故笔者主张此书所记应为历史重现。但是,周穆王所履昆仑在哪里呢?根据《竹书纪年》引穆王西征昆仑事之后"十八年春,正月,王居祇宫,诸侯来朝"②的记载,周穆王在不到一年时间内足迹所履西至昆仑且返回周朝祇宫,此外,西王母又于当年回访了周朝,并且还有穆王北征一事插入其间,据此推测,这昆仑距离中原应不会太遥远,似乎位于甘肃、青海或新疆较有距离行程上的合理解释。但是,《竹书纪年》明明记载穆王西征里程"亿有九万里",似乎应是一个距离中原十分遥远的地方,真让人捉摸不定、难于化解。

(六)《穆天子传》言昆仑尚多,凡4则8处:

(1)河宗又号之帝曰:"穆满,示女春山之瑶,诏女昆仑□舍四,平泉七十,乃至于昆仑之丘,以观春山之瑶。赐语晦。"天子受命,南向再拜。③(卷一)

(2)戊午,昌□之人居慮献酒百□于天子。天子已饮而行,遂宿于昆仑之阿、赤水之阳。爰有□鸟鸟之山,天子三日舍于□

① 《竹书纪年》,载《文渊阁四库全书》,上海古籍出版社,1987年,第303册,第27页。
② 《竹书纪年》,载《文渊阁四库全书》,上海古籍出版社,1987年,第303册,第27页。
③ 《穆天子传》,载《文渊阁四库全书》,上海古籍出版社,1987年,第1042册,第250页。

鸟鸟之山□。吉日辛酉，天子升于昆仑之丘，以观黄帝之宫而封□隆之葬，以诏后世。癸亥，天子具蠲齐牲全，以裡□昆仑之丘。①（卷二）

（3）天子□昆仑以守黄帝之宫，南司赤水而北守舂山之宝。天子乃□之人□吾，黄金之环三五，朱带、贝饰三十，工布之四。□吾乃膜拜而受。天子又与之黄牛二六，以三十□人于昆仑丘。②（卷二）

（4）庚辰，天子大朝于宗周之庙，乃里西土之数。曰：自宗周瀍水以西，至于河宗之邦，阳纡之山，三千有四百里。自阳纡西至于西夏氏，二千又五百里。自西夏至于珠余氏及河首，千又五百里。自河首襄山以西，南至于舂山珠泽、昆仑之丘，七百里。③（卷四）

材料(1)记载周穆王姬满会见"河宗"，并受赐舂山之玉一事。《史记·赵世家》张守节正义谓："《穆天子传》云河宗之子孙则柏絮。按：盖在龙门河之上流，岚、胜二州之地也。"④张守节认为"河宗"为黄河上游的一个氏族部落，此说可信。河宗氏以舂山珍奇异物展示给周穆王，并嘱托周穆王一路西行往观昆仑之丘赏观舂山美玉，舂山即今帕米尔高原之葱岭（按：第一章已有详论），材料所记昆仑似为帕米尔高原。由此，昆仑位于河宗氏所在的黄河上游不远，那么，《穆天子传》所记与先秦其他典籍所载黄河导源于昆仑就极为吻合。材料(2)集中记述周穆王在昆仑山的活动，周穆王抵达昆仑后，宿于昆仑之南、赤水之北，择吉日登上昆仑大山，并进行隆重祭祀。可惜郭璞的注解虚与委蛇，并没有言及昆仑的实质问题："昆仑山有五色水，赤水出东南隅而东北流，皆见《山海经》……黄帝巡游四海，登昆仑山，

---

① 《穆天子传》，载《文渊阁四库全书》，上海古籍出版社，1987年，第1042册，第251页。
② 《穆天子传》，载《文渊阁四库全书》，上海古籍出版社，1987年，第1042册，第252页。
③ 《穆天子传》，载《文渊阁四库全书》，上海古籍出版社，1987年，第1042册，第257—258页。
④ 司马迁：《史记》，中华书局，1959年，第1795页。

起宫室于其上，见《新语》。"①昆仑究竟在哪里？我们依然一片茫然。材料（3）继续记述周穆王在昆仑山的活动事迹。周穆王亲赴昆仑山黄帝之宫祭祀黄帝，郭璞谓"此以上似说封人于昆仑山旁"②，由此看来，周穆王还赐封了一批人守卫黄帝之宫。此昆仑本是"帝之下都"，帝似为黄帝，如果我们能考证出昆仑的具体方位，此将为我们解析远古黄帝传说提供有力参证，但是这个问题牵涉面极为庞杂而敏感，故笔者暂存阙疑，留待日后继续探索。

　　材料（4）为我们探寻《穆天子传》昆仑问题提供最为直接的依据。根据材料所记，自宗周镐京至河宗之邦阳纡之山3400里，自阳纡至西夏氏2500里，自西夏至河首（按：河源）1500里，自河首至舂山珠泽、昆仑之丘700里。那么，自宗周至昆仑即为8100里，折合周秦1里相当于现今414米计，宗周到昆仑为3353.4公里。"舂山"即"葱岭"，也即帕米尔高原，是西域和中亚的分界岭，位于中国、塔吉克斯坦和阿富汗边境，号称"亚洲屋脊"，"北丝绸之路"有一条通道即越葱岭西去波斯和罗马。"舂""葱"极有可能本为音译外来词，不同译介者使用不同汉字记录了这一语音。一说葱岭得名于帕米尔盛产野葱③，或许，那些到达过帕米尔高原的中原人带此物种来到中原，并名之曰"胡葱"，之所以叫"胡葱"，是因它与中原本土"葱"有所差别。索之典籍，《尔雅翼》《太平御览》《本草纲目》等皆载有"胡葱"。"胡"乃为中原人命名西域物种之通称，此"胡葱"当是异于中原本土"葱"的一种近似之物。也有学者认为"葱"指颜色，《尔雅·释器》曰："青谓之葱。"郭璞注曰："浅青。"④那么，葱岭即取林木繁茂、郁郁葱葱之意。无论哪种说法，葱岭的解释皆很贴切。舂山即为葱岭，自宗周西去3353.4公里处的昆仑大山即位于葱岭，里数亦若合符节，由此可知《穆天子传》所记事略应为历史而不仅是仙话，可惜《四库》归

---

① 《穆天子传》，载《文渊阁四库全书》，上海古籍出版社，1987年，第1042册，第251页。
② 《穆天子传》，载《文渊阁四库全书》，上海古籍出版社，1987年，第1042册，第252页。
③ 《后汉书·西域传》有"西至葱岭"语，李贤注谓："葱岭，山名也。西河旧事云：'其山高大，生葱，故名。'"
④ 《尔雅》，郭璞注，载《丛书集成初编》，商务印书馆，民国二十六年（1937），第49页。

类为小说,遂埋没其史料价值,幸有顾实《穆天子传西征讲疏》阐明此书确为历史而无疑,才引起学界的广泛关注。

综观《穆天子传》所提 8 处昆仑,我们有理由相信,此昆仑当指帕米尔高原之葱岭。但是,这一结论显然又与前引诸书所记昆仑大相径庭。但问题是,周穆王所见的这个昆仑是"帝之下都"的昆仑吗?此葱岭在周穆王去探访之前就已经以昆仑为名吗?或许又有这样的可能:昆仑之名以及关于昆仑的种种神话先为周穆王所知,周穆王心怀钦羡之意,遂兴师动众西去访求,当他走到帕米尔高原之葱岭,他以为这就是传说中的昆仑大山,于是在那里举行了一系列祭祀活动以纪念此次行踪。由此,周穆王此次西征可能源于自己渴求寻觅长生不老仙药的人生欲求,历史上并不仅仅有周穆王,燕昭、齐威、齐宣、秦皇、汉武皆步其后尘。这些问题依然困惑着我们。

(七)《庄子》言昆仑凡 4 处:

(1)夫道……堪坏得之,以袭昆仑。① (《大宗师》)

(2)黄帝游乎赤水之北,登乎昆仑之丘而南望,还归,遗其玄珠。② (《天地》)

(3)支离叔与滑介叔观于冥伯之丘,昆仑之虚,黄帝之所休。③ (《至乐》)

(4)以无内待问穷,若是者,外不观乎宇宙,内不知乎大初,是以不过乎昆仑,不游乎太虚。④ (《知北游》)

材料(1)《大宗师》记堪坏与昆仑,成玄英疏曰:"昆仑,山名也,在北海之北。"⑤这真是从来没有的破天荒的解说,在各种典籍中,昆仑的地理方位皆在西北,但成玄英却说昆仑在北海之北,这个全新的

---

① 郭庆藩:《庄子集释》,中华书局,1961 年,第 247 页。
② 郭庆藩:《庄子集释》,中华书局,1961 年,第 414 页。
③ 郭庆藩:《庄子集释》,中华书局,1961 年,第 615 页。
④ 郭庆藩:《庄子集释》,中华书局,1961 年,第 758 页。
⑤ 郭庆藩:《庄子集释》,中华书局,1961 年,第 249 页。

论断所依据的是什么,又源出何典,难免让人会产生追根溯源的想法。笔者花了大量时间以期找寻成疏的依据,但终徒劳无功,故存疑不表。材料(2)《天地》与材料(3)《至乐》记黄帝与昆仑,此与《穆天子传》所记周穆王宿昆仑之阿、赤水之阳并升昆仑事大体一致,所不同的是,《庄子》登昆仑者为黄帝,《穆天子传》登昆仑者为周穆王。这又使昆仑问题徒生枝节,难道相隔如此久远的两个帝王都去过同一个遥远的地方? 会不会有这样的可能:周穆王根据昆仑神话探寻到了他自认为是昆仑的帕米尔高原的葱岭,昆仑本是"帝"之下都,后世便将"黄帝"之事增饰到昆仑大山之上。但是,黄帝是否确有其人呢? 典籍所言的"帝"和"黄帝"又有什么关联? 这一问题或许又有两种可能:第一,"帝"和"黄帝"是两个不同的人物,"帝"是与昆仑联系在一起的原初文化意象,"黄帝"是中华民族(黄河流域中原民族)共同的初祖。由此,事实可能是"帝"和昆仑文化自西向东传播过程中,当中原人接触之后,附会嫁接了本族群的"黄帝"始祖于昆仑文化之中,并与之紧密融合成为一体。第二,"黄帝"本也是一个虚无缥缈的存在,"帝"就是"黄帝"。当"帝"与昆仑文化流播到中原后,中原人改换了"帝"之名目,以"黄帝"称之,黄为中原人所崇奉的神圣颜色。当然,这些都只是笔者一时兴起的揣测之词,每个问题皆关涉重大,尚需专门讨论,此外,这些论题与本论要探讨的核心问题皆相去甚远,因而我们只好就此打住,以待日后继续。材料(4)是《知北游》中一段讨论"无内"与"问穷"的哲理关系,其中言及昆仑,成玄英疏谓"昆仑是高远之山"[①],这个昆仑已经不是一个具体的地理地名与山名,它已然被概念化,成为高邈大山之通指,这与前引《尔雅》三层之丘为昆仑大致相似。

(八)《列子》亦言昆仑,2 则材料中共 3 处:

(1)已饮而行,遂宿于昆仑之阿、赤水之阳。别日升昆仑之

---

① 郭庆藩:《庄子集释》,中华书局,1961 年,第 759 页。

丘,以观黄帝之宫,而封之以诒后世。①(《周穆王篇》)

　　(2)周穆王西巡狩,越昆仑,不至弇山。②(《汤问》)

　　以上2则材料皆关涉周穆王西征事,与《穆天子传》所记大体相同。《列子》与《穆天子传》所记周穆王与昆仑事应当来源于同一史料,因而《列子》所记昆仑似亦为帕米尔高原之葱岭。《汤问》篇尤为重要,王重民曰:"'不'字疑衍。《穆天子传》云:'天子遂驱,升于弇山。'《周穆王篇》亦云:'廼(当作西,说见前)观日之所入',亦指登弇山事也。是穆王曾至弇山。若有不字,则与事实不合矣。"③弇山即崦嵫山,如果王重民所言不差,周穆王曾越昆仑,再西达弇山(崦嵫山),那么此崦嵫山绝不会是中国境内任何一座以"崦嵫"命名的大山,诸如甘肃崦嵫山、燉煌崦嵫山等皆在此葱岭昆仑之东,与典籍所载并不相符,关于崦嵫,后面另有专论,兹不赘。我们若能考订弇山所在准确方位,对认识周穆王西征这一史实将有极大帮助。如果弇山为大西洋东岸某山,周穆王就曾西巡至大西洋;如果弇山为地中海东岸某山,那么周穆王车辙所至当为地中海沿岸;如果弇山为里海东岸某山,那么周穆王足迹可能就只到达过里海沿岸。此事牵涉甚广,极为复杂,需另文专论。如果王重民的注解与事实并不相符,问题或将是另一番情景。《穆天子传》与《列子》都记载周穆王到达过昆仑,《汤问》记周穆王越过昆仑后,没有抵达崦嵫,这似更符合历史真实。崦嵫为太阳落山之地,周穆王的西征目的可能是追寻日落之所,但当他到达所谓的昆仑后,依然没能见到日落之地,所以才彻底死心,遂返回祇宫。这一历史事件在中国上古神话中亦有体现,夸父逐日应当就有现实的原型,以此观之,周穆王极有可能就是那个时代的现实夸父。以此索解《汤问》,我们可以探查出更多文化内涵,且更加符合历史真实。崦嵫为大地极西之山,周穆王在不到一年的时间内是不

① 杨伯峻:《列子集释》,中华书局,1979年,第97页。
② 杨伯峻:《列子集释》,中华书局,1979年,第179页。
③ 杨伯峻:《列子集释》,中华书局,1979年,第179页。

大可能巡迹到大地极西之地的,故《汤问》记载周穆王"不至弇山",应当较为客观,王重民疑古太甚。

(九)《管子·轻重甲》亦记有昆仑:"……昆仑之虚不朝,请以璆琳琅玕为币乎?……簪珥而辟千金者,璆琳琅玕也,然后八千里之昆仑之虚可得而朝也。故物无主,事无接,远近无以相因,则四夷不得而朝矣。"①《管子》此篇所谓四夷为东南西北四方部落,吴、越代表南,发、朝鲜代表东,禺氏代表北,昆仑之虚代表西,四方之人因有利可得,故欣然来朝。由《管子》所记,昆仑为中国西方的一个国家或部落名称,此与《尚书》伪孔传及《逸周书》的说法相似。但此昆仑国或昆仑部落到底位于中土以西的哪个方位,我们依然不得而知。

(十)《吕氏春秋》有 2 处言及昆仑:

> (1)菜之美者,昆仑之蘋。②（《本味》）
> (2)水之美者,三危之露,昆仑之井。③（《本味》）

材料(1)高诱注谓:"昆仑,山名。在西北,其高九万八千里。"④高诱承袭《山海经》与王逸的说法,但是昆仑何在,我们依旧茫然。材料(2)高诱注谓:"皆西方之山泉也。"⑤三危与昆仑皆处西方,且昆仑又为多条河流发源之地,此处将三危与昆仑并举,著书者或认为江河溪流皆从西至东,位于西方上游的源头活水最为醇美。

(十一)《淮南子》言昆仑尚多。《淮南子》虽为汉人刘安集门客所编,但其门客多为燕齐方士之苗裔,故所集材料尚多先秦原貌,兹引述如下,以备参考:

---

① 黎翔凤:《管子校注》,中华书局,2004 年,第 1440 页。
② 陈奇猷:《吕氏春秋校释》,学林出版社,1984 年,第 741 页。
③ 陈奇猷:《吕氏春秋校释》,学林出版社,1984 年,第 741 页。
④ 陈奇猷:《吕氏春秋校释》,学林出版社,1984 年,第 757 页。
⑤ 陈奇猷:《吕氏春秋校释》,学林出版社,1984 年,第 762 页。

（1）昔者冯夷、大丙之御也……经纪山川,蹈腾昆仑,排闾阖,沦天门。①（《原道》）

（2）禹乃以息土填洪水,以为名山,掘昆仑虚以下地,中有增城九重,其高万一千里百一十四步二尺六寸……县圃、凉风、樊桐在昆仑闾阖之中……河水出昆仑东北陬……昆仑之丘,或上倍之,是谓凉风之山,登之而不死。或上倍之,是谓悬圃,登之乃灵,能使风雨。或上倍之,乃维上天,登之乃神,是谓太帝之居……西北方之美者,有昆仑之球琳琅玕焉……雗棠武人在西北陬……昆仑华丘在其东南方……乐民、挐闾在昆仑弱水之洲……湍池在昆仑。②（《墬形》）

（3）中央之极,自昆仑东绝两恒山,日月之所道,江汉之所出……西方之极,自昆仑绝流沙、沈羽,西至三危之国。③（《时则·五位》）

（4）过昆仑之疏圃,饮砥柱之湍濑……河九折注于海而流不绝者,昆仑之输也。④（《览冥》）

（5）伯益作井,而龙登玄云,神棲昆仑……魏阙之高,上际青云,大厦曾加,拟于昆仑。⑤（《本经》）

（6）钳且得道以处昆仑。⑥（《齐俗》）

（7）江出岷山,河出昆仑。⑦（《说山》）

材料（1）中冯夷升天需凭借昆仑大山之高境,此神话昆仑位于大地的中央,借道昆仑山巅即可上登天庭,《离骚》昆仑即借此神话意象,诗人屈原企望凭借昆仑高境之悬圃上登天庭,面禀天帝,陈说衷情。材料（2）有八处言及昆仑。第一处昆仑所涉内容与大禹治水相

① 何宁：《淮南子集释》,中华书局,1998 年,第 12—16 页。
② 何宁：《淮南子集释》,中华书局,1998 年,第 322—361 页。
③ 何宁：《淮南子集释》,中华书局,1998 年,第 433—434 页。
④ 何宁：《淮南子集释》,中华书局,1998 年,第 470—500 页。
⑤ 何宁：《淮南子集释》,中华书局,1998 年,第 571—592 页。
⑥ 何宁：《淮南子集释》,中华书局,1998 年,第 798 页。
⑦ 何宁：《淮南子集释》,中华书局,1998 年,第 1135 页。

关，或因"黄河导源于昆仑"而有此禹掘昆仑的记载。第二、第四处昆仑记神话昆仑的山形地貌，这一段文字对揭示昆仑问题极为重要，昆仑之丘、凉风之山和悬圃成倍高增，构成昆仑三层的结构。"悬"，当是"悬挂"之意，悬挂必有绳索方可。位于昆仑最顶层的是"悬圃"，悬挂它的绳索在哪里呢？《淮南子》正好给出了答案，"维"者，绳索也。"悬圃"上至天庭，只有几条绳索相连，《淮南子》认为从"悬圃"登天只有唯一途径，即沿着悬挂"悬圃"的绳索向上攀登而至天庭，这也正是屈原从苍梧抵达"悬圃"后，要稍作停留，重整车马，借助"望舒""飞廉""凤鸟""飘风"之属以待飞升天庭的原由所在。第五、第六、第七、第八处昆仑与《山海经》所记一致，兹不赘述。材料（3）中江汉如果指实为长江和汉水，昆仑似乎又与岷山相关联，屈辞《悲回风》亦有"冯昆仑以瞰雾兮，隐岷山以清江"句，然综观文献所记，此昆仑应位于大地正中且为世界中央大山。材料（4）中昆仑为黄河源头所出的大山。材料（5）所言昆仑为神仙所栖之所。昆仑大山因高耸云天，人们想象昆仑巅上通天庭，神仙居住在昆仑大山之顶层，这在希腊为奥林匹斯山。希腊人认为希腊居大地中央，奥林匹斯山又居希腊中央，所以奥林匹斯山就是世界中央大山，故众神所居之地即为奥林匹斯山，是为昆仑。昆仑大山神话不仅在中国和希腊存在，世界各地许多民族的古老神话中皆有记载，比如在印度就为苏迷卢大山。此一文化现象不仅可以为我们提供考察世界远古文化间的相互关系，对认识中国上古文化亦有重大意义。我们弄清楚昆仑问题，其他诸多问题就能迎刃而解，因而对昆仑的探讨一直就是学界关注的热门话题，这也是笔者在探讨屈辞古地理时，将昆仑作为首要核心问题加以研讨的重要原因，屈辞诸多古地理的揭秘，我们皆可以昆仑为中心抽丝剥茧，逐层推进。材料（6）之钳且与前引《庄子·大宗师》堪坏同为得道的神仙，神仙居所在昆仑。综合观之，上引《淮南子》所记昆仑多为神话昆仑，这是《淮南子》关涉昆仑问题的特色。

　　笔者不厌其烦地列举了《尚书》《山海经》《尔雅》《逸周书》《竹书纪年》《穆天子传》《庄子》《列子》《管子》《吕氏春秋》《淮南子》等典籍中有关昆仑的诸多文献记载，我们可以观察到，不同典籍之间甚至同一典籍不同篇目之间有着互相矛盾甚至大相径庭的不同表述。大致计来,有国名、族名、大昆仑、小昆仑、海内昆仑、海外昆仑、亚美尼亚高原、西北昆仑虚、河源之昆仑、葱岭、北海之北、黄帝所休之昆仑、大地中央之大山、神仙居所等等令人目眩的诸多异说。这留给笔者无限思索,同一昆仑语词为什么歧说如此纷繁。

三　屈辞"昆仑"原义再探索

我们在前文不遗余力地援引历代楚辞注疏家释解昆仑的异说,总计之,则有笼统的西北说、河源所出说、仙山说、日没之山说、西极之山说、西域之国说,亦有具体的祁连山说、和田南山说、阿耨达山说,读来乱麻一团,让人始终弄不清楚昆仑到底是什么,又在哪里。仅屈辞本身的注疏即已纷乱如此,此外,诸如《尚书》《山海经》等先秦典籍记载昆仑的情形亦是歧乱纷繁,或山名,或部落名,或又国名;或在西,或在西北,或又在北海之北;或甘肃,或青海,或新疆,或又葱岭,让人束手无策,无法具体坐实。我们将昆仑置放于自汉代形成的中华版图的任一位置,都会顾此失彼,前后牵绊,总不能合理解释屈辞乃至先秦典籍中的昆仑问题。

我们暂且不论昆仑如何产生,从文化发生学的角度去考察昆仑又是一个全新的课题。从以上所引屈辞昆仑以及先秦诸多典籍所载昆仑的印证情况来看,这昆仑文化独盛于战国,当毫无疑义。为什么昆仑及昆仑神话于战国大盛于中华,这需要我们将该问题置于战国时代大背景之下去详加考察,笔者另有专论,这也是本书第十二章要深入探讨的内容。

昆仑文化独盛于战国,但昆仑在先秦诸籍中大多没有实指,借用楚辞注家王逸的话来说就是昆仑位于西北方,这是一个极其笼统的界定。

前面我们对秦皇、汉武与"王母""昆仑"文化作了分析,我们知道,秦皇、汉武的寻仙实际行动是物质的,而屈原的飞升游踪则是精神的寄托。了解了这一点,问题或许就有了更为开阔的视域,置屈原于这一特殊的时代主题之下，屈辞里的种种寻仙飞升远游场景也就有了合理的时代原因。

组织专人考订昆仑的第一人恐怕要推汉武帝。汉武帝的雄才大略早有历史定论，但是，作为个体生命的存在，汉武帝也难逃对生的留念和对死亡的恐惧，所以汉武帝对神仙及不死药的迷恋也是中国历史上最为著名者。常人有此想法，可能一辈子也不能付诸实践，但是，汉武帝身份特殊，他拥有足够的物力和财力去追寻这些仙话，他所采取的最直接的行动就是寻觅神话仙山昆仑。根据典籍所载，黄河导源于昆仑，那么，如果能找寻到黄河的源头，则昆仑可得矣，昆仑既得，则西王母可寻，仙药可获也。

《史记·大宛列传》记载了张骞从西域回朝后向汉武帝所作的考察汇报：

> 张骞……曰："大宛在匈奴西南，在汉正西，去汉可万里。……东则扜罙、于窴。于窴之西，则水皆西流，注西海；其东水东流，注盐泽。盐泽潜行地下，其南则河源出焉。多玉石，河注中国。……安息长老传闻条支有弱水、西王母，而未尝见。"……而汉使穷河源，河源出于窴，其山多玉石，采来，天子按古图书，名河所出山曰昆仑云。①

以帕米尔高原为东西分界，高原西麓河流向西注入咸海，故上述材料中的西海应指咸海。高原东麓河流向东注入盐泽，盐泽大致为塔里木盆地之罗布泊，塔里木盆地南端为黄河源头所出。根据上引《大宛列传》的记载，张骞向汉武帝汇报他去西域探险的经过，他并没有找到传说中的昆仑仙山，但是却自认为考察出了黄河源头的所在，这一点至关重要。张骞并没有欺骗隐瞒汉武帝，而是根据自己考察的实际情况进行了如实汇报：他并没有在黄河源头发现有神仙居住的昆仑仙山。我们据材料推断，汉武帝可能并不满意张骞的这一结

① 司马迁：《史记》，中华书局，1959年，第3160—3173页。

论,因而他又重新派遣其他"汉使"前去探寻河源之谜,其结果依然没有发现昆仑仙山神人,只不过报告者说河源之山尚多玉石。虽然昆仑仙山并未真正找到,但不知出于什么缘故,汉武帝还是参照古籍图书,以官方的名义将于寘南边这座大山正式命名为昆仑山,此应为官方考订昆仑的第一案例。

河源定在什么地方,昆仑即有具体方位,汉武帝正是根据张骞定河源为盐泽之南而钦定昆仑所在,但汉武帝所定昆仑究竟是于寘南边的哪座大山,史籍并无明文确指。据苏雪林《昆仑之谜》考证:《旧唐书·吐蕃传下》和《新唐书·吐蕃传下》记载唐人刘元鼎得河源于青海,则昆仑又随之而移于青海闷摩黎山,闷摩黎山即青海东南阿尼马卿山。元世祖派专人考察河源,翰林学士潘昂霄撰《河源志》,得河源于青海星宿海,则置昆仑于河源之东,相距且二十日路程。康熙遣使穷河源,仍得之于星宿海。乾隆钦撰《钦定河源记略》,得河源比星宿海更推进三百里①。

汉武帝以官方之名所做的昆仑认证,司马迁却不以为然,《大宛列传》篇末有此记载:

> 《禹本纪》言:"河出昆仑。昆仑其高二千五百余里,日月所相避隐为光明也。其上有醴泉、瑶池。"今自张骞使大夏之后也,穷河源,恶睹《本纪》所谓昆仑者乎? 故言九州山川,《尚书》近之矣。至《禹本纪》《山海经》所有怪物,余不敢言之也。②

司马迁告诉我们,张骞并没有找到河源。不仅如此,司马迁以自己的知识阅历对《禹本纪》等古史所记昆仑的真实性表示极大怀疑,同时他也不惧权威,对当朝皇帝汉武帝的官方权威钦定昆仑一事亦持怀疑态度。司马迁应该非常清楚,汉武帝所定昆仑漏洞百出,甚至他也可能明白,昆仑本是一个音译的外来语词,因而无论用昆仑一名

---

① 苏雪林:《屈赋论丛》,武汉大学出版社,2007 年,第494—497 页。
② 司马迁:《史记》,中华书局,1959 年,第3179 页。

代指中国西北任何一座大山，都会破绽百出，贻人笑柄。

当代中国人言昆仑无不以中国现今版图上的昆仑山脉为实，殊不知此昆仑山脉为德国博物学家、地质学家洪博德（Avon Humboladt，1769—1859）根据中国古史旧说敷衍而成。洪博德分亚洲山脉为四大山系：阿尔泰山系、天山系、昆仑山系和喜马拉雅山系。山脉这一概念也当源自西方现代地理学知识，它是指沿一定方向延伸，包括若干条山岭和山谷组成的山体。昆仑山脉绵亘 2500 公里，可是，如果我们要问洪博德所定昆仑山脉的主峰何在，恐怕就难以作答了，先秦诸籍所载那渺远的仙山昆仑依然难觅芳踪。

中国境内以昆仑名者，据苏雪林的说法有安徽潜山县东北六十里之一山、福建惠安县东北三十里之一山、广西邕宁东北一百二十里之一山，然据笔者揣测，以昆仑名山者远不仅如此。历来出现于典籍之昆仑则有：《汉书·地理志》记载的青海西宁、《汉书·地理志》记载的敦煌、《十六国春秋》记载的酒泉、《禹贡》记载的阿尼马卿山、《大清一统志》记载的巴颜喀拉山、孙壁文《新义录》引洪亮吉说的天山、《史记·大宛列传》记载的于阗南山、张星烺《中西交通史料汇编》所引英国人夏德说喀喇科龙山、《大清一统志》所记之冈底斯山、《水经注》所记之葱岭、《元史》所载之兴都库什山等等①。此外，尚有昆仑祁连山、昆仑玛沁雪山、昆仑喜马拉雅山等说法。总而言之，昆仑已经成为一个千古谜团，雾嶂层层，纠缠不清。

那么，屈辞所言昆仑到底是哪座大山呢？笔者综观历来楚辞注家的解说，尤为赞同苏雪林的说法，故暂以苏雪林所定阿拉拉特山为结论，再行补充说明。

阿拉拉特山（Mount Ararat）又译亚拉拉特山、亚拉腊山或大阿勒山。该山坐落于土耳其东北边界，距伊朗 16 公里，距亚美尼亚 32 公里，海拔 5 千多米，山势陡峭，终年积雪。《旧约·创世纪》记载，诺亚方舟在史前大洪水后，最后停靠的地方就在阿拉拉特山上，因此，该山在天主教基督教世界尤为知名。公元前 300 年巴比伦的一个祭司

---

① 苏雪林：《屈赋论丛》，武汉大学出版社，2007 年，第 500—505 页。

治贝斯曾在一本书中说,有一些人曾走近过诺亚方舟。13 世纪意大利著名旅行家马可·波罗离开中国后,曾实地考察过阿拉拉特山,他曾记述诺亚方舟依然停泊在某一高峰极顶之上,那里终年积雪,不仅不会融化,而且随着冬雪增加,积雪越来越厚,将方舟淹没于千年积雪之下。

昆仑大山因高耸云天,人们便想象它上通天庭。神仙居住在昆仑大山之顶层,这在希腊即为奥林匹斯山。希腊人认为希腊居大地中央,奥林匹斯山又居希腊中央,所以奥林匹斯山就为世界中央大山,故众神所居之地即为奥林匹斯山,即为昆仑。昆仑大山神话不仅在中国和希腊存在,世界各地许多民族的古老神话中皆有记载,比如在印度即为苏迷卢大山。

昆仑有诸多特征,如山上有醴泉瑶池、珠玉之树、凤鸾之鸟、人面虎身九头之开明兽、马身人面虎文鸟翼之英招、虎身人头九尾之陆吾,下有弱水之渊、炎火之山,附近有西王母所居之玉山。但昆仑最为显著的特征是"四水"源出其间,记载昆仑"四水"最为详备者为《山海经》与《淮南子》:

> 西南四百里,曰昆仑之丘,是实惟帝之下都……河水出焉,而南流东注于无达。赤水出焉,而东南流注于氾天之水。洋水出焉,而西南流注于丑涂之水。黑水出焉,而西流于大杅。(《山海经·西山经》)[1]
>
> 海内昆仑之虚,在西北,帝之下都……赤水出东南隅,以行其东北。河水出东北隅,以行其北,西南又入渤海,又出海外,即西而北,入禹所导积石山。洋水、黑水出西北隅,以东,东行,又东北,南入海,羽民南。弱水、青水出西南隅,以东,又北,又西南,过毕方鸟东。(《山海经·海内西经》)[2]
>
> 河水出昆仑东北陬,贯渤海,入禹所导积石山。赤水出其东

---

[1] 袁珂:《山海经校注》,巴蜀书社,1996 年,第 55—56 页。
[2] 袁珂:《山海经校注》,巴蜀书社,1996 年,第 344—349 页。

南陬，西南注南海丹泽之东。赤水之东，弱水出自穷石，至于合黎，余波入于流沙，绝流沙，南至南海。洋水出其西北陬，入于南海羽民之南。凡四水者，帝之神泉，以和百药，以润万物。①（《淮南子·墬形》）

昆仑"四水"（按：昆仑"四水"同样是一个异常纠结的问题，具体坐实为指哪"四水"，典籍有不同说法，综合之，则有河水、赤水、洋水、黑水说；洋水、弱水、赤水、黑水说；青水、赤水、白水、黑水说。笔者主张青、赤、白、黑为"四水"较为合理，"四水"代表四方颜色，似乎青水即为弱水，黑水即为洋水。）皆导源于昆仑，且皆流注入海。以此考索，中国境内符合这一条件的地理环境实在难觅！正如苏雪林《昆仑之谜》所言："黄河以外，洋弱赤黑各水与今日昆仑山脉亦均不能发生关系。古今学者，于此四水，牵之、挽之、揉之、搓之，望其与昆仑山脉，打成一片，而顾此失彼，总不自然。赤水之名，仅见野史，既难捉摸，只有付之不论。黑水弱水名见经书，安敢下为探讨，而迷离恍惚，依然闷葫芦一个。故宋代毛晃废然叹曰：'史志及诸家言黑水弱水互有异同，率多牴牾，姑撮其梗概，辨其误而阙其疑，以俟博达君子而折中焉。'（《禹贡指南》卷2）魏源则直指弱水为荒诞（《释昆仑上》），近人蒙文通先生亦归黑水于神话（《古史甄微》），是岂无故而然哉！夫竭二千数百年学者之聪明才力，不能解决此区区四水之问题，言之可笑而亦可哀矣。使《山海经》《淮南子》所言昆仑果在中国，四水果为中国之地理，又乌得有此现象耶？"②

那么，阿拉拉特山是否与昆仑"四水"特征相符呢？接下来笔者将一一解析导源于阿拉拉特山所在亚美尼亚高原的四条大河。我们的讨论从《圣经·旧约·创世纪》一段文字开始：

耶和华神在东方的伊甸立了一个园子，把所造的人安置在

① 何宁：《淮南子集释》，中华书局，1998年，第326—328页。
② 苏雪林：《屈赋论丛》，武汉大学出版社，2007年，第525—526页。

那里。……有河从伊甸流出来滋润那园子,从那里分为四道:第一道名叫比逊,就是环绕哈腓拉全地的。在那里有金子,并且那地的金子是好的;在那里又有珍珠和红玛瑙。第二道河名叫基训,就是环绕古实全地的。第三道河名叫底格里斯,流在亚述的东边。第四道河就是幼发拉底河。①

底格里斯河即上引材料中的第三道河,长 1950 千米,发源于亚美尼亚高原,先西南流后折而东南流,入波斯湾达阿拉伯海。

幼发拉底河即上引材料中的第四道河,长 2800 千米,亦发源于亚美尼亚高原,先西流再折而南流最后转为东南流,与底格里斯河合流称阿拉伯河,入波斯湾达阿拉伯海。

上引材料中的第一道河"比逊"所指是哪条河流,圣经学者尚有争议,苏雪林认为是吉瑞尔河。吉瑞尔河(又译耶希尔河)长 450 公里,导源于亚美尼亚高原西北,然后曲折向西,折而向北,最后注入黑海。

上引材料中的第二道河"基训"所指又是哪条河流,圣经学界亦是争论不休,苏雪林认为是阿拉斯河。阿拉斯河长 1072 公里,导源于亚美尼亚高原北部丛山,曲折东北流,构成土耳其—亚美尼亚、伊朗—阿塞拜疆界河,注入里海。

以上苏雪林所考订的四条河流的确符合昆仑"四水"皆导源于昆仑山、并且四水皆要入海这一重要条件。亚美尼亚高原有着极其独特的地理位置,北边是黑海,东边是里海,南边是阿拉伯海,西边是地中海,正处于这四海的中央位置,我们从地图上可以清晰地看到,亚美尼亚高原有众多河流导源于此,这些河流最后都流向了里海、黑海、地中海、阿拉伯海,虽然里海和黑海并不是真正意义上的大海,但在远古时代,初民面对如此浩森阔远的水域,一定会生出大海的观念。

要理清昆仑问题,我们需要对"昆仑"和"昆仑墟"这两个不同概

---

① 中国基督教两会:《圣经》和合本,第 3 页。

念作一解析区分。综合《山海经》及《淮南子》关于"昆仑"和"昆仑墟"的记载,结合我们前面对"昆仑"的大胆假设。我们认为,典籍所言"昆仑墟"当指亚美尼亚高原,"昆仑"则指此高原上的最高山峰阿拉拉特山。如果我们将"昆仑"置于地球其他任一位置,都不具备东、南、西、北皆有大海这一特征,典籍里的记载亦不能融会贯通。相反,置"昆仑"于亚美尼亚高原,一切皆若合符节,浑然天成。《山海经·大荒西经》"西海之南,流沙之滨,赤水之后,黑水之前,有大山,名曰昆仑之丘"①的记载似正可印证此一结论。我们可以将西海看成是地中海。将流沙看成是叙利亚沙漠或者土耳其斯坦沙漠。将赤水看成是红海,"后"往往指河流的上游,这里也可以指赤水的北方,如果将赤水看成是底格里斯河似乎也说得过去。将黑水看成是吉瑞尔河也正好吻合,黑水看成是黑海似乎也可,黑海之前的地理方位也正与阿拉拉特山相合。

又据苏雪林介绍,西亚远古传说,谓有一仙山曰 Khursag Kurkura,其义为"大地唯一之山"(Mountain of All Lands)或曰"世界之山"(Mountain of the World),此山为诸神聚居之处,亦即诸神之诞生地(The birthplace of the gods)。Khursag 之一字或指"世界",或指"大地",而 Kurkura 之一字则或为"大山",或为"高山",中国之昆仑,古书皆作昆仑。说文谓昆为古浑切,仑,卢昆切。以今日粤音读之,与 Kurkura 相差不远,殆音译其后一字也。又波斯人呼阿拉拉特山为 Kuh-i-nuh,则音与昆仑更近②。如果苏雪林所言波斯人对阿拉拉特山的称呼不差,那么,这个语音学的证据当极为重要,它可以佐证"昆仑"一语原为音译的外来词语。有学者也认为,"昆仑"一语当为突回语 Qurum 之音译,突回语此音之转音为 Qurum-Kurum-Qorum-Korum-Khurum-Khorom-Khorim,本意为云雾之山③,突厥民族从土耳其到中国新疆分布广泛,阿拉拉特山位于土耳其境内,突厥民族在游

① 袁珂:《山海经校注》,巴蜀社,1996 年,第 466 页。
② 苏雪林:《屈赋论丛》,武汉大学出版社,2007 年,第 511—512 页。
③ 以上说法为韩国汉阳大学中文系教授兼 BK21 中国方言与地域文化研究组组长严翼相提供,谨致谢意。

走迁徙过程中,与其他民族不断发生语言文化交流,从而将这一大山的语音传播出去,这也合情合理。此外,"昆仑"的繁复汉字字型同样透露出重要讯息。先秦典籍书写"昆仑"极其随意,有昆俞、崐崘、崑崙、昆陵、混淪、混淪、祁淪等多种书写形式。笔者认为,汉语一词多形词语的历史来源恐怕大多为音译外来语词。在借用汉字表达外来语音的初始阶段,有极大的随意性,然后慢慢经过权威典籍的权威译法定型后,人们也就习惯遵照某种通行的写法,当这种通行的写法逐年累月、反反复复植入并沉淀于该文化系统的深层结构后,常人也就难于辨认它的真正历史渊源了,遂自然而然地认为该语词概念乃为土生土长。若要考察清理此种语词的来龙去脉,特别是时隔数千年之久,这又何其艰难！我们现在尚能清楚认识当下交际汉语里近百年来的外来新词新语,但是如果时过境迁,时光再过两千年后,恐怕后人也很难清楚知道"咖啡""沙发""麦当劳""纽约"一类语词的历史本来面目了!①

---

① 一些现实地名的命名正复如此。如影片《阿凡达》上映后,据《参考消息》2010 年 1 月 27 日第 8 版《中国大地》报道:《阿凡达》片中潘多拉星球有座悬浮于空、神秘而惊艳的"哈利路亚山",据报道,此山的原型是该片摄影师于湖南张家界拍摄的"南天一柱",但导演在北京为电影宣传造势时却说此山的灵感来自于黄山。随即,张家界和黄山同时争抢"哈利路亚山"的冠名权。目前,张家界政府已经正式把"南天一柱"更名为"哈利路亚山"。笔者关注的不是这场争论以及更名的是非,试设想,如果"哈利路亚"之名真能长留张家界,百年之后,好事者是否会给"哈利路亚"作一逐字解释,冠上别样的意义释说呢!

第三章 流 沙

一 楚辞传统注疏"流沙"语义之歧说

楚辞注疏者注解《离骚》流沙,大致有如下五种说法:

(一)沙流如水 王逸谓:"流沙,沙流如水也。《尚书》曰:'余波入于流沙。'"①《尚书》"导弱水至于合黎,余波入于流沙"②所言为弱水之余波流注于"流沙",但是王逸援引《尚书》此说却曲解"流沙"为像水一样流动之沙,仔细思索与推测,王逸或许是依照"流沙"的字面意义而作出的增字解经式的附会说法,因此,王逸的注解与《尚书》所记似乎并没有什么逻辑上的联系。此外,李善《文选》注与王逸的说法相差无几,不再称引。沈括《梦溪笔谈》亦谓"沙随风流,谓之流沙"③。

(二)西海居延泽 洪兴祖谓:"《山海经》'流沙出钟山,西行',注云:今西海居延泽,《尚书》所谓流沙者,形如月生五日。"④郭璞以《尚书》所记载的初月形流沙注解《山海经》所记钟山流沙,看似合理,实则不然。在中国注书历史中,以儒家经典诠释其他典籍,本是传统注疏的一贯主张,但是,不同语料来源、不同写作背景的不同典籍以同一标准去阐释,难免会产生牵强附会从而造成远离典籍原初本意的主观弥缝。郭璞本已繁乱,洪兴祖又援引郭璞注《山海经》的观点,并将之粘附于《离骚》流沙,似乎是越走越远了。

朱熹的解说流沙与洪兴祖基本相同:"流沙,见《禹贡》,今西海

① 洪兴祖:《楚辞补注》,中华书局,1983年,第44页。
② 《尚书正义》,《阮刻十三经注疏》,上海古籍出版社,1997年,第151页。
③ 沈括:《梦溪笔谈》,胡道静校证,上海古籍出版社,1987年,第128页。
④ 洪兴祖:《楚辞补注》,中华书局,1983年,第44—45页。

居延泽是也。沈括云:'尝过无定河活沙,履之,百步皆动,如行幕上,或陷,则人马车驼,以百千数,无孑遗者。或谓此即流沙也。'"①后世楚辞注家持此说者众多,兹不赘。于此,我们似乎可以体察到古代注疏者的一种集体无意识,当呈现于注疏者眼前的文字文本典实来源于传统经典时,这种注书方法并无不可,时时会有细微精到之处。但是,当文字文本游离于传统经典时,这种方法就难免会产生生拉活扯、郢书燕说之嫌。即便我们将昆仑限定在中国西北,居延泽在昆仑之东,这与《离骚》所写从昆仑指向西极、途经流沙的游踪路线也不相符合,矛盾之处显而易见。苏雪林就曾批驳过这种解说:"若以为流沙所出之合黎山在今张掖县西边,流沙即西海居延泽,则永远不能言其究竟。"②

(三)塔克拉玛干沙漠 朱骏声《离骚赋补注》谓:"流沙在今甘肃嘉峪关外,安西州敦煌县西境,白龙堆之西。"③白龙堆位于罗布泊东北部,是一片盐碱地土台群,参之地图,朱氏所指即为今天的塔克拉玛干沙漠。朱氏的说法似乎来源于高诱注《吕氏春秋·本味篇》所云"流沙在敦煌西八百里"④,高诱所说敦煌西八百里的一个沙漠,推算起来,或许就是塔克拉玛干沙漠。蒋天枢《楚辞校释》似乎亦持此说:"今敦煌古玉门关以西之龙堆殆即古所谓流沙。"⑤但蒋天枢明确认定白龙堆即为流沙,与朱骏声之说尚有一些出入,不知是蒋氏引有所本抑或是误引了古人注解,我们不得而知。这个流沙似乎在中国昆仑之西,然而比照赤水、不周及西海,笔者认为这样的解说也没能与《离骚》通篇游踪相吻合,此详后论。

(四)敦煌鸣沙山 赵逵夫《屈骚探幽》谓:"流沙,神话中地名,在西方沙漠中……神话中流沙,当由今甘肃西部敦煌鸣沙山一带景况传说而成。"⑥赵逵夫解《离骚》地理,往往把《离骚》中有关西方的

① 朱熹:《楚辞集注》,上海古籍出版社,1979年,第25页。
② 苏雪林:《楚骚新诂》,武汉大学出版社,2007年,第148页。
③ 朱骏声:《离骚赋补注》,载《朱氏群书》,光绪八年(1874)临啸阁刊印本。
④ 陈奇猷:《吕氏春秋校释》,学林出版社,1984年,第755页。
⑤ 蒋天枢:《楚辞校释》,上海古籍出版社,1989年,第70页。
⑥ 赵逵夫:《屈骚探幽》,甘肃人民出版社,1998年,第252页。

地名一概和自己家乡所在地甘肃联系起来,似乎力图证明屈辞所指西方地理方位大多在甘肃境内,但是,我们无法理解屈原为什么要把甘肃作为西方来看待,而不是把四川、西藏、青海甚至新疆等地看作西方。看来,以鸣沙山指称流沙这一类解说似乎也会有龃龉牴牾之弊。

(五)西极 《文选》吕向注:"流沙,西极。"①如果流沙即为西极,那么屈原涉流沙、渡赤水、路不周及指西海等一路向西行进的历程就无从体现,从而也就不能呈现出创作者缜密的逻辑行踪,《离骚》诗歌跨越时空、穿越地界的气势也就无法彰显。

二 文献典籍所载"流沙"指称之淆乱

先秦典籍所言流沙,虽不及昆仑繁多,但数量也相当可观。

(一)《尚书·禹贡》曰:"导弱水至于合黎,余波入于流沙。"②我们要确定流沙所指,就不得不先考定弱水与合黎。中国典籍中的"弱水",更是一个异常复杂的问题,三言两语很难说得清楚。根据典籍的记载,参照考索现今地名,我们发现有导源甘肃、流入内蒙古的弱水,有陕西北部洛水支流之弱水,有大秦国西之弱水,有指青海的,有黑龙江之弱水,有蒙古人民共和国之弱水,有西藏弱水,有内蒙古东境之弱水,凡此种种,不一而足。

《禹贡》这里所记的"弱水",按照唐人孔颖达正义的说法当指今天导源于甘肃、流入内蒙古的那条弱水。黑河自南北流,从甘肃西北部流至内蒙古西部。黑河鼎新至额济纳旗湖西新村段为弱水,又称额济纳河。

《禹贡》"合黎"有认为是水名的,也有认为是山名的。按照《地说书》以及郑玄和孔颖达正义的说法,"合黎"当指山名,"合黎山"在今天的地图上位于甘肃与内蒙古的边界,弱水正好穿越其间。

---

① 《文选》,六臣注,上海古籍出版社,1993 年,第 767 页。
② 《尚书正义》,载《阮刻十三经注疏》,上海古籍出版社,1997 年,第 151 页。

　　如果我们暂且认定以上所讨论的"弱水"（额济纳河）与"合黎山"即是《禹贡》所载"弱水"与"合黎"，那么，《禹贡》所言"流沙"无疑即为内蒙古巴丹吉林沙漠。依据《禹贡》的文献记载，参之地理图籍，按图索骥，"弱水""合黎""流沙"似乎若合符节，天衣无缝。但是，我们须得分清两种可能：一为弱水、合黎、流沙的地名先于《禹贡》文献而存在，也即是说，《禹贡》只是如实记录了位于甘肃西北和内蒙古西部的这一条河流的实际地理情况。还有一种可能，《禹贡》文献先于弱水、合黎、流沙实际地名而存在，后世地名命名者借用了《禹贡》的文献名称，并用来命名了现实中与《禹贡》所记条件相符的河流、山脉以及沙漠。这后一种情况更为复杂，基于笔者对屈辞地名以及先秦古地名的命名规则的通盘考察，我们似乎更有理由相信第二种情况的实际可能性，否则，现实中为何会有如此繁多的弱水之名，对此，我们很难给出一个圆满的解释。

　　《禹贡》所言的"流沙"，桑钦在《水经·禹贡山水泽地所在》中也有自己的解说："流沙地在张掖居延县东北。"[①]桑钦的注解与郑玄、孔颖达等人的看法是相吻合的。但是郦道元《水经注》却说："居延泽在其县故城东北，《尚书》所谓流沙者也。形如月生五日也。弱水入流沙，流沙，沙与水流行也。"[②]郦道元又认为"流沙"即为张掖郡居延县东北之居延泽，将"流沙"看成是一个湖泊名，实乃新奇之见。

　　此外，《尚书·禹贡》还记有一处"流沙"："东渐于海，西被于流沙。"[③]如果我们认为一个作者在同一本书甚至同一篇章之中，他所用到的地名大致应该具有同一性，那么此处的"流沙"也应该是内蒙古西部的巴丹吉林沙漠。但是，孔颖达正义却说："流沙，当是西境最远者也。而《地理志》以流沙为张掖居延泽是也。"[④]以孔颖达所身处的唐代版图计，西境最远的地方难道会是张掖郡的居延泽，这真是一个难解的谜团。"流沙"何在？《尚书》没有一个明确的答案。

①　郦道元：《水经注》，岳麓书社，1995 年，第 594 页。
②　郦道元：《水经注》，岳麓书社，1995 年，第 594 页。
③　《尚书正义》，载《阮刻十三经注疏》，上海古籍出版社，1997 年，第 153 页。
④　《尚书正义》，载《阮刻十三经注疏》，上海古籍出版社，1997 年，第 153 页。

（二）《竹书纪年》记"流沙"与周穆王相关："十七年……王北征，行流沙千里，积羽千里，征犬戎，取其五王。"①此处的"流沙"，其地理方位似乎在周朝版图的北方，是巴丹吉林沙漠、库布齐沙漠、浑善达克沙漠，抑或是外蒙古的某个沙漠，或许都不是这些确指的具体沙漠，"流沙"本是一个沙漠的概念化的代称（后有详论），也即"流沙"就是今天意义上的沙漠，《竹书纪年》只是概述了周穆王在北征途中行经了一系列沙漠地貌而已。

（三）《管子》有 3 处言及"流沙"。《小匡》曰："桓公……西征……西服流沙、西虞，而秦戎始从……桓公曰：余……西至流沙、西虞。"②《小匡》篇这 2 处"流沙"应该是同一个概念，都是指齐桓公西征最西之地。要探索这里的"流沙"，我们可先考证西虞，并以此来旁证"流沙"。唐人尹知章注曰："西虞，国名。"③按照学界的普遍观点，西虞古国在今山西三门峡附近平陆县东北境，为周武王封虞仲的封国，春秋时为晋所灭。从《小匡》所记来看，西虞应是和"流沙"相去不远的一个地方，那么，这"流沙"又在哪里呢？三门峡附近似乎并没有沙漠地貌，向北稍远有内蒙古毛乌素沙地和库布齐沙漠（河套地区），难道齐桓公所说的"流沙"是毛乌素沙地或者库布齐沙漠吗？考察齐桓公北伐山戎的历史事件，齐桓公足迹远至河套，这似乎也是极有可能的事情。此外，《管子》另一处记载的"流沙"也能印证此说，《封禅》曰："西伐大夏，涉流沙，束马悬车，上卑耳之山。"④这段话同样是记载齐桓公征伐之事，与上引《小匡》所记相同。大夏大致位于今天山西太原一带，卑耳山在山西平陆县西北。太原紧邻河套，与毛乌素沙地和库布齐沙漠相去不远，正相吻合。综观之，《管子》所记齐桓公西征一事，其活动范围在河套与河曲，若解"流沙"为毛乌素沙地或库布齐沙漠，当无大谬。

（四）《吕氏春秋·本味》曰："流沙之西，丹山之南，有凤之丸，沃

---

① 《竹书纪年》，载《文渊阁四库全书》，上海古籍出版社，1987 年，第 303 册，第 27 页。
② 黎翔凤：《管子校注》，中华书局，2004 年，第 425 页。
③ 黎翔凤：《管子校注》，中华书局，2004 年，第 425 页。
④ 黎翔凤：《管子校注》，中华书局，2004 年，第 953 页。

民所食。"①以"丹山"为名者在中国何止百计,"丹山"不具有唯一性,因而我们不便以"丹山"为地理坐标来探讨"流沙"。"沃民"亦见《山海经·大荒西经》:"大荒之中,有山名曰丰沮玉门,日月所入……西有王母之山、鏊山、海山。有沃之国,沃民是处,沃之野,凤鸟之卵是食。"②看来,这个以凤鸟之卵为食的沃民部落在极西极远的西方,比"流沙"还要遥远,更处在"流沙"以西。那么,"沃民"到底何在,"流沙"又在何方,此处,我们借用高诱注《吕氏春秋》的说法来作一个暂时的结论:"流沙在燉煌西八百里。"按照高诱的注解,这"流沙"似乎又是塔克拉玛干沙漠了。

以上对《尚书》《竹书纪年》《管子》《吕氏春秋》诸书所记"流沙"进行了一一清理,我们同样有这样的疑惑,为什么同一"流沙"之名,分歧会如此巨大。有说是巴丹吉林沙漠,有说是居延泽,有说是毛乌素沙地或库布齐沙漠,还有说是塔克拉玛干沙漠,甚至不少典籍所谓"流沙"完全就是指称沙漠这一通称概念,让我们迷惑而难于确定的是,"流沙"到底在哪里,又是哪个具体的沙漠呢?

三 屈辞"流沙"原义再探索

在探讨《离骚》"流沙"之前,我们将《山海经》中有关"流沙"的条目一并节录如次:

> 又西百八十里,曰泰器之山。观水出焉,西流注于流沙。(《西山经》)
> 又西三百七十里,曰乐游之山……西水行四百里,曰流沙。(《西山经》)
> 又北三百二十里,曰灌题之山。其上多樗柘,其下多流沙。(《北山经》)

---

① 陈奇猷:《吕氏春秋校释》,学林出版社,1984年,第741页。
② 袁珂:《山海经校注》,巴蜀书社,1996年,第453—454页。

又北水行五百里,流沙三百里,至于洹山。(《北山经》)

又南水行五百里,流沙三百里,至于葛山之尾。(《东山经》)

又南水行三百里,流沙百里,曰北姑射之山。(《东山经》)

又南水行五百里,曰流沙,行五百里,有山焉,曰跂踵之山。(《东山经》)

又南水行五百里,流沙三百里,至于无皋之山。(《东山经》)

流沙出钟山,西行又南行昆仑之虚,西南入海黑水之山。(《海内西经》)

国在流沙中者埻端、玺映,在昆仑虚东南。一曰海内之郡,不为郡县,在流沙中。(《海内东经》)

国在流沙外者,大夏、竖沙、居繇、月支之国。(《海内东经》)

西胡白玉山在大夏东,苍梧在白玉山西南,皆在流沙西,昆仑虚东南。(《海内东经》)

南海之外,赤水之西,流沙之东,有兽,左右有首,名曰跊踢。(《大荒南经》)

西海之南,流沙之滨,赤水之后,黑水之前,有大山,名曰昆仑之丘。(《大荒西经》)

西南海之外,赤水之南,流沙之西,有人珥两青蛇,乘两龙,名曰夏后开。(《大荒西经》)

西北海外,流沙之东,有国曰中輴。(《大荒北经》)

西海之内,流沙之中,有国名曰壑市。(《海内经》)

西海之内,流沙之西,有国名曰泛叶。(《海内经》)

流沙之西,有鸟山者,三水出焉。(《海内经》)

流沙之东,黑水之西,有朝云之国。(《海内经》)

流沙之东,黑水之间,有山名不死之山。(《海内经》)①

---

① 袁珂:《山海经校注》,巴蜀书社,1996 年,以上条目依次为第 52、59、89、101、128、130、134、135、343、379、380、381、418、466、473、497、502、502、503、504 页。

以上凡 21 条材料,共言及"流沙"22 处。笔者不惮其烦节录《山海经》中有关"流沙"的大量记载,其用意在让读者自己从中找寻答案。

从《山海经》所记的这 22 条"流沙"来看,其地理方位在东、南、西、北等都有存在,这可以为我们提供重要启发:"流沙"可能并不是一个确指的地名,它或许是先秦时代对沙漠地貌的统称,《说文》即谓:"漠,北方流沙也。"①萧兵《楚辞全译》也有类似的看法:"流沙,指西北部大沙漠。"②沙漠一词当为晚出词汇,在其出现之前,人们可能即用"流沙"来概称沙漠。我们从屈辞里其他两处有关"流沙"的叙述中也能得出相似的结论。《招魂》云:"魂兮归来,西方之害,流沙千里些。"③《招魂》作者极力渲染东南西北四方之险,意在规劝魂魄归来,作者所叙四方之物,绝不是仅局限于当时的楚国或我们今天意义上的中国之内,我们只能将它置于世界地理的宏大视域下来考察才能得到合理的解释。同样的道理,《大招》所载"魂乎无西,西方流沙,漭洋洋只"④也只能作如是观。因此,《招魂》与《大招》中的"流沙"所指绝不能仅认为是中国境内的某个沙漠,它或许是以屈原所在的楚国地理为原点的楚国以西的所有大沙漠的统称。

如果我们认为苏雪林所定神话昆仑的原型为两河流域的阿拉拉特山尚有地理视域的合理性,那么,《山海经》中的这些复杂记载似乎也可迎刃而解了。两河流域的四周正好有撒哈拉沙漠、阿拉伯沙漠、印度沙漠、伊朗沙漠、土耳其斯坦沙漠,在其西北方尚有塔克拉玛干沙漠和大戈壁。如果将地理方位置于这样的空间之下,我们读《山海经》也就不会拘泥于"流沙"固定指称某一具体地名了,从而放弃胶柱鼓瑟式的解读方式。如果我们将《山海经》看作一部世界地理知识汇编,而不仅仅是黄河、长江流域的地理描写,那么,很多疑难问题也即随之冰释。我们没有理由怀疑先秦古人已经拥有的广阔世界地理

---

① 许慎:《说文解字》,中华书局,1963 年,第 229 页。
② 萧兵:《楚辞全译》,江苏古籍出版社,1998 年,第 30 页。
③ 洪兴祖:《楚辞补注》,中华书局,1983 年,第 200 页。
④ 洪兴祖:《楚辞补注》,中华书局,1983 年,第 218 页。

观念,正像我们没有理由怀疑古人对天文天象的精准探测!

明白此中道理,我们再回过头来探寻《离骚》"流沙"。经过以上的分析,现在已经不用我多费笔墨,问题似已清楚明了。为了讨论方便,请允许我先将不成熟的结论呈现于此,"流沙"在《离骚》中似指阿拉伯沙漠。

阿拉伯沙漠为撒哈拉沙漠的东缘部分,为世界第二大沙漠。它北连叙利亚沙漠,西接红海,这里没有常流的河水,不宜人居。不过,沙漠东北部的底格里斯河和幼发拉底河却是终年不竭,成为当地先民的伊甸乐园。如果我们认为阿拉拉特山即为神话昆仑的原型,那么,屈原从昆仑之境重整凤车,指麾西海的第一站就是阿拉伯沙漠的"流沙"。我们从《离骚》"忽吾行此流沙"之"忽"也能看出一些端倪。王逸谓"言吾行忽然过此流沙"[1],从诗人的这一用语我们可以推断此处"流沙"距离昆仑当为不远。查考世界地图,阿拉伯沙漠正符合这两个条件:位于阿拉拉特山的西向且距离该山不太遥远。笔者将一个泛指沙漠概念意义的"流沙"坐实为具体的阿拉伯沙漠,是基于对《离骚》神游踪迹的通盘整体考察,特别是与屈原此次神游的第二站点赤水的相互牵涉关系而做出的逻辑假设。

---

① 洪兴祖:《楚辞补注》,中华书局,1983 年,第 45 页。

第四章　赤　水

一　楚辞传统注疏"赤水"语义之歧说

屈辞"赤水"的疏解，异说不多，分歧不如其他地名明显。

（一）出昆仑山　历来注疏者大体皆持这种观点。此说来源于《山海经》和《淮南子》。

《山海经》言赤水颇多，最具代表性的当为《海内西经》的记载：

> 海内昆仑之虚，在西北，帝之下都。……赤水出东南隅，以行其东北。河水出东北隅，以行其北，西南又入渤海，又出海外，即西而北，入禹所导积石山。洋水、黑水出西北隅，以东，东行，又东北，南入海，羽民南。弱水、青水出西南隅，以东，又北，又西南，过毕方鸟东。①

《淮南子·墬形》亦有相似记载：

> 河水出昆仑东北陬，贯渤海，入禹所导积石山。赤水出其东南陬，西南注南海丹泽之东。赤水之东，弱水出自穷石，至于合黎，余波入于流沙，绝流沙，南至南海。洋水出其西北陬，入于南海羽民之南。凡四水者，帝之神泉，以和百药，以润万物。②

《山海经》与《淮南子》所记皆言赤水导源于昆仑之东南隅，因而

---

① 袁珂：《山海经校注》，巴蜀书社，1996 年，第 344—349 页。
② 何宁：《淮南子集释》，中华书局，1998 年，第 326—328 页。

王逸《楚辞章句》谓："赤水,出昆仑山。"①王逸以后,《文选》李善注及吕向注皆禀持此说。洪兴祖《楚辞补注》又引《博雅》云："昆仑虚,赤水出其东南陬,河水出其东北陬,洋水出其西北陬,弱水出其西南陬,河水入东海,三水入南海。"②细考《博雅》,我们发现《博雅》所载材料似乎亦来源于《山海经》与《淮南子》。后世楚辞注疏者大体皆因袭王逸与洪兴祖的说法,解说的重点在赤水与昆仑的某种内在关系,然而皆没能解答出赤水到底为哪一条具体的河流,我们依旧茫然不知所措。

(二)大渡河　此外,尚有学者主张赤水为大渡河③。大渡河古称"沫水",发源于青海、四川边境的果洛山,在四川丹巴县与小金川汇合后流至乐山入岷江。遍考典籍,我们并没有发现有关这条河流水色为赤色的记载,笔者也曾去过大渡河不同河段的很多地方,所见河水皆很清澈,并未见有赤色之水。

二　文献典籍所载"赤水"指称之淆乱

(一)先秦其他典籍,很少涉及"赤水"问题,但《山海经》言"赤水"颇夥,且《山海经》中记载的"赤水"异常复杂,若能理清《山海经》中的"赤水",中国典籍中很多繁复的"赤水"问题似皆能化解。

《南山经》载："柜山,西临流黄,北望诸毗,东望长右,英水出焉,西南流注于赤水。"④柜山、英水的复杂程度不在"赤水"之下,笔者只能望而却步,柜山、英水不能确指,"赤水"也就无踪可寻。

《西山经》有4条记载："黄山,无草木,多竹箭。盼水出焉,西流注于赤水。"⑤"鸟危之山……鸟危之水出焉,西流注于赤水。"⑥"皇人

---

① 洪兴祖:《楚辞补注》,中华书局,1983年,第45页。
② 洪兴祖:《楚辞补注》,中华书局,1983年,第45页。
③ 张春生:《赤水氏钩沉》,《四川大学学报》2002年第2期。
④ 袁珂:《山海经校注》,巴蜀书社,1996年,第10页。
⑤ 袁珂:《山海经校注》,巴蜀书社,1996年,第36页。
⑥ 袁珂:《山海经校注》,巴蜀书社,1996年,第42页。

之山……皇水出焉,西流注于赤水。"①"昆仑之丘……赤水出焉,而东南流注于泛天之水。"②安徽黄山雨量充沛、草木繁茂,这不生长草木的黄山似乎不会是中国五岳之黄山,那么,黄山到底又是哪里,如果黄山、盼水的方位不能确定下来,"赤水"的地理位置即难认定。

《海外南经》有 2 条记载:"三株树在厌火北,生赤水上。"③"三苗国,在赤水东。"④厌火在何方,这又是一个相当复杂的问题,笔者只能存疑不论。这里的三苗会不会是与欢兜、共工、鲧并称"四罪"的那个三苗呢? 三苗聚居于洞庭湖和彭蠡湖一带,舜帝迁三苗去了三危。如果《海外南经》中记载的三苗就是史书中所记与舜相关的三苗,这条"赤水"恐怕就是贵州的赤水河了,赤水河以东正为三苗故国,这或许也正是今天贵州赤水河得名的文献来源。但是,《海外南经》所记三苗是否即是史书上所说的那个"四罪"三苗,我们依然不得而知。

《海内西经》有 2 条记载:"海内昆仑之墟,在西北……在八隅之岩,赤水之际,非仁羿莫能上冈之岩……赤水出东南隅,以行其东北。"⑤这条"赤水"似乎又与昆仑有着密切关系,"赤水"导源于昆仑东南,流经昆仑的东北。要考订"赤水",关键是考订昆仑,昆仑问题的复杂程度远比"赤水"为甚。但是,如果此处的昆仑在中国的西北,那么,"赤水"即为中国西北的某条河流。

《大荒南经》有 3 条记载:"南海之外,赤水之西,流沙之东,有兽……南海之中,有泛天之山,赤水穷焉。赤水之东,有苍梧之野,舜与叔均之所葬也。"⑥"赤水"穷于南海。但是,注入南海的河流众多,这又会是哪一条具体的河流。现今从云南省河口流经越南河内注入南海的河流即名为红河,但是,导源于云贵高原流经广西梧州注入南海的河流也名为红水河。这只是笔者的不完全统计,想必导源中国

---

① 袁珂:《山海经校注》,巴蜀书社,1996 年,第 43 页。
② 袁珂:《山海经校注》,巴蜀书社,1996 年,第 56 页。
③ 袁珂:《山海经校注》,巴蜀书社,1996 年,第 234 页。
④ 袁珂:《山海经校注》,巴蜀书社,1996 年,第 235 页。
⑤ 袁珂:《山海经校注》,巴蜀书社,1996 年,第 344—348 页。
⑥ 袁珂:《山海经校注》,巴蜀书社,1996 年,第 418—420 页。

南方大山,最后注入南海且以水赤、水红为特征命名的河流应该不在少数,细细推究,这当是人们出于比照附会经典而后起的地名文化现象。《大荒南经》中所记的第三条"赤水"似乎又有不同,此则材料在中国史书中特别重要,司马迁《史记》也认为舜葬苍梧。苍梧在"赤水"之东,这条"赤水"似乎是贵州的赤水河。但是,《大荒南经》中所说的舜与中国史书中所说的禅位于禹的那个舜是同一个人吗? 如果是,那么,"赤水"之名当在舜葬苍梧之前即已存在,也即是苍梧之西应该有条赤水河,这条河会是哪条河呢? 如果此舜非彼舜,事情就更为复杂了。或许,史书所记舜葬苍梧事即是根据《山海经》等典籍的记载附会而成,然后人们又在苍梧之西去找寻一条河流并名之曰赤水,其实,贵州赤水河即是近百年来才有的名字。但很多学者是相信其实的,徐乾学《读礼通考》就引用了这则材料力图证明舜葬苍梧的历史事实:"赤水之东,有苍梧之野,舜与叔均之所葬也。"①

　　《大荒西经》有 4 条记载:"西北海之外,赤水之东,有长胫之国。"②"西北海之外,赤水之西,有先民之国。"③"西海之南,流沙之滨,赤水之后,黑水之前,有大山,名曰昆仑之丘。"④"西南海之外,赤水之南,流沙之西,有人珥两青蛇,乘两龙,名曰夏后开。"⑤材料中前两条"赤水"似乎又位于西北方向去了,后两条"赤水"似乎又到西南方向去了。但关键的问题是,我们必须搞清楚这里的西北和西南的地理原点是哪里。如果以中原为原点,那么西北海和西南海又在中原坐标轴的哪个方位呢? 如果以楚国为原点,西北海、西海和昆仑又在哪里呢? 此外,还有人认为原点应该是四川盆地,那么,西北海、西海、西南海和昆仑又在盆地的哪个方位呢? 或许,这些假设皆与《山海经》的地理理念并不相符,这个原点根本就不在中国,那么,它又位于何方?

---

①　徐乾学:《读礼通考》,载《文渊阁四库全书》,上海古籍出版社,1987 年,第 114 册,第 112 页。
②　袁珂:《山海经校注》,巴蜀书社,1996 年,第 449 页。
③　袁珂:《山海经校注》,巴蜀书社,1996 年,第 451 页。
④　袁珂:《山海经校注》,巴蜀书社,1996 年,第 466 页。
⑤　袁珂:《山海经校注》,巴蜀书社,1996 年,第 473 页。

　　《大荒北经》也有 2 条记载："叔均言之帝，后置之赤水之北。"①
"西北海之外，赤水之北，有章尾山。"②

　　以上所引《山海经》中《南山经》《西山经》《海外南经》《海内西
经》《大荒南经》《大荒西经》以及《大荒北经》各经言"赤水"的 18 条
材料，不用我们多做分析，读者即可感受到不同条目之间的混乱情
况。同一"赤水"在不同篇目甚至在同一篇目中都互相牴牾，这不得
不让我们产生疑惑。我们将《山海经》中所记"赤水"置放于中国地
理任一场所，似乎皆不能左右逢源、自圆其说。我们不禁会问，造成
这一问题的原因是什么？笔者认为《山海经》中的地理混乱现象可能
是由中外地理杂糅所致，如果我们能离析出哪些是域外地理，哪些是
中土地理，这无疑将是一件意义重大的事情。前辈学者以及当代学
人孜孜以求试图寻觅答案，但时至今日，《山海经》依然是个谜团。综
合考察以上所引《山海经》有关"赤水"的 18 条记载，我们做一大胆
假设，将《山海经》置身域外，暂时假定"赤水"为亚非间的红海，那
么，除了《海内西经》一条记载与实际地理不符外，其他材料尚能得到
较为圆满的解释，具体的论述详后。

　　（二）《穆天子传》记载："戊午……天子已饮而行，遂宿于昆仑之
阿、赤水之阳。"③"赤水"导源于昆仑，这是历来的主流观点。对于
《穆天子传》，我们前面已有较多讨论，如果《穆天子传》中所记昆仑
为帕米尔高原的葱岭，那么，这里的"赤水"即为导源于葱岭的某条河
流了。但是，帕米尔山势巨大，导源于该山脉的河流何止成百上千，
"赤水"又是哪一条，我们依然不知所措。

　　（三）《庄子·天地》记载："黄帝游乎赤水之北，登乎昆仑之丘而
南望，还归，遗其玄珠。"④这里的"赤水"也应是导源于昆仑的那条河
流，黄帝与昆仑的关联，前面已有详细论述，这里就不再重复。

　　《山海经》《穆天子传》和《庄子》记载了"赤水"，我们本想通过

---

①　袁珂：《山海经校注》，巴蜀书社，1996 年，第 490 页。

②　袁珂：《山海经校注》，巴蜀书社，1996 年，第 499 页。

③　《穆天子传》，载《文渊阁四库全书》，上海古籍出版社，1987 年，第 1042 册，第 251 页。

④　郭庆藩：《庄子集释》，中华书局，1961 年，第 414 页。

这些记载从而更加容易考订出"赤水"的来龙去脉,但事情并不如此简单,面对以上所引的材料,我们依然得不到一个真实的"赤水"。这确实令人颇感无奈,古人也有同样的感叹,《文选》所载刘孝标《广绝交论》中李善注引司马彪曰:"赤水,水假名。"①无法考证出"赤水"的具体名目,那就干脆说"赤水"本是河流的借名而已,本无实指,司马彪以此来化解这繁复的"赤水"。但是,为什么要以"赤"来借代河流,我们分明看到很多借用"赤"来命名的河流却并没有"赤"色的特征。会不会是"赤"并不指颜色,是五行意义上的南方吗?但是,为什么有那么多的北方河流也是以"赤水"为名呢?

三　屈辞"赤水"原义再探索

笔者考察发现,以中国境内任何一条以"赤水"命名的河流来指称《离骚》"赤水",似乎皆与《离骚》文意不符。有学者主张当指贵州境内的赤水河,但是,此赤水河原名为安乐河,直至 1908 年才改名为赤水河,况且此河水质清澈,名实不符。我们发现,诸如贵州赤水河这类地名的命名特征在中国当极具典型性,中国文化历来就擅长使用经典中的地名来给现实地理命名,这在中国地名文化中当不少见,明白了此中道理,我们就不会用后起的借用模仿名称去强解上古经典了,也不会因地名的异地同名现象而困惑不解。

既然楚国乃至中国境内没有水色为赤色的河流,那么,屈原所指是闭门造车的凭空想象,还是有所依据?我们将视野从楚境乃至中土拓宽,关注于欧亚大陆甚至世界范围,在先秦广为人知的大九州地理观念的背景之下,我们重新探索"赤水"的来踪去迹,或许会有不同的收获,从而更加接近屈辞的原旨。

前面我们暂时考订流沙为阿拉伯沙漠,据此,我们暂定"赤水"为红海。关于红海名称的由来,大致有如下几种说法:

其一,红海里有众多红色贝壳,因而使水色深红;

---

① 萧统:《文选》,李善注,中华书局,1977 年,第 756 页。

　　其二,红海近岸的浅海地带有大量黄红色的珊瑚沙,使得海水变红;

　　其三,红海两岸特别是非洲沿岸的红黄色岩壁将太阳光反射到海上,使海面红光闪耀;

　　其四,红海适宜生物繁衍,表层海水中生长着一种红色海藻,使得海水略呈红色;

　　其五,红海海面常有非洲大沙漠吹来的红黄色的尘雾,使海面呈暗红色;

　　无论是哪种说法,红海水质呈现出一定程度的红色应是客观事实。从海水的颜色着眼考察红色之外,我们还可以用五行学说来解释赤色的文化意义。美索不达米亚文明很早以前就曾在生活实践中使用阴阳五行学说,并用五色配以五方,现在遗留下来且为人熟知的就有美索不达米亚北方的黑海和这南方的红海。在两河流域的四方,或许正是由于四方的自然景物呈现着不同色彩,从而为两河流域的先民使用五行学说提供了不可多得的自然地理条件。北方黑海水色暗黑,自然会想到用黑色指代北方,南方红海水呈红色,自然也会联想到用红色指代南方。

　　此外,“遵赤水而容与”之“遵”,也可为我们的假设提供佐证。屈辞使用“遵”字另有3处:《离骚》“既遵道而得路”、《哀郢》“遵江夏以流亡”、《思美人》“遵江夏以娱忧”。《说文》谓:“遵,循也。”[1]所谓遵循,也即是沿着某个物体而行进,此外,所遵之物一般是具有长形的特征,《离骚》有“循绳墨而不颇”句,循在这里就有沿着直绳而不偏离之意。红海在地貌上正好呈狭长形,这正符合“遵”字的文字意蕴,“遵赤水而容与”即意为沿着红海一路观赏而不愿离去。

---

　　①　许慎:《说文解字》,中华书局,1963年,第39页。

第五章　不　周

一　楚辞传统注疏"不周"语义之歧说

对《离骚》"路不周以左转"句"不周"的看法,楚辞注疏者们也是各逞其词,同样没有一致的意见。

（一）昆仑西北说　王逸《楚辞章句》谓:"不周,山名,在昆仑山西北。"①王逸认为"不周"是位于昆仑西北方向的一座山,这种观点代表了后世多数楚辞注疏者的主流看法。汉末高诱注《吕氏春秋·本味篇》"饭之美者,玄山之禾,不周之粟"句似乎也承袭了王逸的这个说法:"不周山,山名,在西北方,昆仑之西北。"②洪兴祖补王逸《楚辞章句》先援引了张揖昆仑东南说,然后批驳了张揖的说法,认为:"以《山海经》《淮南子》考之,不周当在昆仑西北,逸说是也。"③据此,洪兴祖也完全赞同王逸的看法。

（二）昆仑东南说　洪兴祖《楚辞补注》引用了张揖对"不周"的看法:"张揖曰:不周山在昆仑东南二千三百里。"④但是,《山海经》《淮南子》等典籍都记载着"不周"在昆仑西北,张揖此论源出何典,我们不得而知。

（三）北方总名说　汪瑗《楚辞集解》谓:"不周,北方之总名也。"⑤这是一个比较新奇的看法,诸家注"不周",无论怎样变幻,"不周"始终与昆仑有着联系,汪瑗说"不周"已经不见昆仑的踪影了。

---

① 洪兴祖:《楚辞补注》,中华书局,1983年,第45页。
② 陈奇猷:《吕氏春秋校释》,学林出版社,1984年,第761页。
③ 洪兴祖:《楚辞补注》,中华书局,1983年,第45页。
④ 洪兴祖:《楚辞补注》,中华书局,1983年,第45页。
⑤ 汪瑗:《楚辞集解》,北京古籍出版社,1994年,第103页。

　　（四）昆仑正北门说　清人刘梦鹏《屈子章句》谓：“不周，昆仑正北方门。”[1]刘梦鹏另立新说，没有采用前人的看法，他认为“不周”既不在昆仑西北，又不在昆仑东南，“不周”位于昆仑的正北方向。王逸、高诱、张揖、洪兴祖等诸家虽然对“不周”的具体方位有着不同看法，但他们都一致认为“不周”是一座山。然而刘梦鹏解说“不周”，不但其方位与前人不同，而且认为“不周”非山，而是昆仑的北大门，显然迥异于前人。

　　（五）阿尔金山说　将“不周”指实的，当以赵逵夫为代表，他在《〈离骚〉新注》中着力解释了“不周”：“不周，神话中之山名……就神话传说之原型言之，当指祁连山西端今甘肃省敦煌县以南当金山左右之山（阿尔金山主峰与党河南山）……这同上古时东西方文化交流有关。”[2]当金山、阿尔金山和党河南山的确位于现今昆仑山脉以北，似乎符合典籍所载“不周”位于昆仑西北的特征。但是，今天所谓的昆仑山实为汉武帝时官方指定，这已经不是先秦典籍中昆仑的原貌，而且屈原眼中的昆仑又是另外一回事情。此外，当金山、阿尔金山和党河南山似乎也并不具有“不周”的特征，这些山脉和中国其他大山似乎并没有什么本质上的区别，不具有“不合”之形状。《〈离骚〉新注》认为这一现象由上古东西文化交流所致，极具慧眼。但是，《〈离骚〉新注》始终将视野局限于中土，因而，势必造成其视域中的东西方向仅在当今意义上的中国这个地域观念内打转，这就注定《〈离骚〉新注》对流沙、赤水，西海等地理名词的解说亦只会限定在今天中国地域范围之内。我们认为，这类文化现象的确是由上古东西文化交流所产生，但这个东西方向应当远远大于《〈离骚〉新注》所设定的地域范畴才更合理，因为屈辞并没有将诗人的神思局限在狭小的楚国乃至今天意义上的中国。我们明白了屈辞的这一地理观念，屈辞中的很多问题就能迎刃而解，甚而《山海经》的诸多问题也可涣然冰释。

_____

　　[1]　刘梦鹏：《屈子章句》，载《四库全书存目丛书》（集部·楚辞类·集2），齐鲁书社，1997年，第525页。

　　[2]　赵逵夫：《屈骚探幽》，甘肃人民出版社，1998年，第253页。

二 文献典籍所载"不周"指称之淆乱

(一)《山海经》言"不周"有 2 则。《西山经》云：

> 又西北三百七十里，曰不周之山。北望诸毗之山，临彼岳崇之山，东望泑泽，河水所潜也，其原浑浑泡泡，爰有嘉果，其实如桃，其叶如枣，黄华而赤柎，食之不劳。①

《大荒西经》云：

> 西北海之外，大荒之隅，有山而不合，名曰不周负子，有两黄兽守之。有水曰寒暑之水。水西有湿山，水东有幕山。有禹攻共工国山。②

《山海经》这两段文字为"不周"的较早文献记录。两则材料有一共同点需引起我们注意，《山海经》所记"不周"与昆仑山似乎并无太大关联，也没有"不周"位于昆仑山西北的记载。

《淮南子·天文》记载共工怒触"不周"时同样也没有提及"不周"与昆仑的任何关系：

> 昔者，共工与颛顼争为帝，怒而触不周之山，天柱折，地维绝。天倾西北，故日月星辰移焉；地不满东南，故水潦尘埃归焉。③

《列子》所记与《淮南子》基本相同：

① 袁珂：《山海经校注》，巴蜀书社，1996 年，第 47 页。
② 袁珂：《山海经校注》，巴蜀书社，1996 年，第 443 页。
③ 何宁：《淮南子集释》，中华书局，1998 年，第 167—168 页。

其后共工氏与颛顼争为帝,怒而触不周之山,折天柱,绝地维。故天倾西北,日月星辰就焉;地不满东南,故百川水潦归焉。①

但有趣的是,从王逸开始,"不周"即与昆仑山发生了密切关联。王逸《楚辞章句》在注解"不周"时即说"不周"在昆仑的西北方向。其后高诱在《吕氏春秋·本味》篇中亦承续王逸此说。对于王逸的说法,后世也有反对的声音,明人季本《诗说解颐字义》解《长发》"有娀"谓:"有娀,国名,简狄之母家也。自汉以前,其地不详。故《淮南子》以为在不周之北,朱子谓其不应绝远如此是也夫。不周山者,昆仑之西北也,其说信荒唐矣。《史记正义》则以为在蒲州。今按:蒲州即古蒲坂,在鸣条之西,盖缘殷纪桀败于有娀之墟、奔鸣条之语而附会之耳。"②很明显,季本对"不周"在昆仑西北以及有娀在"不周"之北的种种说法皆持极大怀疑。

晚于东汉王逸的晋人郭璞在《山海经》的注疏中,也没有说到"不周"与昆仑有什么关系:"此山形有缺不周币处,因名云。西北不周风自此山出。"③如果以中原为原点,中国地势为西高东低,正西有青藏高原,中国两大水系皆是从西向东而流。所以,以中原为原点的中国不会是西北高、东南低的地势。因此,此则神话不记中国地理而实则记域外两河流域之地形。"不周"山形有缺口,有缺口没有周合的山叫"不周",郭璞对"不周"的解释似乎最与"不周"的实际情形相符,但是,具有此种特征的山又身处何方呢?

(二)《吕氏春秋·有始览·谕大》曰:"地大则有常详、不庭、歧母、群抵、天翟、不周。"④要考订这里的"不周"为何物,也并不是件容易的事情。高诱注曰:"不周山在翟。"⑤学界一般认为翟通狄,狄为

---

① 杨伯峻:《列子集释》,中华书局,1979年,第150—151页。
② 季本:《诗说解颐字义》,载《文渊阁四库全书》,上海古籍出版社,1987年,第79册,第502页。
③ 袁珂:《山海经校注》,巴蜀书社,1996年,第48页。
④ 陈奇猷:《吕氏春秋校释》,学林出版社,1984年,第722页。
⑤ 陈奇猷:《吕氏春秋校释》,学林出版社,1984年,第726页。

周代北方地区的游牧民族，此民族所建立的部落邦国在史书上即称为狄或者翟。按照高诱的说法，"不周"之山又远至北方翟地去了。高诱在《吕氏春秋》同一书中，在不同的两则材料中注解"不周"，一说在昆仑的西北，一说在北方的翟地，前后如此矛盾而混乱，真让我们不知所措。

（三）张辑谓："不周在昆仑东南二千三百里。"[①]此则材料见于洪兴祖《楚辞补注》，但是在流传至今的张揖《广雅》本中却没有这一记载，典籍所记"不周"的材料本已零落，因此我们也将张辑的这一说法并录于此，以备参考。如果我们认定昆仑为中国西北方向的昆仑，那么，这里的"不周"似乎应在中原地域，但这又与屈辞"不周"相符吗？诗人驰骋纵横的上天入地最终仍在中土，《离骚》的神游境界未免局促。

（四）此外，还有先秦典籍所载"不周"并不为地理名词，而多为否定意义的形容词，如《论语》"君子周而不比，小人比而不周"之"不周"，此"不周"即为"不合"之意，此用例在先秦数量极多，兹不赘引。作为否定形容词的"不周"之语义与作为地理山名的"不周"在语词构词法上应为一致，它们都含有"不合"之意，这也即是郭璞所主张的有缺口而不合的意思。因而我们认为，即使是作为山名的"不周"，也应含有"不合"特征，这应该是可以确定无疑的，此一认识对后面"不周"假说的探寻至为重要。但是我们发现，王逸对《离骚》"不周"的注解却说"道不合于世"，这显然与"不周"的先秦原始意义相差甚远。

先秦典籍记载"不周"的并不多见，参照前面所讨论的"昆仑""流沙""赤水"等情况，我们发现，"昆仑""流沙""赤水""不周"在典籍中出现的频率似乎呈现一种递减趋势，这是一个十分有趣的现象。或许，我们会轻描淡写地认为这只是历史的一个偶然。但是，问题会是如此简单吗？我们发现，与"昆仑""流沙"和"赤水"具有相似特征的地理地貌在中国地域内似乎并不难找到相匹配的对象，但是，具有

---

① 洪兴祖：《楚辞补注》，中华书局，1983年，第45页。

"不周"这样特征的地貌在中国地域内恐怕就很难寻觅,这或许与"不周"在先秦典籍中的缺失有些关联。

三 屈辞"不周"原义再探索

王逸认为"不周"位于昆仑西北,此说是否有文献来源,我们已经难觅踪迹,因而只有存而不论。后世张揖、刘梦鹏等注疏者对此说法似乎也言之凿凿,"不周"真是位于昆仑西北方的一座山吗?但是,我们清理文献发现,《山海经》以及《淮南子》等典籍却并没有记载指实"不周"在昆仑西北。这是王逸随意杜撰还是《山海经》等典籍的记载遗漏,这真让我们疑窦丛生、左右为难。王逸注《楚辞》,学界多称谨严。但是,我们对王逸的注疏详加考察后发现,在注书过程中,王逸也多有顺着上下文意揣测臆断之词,此处注"不周"或许正是一例。《离骚》一诗前写"昆仑",后写"西海",由于王逸的注解首先判定"昆仑"在中国西北,路"不周"又需左转才能抵达"西海",因而,王逸就只能判定"不周"在昆仑的西北了。王逸这一随文敷陈,其实他自己就很难自圆其说,因此,"西海"就只好付之阙如而不作注解了,因为,按照王逸的逻辑,"西海"应指青海,但青海却又在他认定的"昆仑"的东面,因而,这几个地名就只能揉成一团乱麻,遂致难于理清头绪。后世读者不知究竟,反倒责怪屈原思绪混乱,东拉西扯,更有甚者,干脆给屈原诊断出精神错乱的病因而了事,殊不知,这似乎正如《庄子·秋水》所言河伯与北海若的言语思想交接,屈原丰富的世界地理知识在河伯眼中似乎也就只能作如是解说了。

那么,"不周"到底是什么,又在哪里呢?

东非大裂谷从约旦死海地区向南延伸,穿过非洲,止于莫桑比克,总长 6400 公里,又称非洲——阿拉伯大裂谷。大裂谷在东非高原上切出平均宽度为 48—64 公里、深逾千米的狭长谷地,为地球一大奇观。东非高原上连缀着一系列大山,如最为有名的乞力马扎罗山。高原相对于平地而言,本也就是山,高原中豁然一条裂缝,所以此山具有"不合"的特征,东非大裂谷显然即为"不合"之山,这当是

"不周"山的神话原型。明白了这一点,《淮南子》所记共工与颛顼争帝神话中的神话人物的来龙去脉似乎也当另有新论,此间头绪繁多,不是三言两语可以说清,容待笔者另作专论。除了东非大裂谷,世界上恐怕再难找到如此契合的第二地理实例,如果前面讨论的"赤水"为红海无大谬,那么,东非大裂谷与红海正好毗连,这与屈辞所描述的正相印证,环环相扣,逻辑井然。

因此我们大胆认为,"不周"实为整个东非大裂谷。如果非要指实"不周山"具体为何山,我们认为,"不周山"或为地中海东岸的赫尔蒙山。

赫尔蒙山在叙利亚的大马士革以西,为地中海东岸最高点。公元前 16 世纪至 8 世纪,统治该地区的赫梯人就把此山目为圣山。我们再来体会《山海经·大荒西经》"西北海之外,大荒之隅,有山而不合,名曰不周负子,有两黄兽守之。有水曰寒暑之水。水西有湿山,水东有幕山。有禹攻共工国山"①的记载,所得结论或许就迥然有别:

明人郑和下西洋,西洋应指今天的印度洋,中国古人称印度洋为西海(详后论)的认识其来有自。因此,《大荒西经》所谓"西北海"即完全可能是印度洋的阿拉伯海。地中海东岸的初民早先认定地中海即为大地极西之海,这种认识在中国早期历史中也曾留下印迹,《后汉书·西域传》载:"九年,班超遣掾甘英穷临西海而还。皆前世所不至,《山经》所未详,莫不备其风土,传其珍怪焉。……和帝永元九年,都护班超遣甘英使大秦,抵条支。临大海欲度,而安息西界船人谓英曰:'海水广大,往来者逢善风三月乃得度,若遇迟风,亦有二岁者,故入海人皆赍三岁粮。海中善使人思土恋慕,数有死亡者。'英闻之乃止。"②据史家考证,大秦为罗马帝国,条支国在高加索以西地区,后汉甘英到达的西海可能即为地中海,因此,《大荒西经》"大荒之隅"极有可能说的是地中海东岸地区。

---

① 袁珂:《山海经校注》,巴蜀书社,1996 年,第 443 页。
② 范晔:《后汉书》,中华书局,1965 年,第 2910—2918 页。

导源赫尔蒙山的约旦河,其水量随季节变换而变化,枯水期与洪水期水量相差近 30 倍。由水量的这种明显变化称约旦河为"寒暑之水",这是十分恰切的。约旦河西岸是典型的温润潮湿的地中海气候,足称"湿山",而约旦河东面是典型的干旱少雨的沙漠气候,堪称"幕(漠)山"。"幕"同"漠",《史记·匈奴列传》即有例证:"其明年春,汉谋曰:'翕侯信为单于计,居幕北,以为汉兵不能至。'……咸约绝幕击匈奴。单于闻之,远其辎重,以精兵待于幕北。"[1]"幕北"即"漠北"。

此外,"不周山"另一个重要特征也可为我们的探寻提供有益借鉴。《淮南子·墜形》云:

> 西北方日不周之山,日幽都之门。[2]

幽都为地府,地府深藏地下。在初民的眼里,人若要登天,需要凭借极高之山,这正是昆仑神话起源的现实和心理基础。在《离骚》中,屈原正是凭借昆仑大山之高境"悬圃"企图到达天庭。同样的道理,要入地府就需要凭借深入地表的深壑才能得以实现。东非大裂谷在地形地貌上正好符合此种特征。我们还可以援引中国境内长江岸边的丰都鬼城为例。对于鬼城的来历,说法颇有分歧。但是,如果我们能关注到流经丰都地区的很长一段长江沿岸多有"天坑"地貌,特别是下游的奉节小寨天坑号称"天下第一坑",鬼城丰都的历史文化解说又会别开一番生面。或许正是由于丰都附近多天坑地貌,天坑又为通达地府之门,所以人们就在附近附会出一个鬼城来。"不周"为幽都之门,屈原驾车神游经过"不周",是否含有准备下幽都地府去面见祖先亡灵以呈己心的内心意愿,这需要我们作进一步的深入探究。

---

① 司马迁:《史记》,中华书局,1959 年,第 2910 页。
② 何宁:《淮南子集释》,中华书局,1998 年,第 336 页。

第六章 西 海

一 楚辞传统注疏"西海"语义之歧说

《离骚》"指西海以为期",王逸《楚辞章句》注曰:

> 指,语也。期,会也。言已使语众车,我所行之道,当过不周
> 山而左行,俱会西海之上也。过不周者,言道不合于世也。左转
> 者,言君行左乖,不与已同志也。①

"西海"是正确理解屈辞至关重要的一个地理语词。"西海"关
涉屈辞所涉地理、神话等诸多问题,对正确理解《离骚》创作意图、文
脉大义以及神游踪迹都是绕不开的关节地名。屈原的神思从苍梧出
发,以"西海"为最终归宿地,我们探究出"西海"的文化本质,对理解
《离骚》的内在精神将大有裨益。在屈辞中如此重要的一个语词,王
逸却没加注解。是王逸注书的一时疏忽,还是付之阙如、望而却步,
我不得而知。王逸将地名"不周"附会强解为"不合于世",这已经让
读者无所适从,此外,他又将本为地理方位上左右的"左转"穿凿成
"左乖",实在令人费解。后世尚有推波助澜者,《文选》五臣注"路不
周以左转"更说是"君子尚左"②,这完全是将《离骚》儒家经典化,体
现出注疏者左右弥缝的良苦用心。后世楚辞注疏者大都承袭王逸的
说法,对"西海"多无实质性的注解,偶有发明创新者,容待笔者在后
面"西海"诸说的考辨中一一陈述。

---

① 洪兴祖:《楚辞补注》,中华书局,1983年,第46页。
② 洪兴祖:《楚辞补注》,中华书局,1983年,第45页。

典籍所载"西海",异常繁夥,虽皆言"西海",但其所指却大有异趣。稽考文献,归纳整理,"西海"所指大致有如下数端:

(一)青海《汉书·平帝纪》载:"置西海郡,徙天下犯禁者处之。"①此事在汉平帝元始四年(4),这一年始置"西海郡"。清人齐召南《汉书考证》曰:

> 莽所置西海郡,在金城郡临羌县塞外西北。《地理志》可证,西海曰仙海,亦曰鲜水,海即今青海也。②

《汉书·赵充国辛庆忌传》载:"分兵并出张掖、酒泉合击罕、开在鲜水上者。"③齐召南《汉书考证》对鲜水与"西海"的关系有详细考辨:

> 鲜水即西海,一名青海,又名卑禾羌海。《地理志》金城郡临羌县西北至塞外有仙海盐池者也,《后书·西羌传》武帝时先零羌与匈奴通寇边,遣李息徐自为击平之羌,乃去湟中,依西海盐池左右。又本书《王莽传》羌豪献鲜水海允谷盐池地为西海郡。④

根据齐召南的考证,汉时所设行政区域"西海郡"据以指称的"西海"为青海。青海湖古称仙海、鲜水海,蒙古语谓卑禾羌海或库库诺尔,藏语称错温波,在当地民族语言中均意为青色的湖。如果齐召南的考证不误,先秦本指世界地理观念上的"西海"在汉代已经凝固为汉时地理版图之内的青海了。这虽然只是一个地名的本土附会,却反映出汉人使用域外名称命名本土事物的文化观念,同时也体现了汉人不自觉的地理视域内缩倾向。联系"昆仑",考索屈辞,无论

---

① 班固:《汉书》,中华书局,1962年,第357页。
② 齐召南:《汉书考证》,载《文渊阁四库全书》,上海古籍出版社,1987年,第249册,第183页。
③ 班固:《汉书》,中华书局,1962年,第2977页。
④ 齐召南:《汉书考证》,载《文渊阁四库全书》,上海古籍出版社,1987年,第250册,第565页。

"昆仑"是帕米尔高原或青藏高原的任一高山,青海湖皆位于"昆仑"的东向,这显然与《离骚》所记"西海"应在"昆仑"以西的行踪不相符合。

赵逵夫《屈骚探幽》主张此说:"西海,神话中西北的湖名。至今西北沙漠中称湖泊为'海子'……今甘肃西部当金山口以南有苏干海湖,其西有地名冷湖(湖已不存),再南在青海境内如西台吉乃尔湖、东台吉乃尔湖、达布逊诺尔等向东直至青海湖,湖泊不断。盖神话传说,当由此起。"[1]但是,我们考查甘肃、青海地理发现,苏干海湖、冷湖、西台吉乃尔湖、东台吉乃尔湖、达布逊诺等湖泊似皆独立成湖,且每个湖泊水域甚小,至于上古时代各湖泊是否连成一片,我们不得而知。但最为关键的是,这些湖泊都在赵逵夫所认定的"昆仑"之东,显然也与《离骚》游踪逻辑相悖。

(二)居延泽 西汉居延为张掖都尉治所,东汉为凉州刺史部下张掖属国都尉治所,《后汉书·郡国志》载:"居延有居延泽,古流沙。"[2]《后汉书·郡国志五·张掖居延属国》刘昭注补谓:"献帝建安末,立为西海郡。"[3]汉献帝建安年间立居延为"西海郡",居延至魏晋一直为"西海郡"的治所,居延地区有一大湖泊,汉称居延泽,汉末魏晋人或称"西海"。

《汉书·陈汤传》记谷永为陈汤下狱当处死刑作辩解,谷永言陈汤"威震百蛮,武畅西海"[4],从陈汤征讨匈奴的历史事迹来看,此处"西海"似乎当指青海湖或者居延泽。

顾炎武《日知录》卷二十二"四海"之下首先批驳洪迈所谓"指西海以为期"为寓言后,认为"诗书所称四海,实环华裔而四之,非寓言也。然今甘州有居延海,西宁有青海,云南有滇海,安知汉唐人所见之海非此类邪。"[5]仔细揣摩顾炎武此则材料的上下行文,我们发现

① 赵逵夫:《屈骚探幽》,甘肃人民出版社,1998年,第253页。
② 司马彪:《后汉书》,中华书局,1965年,第3521页。
③ 司马彪:《后汉书志》,中华书局,1965年,第3521页。
④ 班固:《汉书》,中华书局,1962年,第3021页。
⑤ 顾炎武:《日知录》,黄汝成集释,上海古籍出版社,1985年,第1635页。

他认为《离骚》"西海"并不是寓言,而实指现实地理居延海或青海。虽然顾炎武对"西海"的认识也存有偏误,但他认为先秦"四海"所指当为实际地理而并非寓言的论断却有相当见地。

然考居延泽实际情况,其水域面积颇小,倘若与东海相提并称为"西海",似并不合人类认识逻辑。此外,居延泽地理位置也在"昆仑"之东,与《离骚》所记亦相龃龉。今天的居延泽地处沙漠,在居延泽附近,又有诸如黑河、弱水等地名,俨然与先秦典籍所载相合。然而当地居民一直称居延泽为天鹅湖,笔者认为天鹅湖这一名称当极为古老,居延泽被名之为"西海"之事当出于晚起的附会,甚至居延泽周边地名如黑河、弱水等也似为依附《尚书》《山海经》等典籍而产生的后起仿效地名。因此,我们认为居延泽似乎也并非《离骚》所指"西海"。

(三)蒲昌海　蒲昌海即今之罗布泊,又名盐泽。《汉书·西域传》谓:

> 于阗在南山下,其河北流,与葱岭河合,东注蒲昌海。蒲昌海,一名盐泽者也。[1]

朱珔《文选集释》注解《离骚》"西海"主此说。朱珔谓:"'指西海以为期',注于'西'无释。案各本《楚辞》,皆不及此……《离骚》指西海亦寓言尔……可知《史》《汉》之海,即蒲昌海也。凡诸所言海,亦皆在西域。然则屈子称西海,殆指此等,而未必以今之大海为有西海矣。"[2]蒲昌海的地理地貌情况与青海、居延泽相差不远,其地理位置在"昆仑"之东,这与《离骚》总体行踪不相吻合。朱珔身为清人,明清之际大西洋概念由传教士们已经再度传入中土,朱珔却仍然固守"西海"为蒲昌海,且断言屈子所指亦不出西域,不会有大海的概念,这未免失之偏狭,人为缩短了屈原的地理视域与驰

---

① 班固:《汉书》,中华书局,1962 年,第 3871 页。
② 游国恩:《离骚纂义》,中华书局,1980 年,第 478—479 页。

骋思绪。

萧兵《楚辞新探》亦主此说。萧兵谓:"看《楚辞·离骚》的描写,第一次飞行已达昆仑悬圃,第二次济白水而向穷石,第三次却说'夕余至乎西极','指西海以为期',欲至而未达,看来西海在昆仑(祁连)之西,并非其南方的青海,而较可能以今新疆境内的巴里坤湖、罗布泊或博斯腾湖为原型。"①萧兵质疑青海在"昆仑"之南,依据屈原的飞升路线考察青海一定不为"西海",萧兵从屈辞原始文本出发,以诗人行文逻辑来认识分析问题,颇具慧眼。但是,萧兵思考问题的思维仍然局限于今天意义上的中国,他将"西海"指定为罗布泊等湖泊,同样未能跳出由地缘局限所带来的认识偏误。

(四)博斯腾湖 《水经·河水》载:"……又南入葱岭山,又从葱岭出而东北流。其一源出于阗国南山,北流与葱岭所出河合,又东注蒲昌海。"②郦道元注曰:

> ……俱东南流,径出焉耆之东,导于危须国西。国治危须城,西去焉耆百里。又东南流,注于敦薨之薮。川流所积,潭水斯涨,溢而为海。史记曰:焉耆近海多鱼鸟,东北隔大山与车师接。敦薨之水自西海径尉犁国……③

河水出葱岭东注蒲昌海一段,郦道元有详细注解,根据郦道元的考证,此焉耆附近川流所积之海即为博斯腾湖,此博斯腾湖在郦道元所看到的史书中又名为"西海"。今天,博斯腾湖在当地也还被人另称为"西海"。萧兵《楚辞新探》亦赞成此说,见前论,不赘。

(五)咸海 《史记·大宛列传》记载:

> 于寘之西,则水皆西流,注西海。其东,水东流,注盐泽。④

---

① 萧兵:《楚辞新探》,天津古籍出版社,1988年,第120页。
② 郦道元:《水经注》,岳麓书社,1995年,第14—16页。
③ 郦道元:《水经注》,岳麓书社,1995年,第19页。
④ 司马迁:《史记》,中华书局,1959年,第3160页。

　　《汉书·西域传》也有相同记载,兹不赘引。于阗位于今天塔里木盆地以南和田一带,于阗之西,即帕米尔高原,帕米尔高原西麓的水系多流注入咸海。

　　《汉书·张骞李广利传》记载:"贰师将军广利征讨厥罪,伐胜大宛。赖天之灵,从沭河山,涉流沙,通西海。"①大宛古国位于帕米尔的西麓,地处锡尔河上、中游,大致位于今天乌兹别克斯坦费尔干纳盆地。张骞奉使通西域,出帕米尔以西,首先抵达大宛国,归国后给汉武帝详细介绍了大宛国的风土人情,汉武帝最感兴趣的是该国的汗血宝马。汉武帝于公元前104年命使臣携重礼前去换取汗血宝马,由于双方意见冲突,换马不成,汉朝使臣被杀。汉武帝大怒,命大将军李广利率兵征讨,上引《张骞李广利传》即记载了这段历史。李广利初征不利,至大宛东境郁成即告战败,三年后再征,攻克大宛首都,杀大宛王毋寡,另立新王,从此大宛服属汉朝。大宛国贰师城古遗迹现今依然存在,以今天贰师城遗迹所在的地理位置考察,《张骞李广利传》中所言"西海"似乎当为咸海。

　　朱珔《文选集释》引《史记·大宛列传》上引材料后,判定此"西海"为蒲昌海,并断言"屈子称西海,殆指此等",朱珔的失误显而易见,蒲昌海位于帕米尔之东,《史记·大宛列传》所记"西海"无论如何不会是蒲昌海。苏雪林《楚骚新诂》在释说"西海"时,认为《汉书·西域传》上引材料中的"西海"指里海②,似亦有误。

　　(六)里海　《汉书·西域传》记载:

　　　　乌弋山离国,王去长安万二千二百里……东与罽宾、北与扑挑、西与犁靬、条支接。行可百余日,乃至条支。国临西海,暑湿,田稻。有大鸟,卵如瓮。③

---

①　班固:《汉书》,中华书局,1962年,第2703页。
②　苏雪林:《楚骚新诂》,武汉大学出版社,2007年,第158页。
③　班固:《汉书》,中华书局,1962年,第3888页。

乌弋山离国为伊朗高原东部古国,考察乌弋山离国所处地理方位,再综合目前学术界对罽宾、犁靬和条支的认识,此处"西海"似乎当指里海。

《后汉书·西域传》载:"条支国城在山上,周回四十余里。临西海,海水曲环其南及东北,三面路绝,唯西北隅通陆道。土地暑湿,出师子、犀牛、封牛、孔雀、大雀。大雀其卵如瓮。"[①]条支国的地理位置至今尚存分歧,但学术界普遍认为该古国大体位于高加索一带,里海正好从北至南依高加索而曲环之,因而,此处"西海"当指里海。

张华《博物志》载:"天地四方,皆海水相通,地在其中,盖无几也。七戎、六蛮、九夷、八狄,形类不同。总而言之,谓之四海,言皆近海,海之言晦昏无所睹也。汉北广远,中国人鲜有至北海者,汉使骠骑将军霍去病北伐单于,至瀚海而还,有北海明矣。汉使张骞渡西海,至大秦,西海之滨,有小昆仑,高万仞,方八百里。东海广漫,未闻有渡者。"[②]晋人张华眼界广阔,地理知识超越汉人,综合考察张骞出使西域的行踪,此处"西海"当指里海。"西海"之滨的昆仑山,或许正是位于高加索山脉的阿拉拉特山,也即是《圣经》所谓诺亚方舟所停靠之山,此与前面"昆仑"之论证相吻合,若合符节,洪兴祖《楚辞补注》注解《离骚》"西海"引张华《博物志》此段材料为证,在众多有关"西海"(特别是在汉代的史书中)的历史文献材料中,洪兴祖披沙拣金,独选张华《博物志》的记载,足见洪兴祖选材的拣选眼光。但是,洪兴祖将《离骚》"西海"仅仅局限于中亚地域视野中的里海,似乎同样难于避免宋人相对狭隘的地理视界,从而也没能真正洞彻屈辞基于世界地理知识基础之上的大地理观念。

(七)地中海 班超遣派甘英欲打通汉帝国与大秦的交通一事,《后汉书·西域传》有两段记载:

> 九年,班超遣掾甘英穷临西海而还。皆前世所不至,《山经》

---

① 范晔:《后汉书》,中华书局,1965年,第2918页。
② 张华:《博物志》,载《丛书集成初编》,商务印书馆,中华民国二十八年(1939),第2页。

所未详,莫不备其风土,传其珍怪焉。①

和帝永元九年,都护班超遣甘英使大秦,抵条支。临大海欲度,而安息西界船人谓英曰:"海水广大,往来者逢善风三月乃得度,若遇迟风,亦有二岁者,故入海人皆赍三岁粮。海中善使人思土恋慕,数有死亡者。"英闻之乃止。②

历史学界认为大秦一般指罗马帝国,"安息西界"应为地中海东岸,从地中海东岸横跨地中海可以抵达罗马,所以,此处"西海"当指地中海。《晋书·西戎传》所谓"大秦国一名犁鞬,在西海之西"③即是其有力证据,显然,《晋书》"西海"当指地中海而无疑。但是,楚辞注疏者朱珔《文选集释》同样引述《后汉书》上引材料后,却判定"《史》、《汉》之海,即蒲昌海也……然则屈子称西海,殆指此等,而未必以今之大海为有西海矣。"④朱珔将汉人眼中的地中海东缩至新疆罗布泊,并用他自己认定的罗布泊解说《离骚》"西海",可见由朱珔相对闭塞的地理眼光而造成的阐释偏误。台湾学者凌纯声谓:"中国古书之所谓西海,可指里海,亦可指地中海。"⑤凌纯声所言甚是。

二　文献典籍所载"西海"指称之淆乱

(一)《礼记·祭义》载:"曾子曰:'夫孝,置之而塞乎天地,溥之而横乎四海,施诸后世而无朝夕,推而放诸东海而准,推而放诸西海而准,推而放诸南海而准,推而放诸北海而准。'"⑥在先秦时代,人们眼中的"西海"总是和"东海""南海"及"北海"相提并论,此即"四海"地理观念,《礼记》所记亦正说明先秦"四海"观多为人所熟知。

---

① 范晔:《后汉书》,中华书局,1965年,第2910页。
② 范晔:《后汉书》,中华书局,1965年,第2918页。
③ 房玄龄等:《晋书》,中华书局,1974年,第2544页。
④ 游国恩:《离骚纂义》,中华书局,1980年,第479页。
⑤ 凌纯声:《中国的边疆民族与环太平洋文化·昆仑丘与西王母》,台北:联经出版社,1979年,第1581页。
⑥ 《礼记正义》,载《阮刻十三经注疏》,上海古籍出版社,1997年,第1598页。

中国学者毫不怀疑地相信先秦"东海"和"南海"所指即为现代地理意义上太平洋海域之东海和南海，但是，学者们在注解"西海"和"北海"所指为何时，却完全是另外一番迥然不同的景象。注疏者们似乎站在中国内陆中心位置做圆周式的地理考察，他们只愿承认中国地理的东部和南部边境所毗邻水域的东海和南海，却全然不顾"海"这一概念所蕴含的广渺水域的内在字义，于是任意指定位于中国地理的西方和北方的湖泊沼泽来注疏解说先秦"西海"和"北海"所指，这势必牵强而附会。

（二）《荀子·王制》载："北海则有走马吠犬焉，然而中国得而畜使之；南海则有羽翮、齿革、曾青、丹干焉，然而中国得而财之；东海则有紫、絯、鱼、盐焉，然而中国得而衣食之；西海则有皮革、文旄焉，然而中国得而用之。"[①]《荀子》言"西海"，与《礼记》一样，皆东、南、西、北"四海"并举。

《荀子·疆国》在论述秦国的地理形势时说："负西海而固常山。"[②]春秋战国时代的秦国疆土，其西境应该不出河西走廊，杨倞注曰："言秦背西海，东向以常山为固也。"[③]这里的"西海"大致为秦国西境之地，与汉代士人的"西海"观念相去不远，极有可能是指青海湖。如果我们认定《疆国》篇确为荀子所作，那么根据《疆国》所记加以推测，与屈原大致生活在同一时代的荀子已经将"西海"观念中土化了。也即是说，在屈原时代，"西海"概念可能就已经产生了混乱，有用其"西海"原义者如屈原，亦有用其本土化了的概念者如荀子。这种分歧直到汉代才渐趋湮没，人们逐渐淡忘了屈原"西海"的原始本义，而以集体无意识的自觉行为将荀子的"西海"观念作为正统看法。

（三）《管子·封禅》载："东海致比目之鱼，西海致比翼之鸟。"[④]然而《尔雅·释地》言比翼鸟却谓："南方有比翼鸟焉，不比不飞，其

---

① 王先谦：《荀子集解》，中华书局，1988年，第161—162页。
② 王先谦：《荀子集解》，中华书局，1988年，第301页。
③ 王先谦：《荀子集解》，中华书局，1988年，第301页。
④ 黎翔凤：《管子校注》，中华书局，2004年，第953页。

名谓之鹣鹣。"①比翼鸟到底生"西海"还是南方？为中原土生物产抑
或为域外异物？我们若能考证这些问题，无疑将对"西海"的探索大
有裨益，但是，此一问题牵涉诸多学科知识，鉴于笔者有限才力，只好
付之阙如、以俟能者。

（四）《吕氏春秋·孝行览·本味》载："藿水之鱼名曰鳐，其状若
鲤而有翼，常从西海夜飞游于东海。"②《吕氏春秋》所言鳐鱼与《庄
子》所记鲲鹏又是何其相似乃尔，鳐出藿水，那么，藿水又在何方？高
诱注谓："藿水在西极。"③高诱的注解看似模糊，实为准确之论。藿
水在西极，西极就是"西海"。参之先秦广为人知的"四海"观念，《吕
氏春秋》所言"西海"似乎当指广渺水域意义上的大西洋概念，这样，
才更符合鳐鱼夜飞的神奇渺远意象。

（五）《战国策·秦策》记载有一篇司马错与张仪争论于秦惠王
前的文章，文章记司马错语曰："故拔一国，而天下不以为暴；利尽西
海，而天下不以为贪。"④这里的"西海"和《荀子·疆国》篇中的"西
海"应该为同一概念，可能指青海湖。《史记·张仪列传》也援引了
《秦策》这段文字，但唐人司马贞的索隐却谓："西海谓蜀川也。海者
珍藏所聚生，犹谓秦中为陆海然也。其实西亦有海也。"⑤司马贞解
说"西海"为蜀川，这在"西海"的注疏史上是一个新的发现，为"西
海"种种繁复的解说又平添了另一新说。唐人张守节的正义也有全
新的看法："海之言晦也，西夷晦昧无知，故言海也。"⑥据此，这个"西
海"又成了西夷晦昧无边之意了。张守节以"晦"释"海"，强为通假，
语出何典、依据是什么，我们不得而知。

（六）宋人林之奇《尚书全解》的一段考证对我们认识"西海"亦
很重要，因而我们一并摘录于此。林之奇《尚书全解》卷十在《禹贡》

①　《尔雅》，郭璞注，载《丛书集成初编》，商务印书馆，民国二十六年(1937)，第82页。
②　陈奇猷：《吕氏春秋校释》，学林出版社，1984年，第741页。
③　陈奇猷：《吕氏春秋校释》，学林出版社，1984年，第757页。
④　刘向：《战国策》，上海古籍出版社，1985年，第117页。
⑤　司马迁：《史记》，中华书局，1959年，第2283页。
⑥　司马迁：《史记》，中华书局，1959年，第2283页。

"道弱水至于合黎,余波入于流沙"经文下有一段详细辨证:"……则此流沙者,盖是西海之水也。然不言西海而言流沙者,盖水入居延泽中,遂不可见,不可以正名其为西海也。西汉末蒙良愿献鲜水海允谷盐池。王莽奏言今已有东海、北海郡,独未有西海,请受良愿献地置西海郡。由是观之,则夫西海之名起西汉之末,自汉已前,未尝正名其为西海也。虽未尝正名其为西海,然以其水之所归而言之,则亦可以言讫于四海也。"①林之奇的考证有诸多发明与创新,一是"流沙"为"西海"之水,此为"流沙"增添新说。二是"西海"为居延泽,这在汉代是极有代表性的一种说法。三是考订"西海郡"这个地名的产生时代为西汉末年,此说最为关键,正好与笔者所主张的"西海"概念自先秦产生后,视域不断东缩并最终定型于中国以西这一推论相吻合。

根据以上的文献清理,我们可知,先秦典籍中的"西海"并没有我们想象的那样纷繁和复杂。在大多数文献记载中,"西海"与"东海"、"南海"和"北海"并举而生,共同构成先秦"四海"观念。由此考察,"西海"在"四海"语境中只能是指渺无边际的极大水域,这是中国境内任一以"西海"为名的湖泊沼泽所不能承载的特征。

三　屈辞"西海"原义再探索

"西海"到底位于何方?《离骚》"西海"所指又在哪里?这是一个横亘千年的复杂问题。目前学界大多认为:"战国以前,由于华夏民族主要活动在黄河中下游和江、淮、河汉之间,虽然同其他地区有一定的交往,但总的说来地理视野是比较狭小的。当时人把海看作世界的边际……从人们对东方'海隅'和'海表'的认识开始,然后扩大为四方皆有海的设想。"②持此论者似乎总是罔顾事实,并不从人类活动的实际史实情况出发,总是先入为主地用绝对的社会进化发

①　林之奇:《尚书全解》,载《文渊阁四库全书》,上海古籍出版社,1987年,第55册,第191页。
②　中国科学院自然科学史研究所地学史组主编:《中国古代地理学史》,科学出版社,1984年,第359页。

展眼光来看待人类社会,当然也包括古人的地理观念。自达尔文自然进化论发表之后,社会科学学者无限放大此一进化论思想,遂使学者们片面强调人类历史的发展观,我们似乎习惯以理论的逻辑真实来认为人类历史的方方面面都是不断从低级向高级的演进过程。但是,我们似乎容易忽略历史的片段真实,人类历史进程中的某个特殊方面可能在某个时期会达到后人无法企及的高度,比如中国古典诗歌和书法艺术,后世可能再难超越。还有另外一个值得关注的现象,某种文化形态在较远的时代可能为时人所熟知,相反,随着时间的推移和社会的演进,在较近的时代可能反倒不为人知了。比如,"五四"新文化运动前后,大量的西方前沿思想涌入中国,并为中国知识分子所接受,但是,时光流转到1949年至1979年间,几十年前为国人所洞悉熟知的文化可能在这30年间反倒不为国人所知晓,这应该是不难理解的道理。先秦的许多问题亦恰好如此! 很多为先秦人所熟知的文化,到了汉代,人们反倒陌生起来,这地理观念的变化即是一例。

诸如《中国古代地理学史》等观点认为,春秋战国时代华夏民族的疆域既不能达"南海""北海",更不能达"西海",所以先秦时代人们所谓"四海"观念统统概为一种设想。但是,即便如《中国古代地理学史》所言,如果一个时代能有如此精准的理论设想,人们对事物的认知能力与理论思维水平一定与现实相去不远。况且,以先秦时代人们身处的地理生活小环境来断定他们不可能逾越地域疆界去认识更广阔的地理空间,这就未免太过狭隘与主观。我们以今天所生活的地理环境为例,如果一个人没有亲自去过欧洲,从而我们就认为他的思维意识里一定不会有英国的概念,想必大家会觉得这很荒唐。持这样观点的学者往往以一个人所处的地域疆土空间来决定这个人的地理观念的思维空间,照此类推,中华民族的地理观念一定会是先秦不出中原,汉唐不出西域,今天不出新疆了,以今天我们所生活的实际情形看,这种观点明显存在逻辑缺陷,与人类的认知规律不相符合,为思虑智达者所不认同。

我们认为,屈原《离骚》"西海"所指或许有两种可能,现陈述如下:

（一）印度洋　前面我们已经循着屈原的神游踪迹解析出"流沙""赤水""不周"所指的大致方位，欲探讨"西海"，我们需从"不周"说起，也即是从东非大裂谷说起。《离骚》谓"路不周以左转"，左在地理方位上指东，左转也即是向东行进，东非大裂谷之东即为印度洋。中土以印度洋为"西海"当由来有自。前面说过的郑和下西洋事即为一例，可知明代人尚以印度洋为西洋。唐代玄奘西天取经，西天即今之印度，那么，唐人也以印度为中土之西境。况且屈原身为楚人，楚国的正西方向亦正好是印度半岛，因此，屈原所言"西海"极有可能为印度洋。

（二）大西洋　苏雪林力主此说①，但苏雪林语焉未详，只给出了一个简单结论，我们并不清楚为什么"西海"会是大西洋。现试探原由，以证其说。

屈原"路不周以左转"，游踪路线明显指向东方，怎么会指向非洲以西的大西洋呢？要探讨这个问题，我们需先对"左"字进行解析。屈辞"左"共出现 5 次，"右"也出现了 5 次，"左转"1 次，"右转"也 1次，笔者做此统计，意在对本研究工作提供些帮助，但是没想到统计结果却给研究增加了新的难度，致使我们不能以用词频率的多少来判断屈辞原始文献当为"左"还是为"右"。如果传世文献记载是"右"，问题也就不待解释而能自圆其说，"右"在中国地理方位上为西，那么屈原从东非大裂谷指向西方，西方之海就应该是大西洋了。会不会是文献流传过程中的文字讹误，此处原始文献本来就是"右"呢？明代汪瑗就曾怀疑"左"字当误："右转，承赤水而言也；谓既行此流沙无所遇矣，遂循乎赤水之南；又无所遇矣，于是又从右转于东北二方以求之，而将复归于西方焉。旧作左转，非是。"②汪瑗解说《离骚》地理方位逻辑，往往不能整体关照，从而造成混乱与支离，但他对"左"字的这个怀疑似乎并无道理。如果诚如汪瑗所言，此处应为"右转"，那么这里的"西海"就顺理成章是大西洋了。此外，更有

---

① 苏雪林：《楚骚新诂》，武汉大学出版社，2007 年，第 159—165 页。
② 汪瑗：《楚辞集解》，北京古籍出版社，1994 年，第 103 页。

直接解"左"为"西"的，刘梦鹏《屈子章句》谓："左转，由不周西转也。"①若依此说法，此"西海"就更应为大西洋了。但是，以这样的方式解说屈辞，同样避免不了古人注书常易犯的相同失误，那就是随意篡改典籍文字而以己意强为之解说。因此，我们需再次强调，以上考证仅是聊备一说，至于"西海"为什么就是大西洋，尚需我们进一步求索。

虽然先秦可能并没有大西洋这样的文字称呼，但大西洋地理概念应该是存在于文献或者人们头脑之中的，但这尚需我们进一步钩稽证实。令人欣喜的是，裴松之《三国志》注引鱼豢《魏略》已有明证："大秦国一号犁靬，在安息、条支西，大海之西……其国在海西，故俗谓之海西。有河出其国，西又有大海。"②材料中的大海指地中海，大海之西复有大海，无疑即是大西洋。大西洋概念在明清之际被传教士再度传入，大西洋一词也当产生于这个时代，此词翻译极妙，根据当时的中国人称呼印度洋为西洋，那么比印度洋更西更大的就当为大西洋了。

据苏雪林的钩稽，古希腊神话阿特腊士王国曾有不死之药，阿特腊士（Atlas）又为大西洋（Atlantic）的词源；又荷马史诗《伊里亚特》谓大地极边有西海，海中有四季如春曰"福田"的极乐世界；又希腊诗人海西奥德所言西海洋有幸福之岛，岛中永无天灾人祸，人民可享乐长生③。从苏雪林的介绍中，我们不难看出，"西海"具有令人神往的福田仙境特征。考察《离骚》全文的结构主旨，屈原试图摆脱楚国浑浊的现实，通过飞升企图寻求心中的理想仙境——"西海"，如果将屈原心中的"西海"与苏雪林所介绍的"西海"等同视之，将为我们重新认识《离骚》主旨提供一条别开生面的路径。如果我们不从政治理想抱负上去诠释比附《离骚》，而是以《离骚》原始文本所呈现出来的楚风、楚俗以及文化意蕴去贴现作者旨意，诸多问题也就能得以解决。

---

①　刘梦鹏：《屈子章句》，载《四库全书存目丛书》（集部·楚辞类·集2），齐鲁书社，1997年，第525页。

②　陈寿：《三国志》，裴松之注，中华书局，1982年，第860页。

③　苏雪林：《楚骚新诂》，武汉大学出版社，2007年，第159—162页。

从而，我们也就不会任意怀疑《离骚》文字的错乱以及作者逻辑的混乱了。笔者研读《离骚》，始终认为这篇长诗逻辑井然，旨意明晰。诗章最后的西赴"西海"是诗人前面所有陈述的一个顺理成章的理想结局。世间污浊，欲求天帝，但天庭同样如此，所以诗人下定决心，欲西求仙海福地，来摆脱自己所处的现实混浊世界。已经非常明白清晰，"西海"就是诗人心中的大逍遥境，在那里，烦忧之人可以忘却烦恼，看不到尘世的一丝杂质。如果将"西海"解释成什么秦国之地，无疑南辕北辙，缘木而求鱼。

至此，我们有必要再对"西海"做一番总体清理。中国人对"东海"一词的认识不会产生大的分歧，为什么古人对"西海"的认识会有这么多的歧说呢？"东海"濒临中土，人们有比较切身的近距离感受，所以人们不会乱点鸳鸯谱，任意指认中国东方的湖泊沼泽为"东海"。"西海"就有所不同，由于视距远离中土，人迹罕至，大多数人并没有这种地理知识和思维意识，因此，当邹衍等人的大九州观念传入中原后，中土人民就借用"西海"一词来指称比附自己所处的地理区域，这种现象当为中国文化的一大特点。笔者认为，大多外来痕迹明显者，其名称就会产生分歧。考其原因，该外来事物原初仅是音译，音译的最初阶段一般会造成不同的汉字书写记录形式。以此考索中国上古文献，应别有收获。屈原生活的时代并不是今人凭空想象的封闭空间，而是处在一个全方位开放的大交流时代。齐国"稷下学宫"的学者来源更是中西荟萃，那些跋山涉水、不远万里来到齐国都城的学者们，带来异域地理观念，这当合情合理。屈原又曾出使齐国，因此，他眼中的"西海"是基于亚欧大陆地理认识上的印度洋或大西洋就不足为怪了。值得深思的是，后人却将屈原如此开放的"西海"地理知识给无限缩小，从地中海、里海、咸海到博斯腾湖再到蒲昌海、居延泽、青海，怎一个乱字了得！考察起来，"西海"问题的产生，当源于汉代人注疏先秦典籍而产生的误解。相较于先秦任一国家，汉代的版图虽然有所扩大，但由于匈奴及西南夷的阻隔，汉代与西边、西南方向的交通并不如先秦畅通，因此，汉人的地理眼光并不比先秦开阔，似乎更为狭窄。笔者囿于才力所限，没能对"西海"作穷尽式的罗列,但笔者推测,在汉代人的眼里,凡是地处中原以西的较大湖泊都可能被称为"西海",这也是造成"西海"如此混乱的原因所在。明白这一历史地理的时代变迁,我们再检索汉代人的解经著作,多少就应该带着些怀疑才是,否则,我们就很难摆脱由于汉代人所处时代局限而造成的注疏误解。但可贵的是,诸如张华、洪兴祖等后世学者皆能冲破汉代的视域范围,另立新说,不管他们的理解是否符合先秦时代的原貌,这种开阔的独立思考精神,本身就值得称许。

对"西海"的探索,不禁令我们想起希腊神话和柏拉图(公元前427—公元前347)晚年著作《克里特阿斯》和《提迈奥斯》中屡有提及的"亚特兰蒂斯"。有学者认为这纯属柏拉图理想国的虚构,与现实并无多少关联。但是,随着近年考古的发现,"亚特兰蒂斯"的存在越来越为人们所深信不疑。《参考消息》转载援引英国《卫报》的一则考古新闻《水下希腊古城的发现有助于人们解开亚特兰蒂斯之谜》的报道可能对探寻"西海"裨益甚大,兹摘录于此,以启读者思索:"一个由英国和希腊考古学家和海洋地质学家组成的小组在希腊南部海床发现了一座消失的古城,而这一秘密的发现可能为人们解开亚特兰蒂斯之谜带来一定的启发。专家们说,这座沉没的古城历史可以上溯到5000年前,也就是《荷马史诗》所描述的英雄时代,而且古城的规模和其细节的完整也是前所未有的……这座水下城市的年代比柏拉图在著作中提到沉没的亚特兰蒂斯王国要早。"[1]今天的大西洋(Atlantis)就是根据"亚特兰蒂斯"而命名的。结合屈原(晚柏拉图1个世纪)所生活的时代背景(参阅第十三章),屈原在《离骚》中思绪一路西指,其目的也正是寻求自己心中的理想国。或许当时那座地中海沿岸的辉煌邦国(也就是上引材料所载的考古学家发现的沉入水中的古城)正是世人所神往的理想去处,这又会不会是屈原所谓的"西海"之地呢?

_____

① 《水下希腊古城的发现有助于人们解开亚特兰蒂斯之谜》,《参考消息》2009年10月19日。

第七章 崦　嵫

一　楚辞传统注疏"崦嵫"语义之歧说

《离骚》"吾令羲和弭节兮,望崦嵫而勿迫",楚辞注疏者解"崦嵫"多无实指,皆言日入之所。《离骚》"崦嵫",不同版本作"奄兹""淹兹""嶜嵫""弇兹"等,这正好体现外来音译词的不同汉字书写形式,洞悉这一文化现象,中国典籍中诸多类似问题即有柳暗花明的新境。

王逸谓:"崦嵫,日所入山也,下有蒙水,水中有虞渊。"①王逸的这个认识,与《淮南子·天文》所记极为相似:"日入于虞渊之汜,曙于蒙谷之浦。"②参考《淮南子·天文》"至于虞渊,是谓黄昏。至于蒙谷,是谓定昏"③一语,我们可以得知《淮南子》所言日入之所在虞渊或蒙谷。看来,"崦嵫"、蒙水、蒙谷、虞渊似皆与日落之地相关。《淮南子》所记与王逸所言依据的应当是同一材料来源,但"崦嵫"到底位于什么具体地方,我们不得而知。

后世楚辞注疏者对"崦嵫"并没有多少实质性的考订。今人赵逵夫注解"崦嵫"极有代表性,兹录于下:

> 崦嵫,神话中山名,日入之处……据典籍记载,即今幡冢山,亦曰兑山,在汉代西县(在今甘肃省西和县以北)。④

---

① 洪兴祖:《楚辞补注》,中华书局,1983年,第27页。
② 何宁:《淮南子集释》,中华书局,1998年,第236页。
③ 何宁:《淮南子集释》,中华书局,1998年,第236页。
④ 赵逵夫:《屈骚探幽》,甘肃人民出版社,1998年,第237页。

另外，赵逵夫注解《离骚》"朝濯发乎洧盘"句也有大致相同的看法：

> 洧盘，神话中地名，出崦嵫山……崦嵫山在今甘肃天水西南。①

赵逵夫认为兑山即为"崦嵫山"，此看法可能取材于徐文靖《管城硕记》所引《十道志》的记载："昧谷在秦州西南，亦谓之兑山，亦曰崦嵫。"②赵逵夫将《离骚》"崦嵫"的地理范围划定在甘肃境内，而且还进一步指实为甘肃西和县以北的嶓冢山，但是，"崦嵫"即嶓冢山的说法所据何典我们并不清楚，因而令人疑惑。赵逵夫注解《离骚》"崦嵫"，与前面所讨论过的《离骚》"西海"甚是一致，笔者认为或许并不符合屈辞原义。首先，《离骚》"崦嵫"似不大可能在甘肃境内。此处"崦嵫"应为大地极西之山。如果《离骚》"崦嵫"在甘肃天水县或者西和县境内，就会与屈原的整体游踪路径相悖。屈原从"昆仑"向更西方向一路行进，但"天水"或"西和"无论如何都在"昆仑"之东，即使我们将"昆仑"认定为今天中国境内的昆仑山脉，似也并不符合"崦嵫"当在昆仑之西的地理行踪逻辑。其次，《管城硕记》所引《十道志》为唐代地理总志，惜早已亡佚。赵逵夫将《离骚》"崦嵫"同唐代以后因文附义而兴起的甘肃实际地名之"崦嵫"混为一谈，用后起的地名来注解先秦典籍，无疑有牵强之滞。因此，笔者认为《离骚》"崦嵫"应指大地极西之山，或为大西洋东岸某山，后有详论。甘肃天水县境内之"崦嵫山"应是根据典籍中有关"崦嵫"的记载而后起附加的现实地名，这种现象在中国地名文化中当不少见，笔者在前面的清理中多有论述，此处不再重复。

---

① 赵逵夫：《屈骚探幽》，甘肃人民出版社，1998 年，第 241 页。
② 徐文靖：《管城硕记》，中华书局，1998 年，第 257 页。

二 文献典籍所载"崦嵫"指称之淆乱

(一)《山海经》有 2 则材料言及"崦嵫",但两处"崦嵫"所指却迥然有别。

> 西海陼中,有神人面鸟身,珥两青蛇,践两赤蛇,名曰弇兹。①
> (《大荒西经》)
> 鸟鼠同穴之山……西南三百六十里,曰崦嵫之山。②(《西山经》)

根据材料所载,《大荒西经》所记"弇兹"不是山名,而是神名,且此神在西海之陼。《尔雅·释地》郭璞注曰:"水中小洲为陼。"③西海之中的"弇兹神"居处在西海小洲之上。但是,人们都熟知"崦嵫"为太阳落山之地,为什么这里的"弇兹"却是人面鸟身之神呢? 这个问题留待后面作答。

《西山经》所记"崦嵫",与"鸟鼠同穴之山"相牵连。郭璞注"鸟鼠同穴之山"谓:"今在陇西首阳县西南,山有鸟鼠同穴。"④考《汉书·地理志下》载陇西郡下设首阳县⑤。颜师古注谓:"《禹贡》'鸟鼠同穴山在西南,渭水所出。"⑥由此可知,颜师古和郭璞皆认为"鸟鼠同穴之山"在首阳县之西南。另据《甘肃通志》卷三上《建置沿革》记载:"渭源县,秦属陇西郡地,汉置首阳县,属陇西郡,后汉、晋、魏因之。后魏大统十七年改渭源县。"⑦依《甘肃通志》的记载,我们可以认为,首阳大致相当于今天甘肃渭源县。那么,总括来看,如果我们

---

① 袁珂:《山海经校注》,巴蜀书社,1996 年,第 459 页。
② 袁珂:《山海经校注》,巴蜀书社,1996 年,第 76—77 页。
③ 《尔雅》,郭璞注,载《丛书集成初编》,商务印书馆,民国二十六年(1937),第 85 页。
④ 袁珂:《山海经校注》,巴蜀书社,1996 年,第 76 页。
⑤ 班固:《汉书》,中华书局,1962 年,第 1610 页。
⑥ 班固:《汉书》,中华书局,1962 年,第 1610 页。
⑦ 李迪等:《甘肃通志》,载《文渊阁四库全书》,上海古籍出版社,1987 年,第 557 册,第 75 页。

认为郭璞的看法不差,此"崦嵫"就位于甘肃首阳(即渭源)西南"鸟鼠同穴之山"西南之三百六十里的地方。但问题是,《西山经》所记"崦嵫"确为郭璞所言"崦嵫"吗? 对于《西山经》的此则记载,郭璞注"崦嵫"又谓:"日没所入山也,见《离骚》。"[1]看来,郭璞认为《西山经》所记"崦嵫"即为《离骚》"望崦嵫而勿迫"之"崦嵫",但是,事实可能并不如此。如果解《离骚》"崦嵫"为甘肃渭源县境之"崦嵫山",我们无论如何也说不清楚《离骚》飞升游历的逻辑行踪,因为甘肃渭源的"崦嵫山"始终位于昆仑之东,故郭璞的注解不足为信。

同为《山海经》,《大荒西经》与《西山经》所述"崦嵫"却大相径庭,原因何在? 仔细寻思,似有两种可能:一为两处"崦嵫"本没有歧义,所指相同。《大荒西经》所指为守护太阳落山的"弇兹神",《西山经》所指为"弇兹神"所处之山被名之为"崦嵫山"。二为两处"崦嵫"所记有别。一在西海之中,一在甘肃境内。这似乎表明此两处文字可能为不同时代不同人所记,这为我们探寻《山海经》的成书时地及作者等问题提供有益启发。但是,如果我们将上引《西山经》的材料节录为"鸟鼠同穴之山……西南三百六十里,曰崦嵫之山……苕水出焉,而西流注于海"[2],问题又另起波澜。郭璞注云:"苕,或作若。"[3]又云:"《禹大传》曰:'洧盘之水,出崦嵫山。'"[4]依据郭璞的几处注解,我们可知,洧盘之水即苕水,苕水即若水。郝懿行也谓:"若水疑即蒙水也。若、苕字形相近,上文陇首之山,苕水出焉,《初学记》亦引作若水。"[5]由此观之,郭璞和郝懿行似乎又都认为苕水出"崦嵫山",苕水又即若水,也即是若水导源于"崦嵫山"。另据《水经》记载:"若水出蜀郡牦牛徼外,东南至故关为若水也。"[6]综合观之,似乎这里的"崦嵫山"又在四川境内了。这真是雾霭重重,让人不知所措。

---

①　袁珂:《山海经校注》,巴蜀书社,1996 年,第 78 页。
②　袁珂:《山海经校注》,巴蜀书社,1996 年,第 77 页。
③　袁珂:《山海经校注》,巴蜀书社,1996 年,第 78 页。
④　袁珂:《山海经校注》,巴蜀书社,1996 年,第 78 页。
⑤　袁珂:《山海经校注》,巴蜀书社,1996 年,第 78 页。
⑥　郦道元:《水经注》,岳麓书社,1995 年,第 517 页。

(二)《尚书大传》载:"洧盘之水,出崦嵫之山。"①这条材料来源于王逸《楚辞章句》的引述,附在《离骚》"夕归次于穷石兮,朝濯发乎洧盘"句后。《尚书大传》相传为汉人伏生所撰,但宋已失传。伏生去先秦不远,故笔者也援引于此。明人汪瑗《楚辞蒙引》谓:"洧盘者,亦东方之水也。"②按照汪瑗的说法,导源于"崦嵫山"的洧盘水在东方,那么,这里的"崦嵫"似乎又位于东方了。

(三)清人徐文靖《管城硕记》注解《离骚》"朝濯发乎洧盘"句谓:"洧盘,水名。《山海经》'崦嵫之山,苕水出焉',郭注曰:'《禹大传》曰'洧盘之水,出崦嵫山。''《十道志》:'昧谷在秦州西南,亦谓之兑山,亦曰崦嵫。'"③郭璞所引《禹大传》的说法,即上面王逸所引《尚书大传》的记载。徐文靖所引《十道志》的说法,为赵逵夫所采纳,已见前论。《十道志》所说的"昧谷"在哪里呢?《尚书·尧典》曰:"分命和仲,宅西,曰昧谷。"④伪孔传曰:"昧,冥也。日入于谷而天下冥,故曰昧谷。"⑤在伪孔传的注疏中,并没有指明昧谷的具体所在,但是,到了唐人《十道志》,却言之凿凿,说昧谷在秦州西南,真叫我们不知何从。仔细寻想,这又是一个模糊地理语词在历代注疏者的辗转延传中经过不断弥合、不断坐实为具体地名的典型实例。如果《十道志》此言不差,秦州大致相当于今天的甘肃天水,那么,甘肃天水西南有一山曰"昧谷",又曰"兑山",又曰"崦嵫"。由此,"崦嵫"又分明位于甘肃天水西南了。

(四)《水经·禹贡山水泽地所在》载:"流沙地在张掖居延县东北。"郦道元注曰:"居延泽在其县故城东北,《尚书》所谓流沙者也。形如月生五日也。弱水入流沙,流沙,沙与水流行也。亦言出钟山,西行极崦嵫之山,在西海郡北。"⑥从郦道元此处注解分析,"崦嵫"又

---

① 洪兴祖:《楚辞补注》,中华书局,1983 年,第 32 页。
② 汪瑗:《楚辞集解》,北京古籍出版社,第 386 页。
③ 徐文靖:《管城硕记》,中华书局,1998 年,第 257 页。
④ 《尚书正义》,载《阮刻十三经注疏》,上海古籍出版社,1997 年,第 119 页。
⑤ 《尚书正义》,载《阮刻十三经注疏》,上海古籍出版社,1997 年,第 119 页。
⑥ 郦道元:《水经注》,岳麓书社,1995 年,第 594 页。

分明位于居延泽之西、西海郡之北了。

　　由此观之，这个"崦嵫"从甘肃的渭源县鸟鼠山一路向西推移，在郦道元时代，又成了居延泽，那么，到底哪一个具体地方才是真正的"崦嵫"所指呢？

三　屈辞"崦嵫"原义再探索

　　《离骚》所言"吾令羲和弭节兮，望崦嵫而勿迫"之"崦嵫"到底指什么？又在哪里？要解答这一问题，我们需摆脱中国地理中心观念的历史研究方法，以更开阔的视域从不同视角重新审视屈原所处的时代背景，置"崦嵫"于屈辞文本本身，还原它在屈辞中的本来面目。

　　前引《山海经·大荒西经》之"弇兹"即"崦嵫"，已见前论。"弇兹"原本为"西海"（此"西海"当指地中海或大西洋）之神名，此神人面鸟身。鸟高飞云天，初民认为鸟能通神，太阳每日自东至西流转，初民认为太阳亦由神鸟载驰而行，因而掌管太阳落山的"弇兹神"被描绘成鸟身人面，符合初民的思维和神话逻辑。此"弇兹神"珥青蛇、践赤蛇，操蛇意象亦是上古神话常见形式，凡是具有操蛇特征的多为山神，故从"弇兹"操蛇的文化意象亦可以证明"弇兹神"居守"崦嵫"，"崦嵫山"即是借用山神"弇兹"之名代指山神所居之山。太阳行至"西极"，越过"崦嵫山"，即沉入大海。《山海经·西山经·西次四经》记载："鸟鼠同穴之山……西南三百六十里，曰崦嵫之山，其上多丹木，其叶如榖，其实大如瓜，赤符而黑理，食之已瘅，可以御火。其阳多龟，其阴多玉。苕水出焉，而西流注于海，其中多砥、砺，有兽焉，其状马身而鸟翼，人面蛇尾，是好举人，名曰孰湖。有鸟焉，其状如鸮而人面，蜼身犬尾，其名自号也，见则其邑大旱。"[①]至此，我们已经非常清楚屈原"吾令羲和弭节兮，望崦嵫而勿迫"句之"崦嵫"应当即为这里引录的《西山经》所载之"崦嵫山"。太阳一旦行经至"崦嵫山"，白天将要逝去，夜晚即将来临。屈原想要留住时光以便自己有

---

　　① 袁珂：《山海经校注》，巴蜀书社，1996年，第76—77页。

更多时间做充分准备从"悬圃"飞升天庭，因而屈原指令日御羲和停挥长鞭，止驻日车，想让时光静止。这真是一个新奇而又大胆的想象，但又是怎样的痴迷与忧伤。

在屈原时代，"崦嵫"所指并无歧义，当为大地极西之山。王逸注解《离骚》崦嵫为"日所入山"，王逸的注解似乎并无不妥，"崦嵫山"的确也是太阳落山之地。但是，自王逸以后，后世便有无数注疏者为此山的具体地望而不断追踪寻觅，追寻的思路便是在中国地理版图之内指定一个具体大山并用"崦嵫"来为其命名。这一现象，恰如笔者前面探讨过的"西海"，概由后世脱离经典原义、而专注注疏本身的士人们将原本指称欧亚大陆的地理方位指实为地理中国境内某一具体地名的缘故。"西海"在汉代就已经走向了这一本土化的演变历程，所不同的是，"崦嵫"的正式"本土汉化"恐怕要到南北朝以及唐代以后才正式完成，现考证如下。

从前面引录的郦道元注《水经·禹贡山水泽地所在》的材料，我们可知，南北朝北魏郦道元已经明确指出"崦嵫山"位于居延泽之西、西海郡之北。这当是"崦嵫"被具体本土化的第一实例。《新唐书·地理志》记有"条支都督府，领州九……崦嵫州"①云云，但"崦嵫州"具体在哪里，我们尚不得而知。依据郦道元所言"崦嵫山"的大体位置，《新唐书》所记"崦嵫州"似乎也当在居延泽以西一带。明代官修地理总志《明一统志》载有"崦嵫山"，注曰："在秦州西五十里。"②由此可察，明代的中国地理版图上已经出现了具体的"崦嵫"山名。《大清一统志》的说法同《明一统志》。《甘肃通志·山川·秦州》的记载也极相似："崦嵫山，在州南五十里。"③那么，《明一统志》所载秦州在哪里呢？检索典籍可知，古秦州大致相当于今天甘肃天水，秦州于 1913 年才改名为天水，这就是现今所有辞书解释"崦嵫山"皆为

---

① 欧阳修、宋祁：《新唐书》，中华书局，1875 年，第 1136 页。
② 李贤等：《明一统志》，载《文渊阁四库全书》，上海古籍出版社，1987 年，第 472 册，第 885 页。
③ 许容等监修，李迪等编纂：《甘肃通志》，载《文渊阁四库全书》，上海古籍出版社，1987 年，第 557 册，第 242 页。

"甘肃天水县境内之山"的历史由来。"崦嵫"从郦道元眼中的新疆一路东渐到甘肃天水，明白了这一演进线索，赵逵夫解《离骚》"崦嵫"为甘肃西和县北的嶓冢山的失误也就不言而喻。

第八章　西　极

《离骚》云:"朝发轫于天津兮,夕余至乎西极。""西极"所指为何,与"西海"等语词一样歧说纷繁。

一　楚辞传统注疏"西极"语义之歧说

要弄清楚屈辞"西极"所指,我们需先解读"天津"。王逸谓:"东极箕、斗之间,汉津也。言己朝发天之东津。"[①]后世也有干脆将"汉津"指实为楚地之汉水的,但也有怀疑的声音。钱澄之就不同意王逸"天津"为东极的说法,主张"天津居天之中"[②]。王逸认为天津在东极箕、斗之间,钱澄之认为天津在天之中央,但苏雪林《楚骚新诂》似得"天津"正解。苏雪林解"天津"为天之渡口,又昆仑大山上可通天,所以"屈子以'天津'代称昆仑"[③]。昆仑居大地的中央,且上通天庭,其高处正对天之中央,其实,苏雪林和钱澄之的解说殊途同归。"天津"既为昆仑代称,屈原欲到达大地尽头的"西极",他从昆仑中央大山一路向西,行流沙、遵赤水、路不周,"指西海以为期"。此一地理行踪于《淮南子·时则·五位》也能得以证实:"西方之极,自昆仑绝流沙、沈羽,西至三危之国。"[④](按:《淮南子》此篇所记昆仑正为中极,这也印证了前论昆仑居大地之中的结论。)从这一游踪我们不难看出,屈原所言之"西极",一定是他所具有的世界地理观念在创作神思中的有意识反映,这种地理观念应基于欧亚大陆板块而生。但是,

① 洪兴祖:《楚辞补注》,中华书局,1983年,第44页。
② 钱澄之:《庄屈合诂》,载《四库全书存目丛书》(子部·杂家类),齐鲁书社,1995年,第164册,第699页。
③ 苏雪林:《楚骚新诂》,武汉大学出版社,2007年,第146页。
④ 何宁:《淮南子集释》,中华书局,1998年,第434页。

历来大多楚辞注疏者,皆把屈原的不羁神思给无限缩小、直至湮灭。或许,由于注家们解说屈辞的视角发生了偏移,因而造成诸多盲人摸象式的误读。在此,笔者需特别交代的是,此"天津"万万不可与现今中国的"天津市"相混淆。明初燕王朱棣以"靖难"之名,与其侄建文帝争夺皇位,率兵从海津镇(别名直沽)渡河南下,袭沧州,占南京。朱棣登基后,将海津镇改名为"天津",意谓"天子之津渡",以示纪念。由此,屈辞"天之渡口"的"天津"与"天津市"名称由来之"天子之津渡"的"天津"不可同日而语也。

对于"西极",历来楚辞注疏者亦多异说,歧义不断,兹整理归纳如下。

(一)大地极西之地　王逸曰:"言己朝发天之东津,万物所生,夕至地之西极,万物所成,动顺阴阳之道,且亟疾也。"[1]王逸认为,屈原早上启程于天之东极,晚上到达地之西极,一日行经了从东至西的整个空间。王逸认为"天津"为东津,也即天之东极,同时也认为"西极"为大地极西之地,可谓失之东隅,收之桑榆。

(二)西方极远之地　有如"西海","西极"所指地望在汉代就有东渐之势。《汉书·礼乐志》记载:"天马徕,从西极,涉流沙,九夷服。"[2]应劭谓:"大宛马汗血沾濡也,流沫如赭。"[3]看来,《汉书》所谓"西极"似为泛称,当与大宛国相涉,泛指西域以西的遥远之地,与《离骚》所确指大地极西太阳落山之处已有所不同。刘梦鹏《屈子章句》曰:"西极,西方之极。《淮南子》曰:'西方之极,自昆仑绝流沙。'"[4]刘梦鹏所谓西方本也无法确知,那"西极"也就任人猜测了,但从他注解《离骚》的整体风貌来看,似乎应与《汉书》所指"西极"相同。

(三)幽国　洪兴祖《楚辞补注》曰:"《上林赋》云:'左苍梧,右

①　洪兴祖:《楚辞补注》,中华书局,1983年,第44页。
②　班固:《汉书》,中华书局,1962年,第1060页。
③　班固:《汉书》,中华书局,1962年,第1060页。
④　刘梦鹏:《屈子章句》,载《四库全书存目丛书》(集部·楚辞类·集2),齐鲁书社,1997年,第525页。

西极。'注引《尔雅》,西至于豳国,为西极。"①宋人洪兴祖解"西极"已经指实为陕西古豳国地。洪兴祖犯了一个偷换概念的错误,解《离骚》西极应以《离骚》文本为准绳,怎么能拿《上林赋》来作参照,《上林赋》之"西极"尚应具体而论,又用《尔雅》解豳国为"西极"来解《上林赋》,由于出发点的根本偏移,遂导致其层层推论都为自圆其说的缝合,这样的注解方式在中国古书中实为通例。如果我们认为"天津"指昆仑,那么屈原一路西向,是断然不会跑到昆仑之东的陕西之境的。

(四)楚之西境　朱冀《离骚辩》谓:"西极,楚西境之极也。言朝从汉水启程,夕尽楚之西境,甚言其行之速耳。"②清人朱冀将洪兴祖认识的"豳国"又向东缩延至楚国西境。朱冀将《离骚》地理作了《九章》式的楚地诠释,《离骚》精鹜八极的纵横之势以及屈子广远的世界地域知识已被消解殆尽,如此一来,朝启汉水,夕至楚西,确实也非常迅速,但是,屈原的神思真的就只在楚国境内打转吗?

(五)昆仑　此外,尚有把"西极"解作昆仑的。彭泽陶《离骚今译校注与答问》曰:"西极即昆仑所在地也。"③蒋天枢《楚辞校释》曰:"西极,《淮南子·墬形》所言之西极。西极之山即昆仑。"④众所周知,在诸多典籍中,"昆仑"皆是居于大地正中的世界大山,在屈辞中,"昆仑"亦居于大地正中,"昆仑"怎么会是"西极"呢?仔细寻思这类注解,不难发现,注疏者们一定是因中国地理昆仑的影响而产生的思维局限。汉武帝西寻黄河之源,以期找寻昆仑西王母,但却没有达成预期目的,汉武帝根据文献典籍所载人为划定了地理昆仑,"昆仑"遂成为中土之西境。彭泽陶、蒋天枢等又认定"天津"在东极,以现有地理中国版图计,那么,"西极"就只能为"昆仑"了。我们暂且不说屈原时代是否已经形成今天意义上的中国概念,就《离骚》上下文脉大意而论,通盘考察屈原游踪,似亦可断定"西极"不会是指"昆仑"。

---

① 洪兴祖:《楚辞补注》,中华书局,1983 年,第 44 页。
② 游国恩:《离骚纂义》,中华书局,1980 年,第 465 页。
③ 彭泽陶:《离骚今译校注与答问》,广西师范学院,1965 年铅印本。
④ 蒋天枢:《楚辞校释》,上海古籍出版社,1989 年,第 69 页。

（六）西海　尚有指"西极"为西海的。萧兵《楚辞全译》谓："西极,西向的边际,即西海之极。先秦人多幻想西部昆仑文化区有个'乐园',西海即其延伸。"①那么,"西海"是哪里呢? 萧兵《楚辞新探》谓："看《楚辞·离骚》的描写,第一次飞行已达昆仑悬圃,第二次济白水而向穷石,第三次却说'夕余至乎西极','指西海以为期',欲至而未达,看来西海在昆仑(祁连)之西,并非其南方的青海,而较可能以今新疆境内的巴里坤湖、罗布泊或博斯腾湖为原型。"②由此可知,萧兵眼中的"西海"为罗布泊一类新疆湖泊,那么,萧兵所谓的"西极"也就为罗布泊之西,似乎不会跨越出现今中国新疆版图。难道屈原眼中真的就已经拥有现今中国地理版图,从而以新疆边界作为"西极"吗? 这又是一个荒谬的设想,萧兵注解"西极",照样因思维局限而困守于后世所定"昆仑"地望的苑圃。

二　先秦文献典籍所载"西极"指称基本一致

在先秦典籍中,"西极"问题较为特殊,基本没有什么分歧,皆指大地之西极为遥远之地。

（一）《山海经》有2处言及"西极",其内涵与外延基本一致。

帝命竖亥步自东极至于西极,五亿十选九千八百步。竖亥右手把算,左手指青丘北。一曰禹令竖亥。一曰五亿十万九千八百步。③（《海外东经》）

大荒之中,有山名曰日月山,天枢也……颛顼生老童,老童生重及黎,帝令重献上天,令黎邛下地,下地是生噎,处于西极,以行日月星辰之行次。④（《大荒西经》）

①　萧兵:《楚辞全译》,江苏古籍出版社,1998年,第30页。
②　萧兵:《楚辞新探》,天津古籍出版社,1988年,第120页。
③　袁珂:《山海经校注》,巴蜀书社,1996年,第305页。
④　袁珂:《山海经校注》,巴蜀书社,1996年,第459—460页。

《淮南子·墬形》亦有相似且更为详切的记载："禹乃使太章步自东极至于西极，二亿三万三千五百里七十五步。使竖亥步自北极至于南极，二亿三万三千五百里七十五步。"①撇开禹、太章和竖亥这些存有疑惑的传说人物不谈，就东南西北之道里计，笔者认为，《淮南子》的记载在逻辑上更为可信。《淮南子》言东极至西极以及北极至南极的长度相等，反映了早期人们对地球的准确认识。先秦人对地球的认识可能比我们想象的要准确得多，东西和南北的长度相当，说明地球是圆的，这个认识早在《淮南子》甚至更早的时代就已为人们所知晓。因此，认为天圆地方概念为先民粗浅地理观的论断恐怕要作重新认识了。郭璞注引《诗含神雾》的说法更为精准："天地东西二亿三万三千里，南北二亿一千五百里。天地相去一亿五万里。"②按照现代科学，地球赤道半径稍稍大于极地半径，也就是说，地球东西长度要稍大于南北长度，《诗含神雾》的认识可谓精准至极。其实，屈原《天问》"东西南北，其修孰多？南北顺椭，其衍几何？"何尝又不是这种地球观的真实反映呢！先秦时代，人们即持有这样的地球观，我们还有什么理由怀疑"西极"所指为大地极西之地呢？由此可知，《山海经》和《淮南子》所言"西极"，应当是以地球为参照系统，即以宏阔的世界地理为空间观念的大地极西之境方才符合材料逻辑，《离骚》所言"西极"概念内涵与外延与《山海经》《淮南子》也完全一致。《大荒西经》谓"噎"处"西极"，但"噎"是什么呢？郭璞认为"噎"为"主察日月星辰之度数次舍"③之人。古人认为日月运行都遵循从东到西的路线，东升于海，西也落至入海，东是东海，西为西海，"噎"既然掌管着日月的行踪，那么，他所处的"西极"定当是日月行踪的尽头，也即是大地极西之境。

（二）《庄子·田子方》载："日出东方而入于西极，万物莫不比方。"④此"西极"与《山海经》《离骚》所指应当一致。虽然《庄子》并

① 何宁：《淮南子集释》，中华书局，1998 年，第 321 页。
② 袁珂：《山海经校注》，巴蜀书社，1996 年，第 306 页。
③ 袁珂：《山海经校注》，巴蜀书社，1996 年，第 462 页。
④ 郭庆藩：《庄子集释》，中华书局，1961 年，第 707 页。

没有说明"西极"确指何地,但据上下文意揣测,应为大地极西之所。按照《淮南子》所言日出于海又入于虞渊之水的记载,日没之所也当以大海为是,故《庄子》"西极"所指,定不会是后世所说的中国版图之西境。

(三)《列子·周穆王》载:"周穆王时,西极之国有化人来。"①西极之国为何方之域,《周穆王》篇并未明确告知。《列子》同篇又曰:"西极之南隅有国焉,不知境界之所接,名古莽之国。"②古莽之国又为何方之域,我们照样不得而知。此外,《列子·汤问》还说到:"而五山之根无所连箸,常随潮波上下往还,不得暂峙焉,仙圣毒之,诉之于帝。帝恐流于西极,失群圣之居,乃命禺彊使巨鳌十五举首而戴之。"③《汤问》篇中的"西极"似乎也渺茫难寻,无所定指。

上引《列子》三段材料似乎都难寻觅出"西极"的真实面目,那么,《列子》中的西极岂不是已成死结,永无解开之可能? 但是,《列子·汤问》的一段对话或许可以解开这个疑惑:"汤又问曰:'四海之外奚有?'革曰:'犹齐州也。'汤曰:'汝奚以实之?'革曰:'朕东行至营,人民犹是也。问营之东,复犹营也。西行至豳,人民犹是也。问豳之西,复犹豳也。朕以是知四海、四荒、四极之不异是也。故小大相含,无穷极也。"④在《列子》的整个思想体系及地理观里,作为四极之一的"西极"当是一个极其渺远甚至无穷无尽的概念,总之,它应当是当时的人类所能达到的大地极西之地,这一点和屈原《离骚》"西极"所指并无不同。

(四)《淮南子》除一段与上引《山海经·海外东经》的相似文字外,尚有另外两则提及"西极"。

　　　　九州之大,纯方千里。九州之外,乃有八殥,亦方千里……八殥之外,而有八纮……八纮之外,乃有八极……西方曰西极之

①　杨伯峻:《列子集释》,中华书局,1979 年,第 90 页。
②　杨伯峻:《列子集释》,中华书局,1979 年,第 104 页。
③　杨伯峻:《列子集释》,中华书局,1979 年,第 152—153 页。
④　杨伯峻:《列子集释》,中华书局,1979 年,第 148—149 页。

山,曰阊阖之门。①(《墬形》)

西方之极,自昆仑绝流沙、沈羽,西至三危之国。②(《时则》)

以九州为原点层层外延至八殡、八纮、八极,犹如波纹不断外展,此地理观念下的"西极"断不会是前引注疏者们任何确指中土的地望所能吻合,除了欧亚大陆板块意义上的大地极西之边境之外,似乎再也找不到其他更为恰切的解答了。《时则》这则材料极其重要,它关涉一系列重要的地理概念,如果我们能解决其中任何一个,其他就能焕然冰释。即使我们将"昆仑"定为中国境内之昆仑,那么,"西极"也当是"昆仑"更西更远的地方,断不会是甘肃、青海或者新疆境内任一范围所能契合。如果我们将"昆仑"定为两河流域的阿拉拉特山,经"昆仑"向西的流沙为叙利亚沙漠,沉羽为死海,那么此"西极"似指地中海之东岸,这与《山海经》中的大量记载亦能互相印证。如果我们将流沙认为是撒哈拉沙漠,此"西极"就可能指大西洋之东岸,这似乎也说得过去。但不管怎样,《淮南子》中的"西极"观念也与《离骚》"西极"大体一致。

(五)《大戴礼记·易本命》载:"食谷者智惠而巧;食气者神明而寿,王乔赤松之类也,西极亦有食气之民也。"③戴德所言"西极"没有明确指明到底为何方何地,我们不好随便揣测,但据笔者清理"西极"这一词语意义的演变逻辑来看,此"西极"尚与先秦时人"西极"观念基本一致。

(六)托名东方朔的《海内十洲记》亦载"西极":"乃处玄风于西极,坐王母于坤乡。"④此"西极"似乎亦难觅影踪,如果我们认定东方朔所言西王母与《穆天子传》中西王母一致,那么,此"西极"也定当

---

① 何宁:《淮南子集释》,中华书局,1998年,第330—336页。
② 何宁:《淮南子集释》,中华书局,1998年,第434页。
③ 戴德:《大戴礼记》,载《文渊阁四库全书》,上海古籍出版社,1987年,第128册,第539页。
④ 东方朔:《海内十洲记》,载《文渊阁四库全书》,上海古籍出版社,1987年,第1042册,第279页。

在"昆仑"之西才是,断不会位于"昆仑"之东的任何一个地方。

(七)《盐铁论·论邹》记载先秦邹衍学说谓:"所谓中国者,天下八十一分之一,名曰赤县神州,而分为九州。绝陵陆不通,乃为一州,有大瀛海圜其外。此所谓八极,而天地际焉。"①邹衍所谓的八极至少应为基于欧亚大陆地理意义上的陆地极边概念,"西极"自然也就是大地极西之地了。

三 "西极"演变历程考索

后世注疏者在面对先秦此类概念时,由于失去了先秦时人广阔的世界地理眼光,而囿于自身所处的因地缘政治所造成的国家地理观念,遂对先秦的这类地理概念作出了缩小地理视域的解说,从而不得不在中国境内另外搜寻特征相似的地望来作一一比附,比附的结果,注疏者们各行其是,都用自己心目中的地理概念去曲解古义,从而给文本语词的理解造成障碍。有如"西极",先秦时本指大地极西,但是,这一语词从汉代开始,就被逐渐缩短视距、不断东渐,从帕米尔一直东缩至长安以西,直至明清,人们的认识又一次回归到先秦世界地理视域之西方极远之地。这一演变历程,亦反映出不同时代对"西极"这一地名认识的淆乱情况,本书第十五章另有专论,此不赘。

《史记·乐书》记载:"后伐大宛得千里马,马名蒲梢,次作以为歌。歌诗曰:'天马来兮从西极,经万里兮归有德,承灵威兮降外国,涉流沙兮四夷服。'"②裴骃集解曰:"应劭曰:'大宛旧有天马种,蹋石汗血,汗从前肩膊出,如血,号一日千里。'"③正如裴骃所言,这段历史记载了汉武帝欲求汗血宝马事。此马当年生西域大宛国,大约位于今天中亚锡尔河与阿姆河中间之乌兹别克斯坦之费尔干纳盆地一带。由此可知,《史记·乐书》所言"西极"已经不是先秦极为渺远的

① 王利器:《盐铁论校注》,载《新编诸子集成》,中华书局,1992年,第551页。
② 司马迁:《史记》,中华书局,1959年,第1178页。
③ 司马迁:《史记》,中华书局,1959年,第1179页。

大地极西之地了,而指帕米尔以西、里海以东的中亚一带。此事于《汉书·礼乐志》亦有大致相同的记载:"天马徕,从西极,涉流沙,九夷服。"①《史记》与《汉书》所指"西极"已经不是屈辞大地极西之地的确指概念,已然演变为中亚遥远之地。此外,《史记·太史公自序》也言及"西极":"汉既通使大夏,而西极远蛮,引领内乡,欲观中国。作《大宛列传》第六十三。"②同样,这个"西极"与《乐书》所记基本一致。

《史记·司马相如列传》载司马相如《天子游猎赋》有"左苍梧,右西极"③之语,从司马相如前后文意揣测,此"西极"也当指西方极远之地,但是南朝宋裴骃的集解和唐张守节的正义以及唐李善却有另外的注释。裴骃谓:"郭璞曰:'西极,邠国也。'见《尔雅》。"④张守节谓:"《尔雅》云西至于豳国为极。"⑤《文选》李善注谓:"《尔雅》曰至于豳国为西极。"⑥上述裴、张、李三家在注解"西极"时,都引用《尔雅》为证,从而得出"西极"为长安以西之豳国。(按:今本《尔雅》不见此条记载。)如果确为裴骃所言,郭璞已经认为"西极"指邠国,那么,我们大致可以作这样的推测:郭璞把先秦"西极"缩小到了中土长安之西的豳国,后世裴骃、张守节和李善等又沿袭了这一误说,遂使"西极"一语不断东渐,失却了先秦本真面目。唐人如此,宋人洪兴祖补注《楚辞章句》,也同样引用了《尔雅》"西至于豳国为西极"⑦为证,看来,洪兴祖似乎也很赞同这个说法。

"西极"不断东渐,缩小视距至长安以西地域,在杜甫诗歌中也有所见。杜甫《送从弟亚赴河西判官》诗云:"西极最疮痍,连山暗烽燧。"⑧又《往在》诗云:"安得自西极,申命空山东。"⑨仇兆鳌注曰:

① 司马迁:《史记》,中华书局,1959 年,第 1060 页。
② 司马迁:《史记》,中华书局,1959 年,第 3318 页。
③ 司马迁:《史记》,中华书局,1959 年,第 3017 页。
④ 司马迁:《史记》,中华书局,1959 年,第 3018 页。
⑤ 司马迁:《史记》,中华书局,1959 年,第 3018 页。
⑥ 李善:《文选》,中华书局,1977 年,第 123 页。
⑦ 洪兴祖:《楚辞补注》,中华书局,1983 年,第 44 页。
⑧ 仇兆鳌:《杜诗详注》,中华书局,1979 年,第 366 页。
⑨ 仇兆鳌:《杜诗详注》,中华书局,1979 年,第 1432 页。

"西极,指京师之西,与山东相对。或指吐鲁蕃者,非。"①以杜诗观之,唐人的"西极"观念已经不具有大地极西之意,被具体化为长安以西也即是豳国之地了。

苏轼《书传》阐述《尧典》"分命羲仲,宅嵎夷,曰旸谷"句时,说:"《禹贡》'嵎夷在青州,又曰旸谷'。则其地近日而先明,当在东方海上,以此推之,则昧谷当在西极,朔方幽都当在幽州,而南交为交趾明矣。"②苏轼眼中的"西极"已经指实为昧谷了,如果按照《十道志》"昧谷在秦州西南"③的记载,秦州又大致为现今甘肃天水,那么,苏轼所言的"西极"似乎就位于天水附近了,这已经是非常具体化了的"西极"概念。但明清之际朱鹤龄《尚书埤传》却对苏轼的观点给予了批驳:"蔡《传》西谓西极之地。愚按:嵎夷、南交、朔方皆有定所,西未详何地。苏《传》引徐广云:'今天水之西县也。'三方皆以极边言之,天水恐太近。"④明清之际中国思想界异常活跃,大量西方传教士的来华,使得人们在有意无意间接受了诸多外来知识,他们往往能以新的视角和新的眼光去体察被大家早已熟视无睹的一些典籍,时而有新的创获,前面谈到的蒋骥、戴震注解屈辞就是例证。朱鹤龄认为"西极"当指极边之地,以甘肃天水言西极似乎太过于靠近中原,所以不合情理,这当是很有见地的看法。

四　屈辞"西极"原义再探索

从前面的分析中,我们得知,《离骚》"朝发轫于天津兮,夕余至乎西极"之"天津"当为"昆仑"的代称,意为天之渡口。那么,诗人从昆仑中央大山一路向西,行流沙、遵赤水、路不周,"指西海以为期",最后欲到达地之尽头的"西极",通过这一跨越天地东西的游踪,我们不难看出,屈原所谓的"西极",一定是他广阔世界地理知识在创作神

---

①　仇兆鳌:《杜诗详注》,中华书局,1979 年,第 1432 页。
②　苏轼:《书传》,载《文渊阁四库全书》,上海古籍出版社,1987 年,第 54 册,第 487 页。
③　徐文靖:《管城硕记》,中华书局,1998 年,第 257 页。
④　朱鹤龄:《尚书埤传》,载《文渊阁四库全书》,上海古籍出版社,1987 年,第 66 册,第 715 页。

思中的反映,但历来《楚辞》注疏者,却把这不羁神思给无限缩小了。笔者认为,此"西极"与"崦嵫"所指地理方位大致相同,皆为大地极西之地。此外,诸如《山海经》《淮南子》《庄子》《列子》等先秦典籍所指"西极"与《离骚》并无差异,甚至汉初如戴德《大戴礼记》以及东方朔《海内十洲记》等典籍所言"西极"也与《离骚》大体一致:"西极"本无确指,原初本义应为大地极西之地。

但从《史记》开始,"西极"就呈东渐之势。从《史记》到《汉书》,从郭璞到裴骃再到张守节、李善,"西极"所指范围不断东缩,直至洪兴祖所认为的豳国,再到朱冀所认为的楚国西境,我们可以清晰体察到这种演变历程。演变的结果是,同为"西极"一词,在屈原《离骚》以及先秦诸家的眼中本指宏阔意义上的大地极西之境,但到了后世,其词语的内涵及外延都发生了巨大变化,直至被凝固为中国版图内一个具体化的地名。

屈原《大招》有"魂乎无往,盈北极只"①语,王逸于北极无解。洪兴祖引《淮南子》云:"北极之山曰寒门。"②朱熹《楚辞集注》曰:"盈北极,言此冰冻,满北极也。"③王夫之《楚辞通释》曰:"盈北极者,言直至北极,寒冰充满无际也。"④蒋骥《山带阁注楚辞》曰:"盈北极,言冰雪无际也。"⑤屈复《楚辞新集注》曰:"盈北极,言此冰冻满北极也。"⑥历来《楚辞》注疏者解此"北极"皆无异说,大体一致,并没有认识上的分歧,皆近似于今天地理意义上的北冰洋地区,此当符合屈辞本意。"北极""西极"同为屈原作品中的地理名词,一个创作者用词当有一定规律,既然"北极"指北方之远地,"西极"也应当指西方极远之地。我们不禁要问,为什么注疏者们赞同"北极"之说,而于"西极"却出现了短视?为什么汉代以后的学者对"北极"尚有今天意义上的地理观念,而于"西极"却远远落后于先秦博达之士的地理

① 洪兴祖:《楚辞补注》,中华书局,1983 年,第 218 页。
② 洪兴祖:《楚辞补注》,中华书局,1983 年,第 218 页。
③ 朱熹:《楚辞集注》,上海古籍出版社,1979 年,第 147 页。
④ 王夫之:《楚辞通释》,载《续修四库全书》,上海古籍出版社,2002 年,第 1302 册,第 268 页。
⑤ 蒋骥:《山带阁注楚辞》,上海古籍出版社,1984 年,第 173 页。
⑥ 屈复:《楚辞新集注》,载《续修四库全书》,上海古籍出版社,2002 年,第 1302 册,第 388 页。

眼光呢？这种视域上的南北开阔、东西短视现象在中国历史文化中当引起注意，当然，要解释这一成因，也不是三言两语可以说得清楚的，留待日后作进一步研究。

第九章　何所冬暖？何所夏寒？

屈辞涉及诸多欧亚大陆板块意义上的极地概念,前面所探讨的《离骚》"西极"与《大招》"北极"即为其例。《天问》"何所冬暖？何所夏寒"句同样索问大地南北维度上的极地与赤道,但楚辞注疏者一样逞词异说。

一　楚辞传统注疏"冬暖之所"和"夏寒之所"语义之歧说

《天问》云:"何所冬暖？何所夏寒？"①历来楚辞注疏者言此多有异说,现梳理如下:

(一)无注　王逸曰:"暖,温也。言天地之气,何所有冬温而夏寒者乎?"②但检索《天问》可知,屈原问旨在于求证哪个地方冬天温暖,哪个地方夏天却又寒冷,其设问目的在于想知道具有此种气候特征的地理方位到底在哪里,但是,王逸的注解并没有作出回答。

(二)笼统意义上的南北　洪兴祖《楚辞补注》曰:

> 《素问》:"天不足西北,左寒而右凉。地不满东南,右热而左温。其故何也?"歧伯曰:"阴阳之气,高下之理,太少之异也。"注云:"高下谓地形,太少谓阴阳之气,盛衰之异。西方凉,北方寒,东方温,南方热,气化犹然矣。"又曰:"东南方阳也,阳者其精降于下,故右热而左温。西北方阴也,阴者其精奉于上,故左寒而右凉。是以地有高下,气有温凉,高者气寒,下者气热。"注云:"以气候验之,中原地形,所居者悉以居高则寒,处下则热。

----

① 洪兴祖:《楚辞补注》,中华书局,1983 年,第 93 页。
② 洪兴祖:《楚辞补注》,中华书局,1983 年,第 93 页。

中华之地，凡有高下之大者，东西南北各三分也。其一者，自汉蜀江南至海也。二者，自汉江北至平遥县也。三者，自平遥北山北至蕃界北海也。故南分大热，中分寒热兼半，北分大寒。南北分外，寒热尤极，大热之分其寒微，大寒之分其热微。又东西高下之别亦三矣。其一者，自汧源县西至沙州。二者，自开封县西至汧源县。三者，自开封县东至沧海也。故东分大温，中分温凉兼半，西分大凉。大温之分，其寒五分之二。大凉之分，其热五分之二。温凉分外，温凉尤极，变为大暄大寒也，约其大凡如此。然九分之地，寒极于东北，热极于西南。中原地形，西北高，东南下，一为地形高下，故寒热不同；二则阴阳之气有少有多，故表温凉之异尔。"又曰："至高之地，冬气常在；至下之地，春气常在。"注云："高山之巅，盛夏冰雪；污下川泽，严冬草生。常在之义足明矣。"①

　　洪兴祖引述《素问》五百余字一大段材料为证，于屈辞文本的注解本身可能并无多少直接意义，但其材料的补充价值自不待言。他以阴阳为论说依据，全在中原地形之内来阐发寒热因果，显然与《天问》问旨并无关涉。但其所引《淮南子》一段材料或许与屈原的问旨有些关联："《淮南》云：南至委火炎风之野，北方之极，有冻寒积冰，雪雹霜霰，漂润群水之野。又曰：南方有不死之草，北方有不释之冰。"②《淮南子》所描述的南北气候特征就极似赤道和北极气候，与屈原所问似大体不差。

　　（三）中国南北之某个实际地理　宋人朱熹的见解甚为可观："南方日近而阳盛，故多暖。北方日远而阴盛，故多寒。今以越之南、燕之北观之，已自可验，则愈远愈偏，而有冬暖夏寒之所，不足怪矣。"③朱熹没有把问题局限于中原或者中国来考察，因而他能以较

①　洪兴祖：《楚辞补注》，中华书局，1983年，第93—94页。
②　洪兴祖：《楚辞补注》，中华书局，1983年，第94页。
③　朱熹：《楚辞集注》，上海古籍出版社，1979年，第57页。

为开阔的视野观照《天问》"冬暖夏寒"的设问,他以越之南、燕之北为界限,认为愈远愈偏之地有"冬暖夏寒"之所当有一定依据,据此,朱熹的看法,其实已经很接近屈原设问的意旨了。

王夫之《楚辞通释》曰:"南粤冬暖,五台夏寒,地殊候异时变,固不可测也。"①王夫之划定南粤和五台米界说屈辞冬暖与夏寒之所,以自身所处时代的政治中国版图来索解答案,故亦不能反映屈子广阔意义上的世界地理观念。按常理,山西五台一带夏天同样暑热,如果五台指五台山,中国境内比五台高的山何止一二,山越高气温越低,那么,为何屈辞夏寒之所不是指别的什么更高的大山呢。南粤本是一个十分宽泛的概念,清代南粤之地,当指广东一带,此地冬天虽较中原温暖,但也有低寒之时。

(四)比附象征说 黄文焕《楚辞听直》谓:"莫不苦冬之冻,莫不苦夏之暑,使冬能暖,夏能寒,人心岂复怨咨哉!"②"我注六经"式的注书理念在中国古代颇为流行。许多士人秉承"述而不作",故将毕生心血多用于经典之注疏。表面看来,他们似在注释古书,但实际上他们借题发挥,依傍经典而阐说己意,其结果往往是下笔千言,却离题万里。洞察此点,我们也就明白黄文焕为什么要将冬暖、夏寒之所解说成"安得广厦千万间,大庇天下寒士俱欢颜"式的理想宣言,与其说他是在注书,还不如理解为是他借屈辞来抒泻自己的内心情怀。

丁晏《天问笺》援引《山海经》、东方朔《十洲记》、《后汉书·班超传》、《后汉书·西域传》、张衡《东京赋》、郭义恭《广志》、《列子》等诸多典籍材料,丁晏将本来并不复杂的问题弄得异常繁琐,直让读者无所适从。细检丁晏所引文献,唯《山海经》与《十洲记》似与"冬暖夏寒"所问问旨有些关联,其他文献材料皆同洪兴祖所引《素问》,与《天问》主旨无关,兹不赘引。

(五)赤道、北极说 真正说清"冬暖夏寒"这个问题的《楚辞》注疏者,是受明清之际西洋传教士输入世界地理知识影响的蒋骥、戴震

---

① 王夫之:《楚辞通释》,载《续修四库全书》,上海古籍出版社,2002 年,第 1302 册,第 215 页。
② 黄文焕:《楚辞听直》,载《续修四库全书》,上海古籍出版社,2002 年,第 1301 册,第 551 页。

诸家。

蒋骥《山带阁注楚辞》引《大明官制》《月令广义》《异域志》为证，于事并无多少补益，但蒋氏所引陆次云《八纮译史》及利西江《山海图》两段文字却有重要价值："又陆次云《八纮译史》：'百尔西亚极热，人常坐卧水中；阿路索极寒，六月有僵冻者；满剌伽四时皆裸；莫斯哥盛夏重裘，皆其概也。'按：利西江《山海图》：'东西中线，上为北，下为南。近中线处，半月为一季，一年两冬夏春秋。南北方则春夏秋冬相反，皆因日轮远近以为燠寒。'"①对"阿路索"音译问题的探寻，着实让笔者费了一番周折。承蒙四川师范大学文学院周及徐教授指点，始获解答，特致谢意。周及徐教授认为："阿路索"可能是蒙古语"俄罗斯"的音译。蒙古语中借用其他语言以 R 开头的词时，都要加上相应的元音。"俄罗斯"在俄语中是 PoCCиЯ（汉音罗斯亚），中译应为"罗斯"，蒙古语音译为 OROS，增词首元音 O。汉译从蒙语借入此词，因之增加"俄"，轻读时与"阿"相近，音译汉字记音初无定字，记为"阿路索"。由此，"阿路索"可能即为今天的"俄罗斯"。"满剌伽"现今译为"马六甲"，"莫斯哥"现今译为"莫斯科"。（按：满剌伽和莫斯哥的音译问题承蒙广东外语外贸大学英语系研究生陈云川指点，特致谢意。）"俄罗斯"紧邻北冰洋地区，那当然是一个极寒之所。"马六甲"地处赤道，固然是一个极热之地，因而当地居民要四时皆裸。屈原所问，正是基于对北极地貌与赤道地貌气候特征的把握。传教士利西江的认识已经是现代科学知识的产物，至于屈原当时有没有认识到北极寒冷和赤道炎热的气候是由日轮远近所致，我们暂存而不论。

戴震《屈原赋注·天问》曰："日发敛于赤道外内四十余度之间，《虞夏书》以璇玑玉衡写天，遗制犹见于《周髀》（非汉之浑天仪）。赤道者，中衡也。日自北发南，冬至当外衡；自南敛北，夏至当内衡；春秋分当中衡；中土在内衡之下已北，其外衡之下已南，寒暑与中土互异。中衡之下，两暑而无寒，暑渐退如春秋分，乃复。南北极下，凝阴

---

① 蒋骥：《山带阁注楚辞》，上海古籍出版社，1984 年，第 81 页。

常寒矣。《周髀》谓'北极左右,夏有不释之冰;中衡左右,冬有不死之草',举其概云尔。地为大气所举,日之正照,气直下行,故暑。非正照之方,气不易到,则寒。寒暑之候,因地而殊,固其宜也。"[1]戴震虽然没有直接援引诸如《八纮译史》以及利西江等人的见解,但他选择了《周髀算经》来证实自己的观点,与蒋骥殊途而同归。《周髀算经》所言北极与中衡,正是今天地理意义上的北极与赤道,所言北极地貌特征与赤道物候现象亦正好与今人的认识相吻合。《周髀算经》对北极和赤道的记述,后有详论,此不赘。

其实,蒋、戴诸家所发现的问题,早在先秦或更早时代已为博达之士所通晓,屈原正是熟知这些地理知识,才会有此"冬暖夏寒"之所的设问。此一问题自汉代即告湮没,自明清蒋骥、戴震得以重申,但可惜的是,蒋、戴之后,遂又隐而不发。姜亮夫《屈原赋校注·天问》谓:"所,犹许也,处也。此承上日安不到言,非更端别言寒暖也。言日光无处不到,然有寒暖之殊。则当冬寒之时,其暖往于何许?当夏暑之时,其寒又何所往也?"[2]先秦以"所"指"地点处所",典籍随处可见,屈原此问以自己所生活的地理环境为坐标,设问哪个地方冬天暖和,哪个地方夏天寒冷,这应当是极简单明了的一个问题,完全没有必要使问题复杂化。游国恩《天问纂义》谓:"此问亦必因神话中有冬暖夏寒之说,而疑其果在何处也。诸家或释冬暖夏寒之理,或实以宇内之地,均无所当。"[3]游国恩欲借神话解答此问,似亦没有必要。屈原《天问》,涉及天文、地理、神话和历史等诸多问题,此处所问,当指地理为妥,这也是历来《楚辞》注疏者大体一致的看法,而游国恩却怀疑诸家以宇内之地释屈子之问,若以今日地理学知识观察,游氏的怀疑似乎低估了屈原时代博达之士所拥有的世界地理观念。

---

① 戴震:《屈原赋戴氏注》,载《续修四库全书》,上海古籍出版社,2002年,第1302册,第417页。

② 姜亮夫:《屈原赋校注》,人民文学出版社,1957年,第298页。

③ 游国恩:《天问纂义》,中华书局,1982年,第141页。

二　历代文献典籍所载"冬暖之所"和"夏寒之所"指称基本一致

（一）成书于公元前 2 世纪前的《周髀算经》记载："冬至之日，去夏至十一万九千里，万物尽死。夏至之日，去北极十一万九千里，是以知极下不生万物。北极左右，夏有不释之冰……中衡左右，冬有不死之草。"①揣度语境与文意，《周髀算经》所称"北极"似乎应指今日我们所认识的地理概念上的北冰洋，"中衡"又与赤道无异。《周髀算经》的时代与屈原相去不远，《周髀算经》所记北极与赤道地貌精准如此，因此，我们还有什么理由怀疑屈原《天问》"何所冬暖？何所夏寒"不是对北极和赤道地理气候发出的询问呢？

（二）《尸子·广泽》载："朔方之寒，冰厚六尺，木皮三寸。北极左右，有不释之冰。"②材料所记常年覆盖不融化的厚厚冰层地貌，除了北极，也即是北冰洋地区，恐怕再也没有其他地方更为契合，由此可知，《尸子》著述者似乎也知晓北极地貌。

（三）东方朔《海内十洲记》载："炎洲在南海中，地方二千里，去北岸九万里……又有火林山，山中有火光兽大如鼠。"③东方朔所说位于南海之中的炎洲，方圆又极为广阔，似当为赤道地貌。至于火鼠，诸如《神异经》等诸多典籍皆有载录，大多认为亦为赤道物种。由此可知，去先秦时代不远的汉人如东方朔是全然知晓赤道的地貌特征的。

（四）《神异经》载："北方曾冰万里，厚百丈。"④《神异经》旧题东方朔撰，但学界多以其为伪托之作，但即便伪托，至迟在隋以前已经定型。累累冰雪，广万里，厚百丈，这样的地貌恐怕北冰洋最为契合。

---

① 《周髀算经》，载《文渊阁四库全书》，上海古籍出版社，1987 年，第 786 册，第 44 页。
② 尸佼：《尸子》，载《二十二子》，上海古籍出版社，1986 年，第 374 页。
③ 东方朔：《海内十洲记》，载《文渊阁四库全书》，上海古籍出版社，1987 年，第 1042 册，第 275 页。
④ 东方朔：《神异经》，载《文渊阁四库全书》，上海古籍出版社，1987 年，第 1042 册，第 268 页。

（五）《淮南子·时则·五位》也有类似记载："南方之极：自北户孙之外，贯颛顼之国，南至委火炎风之野，赤帝祝融之所司者，万二千里……北方之极：自九泽穷夏晦之极，北至令正之谷，有冻寒积冰，雪雹霜霰，漂润群水之野，颛顼玄冥之所司者，万二千里。"[1]《淮南子》此篇记述了东、南、中、西、北五极之位，通观全篇，此处描写的南方之极正符合今日的赤道地貌，而北方之极亦正符合今日的北冰洋地貌特征。

（六）柳宗元《天对》载："狂山凝凝，冰于北至。爰有炎洲，司寒不得以试。"[2]《山海经·北山经》有"狂山，无草木。是山也，冬夏有雪"[3]语，柳宗元借《山海经》"狂山"解说《天问》"何所夏寒"，但是，世界上具有"狂山""冬夏有雪"地貌特征的高山何止千万，屈原似不大可能针对某个具体高山而生发此问，相反，《周髀算经》所记北极地貌似更符合屈原从世界地理视角发出的询问。总体看来，柳宗元的回答大体不差，特别是借《海内十洲记》所载"炎洲"解"何所冬暖"，则较为准确地回答了屈原的询问。

（七）清代康熙年间陆次云《八纮译史》卷二《西部》载："阿路索在中国西北，西洋之东北……天气甚寒，其边隅六月中有僵冻者。"[4]《西部》又载："莫斯哥……其地夜长昼短，冬至日止二时。气极寒，雪下则凝……夏秋皆衣裘。"[5]卷三《南部》载："爪哇……旁有苏吉丹国，裸体跣足。"[6]陆次云所记，已经完全是现代意义上的地理观念。位于赤道的"爪哇"常年暑热，正为冬暖之所；紧邻北冰洋之"阿路索"（俄罗斯）及"莫斯哥"（莫斯科）常年寒冷，正为夏寒之所。明清之际中西文化的再一次碰撞遂产生了这样的认识，但是，我们并不能由此认为直到康熙年间中国人才清楚了解地球极地与赤道地貌，相反，在《天问》甚至更早的《周髀》时代，人们就已经具备了极地与赤

① 何宁：《淮南子集释》，中华书局，1998年，第433—436页。
② 柳宗元：《柳宗元集》，中华书局，1979年，第373页。
③ 袁珂：《山海经校注》，巴蜀书社，1996年，第98页。
④ 陆次云：《八纮译史》，载《丛书集成初编》，中华书局，1985年，第3263册，第9页。
⑤ 陆次云：《八纮译史》，载《丛书集成初编》，中华书局，1985年，第3263册，第37页。
⑥ 陆次云：《八纮译史》，载《丛书集成初编》，中华书局，1985年，第3263册，第57页。

道地理知识，只不过这一认识因政治地理观对人们视野的束缚而一度被中断了一千多年。

以上所引数端表明，历代典籍对北极和赤道地貌皆有着大致相似的认识，且与今日地理知识相差无几。

三　屈辞"冬暖之所"和"夏寒之所"原义再探索

前引《周髀算经》的作者所称"北极"当指今天地理意义上的"北冰洋"，"中衡"又与"赤道"无异。因此，我们还有什么理由怀疑屈原《天问》"何所冬暖，何所夏寒"不是对北冰洋所在的北极地区和炎热的赤道地区的地理气候发出的询问呢？

除《天问》之外，屈原在其他作品中亦说到北极和赤道。

《招魂》曰："北方不可以止些，增冰峨峨，飞雪千里些。"[1]王逸注谓："北方常寒，其冰重累，峨峨如山。"[2]经年累月堆积起来的冰雪地貌犹如高山，且面积甚广，地广千里，除了北冰洋地区，恐怕再难找到更适合的地方。蒋骥引《译史记余》的一段话亦可用来证实这一说法："北有冰海，凝冰如山。又持弥国有大凝山。千年不释。飞雪千里，谓千里之远，常雨雪也。盖北方阴寒，四时皆如是也。"[3]《译史记余》所描述的地理地貌同样非北冰洋地区莫属。

《大招》曰："魂乎无南！南有炎火千里。"[4]王逸注谓："南方太阳，有积火千里。"[5]此处描写的地理特征似为赤道地貌。

《大招》又曰："魂乎无北！北有寒山，逴龙赦只。代水不可涉，深不可测只。天白颢颢，寒凝凝只。魂乎无往，盈北极只。"[6]此处描写的地理方位似亦应为北冰洋地貌。

综观之，屈原在自己作品里多次使用了北极和赤道地理地貌知

---

① 洪兴祖：《楚辞补注》，中华书局，1983年，第201页。

② 洪兴祖：《楚辞补注》，中华书局，1983年，第201页。

③ 蒋骥：《山带阁注楚辞》，上海古籍出版社，1984年，第161页。

④ 洪兴祖：《楚辞补注》，中华书局，1983年，第217页。

⑤ 洪兴祖：《楚辞补注》，中华书局，1983年，第217页。

⑥ 洪兴祖：《楚辞补注》，中华书局，1983年，第218页。

识,同时代《周髀算经》也有相同记载。此外,历代诸多典籍对北极和赤道地理特征的描述亦大致相似。所以,我们完全有理由相信屈原《天问》"何所冬暖?何所夏寒"是对赤道与北极地理地貌所发出的询问,正确的解答无疑是:"赤道虽冬而暖,北冰洋虽夏犹寒。"由此可知,人类探寻自身生存的地理自然环境远比我们想象的积极,对极地和赤道的认知也远比今人想象的久长与广阔。在泛达尔文进化论的影响之下,现代人习惯于以社会进化思维去反推历史进程,从而认为历史是简单的递进式演化。但是,今人断不可站在现代文明的角度,以山川阻隔、交通不便等看似合理的推测去否定古人对自然世界的探求之功。虽然我们重点探讨的是先秦甚至更远时代人类在东西维度上对地球地理地貌的整体认识观念,但是,如果我们洞察历代文典关于北极和赤道地貌的准确记载,那么,我们同样有理由相信,先秦甚至更早时代的人们已经对整块亚欧大陆作出了南北向度上的宏观认识,楚国的屈原正是典型的代表。

第十章 黑 水

《天问》"黑水玄趾,三危安在","黑水"所指为何,《楚辞》注疏者们或依《山海经》、或依《尚书》、或依《穆天子传》、或依《水经注》,各逞其据,一样歧义纷繁。

一 楚辞传统注疏"黑水"语义之歧说

当我们在考察《天问》"黑水""玄趾""三危"诸地名的时候,一样会疑惑于其所指到底是什么。事实上,对于这些古地名的解说与考证,历代楚辞注疏者同样仁智互见,歧说众多。请先言"黑水"。

(一)出昆仑 王逸曰:"黑水出昆仑山也。"[①]王逸此说本于《山海经·海内西经》"黑水"出昆仑的记载,但昆仑又在哪里呢? 王逸谓"昆仑在西北"[②]。如果依据王逸的说法,此"黑水"当为西北方向源出于昆仑的一条河流,但是,"黑水"到底是哪条河流,王逸并没有交待清楚。蒋骥《山带阁注楚辞》曰:"《西山经》:'昆仑西北隅,黑水出焉。'……《山海经》:'黑水之前,有大山曰昆仑。'"[③]程嘉哲《天问新注》谓:"黑水,河道名,古黑水和古昆仑一样,并无确处可考……其总的位置,多数都说在西北方。胡渭的《禹贡锥指》指出,这是一条久已干涸了的古河道,早在战国时代就没有人知道它的所在了。"[④]程嘉哲以《山海经·西山经》所记"昆仑西北隅,黑水出焉"为依据,认为此"黑水"可能位于西北方向,并且这条河流早在战国以前就已经干涸,故后世杳不可寻,便亦无从稽考。程嘉哲此说很为圆通,他跳

---

① 洪兴祖:《楚辞补注》,中华书局,1983 年,第 96 页。
② 洪兴祖:《楚辞补注》,中华书局,1983 年,第 43 页。
③ 蒋骥:《山带阁注楚辞》,上海古籍出版社,1984 年,第 84 页。
④ 程嘉哲:《天问新注》,四川人民出版社,1984 年,第 68—69 页。

出对"黑水"一团乱麻的纠结,将问题最大程度简单化,企图消弭历来注疏者们对于"黑水"的纷争,但是,他的结论刊出之后,"黑水"纷争却仍然没有平息。

(二)穷不姜　柳宗元《天对》曰:"黑水淫淫,穷于不姜。"①柳宗元此说本于《山海经·大荒南经》所载:"大荒之中,有不姜之山,黑水穷焉。"②"黑水"流注于不姜山,但"不姜"何指,历来注疏者概无解说,所以我们也不好妄加揣测,只有暂付阙如,以俟来者。洪兴祖《楚辞补注》注解"黑水"亦援引柳宗元《天对》之说。丁晏《天问笺》注"黑水"亦援引《山海经》"不姜"之说。但"不姜"一词,上古文献注解已足令人惑乱,故"黑水"问题依然一团迷雾。

(三)朝云、司彘之东　周拱辰《离骚草木史》曰:"《山海经》:黑水之西,有朝云之国、司彘之国。"③周拱辰亦引《山海经》注"黑水",但是,"朝云之国"与"司彘之国"何指,历来注疏者更是闪烁其词,因而"黑水"到底位于何方亦难于判定。

以上诸家皆援引《山海经》注解《天问》"黑水",但《山海经》所记"黑水"本已歧乱异常,注疏者往往又断章取义、各取所需,遂致问题更为复杂。最典型者即如丁晏《天问笺》所引:"《山海经·南山经》:'鸡山黑水出焉,而南流注于海。'《海内经》:'西南黑水之间,都广之野,有草冬夏不死。'……《大荒南经》:'大荒之中,有不姜之山,黑水穷焉。'"④丁晏所引"黑水"似出鸡山、入海;又似穷于不姜山;还有一条"黑水"又在西南都广之野,让人无从抉择取舍。综观之,此"黑水"源出于昆仑西北或者鸡山,流注不姜或南流入海,在"黑水"的西向,有朝云之国和司彘之国,此外,西南都广间尚有另一条"黑水"存在。

(四)源鸟鼠、入南海　洪兴祖曰:"言黑水、玄趾、三危,皆安在也?《书》曰:'道黑水至于三危,入于南海。'张揖云:'三危山在鸟鼠

---

①　柳宗元:《柳宗元集》,中华书局,1979 年,第 374 页。
②　袁珂:《山海经校注》,巴蜀书社,1996 年,第 424 页。
③　周拱辰:《离骚草木史》,载《续修四库全书》,上海古籍出版社,2002 年,第 1302 册,第 117 页。
④　游国恩:《天问纂义》,中华书局,1982 年,第 165—166 页。

之西,黑水出其南。'《天对》云:'黑水淫淫,穷于不姜。'《西京赋》云:
'昆明灵沼,黑水、玄址。'言昆明灵沼,取象于黑水、玄址也。李善云:
'黑水、玄址,谓昆明灵沼之水沚。非是。"①考察洪兴祖引《尚书》及
张揖语,此"黑水"似乎又导源于鸟鼠(按:鸟鼠之山,详见崦嵫章。)
之西,然后南注于海。遍考图籍,导源于甘肃境内再辗转南流入海,
这样的河流在中国境内实在难寻。洪兴祖引柳宗元《天对》为依据,
似乎此"黑水"又与不姜之山有着密切关系。此外,洪兴祖又引张衡
《西京赋》为证,此"黑水"似乎又在云南昆明境内,同时他对此又给
予了断然否决。因而洪兴祖所言"黑水"似乎同样一团乱麻,叫人无
从着手。

(五)《天问》黑水即《禹贡》黑水 朱熹《楚辞集注》曰:"黑水、
三危,皆见《禹贡》。"②李陈玉《楚词笺注》亦曰:"黑水、三危,《禹贡》
治水之地。"③朱熹、李陈玉等人认为屈原《天问》"黑水"即《尚书》所
言"黑水"。《禹贡》"黑水",详后论,此不赘。丁晏《天问笺》曰:
"《禹贡》梁州、雍州俱有黑水。"④梁州和雍州皆有"黑水",但《天问》
所言"黑水"是哪一条? 依然所指了了。

(六)出鸡山、入南海 徐文靖《管城硕记·楚辞集注》曰:"《禹
贡》:'道黑水至于三危。'《水经注》:'黑水出张掖鸡山,南至敦煌,过
三危山南,流入于南海。'"⑤徐文靖援引《尚书》及《水经注》,此"黑
水"似乎又是导源于甘肃张掖,然后南流入海了。但考诸地理,张掖
在敦煌之东,源出张掖鸡山的"黑水"定不会"南流"入敦煌,《水经
注》本就矛盾扞格,又如何能凭此定位出《天问》"黑水"来。

(七)绝域之夷地 贺宽《离骚笺释》曰:"黑水、三危,遐方绝域,
原之问及此,亦子欲居夷之意乎?"⑥贺宽注"黑水",极似前论黄文焕
注"冬暖之所",明显因文比附,屈原之所以设问,意在离楚去国,远走

---

① 洪兴祖:《楚辞补注》,中华书局,1983 年,第 96 页。
② 朱熹:《楚辞集注》,上海古籍出版社,1979 年,第 58 页。
③ 李陈玉:《楚词笺注》,载《续修四库全书》,上海古籍出版社,2002 年,第 1302 册,第 28 页。
④ 游国恩:《天问纂义》,中华书局,1982 年,第 165—166 页。
⑤ 徐文靖:《管城硕记》,中华书局,1998 年,第 276 页。
⑥ 游国恩:《天问纂义》,中华书局,1982 年,第 163 页。

高飞。此"黑水"不在楚国境内,在遥远的域外之地,但屈原到底要到哪个地方才算有居夷之心,我们无法找到合适的解答。

(八)勃鞮黑河　蒋骥《山带阁注楚辞》曰:"《西山经》:'昆仑西北隅,黑水出焉。'……《山海经》:'黑水之前,有大山曰昆仑。'……《朝鲜记》:'黑水之间,有不死之山。'《穆天子传》:'黑水之阿,爰有木禾,食者得上寿。'《拾遗记》:'勃鞮国,人寿千岁,食黑河水藻。'"①蒋骥引《山海经》的两段文字材料,前面已有论述。《朝鲜记》和《穆天子传》所言"黑水"具体何指,我们照样不得而知。蒋骥所引王嘉《拾遗记》所言"黑水",更是乱中添乱。王嘉《拾遗记》曰:"溟海之北,有勃鞮之国。"②笔者推测,王嘉所记勃鞮国之"黑河"可能即为黑龙江或者更北的某条河流,这无论如何都与屈辞传统注疏的语境系统扞格不入,《拾遗记》之"黑河"应该不会是屈辞《天问》所言的"黑水"。

(九)出幽都山　刘梦鹏《屈子章句》曰:"幽都之山,黑水出焉。"③刘梦鹏别开生面,认为"黑水"导源于幽都之山,但"幽都"何在? 徒使问题更生波澜。

(十)澜沧江　王闿运《楚词释》曰:"黑水,滇池西南藏江入南海者也。"④此"黑水"似又变成了澜沧江。澜沧江源出青海,经西藏、云南、穿缅甸、老挝、泰国、柬埔寨、越南,终入南海,人称湄公河。此"黑水"最接近于《禹贡》所记,将澜沧江认定为"黑水"似乎最为恰切。但是,《山海经》等其他典籍所载"黑水"尚有导源"昆仑之北"的重要特征,若综合考虑这一因素,以澜沧江(湄公河)解"黑水"的说法又有矛盾。不管我们怎样追溯澜沧江源头,皆在传统注疏者所理解的"昆仑"语境之南。

(十一)藏卫滇越之间　姜亮夫《重订屈原赋校注·天问》谓:

①　蒋骥:《山带阁注楚辞》,上海古籍出版社,1984年,第84页。
②　王嘉:《拾遗记》,载《文渊阁四库全书》,上海古籍出版社,1987年,第1042册,第316页。
③　刘梦鹏:《屈子章句》,载《四库全书存目丛书》(集部·楚辞类·集2),齐鲁书社,1997年,第543页。
④　王闿运:《楚词释》,载《续修四库全书》,上海古籍出版社,2002年,第1302册,第631页。

"黑水、玄趾、三危皆西南地名……此之地皆在藏卫滇越之间,盖庄蹻入滇后,东归之士传言有之,屈子因之为问也。"①姜亮夫关注到"黑水"南流入海的特征,故言"黑水"位于西南西藏、云南及南亚次大陆。但这个地理区域内所谓的"黑水"皆源出昆仑之南,与先秦诸典所载不符。至于庄蹻入滇始有"黑水"之名,则多有臆断。

(十二)近南海 林庚《天问论笺》曰:"黑水、玄趾、三危均近南海。"②此与王闿运、姜亮夫的认识大体相同,但毗临南海的"黑水"究竟如何,林庚也并未解说清楚。

(十三)滇池 闻一多《天问疏证》曰:"《西京赋》:'乃若昆明灵沼,黑水玄阯。'"③西京(长安)昆明池本是汉武帝依照云南昆明滇池而凿,闻一多试图凭《西京赋》将昆明灵沼与"黑水"扯上关系。蒋天枢《楚辞校释》说得更为明白:"三危与黑水所在,异说甚多。或谓《禹贡》之黑水,即所谓滇池……以此,《天问》所言之'黑水玄阯',实指滇池。"④王闿运尚言"黑水"在滇池西南,其辞闪烁隐约,但蒋天枢直接断言"黑水"即为滇池,但是昆明滇池水是如何导源于昆仑? 又是如何南流入南海? 蒋天枢也没有给我们一个确切的解释。

二 文献典籍所载"黑水"指称之淆乱

先秦及后世诸典谈及"黑水"尚多,其情形照样淆乱异常,这也是后世楚辞注疏者解释《天问》"黑水"歧乱不一的文献根源所在。

(一)《山海经》言"黑水"15 处,这些记载皆互相牴牾、前后矛盾,给后人探寻"黑水"真容倍增难度。

又东五百里,曰鸡山,其上多金,其下多丹雘。黑水出焉,而南流注于海。(《南山经》)(按:此"黑水"出鸡山,且南流

---

① 姜亮夫:《重订屈原赋校注》,天津古籍出版社,1987 年,第 294 页。
② 林庚:《天问论笺》,人民文学出版社,1983 年,第 24 页。
③ 闻一多:《天问疏证》,上海古籍出版社,1985 年,第 44 页。
④ 蒋天枢:《楚辞校释》,上海古籍出版社,1989 年,第 199 页。

入海。)

西南四百里,曰昆仑之丘……河水出焉,而南流东注于无达。赤水出焉,而东南流注于泛天之水。洋水出焉,而西南流注于丑涂之水。黑水出焉,而西流于大杅。(《西山经》)(按:此"黑水"源出昆仑,西流入大杅,与源出鸡山矛盾。)

又西四百八十里,曰轩辕之丘,无草木。淘水出焉,南流注于黑水。(《西山经》)

流沙出钟山,西行又南行昆仑之墟,西南入海,黑水之山。(《海内西经》)

海内昆仑之虚,在西北……洋水、黑水出西北隅,以东,东行,又东北,南入海,羽民南。(《海内西经》)(按:此"黑水"出昆仑西北隅,后东行,又东北行,南流入海,与西流入大杅相矛盾。)

有荣山,荣水出焉。黑水之南,有玄蛇,食麈。(《大荒南经》)

大荒之中,有不庭之山,荣水穷焉……北属黑水,南属大荒。(《大荒南经》)(按:此"黑水"之南为不庭之山,与前"黑水"南临昆仑相矛盾。)

大荒之中,有不姜之山,黑水穷焉。(《大荒南经》)(按:此"黑水"注入不姜之山,与前南流入海相矛盾。)

西海之南,流沙之滨,赤水之后,黑水之前,有大山,名曰昆仑之丘。(《大荒西经》)(按:前说昆仑在西北,此昆仑又在西海之南,昆仑已混乱,因而以昆仑为参照物的"黑水"一样难于厘清。)

西北海外,黑水之北,有人有翼,名曰苗民。(《大荒北经》)

流沙之东,黑水之西,有朝云之国、司彘之国。(《海内经》)

流沙之东,黑水之间,有山名不死之山。(《海内经》)

西南黑水之间,有都广之野,后稷葬焉。(《海内经》)(按:此"黑水"又位处西南,与"黑水"位于昆仑西北相矛盾。)

南海之内,黑水、青水之间,有木名曰若木,若水出焉。(《海内经》)(按:此"黑水"是导源昆仑的那条"黑水"吗?《水经注》

说若水在西南,那么,此"黑水"似又在西南了。)

　　北海之内,有山,名曰幽都之山,黑水出焉。(《海内经》)①
(按:此"黑水"又在北方,并且导源幽都之山,与昆仑"黑水"相
矛盾。)

　　上引《山海经》有关"黑水"的 15 条材料,如果仅仅只依据某一
条文献材料来定位"黑水",我们或许皆能找寻到具有相应特征的河
流与之对应,并能给出恰切的合理解释。但是,上引这么多有关"黑
水"的材料却同出《山海经》,按理,材料当有系统整体性,那么,面对
互相不能吻合的地理方位以及地名,其矛盾之处就极为明显。"黑
水"牵涉太多条件,无论我们怎样努力,想尽办法企图证成其说,要想
在中国境内任何地方找寻一条符合这诸多条件的河流,实在是困难
重重。但是,如果假设《山海经》本非一人一时所作,故其所记存在诸
多扞格,此外,《山海经》还极有可能并不专记中国地理,故所记杂有
诸多域外方物。由此,书中的许多磕磕踔踔也就能得以圆融自通。
或许尚有另一可能:《山海经》最初原本即为域外地理著述,在流传过
程中,被中华先民译介而来,久而久之,人们逐渐淡忘了它的原初面
目,在传承抄写之中不断补充增益中国地理本土内容而成此书今天
的面貌。

　　如此歧乱纷繁的 15 条材料,定会令人头晕目眩,茫然不知所措。
笔者试作尝试,仅遴选 5 条加以集中说明:

　　西海之南,流沙之滨,赤水之后,黑水之前,有大山名曰昆仑
之丘。(《大荒西经》)
　　西北海外,黑水之北,有人有翼,名曰苗民。(《大荒北经》)
　　流沙之东,黑水之西,有朝云之国、司彘之国。(《海内经》)
　　流沙之东,黑水之间,有山名不死之山。(《海内经》)

---

　　① 袁珂:《山海经校注》,巴蜀书社,1996 年,以上条目依次为第 21、56、60、343、348、421、422、424、466、498、503、504、505、507、525 页。

北海之内,有山,名曰幽都之山,黑水出焉。(《海内经》)①

如果我们认为第一条材料中的昆仑山即诺亚方舟所停靠的阿拉拉特山,那么,上引5条材料所述"黑水"似乎皆符合苏雪林《昆仑之谜》所认定的吉瑞尔河②,吉河注入黑海,又美索不达米亚先民以五色配五方,北方色黑,故导源于昆仑大山之北的吉河被称之为"黑水"。当然,这只不过是一个大胆的假设而已,情况到底如何,尚需我们进一步深入考证研究。

(二)《穆天子传》言黑水5处,该书线索繁复、难于厘清,故解读亦非易事,"黑水"仍是迷雾重重。

卷二:"甲申,至于黑水。西膜之所谓鸿鹭,于是降雨七日,天子留骨六师之属。天子乃封长肱于黑水之西河,是惟鸿鹭之上,以为周室主,是曰留骨之邦。辛卯,天子北征东还,乃循黑水。"③由于游征时间、地理方位以及地名难于把握,故《穆天子传》一书向称难懂,被学界更多视为上古神话典籍的"悠谬之说"。考察上下文,穆天子北征东还,此"黑水"或在西北方向,郭璞说"西膜"为"沙漠之乡,以言外域人名物与中华不同"④,中国西北沙漠地貌颇多,郭璞又依《山海经》解说"黑水":"水亦出昆仑山西北隅,而东南流。"问题在于,此"黑水"与《山海经》所言"黑水"是不是同一所指,这又是另外一个不容回避且难于解答的话题了。

卷四:"丁亥,天子升于长淡,乃遂东征。庚寅,至于重□氏,黑水之阿,爰有野麦,爰有苔堇,西膜之所谓木禾,重□氏之所食,爰有采石之山……五日,丁酉,天子升于采石之山,于是取采石焉,天子使重□之民,铸以成器于黑水之上。"⑤材料所言地名参照物皆已模糊难考,因而确定"黑水"方位即异常困难。综上所举,如果我们欲依照传

---

① 袁珂:《山海经校注》,巴蜀书社,1996年,以上条目依次第466、498、503、504、525页。
② 苏雪林:《屈赋论丛》,武汉大学出版社,2007年,第536页。
③ 《穆天子传》,载《文渊阁四库全书》,上海古籍出版社,1987年,第1042册,第253页。
④ 《穆天子传》,载《文渊阁四库全书》,上海古籍出版社,1987年,第1042册,第253页。
⑤ 《穆天子传》,载《文渊阁四库全书》,上海古籍出版社,1987年,第1042册,第256页。

统注疏路径探寻《穆天子传》所言"黑水",似乎同样举步维艰。我们唯有跳出窠臼,另开视域,对于"黑水"原初本义的探求或许才有豁然开朗的收获。

(三)《尚书·禹贡》言"黑水"有三,三则文献材料所言"黑水"迥然有异,这对探寻"黑水"真容意义颇大。

其一,"华阳黑水惟梁州"①。

伪孔传曰:"东据华山之南,西距黑水。"②以东、西为界,划定梁州地域,梁州东边是华山之南,西边为"黑水"。由此,似可推断黑水位于陕、川西面的岷山山脉。这或许即是四川阿坝州之"黑水"和黑水县的文献典籍来源,阿坝"黑水"之名或有两种可能:在《禹贡》成书或伪孔传产生之前,阿坝"黑水"就已经早于典籍而存在于阿坝实际地名中,《禹贡》、伪孔传只是如实记录既成地名而已。当然也有这样的可能,即《禹贡》"黑水"的文献记载早于阿坝"黑水"实际地名,后人参照华阳、梁州实际地理,借用文献典籍"黑水"之名称以命名四川阿坝之"黑水",但这不免又会产生新的问题:如果这一推断与事实相符的话,那么,《禹贡》"黑水"之名又从何而来?

胡渭《禹贡锥指》卷九对"梁州黑水"的考证,甚为详备:

> 薛氏曰:梁州,北界华山,南距黑水,黑水今泸水也。郦道元说黑水亦曰泸水。若水马湖江出姚州徼外吐蕃界中,东北至叙州宜宾县入江也。渭按:华即西岳华山,《地理志》京兆华阴县南有太华山,在今陕西西安府华阴县南八里,详见导山华阳,今商州之地是也。黑水,诸家遵孔传谓出雍历梁入南海为二州之西界,故其说穿凿支离,不可得通。唯韩汝节疑梁州自有黑水为界,与导川之黑水不相涉,而不谓薛士龙已先得之。盖古之若水即《禹贡》梁州之黑水,汉时名泸水,唐以后名金沙江,而黑水之名遂隐,然古记间有存者。《地理志》滇池县有黑水祠,一也。

---

① 《尚书正义》,载《阮刻十三经注疏》,上海古籍出版社,1997年,第150页。
② 《尚书正义》,载《阮刻十三经注疏》,上海古籍出版社,1997年,第150页。

《山海经》黑水之间有若水,二也。《水经注》自朱提至僰道有黑水,三也。《舆地志》黑水至僰道入江,四也。今泸水西连若水,南界滇池,东经朱提僰道,其为梁州之黑水无疑矣。故断从薛氏以南北,易孔传之东西,亦甚明确也。①

伪孔传以东、西向度释梁州,认为梁州东界华山、西界"黑水"。但薛士龙却释梁州以南、北,认为北界华山,南距"黑水"。胡渭不赞同伪孔传,对"出雍历梁入南海"的说法更认为是穿凿之论。胡渭认同薛士龙的看法,此"黑水"似乎在四川云南西部,所以胡渭认定"盖古之若水即《禹贡》梁州之黑水,汉时名泸水,唐以后名金沙江"。胡渭进一步援引《地理志》《山海经》《水经注》及《舆地志》,以期证实"今泸水西连若水,南界滇池,东经朱提僰道,其为梁州之黑水无疑矣"。这条"黑水"摇身一变,又成为古若水、汉时的泸水、唐后的金沙江了。但是,金沙江自西向东滚滚东流,怎会可能南流入海?此外,"黑水"蕴含的文化信息又怎么能与若水、泸水和金沙江相吻合?而且金沙江距离滇池有数百里之遥,如果滇池境内的黑水祠是因金沙江而设,这似乎未免牵强。

其二,"黑水西河惟雍州"②。

伪孔传曰:"西距黑水,东据河,龙门之河在冀州西。"③材料一说东据华山、西距"黑水"为梁州,材料二此处又记载西距"黑水"、东据黄河为雍州。因此,梁州、雍州的西界似乎皆为"黑水"。《尔雅·释地》曰:"河西曰雍州。"④《周礼·职方》曰:"正西曰雍州。"⑤由此观之,雍州西界之"黑水"似乎比梁州西界之"黑水"出于更北的方位,即应当与"河西"处于同一地理纬度带上,考察中国舆图,这一区域正处于青海、甘肃一带,断不会与四川搭上多大关联。此"黑水"可能即

---

① 胡渭:《禹贡锥指》,载《文渊阁四库全书》,上海古籍出版社,1987年,第67册,第477—478页。

② 《尚书正义》,载《阮刻十三经注疏》,上海古籍出版社,1997年,第150页。

③ 《尚书正义》,载《阮刻十三经注疏》,上海古籍出版社,1997年,第150页。

④ 《尔雅》,郭璞注,载《丛书集成初编》,商务印书馆,民国二十六年(1937),第79页。

⑤ 《周礼注疏》,载《阮刻十三经注疏》,上海古籍出版社,1997年,第862页。

为主张张掖河、党河及大通河为"黑水"的文献典籍来源。但同是《禹贡》"黑水"记载,一说位于四川、云南境内,为梁州"黑水";一说存在于青海、甘肃境内,为雍州"黑水",梁州"黑水"、雍州"黑水"是同一条河流的不同流段还是两条全然无关的河流,我们不得而知。

胡渭《禹贡锥指》卷十考证雍州"黑水"亦详:

> 黑水,《水经注》云:出张掖鸡山,南流至燉煌,过三危山,南流入于南海。《括地志》云:源出伊州伊吾县北百二十里,南流,绝三危山,在沙州炖煌县东南四十里。二说未知孰是。《通典》云:孔、郑通儒莫知其所,或是年代久远,遂至堙涸,无以详焉。①

此与胡渭前论梁州"黑水"有所不同。参《水经注》记载,《禹贡》所记雍州"黑水"或为今天流经甘肃张掖、临泽、高台的黑河的文献典籍来源。但是,我们依然无法给予合理解释的是,所有典籍有关"黑水"的描述中都有"南流注于南海"的说法。这在中国现实地理语境内的大多数河流都无法给出有效对应的解说。张掖黑河怎样南流经敦煌、过三危山、流注南海,若依此探求一样是千古谜题。《括地志》则认为"黑水"出新疆伊州伊吾县(今哈密)。从《水经注》到《括地志》,随着中华帝国西域版图的不断变化,雍州西界的"黑水"从甘肃不断西进到新疆。面对同一经典,注家由于所处时代、地域不同,往往会得出迥然相异的结论。身处南北朝的郦道元所得为甘肃的张掖河,但是,生活在版图不断扩充的大唐时代的李泰、萧德言所得即为新疆哈密境内的某条河流。在这截然相异的看法面前,胡渭一样难于抉择是非对错。

其三,"导黑水,至于三危,入于南海"②。

伪孔传曰:"黑水自北而南,经三危,过梁州,入南海。"③欲明此

---

① 胡渭:《禹贡锥指》,载《文渊阁四库全书》,上海古籍出版社,1987年,第67册,第510页。
② 《尚书正义》,载《阮刻十三经注疏》,上海古籍出版社,1997年,第151页。
③ 《尚书正义》,载《阮刻十三经注疏》,上海古籍出版社,1997年,第151页。

"黑水"行径路线,尚需知晓"三危"的确切所在。《尚书·舜典》云:
"窜三苗于三危。"①伪孔传曰:"三危,西裔。"《尚书·禹贡》又云:
"三危既宅,三苗丕叙。"②伪孔传曰:"西裔之山,已可居三苗之族。"③
裔,边远之地。对《尚书》所言"三危",伪孔传皆说为西方边远之地。
但是,想要找寻一条流经西方边远之地的三危、穿越梁州、注入南海
的河流,在中国版图之内,原本渺茫。孔颖达疏曰:"《地理志》:益州
郡计在蜀郡西南三千余里,故滇王国也。武帝元封二年,始开为郡。
郡内有滇池县,县有黑水祠。止言有其祠,不知水之所在。郑云今中
国无也。传之此言,顺经文耳。案:郦元《水经》:黑水出张掖鸡山,南
流至敦煌,过三危山,南流入于南海。然张掖敦煌并在河北,所以黑
水得越河入南海者,河自积石以西皆多伏流,故黑水得越而南也。"④
根据孔颖达的考证,云南滇池境内虽然有黑水祠,却并没有"黑水",
郑玄曾说"黑水"本不在中国。孔颖达以《水经注》为证,欲自圆其
说。积石以西的黄河多伏流,因而"黑水"以地下暗河形式穿越黄河
而转向南流,最终入于南海。以今天的地理常识观之,孔颖达此说,
无异科幻。这真是疑团重重,胡渭《禹贡锥指》也有自己的解答:

> 滇池所祠之黑水即金沙江,与雍州无涉,说见梁州,《山海
> 经》曰:灌湘之山,又东五百里,曰鸡山,黑水出焉,而南流注于
> 海。鸡山不知在何郡,郭璞无注,而孔疏引《水经》以为出张掖之
> 鸡山。检今本无此文,盖其书有散逸耳。《太平御览》引张掖记
> 曰:黑水出县界鸡山,亦名玄圃,昔有娀氏女简狄浴于玄止之水,
> 即黑水也。据此则见《南山经》鸡山当在甘州张掖县界,汉为骊
> 得县地,今陕西甘州卫西有张掖河,即古羌谷水,出羌中,北流至
> 卫西为张掖河,合弱水,东北入居延海,俗谓之黑河。此水并不
> 经三危入南海,安得以此为《禹贡》之黑水邪?《山海经》明言南

---

① 《尚书正义》,载《阮刻十三经注疏》,上海古籍出版社,1997年,第128页。
② 《尚书正义》,载《阮刻十三经注疏》,上海古籍出版社,1997年,第150页。
③ 《尚书正义》,载《阮刻十三经注疏》,上海古籍出版社,1997年,第150页。
④ 《尚书正义》,载《阮刻十三经注疏》,上海古籍出版社,1997年,第151页。

流注于海,必非东北入居延之张掖河,其鸡山恐亦不在县界也。①

胡渭认为滇池"黑水"即为金沙江,前已有论述。胡渭认为滇池"黑水"与雍州"黑水"并不相关,这至为重要。胡渭批驳诸典用雍州鸡山"黑水"去解释《禹贡》"导黑水,至于三危,入于南海"的极大失误,雍州"黑水"是源出羌中、北流卫西、合弱水、东北入于居延海的张掖河,此"黑水"是《禹贡》"黑水西河惟雍州"之"黑水"。胡渭的考证告诉我们,《禹贡》所记三处"黑水"并非同一河流。此外,胡渭《禹贡锥指》尚有重要考证:

> 林氏曰:三危距南海凡数千里,禹导黑水至三危,即得其故道,遂从此以达南海,盖其间数千里,不加人功修治,故经载此水至于三危,即曰入于南海也。薛氏曰:黑水至沙州燉煌县,经三危山流出徼外,《书》谓南流入海,其当时之所见邪?夏之西境极于流沙,而知黑水之所归,则当时即叙之戎,大略为可知也。渭按:黑水、三危并见雍州,梁之黑水别是一川,非界雍之西者,黑水自三危以北,杜氏谓今已堙涸,自三危以南,则水行徼外,不可得详,亦莫知其从何处入南海也。南海自揭阳以西,至象林皆是,经所谓海,尽东海也,唯黑水所入为南海,故言南以别之。②

胡渭的引述考证告诉我们,对《禹贡》所记"黑水"南流入海,薛氏就曾提出质疑,但薛氏又认为这或许是《尚书》年代的实际情况,只不过今人已无法找寻这条河流。杜氏亦认为三危以北的"黑水"早已干涸而不复存在,三危以南水行徼外,渺茫难寻,更不知"黑水"是以什么方式在什么地方流入南海的。胡渭引证的数家看法,同样没有一个确切结论,同时胡氏还将南海有意解释为秦汉以后行政辖区之

---

① 胡渭:《禹贡锥指》,载《文渊阁四库全书》,上海古籍出版社,1987 年,第 67 册,第 595—596页。

② 胡渭:《禹贡锥指》,载《文渊阁四库全书》,上海古籍出版社,1987 年,第 67 册,第 595 页。

"南海郡",无疑是对传统语境下这一问题的自作主张。黑水仍是一团乱麻。

综上所述,笔者认为:《禹贡》三处"黑水",应为三条同名而实异的河流。但是,同出《禹贡》,在书中相距不过数语,三条相隔甚远的不同河流为什么用相同的名称来记名呢?《禹贡》撰写者在撰述时,不大可能会使用同一名称指代完全不同的河流。那么,有没有可能是此三条材料并非出自于一人一时,而是拼合而成? 或许更有这种可能:《禹贡》所记三处不同"黑水"可能皆源自另一域外文化符号,进入中国后,不同地域都使用此同一文化符号给自身地域内有相似契合特征者命名,于是就会产生不同的地域却存在相同地理名称的现象。此一现象在东亚汉字文化圈内极为普遍,中国出现的某个文化地名,往往会流播至周边文化圈层后出现后出的同名地理命名。韩国地名诸如汉江、江陵等与先秦楚国地名一致,说明楚文化传播至朝鲜半岛后,当地文化在接受过程中的遗留痕迹。此外,诸如扬州、永川、高阳、晋州、釜山等地名皆受汉字文化影响而成。越南亦有诸如太原、山西、河南、西宁等地名,亦如韩国深受汉字文化影响所致。不同地域种族间的文化传播痕迹,于此可见一斑。正如胡渭《禹贡锥指·略例》所言:"导水九章,唯黑水原委杳无踪迹。"[1]此实为无奈结语。《禹贡》所记"黑水"已经使人眩晕,加之后世注疏者浩如烟海的求索考证,欲想探究《禹贡》"黑水"的来踪去迹,实在繁复而艰难!

(四)《吕氏春秋·有始》载:"何谓六川? 河水,赤水,辽水,黑水,江水,淮水。"[2]由此可知,"黑水"地位颇为显赫,故被《吕氏春秋》划入"六川"范围,与黄河、长江等大川相提并论。但是,《吕氏春秋》并没有明确界定"黑水",遂给后世留下诸多歧说。汉人高诱注谓:"河出昆仑东北陬。赤水出其东南陬。辽水出砥石山,自塞北东流,直至辽东之西南入海。黑水出昆仑西北陬。江水出岷山,在蜀西徼

---

① 胡渭:《禹贡锥指》,载《文渊阁四库全书》,上海古籍出版社,1987 年,第 67 册,第 219 页。

② 陈奇猷:《吕氏春秋校释》,学林出版社,1984 年,第 658 页。

外。淮水出桐柏山,在南阳平氏县也。"①高诱援引《山海经·海内西经》的说法,认为"黑水"源出昆仑。依高诱的解释,黄河同样源出昆仑,要想考索黄河源头所在确切山系,且需在此山的西北方向找到一条足与黄河并举的河流实在渺茫难求。《淮南子·墬形》也有与《吕氏春秋》相同的记载:"何谓六水?曰:河水、赤水、辽水、黑水、江水、淮水。"②有趣的是,高诱对《吕氏春秋》和《淮南子》这两段相同材料皆有注释,高诱注《淮南子》"六水",河水、赤水、辽水、江水、淮水皆同于《吕氏春秋》的注解,但是,高氏却说"黑水在雍州"③。雍州"黑水"之说当本于《禹贡》。此一现象,应有启示。面对《吕氏春秋》与《淮南子》的同一条"黑水"材料,高诱竟给出了迥然不同的解答。以高氏才力,似乎不应有顾此失彼、左支右绌的低级错误。那么,或许只有这种可能,高诱同时主张昆仑就在雍州,"黑水"又导源于昆仑。但是,高诱眼中的"昆仑"和"黑水"到底是什么,我们依然不得而知。

(五)张衡《西京赋》有"乃有昆明灵沼,黑水玄阯"④语,"黑水"与"玄阯"并举,其用意当同于《天问》"黑水玄趾"语。李善注谓"武帝穿昆明池"⑤,"昆明灵沼"即指此事。李善注黑水曰:"黑水玄址,谓昆明灵沼之水沚也,水色黑,故曰玄址也。"与注疏者所不同的是,李善没有引用诸如《禹贡》等典籍所载"黑水"来作解释,而是将"黑水"看作偏正语词结构,解释为水之颜色为黑色的河流,显然,这与张衡原意出入较大。

(六)郦道元《水经注》言"黑水"颇多,对认识"黑水"歧乱本质多有裨益,故一并略述于此。卷六《汾水》载:"黑水出黑山,西径杨城南,又西与巢山水会。"⑥山西汾水流域似也有"黑水",此"黑水"断不会是《禹贡》所记任一"黑水",山西"黑水"因"黑山"而得名,但

① 陈奇猷:《吕氏春秋校释》,学林出版社,1984年,第669页。
② 何宁:《淮南子集释》,中华书局,1998年,第321页。
③ 何宁:《淮南子集释》,中华书局,1998年,第321页。
④ 萧统:《文选》,李善注,中华书局,1977年,第44页。
⑤ 萧统:《文选》,李善注,中华书局,1977年,第44页。
⑥ 郦道元:《水经注》,岳麓书社,1995年,第92页。

"黑山"又缘何而生,我们不得而知。

卷十七《渭水》"又东过冀县北",郦道元曰:"渭水自黑水峡至岑峡,南北十一水注之……又西南与黑水合,水出黑城北。西南径黑城西,西南流,莫吾南川水注之。水东北出陇垂,西南流,历黑城南,注黑水。黑水西南出悬镜峡,又西南入瓦亭水。"①冀县为今之甘肃甘谷县,甘谷与天水间也有"黑水",此"黑水"与《禹贡》"黑水西河惟雍州"是否为同一河流我们不宜妄断。

卷十九《渭水》"又东过槐里县南",郦道元曰:"就水历竹圃,北与黑水合。"②陕西槐里县附近也存在"黑水",此"黑水"与《禹贡》"黑水西河惟雍州"是同一条河流抑或是同名而并不相同的河流,我们照样不得而知。

卷二十《漾水》"又东南至葭萌县东北,与羌水合"载:"白水西北出于临洮县西南西倾山,水色白浊,东南流与黑水合,水出羌中,西南径黑水城西,又西南入白水。"③漾水即为嘉陵江上游河段,此"黑水"似又处川、甘交界,这或许为《禹贡》梁州"黑水",此为四川阿坝"黑水"的又一文献典籍来源。

卷二十六《淄水》"又东过利县东"载:"时水出齐城西北二十五里,平地出泉,即如水也。亦谓之源水。因水色黑,俗又目之为黑水。"④由此,山东境内亦有"黑水"存在。

卷二十七《沔水》"又东过南郑县南"载:"汉水又东,黑水注之。水出北山,南流入汉。庾仲雍曰:黑水去高桥三十里。诸葛亮笺云:朝发南郑,暮宿黑水,四五十里,指谓是水也,道则百里也。"⑤沔水即今之汉水,陕西南郑县附近似乎同样也存在一条"黑水"。

卷三十六《若水》"又东北至犍为朱提县西,为泸江水"载:"自朱提至僰道有水步道,水道有黑水,羊官水,至险难。"⑥朱提大致为今

---

①　郦道元:《水经注》,岳麓书社,1995年,第260—261页。
②　郦道元:《水经注》,岳麓书社,1995年,第274页。
③　郦道元:《水经注》,岳麓书社,1995年,第301页。
④　郦道元:《水经注》,岳麓书社,1995年,第402页。
⑤　郦道元:《水经注》,岳麓书社,1995年,第415页。
⑥　郦道元:《水经注》,岳麓书社,1995年,第520页。

之云南昭通、贵州威宁一带，僰道处四川宜宾，由此，云、贵、川交界地段也有一条"黑水"。

《水经注》一书记不同地域的"黑水"竟如此之多，笔者没有对中国境内所有河流名称做穷尽检索，但是，我们可以推测，在中国境内，用"黑水"命名的大小河流数目应该远远不止《水经注》所载，这或许给我们以启示：不同地域接受同一域外文化符号后遂产生接受重合，由此即会产生同名异实现象。

三　屈辞"黑水"原义再探索

《楚辞》《穆天子传》《尚书》等典籍所记"黑水"分歧如此，后世注疏者更是攻其一点，捕风捉影，对"黑水"多有比附性释说，遂致歧说纷繁不断。大致计来，"黑水"所指河流荦荦大端者即有锡尔河、大通河、张掖河、疏勒河、党河、雅砻江、泸水、金沙江、若水、澜沧江、怒江、漾濞河、伊洛瓦底江、西江、盘江、滇池、四川黑水县黑水、陕西城固县黑水等等。但是，综观典籍所载"黑水"条件，"黑水"不仅要导源于世界中央大山"昆仑"的西北，并且要南流入海，此外，"黑水"与赤水、青水、白水又共同组成昆仑四水，且昆仑四水最终都要流注入海，由此考索，上述河流似乎没有任何一条完全符合这些条件，不但如此，中国境内完全符合这些条件的地理水系也实在难寻。

笔者尝试大胆假设："黑水"地理文化现象或许正与西海、西极如出一辙，这些地名源初文化意象或许与域外地理相关，但是，当这些地名文化流传进入中土，随着时光的流逝，久而久之，人们就渐渐遗忘了它的本源，于是，人们即随意在中国版图自己所生存的环境中找寻特征相似者进行文化对应，因此，由名称的重合而引起的歧说即在所难免。这并不是笔者的臆想，前引《禹贡》"黑水"的第三条材料中，汉人郑玄的话或许即已道破玄机："郑云今中国无也。"[①]郑玄明确说"黑水"并不在"中国"。虽然郑玄所言的"中国"从文化语境考

---

① 《尚书正义》，载《阮刻十三经注疏》，上海古籍出版社，1997年，第151页。

察,可能更多意义指的是广义黄河流域的中原,但是,笔者借用郑玄的论断来概论所探讨的"黑水"问题,似亦恰切。

笔者已在相关文章中提出,先秦诸多文献包括屈辞在内所涉诸多带有神话传说性质的地域名称往往都带有很强的异域信息痕迹以及上古神话时期外来文化的传播特征。近年大量的文物考古以及南北丝绸之路文化研究成果的出现进一步证实了中国先秦时期域内文化与西域、中亚、南亚之间的密切关联。就此而言,笔者确乎较为赞同苏雪林《昆仑之谜》中所持的立论。如果笔者前面相关章节的论证确乎有理的话,同时依据先秦时期文献记载中所蕴含的异域文化要素,那么包括屈辞在内的诸多典籍所记载的"黑水",或许存在着来自于西亚中东的某些文化原型信息。

《山海经·大荒西经》记载:"西海之南,流沙之滨,赤水之后,黑水之前,有大山名曰昆仑之丘。"①如果假设《山海经》本不专记中国地理,所记也多有域外风物。亦或言之,《山海经》最初本是域外文化地理著述,被中华早期先民译介而来,久而久之,人们遂逐渐淡忘它的原初面目,在不断流传过程中,中土士人又不断增益补充中国本土地理风物遂成此书。由是,书中许多牵绊则似能自圆其说。在这里,倘若笔者赞同苏雪林《昆仑之谜》的研究成果,定昆仑神话原型为《圣经》所记诺亚方舟最后所泊靠的阿拉拉特山,那么,《大荒西经》所言"黑水"最早文化原型会不会就是苏雪林《昆仑之谜》所说的吉瑞尔河②呢?检索中国地图出版社出版的土耳其地图,吉瑞尔河(耶希尔河)正好导源于亚美尼亚高原的西北向,然后曲折向西,再折而向北,最终流注入黑海。美索不达米亚早期文化昌明,其先民习惯以五色对应五方,北方对应黑色,因而导源于昆仑大山北面的吉瑞尔河即被称为黑水,这似符合于美索不达米亚地区的文化背景。吉瑞尔河流注入海,此与《山海经》多处记载亦相吻合。但是,吉瑞尔河的流向却是由西而后北注入海,这与《山海经》《尚书》所载"黑水"南注入

————————

① 袁珂:《山海经校注》,巴蜀书社,1996 年,第 466 页。

② 苏雪林:《屈赋论丛》,武汉大学出版社,2007 年,第 536 页。

海又有矛盾。此矛盾的生成似有两种可能：一为认定"黑水"为吉瑞尔河有误。二为《南山经》与《禹贡》所记"黑水"已经是昆仑文化传播进入中国后，不断被中国化的特产。当文化传播接受者指认昆仑为中国西境青藏高原东南的边界大山后，又由于昆仑四水全部要流注入海，源出昆仑的"黑水"自然也不会例外，但无论是昆仑山脉还是横断山脉，其水系流向几乎概是由西向东或者从北向南，因而，中土典籍撰述者便改记中国境内的"黑水"为南流入海（南海）也就不足为奇。

在屈原生活的时代，"黑水"并不是普通的地理常识，当不为常人所知，否则，屈原不会无端发问。虽然，我们尚没有充足的证据确指"黑水"是域外哪一条具体河流，但是，屈原所问"黑水"一定与"昆仑"有密切关联，因为诸多典籍所载"黑水"皆导源于昆仑西北隅。《天问》"黑水"与《穆天子传》所载"黑水"皆位于昆仑之北，似应当为同一条河流，由此，或可说明《天问》"黑水"迥别于《尚书》所载，从而揭开"黑水"之谜。《天问》"黑水"的文化之源是否即为苏雪林认定的亚美尼亚高原吉瑞尔河，还需要我们收集更多材料以作进一步研究和论证。但不管怎样，将屈原所问"黑水"置于远离他所处地域空间的域外似更为合理，至少应当允许我们去大胆想象，在屈原的这一天外之问中，"黑水"一定原本就被当时的人们赋予着某种浓厚的神秘主义以及玄幻主义文化讯息。这一文化讯息中是否包含着更为丰富的，但却为后人所忽视甚至遗忘的异域文化交流信息以及上古文化西来的原型，这些我们都是可以予以合理猜测的。当然，笔者依然强调，所有有关屈辞文献所记地理名物，欲探求其域外文化要素的根源痕迹，仅仅都是一种因文求证的努力和大胆假设。屈辞文化博大精深，屈辞所蕴上古地理讯息亦悠远迷离，情况到底如何，还需要我们继续展开深入的探索。

第十一章　三　危

先秦时代,由于总体上尚未脱离浪漫幻想的神话时代,故先秦典籍所载名物多有迂怪恍惚、飘渺流离的特点。承袭了这一历史特征,同时又独具南方地域文化特色的《楚辞》则更是如此,《楚辞》中所载众多具有神话幻想特质的地理名称便是其重要例子。然而在后世各家的注疏解说过程中,对于这些神话的、幻想的、飘渺的名物称谓却总体上采取一种具体化、实证化、明确化的阐释策略,从而最终逐渐远离先秦文献原典的源初性意义。《天问》"三危"即为典型个案。

一　楚辞传统注疏对"三危"语义的多种阐释

《天问》"黑水玄趾,三危安在?"一语,涉及"黑水""玄趾""三危"三个古地名。"黑水"歧义非凡,已见前论。"玄趾"亦是扑朔迷离,叫人无从下手,限于笔者才力,"玄趾"暂付阙如,以俟能者。现略陈"三危",以备参考。

(一)西方之山　王逸曰:"玄趾、三危,皆山名也,在西方。"[1]王逸解三危为西方之山,似乎并没有什么大的漏洞,但他并没有指明这三危到底为西方哪座大山。或许正由此模糊注解所造成的空白,遂让后世楚辞注家不断寻觅这座位于西方的三危山的具体位置,从而形成异说而彼此争论不休。

(二)黑水之南　柳宗元《天对》曰:"黑水淫淫,穷于不姜。玄趾则北,三危则南。"[2]柳宗元据《山海经·大荒南经》"大荒之中,有不姜之山,黑水穷焉",认为"黑水"最后流入不姜之山。常识告诉我

---

①　洪兴祖:《楚辞补注》,中华书局,1983年,第96页。

②　柳宗元:《柳宗元集》,中华书局,1979年,第374页。

们，河流一般皆导源于山，流入湖泊或江海，世上可能很少有河流最后注入大山之中的。况且，柳宗元所引《大荒南经》与《山海经》其他有关"黑水"的记载相牴牾，比如又有材料说"黑水"南流入海等，故《山海经》中关于"黑水"的记载我们并不能全然尽信。柳氏又说"玄趾"在"黑水"（也可能是不姜山）之北，"三危"在"黑水"（也可能是不姜山）之南，这个推断不知源出何典。由于不姜之山历来无解，所以，我们也就无法确定"三危"何在。总之，柳宗元所言"三危"似乎在"黑水"或者不姜山的南面。

金开诚《屈原集校注》曰："三危，神话中山名，传说在西方黑水之南。"[1]金开诚的解释源于柳宗元《天对》。金开诚认为"三危"为神话地名，因而《禹贡》所记"三危"也当全为神话，那么，后世的一切考证似乎都是白费气力，这是一个需要以专论来探讨的另一重要话题，此处只好暂时按住不表。

（三）鸟鼠之西 洪兴祖《楚辞补注》曰："《书》曰：道黑水至于三危，入于南海。张揖云：三危山在鸟鼠之西，黑水出其南。"[2]洪兴祖依据《尚书·禹贡》，并援引张揖的注解，认定"三危"在鸟鼠之西。鸟鼠在甘肃渭源境内。楚辞学界，洪兴祖第一个将"三危"具体指实为实实在在的地名，并精确指出了"三危"的地理所在。

洪兴祖的注解看似天衣无缝，无懈可击，实则疑窦丛生，有偷梁换柱之嫌。《禹贡》曰"导黑水，至于三危，入于南海。"[3]按照《禹贡》的记述，"黑水"导源之后，途经"三危"，最后流入南海。也即是说，"三危"只是"黑水"的中程，并不是起点，但三国时人张揖的说法似乎认为"黑水"导源于"三危"，故洪兴祖所引两则材料本身就存有矛盾。清人毛奇龄《天问补注》就曾注意到这一关键问题："三危，山名，黑水所经地。"[4]毛奇龄说得十分清楚，"三危"只是"黑水"途经之

---

① 金开诚：《屈原集校注》，中华书局，1996年，第336页。
② 洪兴祖：《楚辞补注》，中华书局，1983年，第96页。
③ 《尚书正义》，载《阮刻十三经注疏》，上海古籍出版社，1997年，第151页。
④ 毛奇龄：《天问补注》，载《四库全书存目丛书》（集部·楚辞类·集2），齐鲁书社，1997年，第147页。

地,并不是"黑水"导源之山。总之,洪兴祖引《尚书》以证《天问》,同样有着诸多不合理因素。

南宋朱熹《楚辞集注》承洪兴祖说,认为"黑水、三危,皆见《禹贡》"①。明人李陈玉《楚词笺注》亦承洪说:"黑水、三危,《禹贡》治水之地。"②

(四)乐民之西 黄文焕《楚辞听直》曰:"《淮南》谓三危在乐民西。"③黄文焕另辟蹊径,不采洪兴祖以《禹贡》解"三危"的成说,将"三危"置于《淮南子》语义背景之下,其眼光甚为独到。《淮南子·墬形》谓:"乐民、挈闳在昆仑弱水之洲。三危在乐民西。"④"乐民"位于昆仑弱水之洲,"三危"又在"乐民"之西,历来注疏者对"乐民"本也不甚了了,再加上"弱水"本也如"黑水"一般,在中国以"弱水"为名者当不下十处,历来说法更是不一,所以,我们依然没有办法推测出"三危"的具体地理方位。故黄文焕的解说也未能给我们一个所以然,"乐民"比"三危"或许更加让人迷眩,以"乐民"解"三危"只能让我们望洋兴叹。

清初周拱辰《离骚草木史》承黄文焕说,认为:"《淮南》云,三危在乐民西,又自昆仑流沙沉羽,西至三危之山。"⑤周拱辰虽承袭黄说,但黄文焕仅引《淮南子·墬形》,而周拱辰又引《淮南子·时则》"西方之极:自昆仑绝流沙、沈羽,西至三危之国"⑥作为补充,在楚辞学界,"三危"第一次有了比较具体的方位,那就是位于乐民之西,也位于昆仑之西,然乐民与昆仑的方位关系如何,我们仍不得而知。但若以此为坐标,去检测关于"三危"的诸多说法,如鸟鼠山之西(昆仑之东)等说法皆无法立足。

(五)肃州塞外 清初王夫之《楚辞通释》曰:"三危在今肃州塞

---

① 朱熹:《楚辞集注》,上海古籍出版社,1979 年,第 58 页。
② 李陈玉:《楚词笺注》,载《续修四库全书》,上海古籍出版社,2002 年,第 1302 册,第 29 页。
③ 黄文焕:《楚辞听直》,载《续修四库全书》,上海古籍出版社,2002 年,第 1301 册,第 552 页。
④ 何宁:《淮南子集释》,中华书局,1998 年,第 361 页。
⑤ 周拱辰:《离骚草木史》,载《续修四库全书》,上海古籍出版社,2002 年,第 1302 册,第 117 页。
⑥ 何宁:《淮南子集释》,中华书局,1998 年,第 434 页。

外。"①肃州大致为今甘肃酒泉。依王夫之的解说，"三危"当在酒泉以西之塞外，但酒泉以西如此渺远，"三危"到底是哪座山峰，我们依然迷雾一团。

（六）敦煌东南四十里　清人徐文靖《管城硕记·楚辞集注二》曰："《括地志》曰：三危山在沙州燉煌县东南四十里，此《禹贡》黑水之三危也。郑康成曰：三危山在鸟鼠西南，与汶山相接。《水经注》：渭水东历大利，又东南流，苗谷水注之。《地道记》曰：有三危、三苗所处，故有苗谷，此则放三苗之三危也。而近世儒者混而一之。或三苗始迁苗谷，后又徙于沙州耳。"②徐文靖的这段文字为《天问》"三危"的注解，《天问》"三危"与"黑水"相关，故笔者认为徐文靖主张《天问》"三危"是沙州敦煌东南四十里之"三危"。徐文靖认为有两个不同的"三危"，一为导源于燉煌县东南四十里的也即《禹贡》所记的"黑水"所途经的"三危"，一为《淮南子·修务》里所记载的窜三苗之"三危"，此"三危"则在甘肃渭源县西南之鸟鼠西南。徐文靖为我们提供别开生面的视角，他或许已经洞察到经籍中有关"三危"一语的混乱现象，所以他提出不同典籍的记载可能指代不同"三危"的新说。这确实能为我们提供更大阐释空间，让后世注家不必再为经籍中前后矛盾的记载而搜肠刮肚、强为其说。但是，为什么不同的地方却要用同一个"三危"来命名，徐文靖没有答案，因而谜团终未能得以彻底破解。

清人丁晏《天问笺》与徐文靖的说法大致相同，一为燉煌"三危"，一为鸟鼠"三危"："《西山经》：又西二百二十里，曰三危之山。郭注：今在燉煌郡。《尚书正义》引郑玄注云：三危之山，在鸟鼠之西，南当岷山。叔师谓在西方是也。"③丁晏的注解正好照应前论，王逸（叔师）说"三危"在西方，后世楚辞注疏者们前仆后继、薪火相传，不断找寻这位于西方的山峰，先有探寻到甘肃鸟鼠之西的，后又有探寻

① 王夫之：《楚辞通释》，载《续修四库全书》，上海古籍出版社，2002年，第1302册，第216页。
② 徐文靖：《管城硕记》，中华书局，1998年，第276页。
③ 游国恩：《天问纂义》，中华书局，1982年，第165页。

到沙州敦煌东南的。从古人注书的这一范式来看,我们不难体察到中国士人传不破经、努力为经传缝合的良苦用心。

(七)卑羽山　清人蒋骥《山带阁注楚辞》曰:"《通鉴前编》:沙州燉煌县卑羽山,三峰峭绝,人以为三危。"[1]蒋骥把沙州敦煌东南的"三危"再一步具体化,明确坐实卑羽山为"三危",且把"三危"解为三峰峭绝之义。在楚辞学界,蒋骥或许是第一个将"三危"具体化为一座实实在在的山峰,并且对"三危"作出三个危峻山峰的文字训诂。

(八)荆、梁、雍之边　晚清王闿运《楚词释》谓:"三危今西藏,其地连广西、贵州、云南、四川、甘肃,当荆、梁、雍之边。"[2]王闿运所定范围极大,"三危"在西藏,又连接着桂、云、贵、川、甘之地。是横断山脉吗?但横断山脉似乎与广西和甘肃又扯不上多大关系。是岷山吗?但岷山和云南、贵州和广西关系也不紧密。是秦岭吗?但秦岭与云南、贵州和广西似乎也缺少直接联系。是大巴山、大娄山、云贵高原或者其他什么山?但这些山统统都不能满足王闿运的这几个条件,无论如何也找寻不到,所以附和者寥寥。

(九)藏卫滇越之间　近人姜亮夫《重订屈原赋校注·天问》谓:"黑水、玄趾、三危皆西南地名……此之地皆在藏卫滇越之间。"[3]姜亮夫解楚辞,多以庄蹻入滇为说,但姜亮夫不顾《山海经》《淮南子》等典籍的记载,让读者觉得"三危"等诸地名皆为楚人独创,这似乎带有偏见。但是,如果这样来理解姜亮夫的解说,或可自圆其说:《山海经》等典籍为楚人作品,楚人站在自己的立场来记"三危",说"三危"在西北方向,楚的西北方向正是现在四川、云南一带,也即是现今中国的西南,故定"三危"在中国西南,似乎也有些道理。不但如此,《尚书》也说导"黑水"入"三危",注南海,注入南海的河流在中国西南方向是很多的,而注入南海的河流在西北方向似乎很难找到。看

---

[1]　蒋骥:《山带阁注楚辞》,上海古籍出版社,1984 年,第 84 页。
[2]　王闿运:《楚词释》,载《续修四库全书》,上海古籍出版社,2002 年,第 1302 册,第 631 页。
[3]　姜亮夫:《重订屈原赋校注》,天津古籍出版社,1987 年,第 294 页。

来,姜亮夫认为"三危"在西南也并非空穴来风。

(十)南海附近　近人林庚《天问论笺》谓:"黑水、玄趾、三危均近南海。"①林庚此说可能源于姜亮夫,将"三危"从西南藏卫滇越间再南移至南海附近。问题是,这个南海为何,如果是现今南中国海附近的一个什么山,既不在中原的西方,也不在楚国的西方,那么,林庚的结论还不如姜亮夫有理。

(十一)黑水下游　今人程嘉哲《天问新注》曰:"三危,地名。古三危也是一个无从考实的地方……它位于黑水下游,也坐落在西方或西北方。"②如同"黑水","三危"杳不可求,倒是直截了当。既然无从考实,程嘉哲又说"三危"在"黑水"下游,为什么非要是"黑水"的下游,而不是上游或中游,程嘉哲所据何典,我们不得而知。程嘉哲无从考实之说正可作为这个问题的结语,三危到底在哪个方向? 又是哪一座山? 这个问题,历来楚辞注疏者似未能言说出究竟。笔者罗列诸多异说,旨在表明"三危"是怎样的恍惚迷离。

我们仅仅通过历代注疏者对于《天问》"三危"语义解说的变化即可察觉,"三危"作为先秦典籍中一个较为常见且固定的历史地名在后人的观念世界里发生了怎样的游移变化。在这里,我们大致发现了后世对于屈辞注解的一个整体性趋势:一个语词在先秦典籍中本是一个模糊的、笼统的、不确定的指称,经过历代注家学者孜孜不倦的考证与补经工作,这个语词就会被注疏成一个十分确定的、实实在在的、可稽可查的、且具本土化特色的事物了。而经典也就是在这样不断累积叠加过程中,逐渐地、不知不觉地、悄悄地远离了它的原初面目,以人们所需要的内容呈现在世人面前。总体上看来,后世楚辞注疏者大多援引《地记书》所言甘肃渭源境内鸟鼠山之西之"三危"以及《括地志》所言敦煌东南三十里之"三危"以解说屈辞"三危",此外,也有定"三危"为不姜之南、乐民之西、昆仑之西、酒泉之西、燉煌东南、鸟鼠西南、卑羽山、西藏、黑水之南、云南、南海、黑水下

---

①　林庚:《天问论笺》,人民文学出版社,1983 年,第 24 页。
②　程嘉哲:《天问新注》,四川人民出版社,1984 年,第 69 页。

游的,不一而足,异说纷呈。

二　先秦汉初文献典籍所载"三危"指称基本一致

"三危"作为地理名词并非仅仅出现于《楚辞》中,如何从《楚辞》歧乱注疏中拨云见月,澄清迷雾,我们需将目光投向先秦。"三危"作为先秦时期广泛出现在人们文化视野中的词语,如同我们今日社会视野下的"东方""西方""特区""沿海""西部"等熟词一样,原本有着为社会所认可、约定俗成的特定含义和对象指代的特殊名词。

(一)"三危"作为特定地理名词所指究竟何为,我们可以依据西汉前期的文献资料《淮南子》中的多条记载来加以界定:

> 是故槐榆与橘柚合而为兄弟,有苗与三危通为一家。① (《淮南子·俶真》)
>
> 乐民、拏闾在昆仑弱水之洲。三危在乐民西。② (《淮南子·墬形》)
>
> 西方之极:自昆仑绝流沙、沈羽,西至三危之国。③ (《淮南子·时则》)
>
> 昔者神农之治天下也……其地南至交阯,北至幽都,东至旸谷,西至三危。④ (《淮南子·主术》)
>
> 尧立孝慈仁爱,使民如子弟。西教沃民,东至黑齿,北抚幽都,南道交阯。放讙兜于崇山,窜三苗于三危。⑤ (《淮南子·修务》)

《淮南子》以道家思想为主导,杂糅百家之说,其言语说辞虽然有

---

① 何宁:《淮南子集释》,中华书局,1998 年,第 115—116 页。
② 何宁:《淮南子集释》,中华书局,1998 年,第 361 页。
③ 何宁:《淮南子集释》,中华书局,1998 年,第 434 页。
④ 何宁:《淮南子集释》,中华书局,1998 年,第 609—610 页。
⑤ 何宁:《淮南子集释》,中华书局,1998 年,第 1312 页。

涉神怪荒诞,但是通过其记载有关"三危"的内容信息,我们大致可以做出一些简单明了的判定:"三危"正是《淮南子·时则》所言的西极之山,这座山在昆仑之西,从昆仑经流沙、沉羽(按:即《淮南子·堕形》所谓弱水),一直向西,方达"三危"。这座山又是传说中神农氏治理天下的最西之处,同时也是尧帝西窜三苗的地方。《淮南子》的记载并无歧义,就连高诱在注解此书上引所有材料时,从头至尾始终坚持认为"三危,西极之山名也"①。

不独《淮南子》,《山海经》《尚书》《史记》《吕氏春秋》等典籍的记载也可印证此说。

(二)《山海经·西山经》载:"西南四百里,曰昆仑之丘……又西二百二十里,曰三危之山,三青鸟居之。是山也,广员百里。"②这正与《淮南子·时则》所述一致,《山海经》"三危"也位于昆仑之西,那么这一认定显然与我们今天的地理学常识就有明显的不同了。

(三)《尚书·舜典》载:"窜三苗于三危。"③伪孔传曰:"三危,西裔。"《尚书·禹贡》又云:"三危既宅,三苗丕叙。"④伪孔传曰:"西裔之山,已可居三苗之族。"⑤伪孔传为《尚书》两处"三危"所作的注解,都只是说此山当为西方极远之山,并没有将它指实为具体的某座山峰。

(四)《史记·五帝本纪》也有"迁三苗于三危"句,裴骃集解引东汉马融的话说:"三危,西裔也。"⑥由此观之,马融和伪孔传同样认为"三危"只不过是一座西方之山的通称。

(五)《吕氏春秋·本味》记载:"水之美者,三危之露。"⑦高诱注谓:"三危,西极山名。"⑧可见直到高诱生活的东汉中期,"三危"尚为

① 何宁:《淮南子集释》,中华书局,1998 年,第 361 页。
② 袁珂:《山海经校注》,巴蜀书社,1996 年,第 55—64 页。
③ 《尚书正义》,载《阮刻十三经注疏》,上海古籍出版社,1997 年,第 128 页。
④ 《尚书正义》,载《阮刻十三经注疏》,上海古籍出版社,1997 年,第 150 页。
⑤ 《尚书正义》,载《阮刻十三经注疏》,上海古籍出版社,1997 年,第 150 页。
⑥ 司马迁:《史记》,中华书局,1959 年,第 29 页。
⑦ 陈奇猷:《吕氏春秋校释》,学林出版社,1984 年,第 741 页。
⑧ 陈奇猷:《吕氏春秋校释》,学林出版社,1984 年,第 761 页。

西方极远之山的通称,并不如我们今天所见到的,被具体化为中国西境某座实在的山峰。

三 "三危"讹变历程考索

由此可知,"三危"一语,先秦乃至汉初本为模糊语义之大地极西之山,后世不断演化为"有三个山峰之山"。三危承载着自身语义的流变乃至讹变,对三危释义的具体讹变历程,我们可从历史的进程中再进一步展开考索:

《尚书·禹贡》"三危既宅,三苗丕叙",唐孔颖达正义引汉人郑玄语曰:"《地记书》云:'三危之山,在鸟鼠之西,南当岷山,则在积石之西南。'"①《史记·夏本纪》"三危既度,三苗大序"②,唐司马贞索隐引郑玄语曰:"《河图》及《地说》云:'三危山在鸟鼠西南,与歧山相连。'"③唐人孔颖达和司马贞所引汉人郑玄关于"三危"的解释大体无异,此似为将"三危"具体化为中国政治版图境内实际地理称谓的第一案例。从郑玄经学化的注解中,"三危"已然具备大致地理方位。如果认定鸟鼠山在甘肃渭源县境,那么,《地记书》所言"三危"即当在此附近,这是汉人的观点,由此可知,汉代经学家正是依照汉代政治版图来索求"三危"的。

《汉书·司马相如传》载司马相如《大人赋》有"直径驰乎三危"句,唐颜师古注引张揖语曰:"三危山在鸟鼠山之西,与岷山相近,黑水出其南陂,《书》曰:'导黑水至于三危也。'"④三国时人张揖对"三危"的注解与东汉郑玄相差无几,同引《尚书》来证明"三危",其与郑玄的偏误同出一辙,《尚书》借用了一个域外地名来记录一段治水传说,两人皆将此域外地名经学化、历史化、本土化,误解由此而生。

---

① 《尚书正义》,载《阮刻十三经注疏》,上海古籍出版社,1997 年,第 150 页。
② 司马迁:《史记》,中华书局,1959 年,第 65 页。
③ 司马迁:《史记》,中华书局,1959 年,第 66 页。
④ 班固:《汉书》,中华书局,1962 年,第 2598 页。

　　《左传》昭公九年载:"故允姓之奸,居于瓜州。"①西晋杜预注曰:
"允姓阴戎之祖,与三苗俱放三危者,瓜州今敦煌。"②在杜预看来,三
苗与允姓都被流放于"三危",允姓流放后居于瓜州,瓜州又为敦煌,
故"三危"即位处敦煌。这似为"三危"从鸟鼠西移至敦煌的第一
案例。

　　托名桑钦所著之《水经》比附更为具体。《水经·禹贡山水泽地
所在》:"三危山在燉煌县南。"③此时,"三危"已从甘肃渭源县境之鸟
鼠山之西推演到了敦煌县南境,与今日我们所认识的"三危"地望已
经相差无几。

　　生活在同一时代的人们,往往有着相似的认识,《水经》作者与杜
预对"三危"即有着相同看法。虽然《水经》作者与杜预生活时代孰
先孰后尚难判定,但至少可以推测他们所在时代应相去不远,杜预大
致生活于3世纪中叶,这为我们探索《水经》成书年代提供了意外的
旁证。

　　承续杜预和《水经》之说的,尚有郭璞。《山海经·西山经》"又
西二百二十里,曰三危之山",东晋郭璞注"三危"谓:"今在敦煌郡,
《尚书》云:'窜三苗于三危是也。'"④顺带提及,郭璞这段重要的注解
在袁珂《山海经校注》中漏录。郭璞将"三危"划定在敦煌,并同张揖
一样,引《尚书》为证。郭璞有两个明显失误:一为把本指极西之山的
"三危"本土化,以注者当时所在的中国版图范围来诠解先秦意义上
的三危概念;一为误解《尚书》,把《尚书》所言"三危"固定化为中土
西境之敦煌。笔者认为,《尚书》此条记载,或有两种可能,要么真是
将三苗流放到了极西之"三危",要么就是《尚书》作者借用大家熟知
的极西之地的"三危"来作夸张表达,意为将三苗流放到很远很远的
西方去了。

　　至迟到唐代,"三危"所指即已定型。《史记·五帝本纪》"迁三

---

① 《春秋左传正义》,载《阮刻十三经注疏》,上海古籍出版社,1997年,第2056页。
② 《春秋左传正义》,载《阮刻十三经注疏》,上海古籍出版社,1997年,第2056—2057页。
③ 郦道元:《水经注》,岳麓书社,1995年,第594页。
④ 《山海经》,载《文渊阁四库全书》,上海古籍出版社,1987年,第1042册,第17页。

苗于三危",唐人张守节正义引《括地志》云:"三危山有三峰,故曰三危,俗亦名卑羽山,在沙州敦煌县东南三十里。"①《括地志》为唐初李泰所编,《括地志》这条材料在"三危"的讹变进程中与郑玄所引《地记书》同为转捩点,《括地志》在《地记书》的基础上,不但对"三危"词义作了解释,而且还将"三危"具体地望指定在敦煌东南三十里。李泰的这一比附遂成后世公论,这也即是后世一般地理志书及辞书所给出的"三危"确解。但是,李泰注解本身就疑问重重。位于敦煌东南三十里的所谓"三危"山,在唐朝当地人口中尚称"卑羽山","卑羽"应为音译,有的史书如《太平御览》也称"升雨山"②,"卑"与"升"之繁体"昇"形近而误。我们似可如此推测,当地人不只在唐代,甚至在远于唐代的更遥远年代,他们皆以"卑羽"名此山,而不是以"三危"名之。问题似已然明晰,李泰在《尚书》及前代注家们所划定的地理范围内,作了进一步探寻,终在敦煌东南三十里找寻到一个当地人称为"卑羽山"的山峰,又因此山恰好有三峰突兀之势,遂望文生义解"三危"为三座耸峙之山峰。乍一看,此解似天衣无缝,完备无缺,但经过笔者前面的考索,最终发现这一注解历程充满着极大的讹误与附会。

四 屈辞"三危"原义再探索

通过以上的梳理,我们大致已看出"三危"这一语词的流变历程。在先秦典籍中,"三危"以一种神话意蕴相对浓厚的指称方式指代"西极之山",这座山位于大地中央"昆仑"之西方,若想从昆仑抵达此山,尚须经过流沙、沉羽等地。先秦时代的典籍撰写者似乎都没有混淆这一概念,当然屈原《天问》"三危"也毫无疑问承载着这一语义。《山海经》《尚书》《淮南子》《吕氏春秋》等典籍所记"三危"无一例外皆是此种语义的印证。甚至直到东汉,"三危"都还没有产生太

---

① 司马迁:《史记》,中华书局,1959年,第29页。
② 李昉等:《太平御览》,中华书局,1960年,第244页。

大歧义。自郑玄注《尚书》和张揖注《汉书》后，"三危"便逐步走上了"中原化""本土化"的阐释历程。再经杜预注《春秋左传》《水经》以及郭璞注《山海经》的进一步演化，"三危"从鸟鼠山之西不断向西推进至敦煌，但此时的"三危"尚只是敦煌境内一个模糊的并不确定的山名。到唐代《括地志》认定敦煌卑羽山为"三危"后，"三危"就正式定型，成为后世不刊之论。从遥远的西极之地到九州临近中土之域，从一个半神话半传说半历史性的飘渺悠远所在逐渐坐实为一处实实在在的中国山峦，"三危"最终形成了我们今日地图册上可以查阅的西部山峰。事实上在先秦典籍尤其是以浪漫幻想见长的文学典籍《楚辞》之中，这种原本带着相当浓厚的神话虚幻色彩和渺茫空阔的指代特征的词汇，往往在后世的注解中都在不断的经历着具体化、实证化、明确化的过程。"三危"如此，《楚辞》中其他地理名词也大多经历着这样的命运，"悬圃""昆仑""流沙""赤水""不周""西海""崦嵫""西极"等，无不具有此种特征。

中国古代典籍从上古传说时期的"三坟五典"算起，到殷周先秦时期正式出现文字记载的各类文化图册，再到春秋战国被后世学者经典化的诸子百家，经籍的流传都浸染了两三千年的漫长历程，其所载内容也为后世不断传诵、阐说、注解、疏证，由此而形成一种积学深远的注疏传统。求真求实、彰显本源是任何一部经典注疏的基本诉求，然而，阐释学的基本规律又告诉我们，任何注疏的过程同时也是一个意义不断流变的过程，原有经籍的最初语义总会经由不间断的注解、阐释而发生讹变、翻新以及内容更替等，以至于有时年代越后，我们会发现经传解说的结果距离当初的内容事实竟然越发的遥远，这尤其表现在先秦时期创源的各种经籍的注疏过程中。例如，最为常见的就是古人与近人之间就同一个地理名词的认识，由于政治时代与历史条件的不同，就可能得出迥然不同的结论。我们以《楚辞》中出现的多个地理名词为例，稍加研究就可以发现历代注家对于这些名词的注解认识，一直处在不断流变、指代游移不确甚至于前后矛盾龃龉之中，俨然形成了一个空间地理舆图的时代演变观念史。

客观说来，这种历史性地理名词在后代阐释史进程中的讹变，我们已经很难准确探寻其背后的文化及社会因由,这其中既有客观原因,同时也少不了更深层的主观因素。先秦典籍流传时间久远,从而客观上难免形成所谓的"训诂茫昧"①。于此之外,由于不同时代的学者受到各自时代知识储备度、思维方式、观念结构、意识形态以及他们所身处的社会权威话语模式的影响,由此而导致人们主观上对于古代典籍及其内容的不同认识与评价,乃至于对于同一个概念、名词、称谓,在不同的历史时段可能都会得出完全不同的理解。归根结底,这便是一种人类历史宏观地演进变化着的历史意识,即对于人类演进着的观念意识本身的意识演变状态。这种历史意识与人类理解和阐释世界的根本方式有着深刻关联。借用西方当代阐释学的观点,世界、历史与文献的存在首先是,而且也只能是在人类的"认识"与"理解"中的存在。"三危"也好,"昆仑""崦嵫""西海""流沙"也好,所有屈辞文献中的地名、概念和语言形式只有经由人们,经由学者的理解、阐释和流传才能获得自身的历史命运。而在每一个学者的理解与阐释的背后,都本质性地包含着对于阐释对象的某种误解和成见,或者说某种特定"前见"或"前理解"。德国阐释学家伽达默尔就认为:"一种诠释学的处境是由我们自己所带来的各种前见所规定的。就此而言,这些前见构成了某个现在的视域。因为它们表现了某个我们不能超出其去观看的东西。"②西方阐释学前驱海德格尔则从存在论角度奠定了这种阐释学的理论根基:"把某某东西作为某某东西加以解释,这在本质上是通过先行具有,先行见到与先行掌握来起作用的。解释从来不是对先行给定的东西所做的无前提的把握。……最先的'有典可稽'的东西,原不过是解释者的不言自明、无可争议的先入之见。它作为随着解释就已经'设定了的'东西是先行给定了的,这就是说,是在先行具有、先行见到与先行掌握中先行给定了的。"③中国历代学者注释先秦典籍,毕竟都处在各自不同的历

① 刘勰:《文心雕龙》,范文澜注,人民文学出版社,1962年,第21页。
② [德]伽达默尔:《真理与方法》,洪汉鼎译,上海译文出版社,1999年,第392—393页。
③ [德]海德格尔:《存在与时间》,陈嘉映、王庆节合译,三联书店,1987年,第184页。

史时代与文化语境之下,这种特定的时代文化条件必然决定了不同的屈辞学者对于屈辞研究与理解的特定"文化视域"与"文化前见",这是任何一个学者都无法超越的思想界限与历史界限,由此自然形成整个屈辞注疏传统流变的特定"效果历史"。中华文化在先秦以及其更早时期的神话创始时代获得奠基以后,经由先秦以儒家为主的实践理性精神和道德理性精神的洗礼,远古时代人类遗存的诸多色彩瑰丽的浪漫性文化信息和历史信息逐渐经受着后世的改造和选择。汉代以后,特别是像汉唐明清这样的盛世王朝时代,国家大一统的政治诉求以及中华文化自身的统合性内在驱动力也必然要求将一切异域之物、神怪之说、不经之谈、迂阔之论整合到一种严整通透的言说秩序之中,甚至于使之成为一种权威的国家意识形态话语。而任何经典文献的注疏阐释历史,从某种意义上讲则正是这种国家意识和历史意识自足流转演变的具体显现。由此而令我们看到,原本神话传说中虚幻迷离的"三危"这座"大地极西之山",最终如何演化成了中华九州域内的"鸟鼠之西"或"敦煌西南"的"峭绝三峰",如何成就为"普天之下"的"王土"的一部分。而另一方面,作为后世学者和阐释者,作为文化的传递者和耕耘者,如何尊重原典,如何从文献本身出发,从原初的历史事实与历史情境出发,尽量剔除所有主观的、时代的、意识形态的影响,尽量接近最初屈辞道说者和阐释者的原始意义,最大程度还原历史和文献以本身的面貌,或许则是我们应当加以认真思考的又一重要问题。

第十二章　假说下屈辞先秦古地名矛盾之消解以及屈辞文本要义之贯通

在前面的论述中,我们提出了屈辞古地名原义再探索的 12 个假说,在论证这些假说的过程中,我们采用了大量的证伪法,试图证明两千年来屈辞旧注中的种种歧说自身的不可成立性,大量历史文献材料本身即具有一定的说服力。为了更加充分地证明这些假说的可能性,我们将置系列假说于屈辞文本之中,然后对涉及这些语词的前后文义作一全面系统的梳理,其目的在于探寻这些假说在原始文本中的吻合程度。我们认为,一切文本的释读,最终都要回归到文本自身上来,文本旨意的畅通性是检验一切注解的最终标准,也是唯一标准。如果一个解释造成了文本要义的滞阻,我们认为这个解释或许并不适合原始文本,因为没有人愿意认为屈辞本身是混乱不堪、不合逻辑的牢愁之作。既然我们承认原始经典文本的顺达流畅,那么,注疏者的释说文本也应该顺畅通达方才符合经典原义。

《离骚》云:

> 朝发轫于苍梧兮,夕余至乎县圃……吾令羲和弭节兮,望崦嵫而勿迫……朝吾将济于白水兮,登阆风而緤马……遭吾道夫昆仑兮,路修远以周流……朝发轫于天津兮,夕余至乎西极……忽吾行此流沙兮,遵赤水而容与。麾蛟龙使梁津兮,诏西皇使涉予……路不周以左转兮,指西海以为期。

《离骚》篇幅巨大,结构恢宏,稍不留神,就会步入迷障,而茫然不知头绪。因此,要正确阅读理解《离骚》,我们应从全篇着眼进行宏观综合的整体观照,紧紧抓住诗人的逻辑行踪、跟随诗人的神游思绪而有序推进。我们之所以如此节录《离骚》全篇,是想通过这些关键文字勾勒出诗人飞升游历的大致路程。

第一天诗人从苍梧启程,傍晚抵达"昆仑"之"悬圃"。诗人到达"昆仑"的目的是想凭借"昆仑"之巅的"悬圃"的通天高境上达天庭向"帝"陈辞以求一个公正的决断。可惜时光已晚,旋入黄昏,因而诗人祈令"羲和"停挥长鞭、止住日车,不要靠近太阳落山之地"崦嵫",以期留住光阴。于是,诗人重整旗鼓,令望舒前驱、飞廉后属、凤鸟飞腾、云霓来御,本希望借助如此壮观的仪仗队伍去叩开天门、面呈天帝,但无奈帝阍却闭门望予,并无开关之意。眼看时光暧暧将逝,但诗人并未就此死心,似乎还在不断责备自己,是不是自己还没有做到尽善尽美,故天帝不予接待呢? 于是,诗人在天门外结幽兰而延伫,本想借助兰香再次表白自己的心迹,但是,自己苦苦等候了一个通宵也没能如愿以偿见到自己心中代表公平正义的天帝。

第二天清晨,诗人彻底绝望,于是决定放弃登天面见天帝的主张,准备从"白水"(按:白水当为昆仑四水之一的幼发拉底河,幼河导源于昆仑,方位处西故名白水。这里以白水代指昆仑,为以局部代整体的修辞方法)出发,离开"昆仑"。但诗人又是何其惆怅与不安,他怎么能忍心就此别过,难道,一切都没有转机了吗? 是否可以暂时逗留,兴许天帝有回心转意的一线希望。于是,诗人游春宫、相下女。但是,一切似乎都终成定局,自己已无力回天。当诗人准备诀别之时,他在"昆仑"山上做了最后一事,那就是请灵氛和巫咸为自己试作占卜,占卜的结果都是劝说诗人不要太执着于一人一事,趁年华方壮,应广为流观。

第三天诗人恋恋不舍,踟蹰不前,遭回徘徊,怀着对"昆仑"无限惜别之情,从"昆仑"再次启程,朝发天津(按:天津代指昆仑,为天之渡口,也为以局部代指整体的修辞手法,已见前论),打算傍晚即抵达"西极"。即使我们将《离骚》中的诗人指实为屈原,置诗人所处地理位置为楚国,那么,从楚国经一天的行程到达地之中央"昆仑",再从"昆仑"经一天的行程到达陆地之"西极",两天的行程应当大致相当才符合思维逻辑。如果定位"昆仑"为亚美尼亚高原的阿拉拉特山,阿拉拉特山正好处于楚国和"西极"的中心位置,这也符合顺应屈辞文义。第三天诗人从阿拉拉特山向西到达"西极"的路途中经历了许许多多极富特征的地理地形，第一站是阿拉伯沙漠的"流沙"，第二站是位于流沙之西的红海"赤水"，第三站是再行向西的东非大裂谷"不周"，经过了这一番周折之后，最后抵达了大西洋"西海"福田仙境。

诗人三天的游踪线路清晰如此，逻辑井然。诗人从楚地出发，一路向西，直抵"西海"。若能依据我们上面的解说，屈辞文义便能得以圆融贯通。如果把"昆仑""流沙""赤水""不周"及"西海"置于前面所举楚辞注疏者们所认定的任一位置，似乎都不能很好地观照全局，不是互相牵扯，就是前后矛盾，总不能把这一组系列地名整体联系起来，达成逢源贯通之势。单独来看一个孤立的地名，或许注疏者的解释都有一定道理，且都有依据。但是，我们一定要清楚明白的是，屈原在铺设《离骚》鸿篇巨制时，从头至尾都有一条清晰的逻辑线索，这些地理地名不是诗人任性所为、随意掇拾而成，而是经过他精心布局、巧妙构思的宏文巨制。《离骚》一诗前后环环相扣、互为照应，浑然一体，形成了诗人独具特色的时地转换式的想象空间。如果我们置诗人的创作心理与思绪脉络于不顾，一味以句解句、以词解词，岂不是辜负了三闾大夫的一片经营苦心！

这里再顺带阐说"崦嵫"一语。清楚了上面所说的"昆仑""流沙""赤水""不周"及"西海"后，"崦嵫"也就豁然开朗。当诗人第一天傍晚抵达"昆仑"大山的"悬圃"后，为了挽留时光，"吾令羲和弭节兮，望崦嵫而勿迫"，置昆仑于亚美尼亚高原的阿拉拉特山，此"崦嵫"就只能是"昆仑"更西的太阳落山之地。神话中有关太阳从东海到西海的行进路线多有记载，我们知道，太阳从海而生，也从海而落。那么这"崦嵫"就只能是大西洋沿岸的某山方才合乎逻辑。如果置"崦嵫"为前面楚辞注疏者所考订的中土以内的任一大山，都不能满足"崦嵫"位于"昆仑"之西这一必要条件，也不符合古人对太阳落山这一自然现象的认知。如果我们认定"崦嵫"位于陕西或者甘肃某个地方的某座大山，这就小看了古人对自然地理的认知广度！也小看了古人对大山以外甚至域外地理的再探索！如果我们每个人都以自己所处的那块土地来看太阳的东升西落，那么，中国境内恐怕称得上"崦嵫"之名的大山何止千万！相反，我们解"崦嵫"为大地极西之山，这座山应该位于大西洋东岸，屈辞此一章节文义前后就水乳相融、天衣无缝了。

"西极"亦见上引《离骚》文段，这里也一并再作阐说。"西极"和"崦嵫"所指实质上相差不大，都应当是代指大地极西之地。"朝发轫于天津兮，夕余至乎西极"，这是诗人第三天行程的一个总括，极似现在写作中的总分一法。诗人先用起点和终点总说自己在这一天里的游踪，接着，再叙写这一天具体的路线："流沙""赤水""不周"和"西海"。如果我们按顺序来排列诗人从"天津"到"西极"的行踪即是："天津""流沙""赤水""不周""西海"（"西极"）。用此逻辑游踪顺序来解说此段屈辞，文脉如此清晰，文义亦流畅自如，毫无半点牵绊。后人未能理解《离骚》宏大叙事的写作结构，从而没能真正疏通屈辞文本的文脉大意，误认为诗人的行踪是："天津""西极""流沙""赤水""不周""西海"，遂造成"西极"一语歧义百出，有说是长安之西的，有说甘肃天水的，有说是邠国的，有说是昆仑的，有说"西极"为"西海"即是罗布泊（蒲昌海）的，有说是中亚之地的，但最让人啼笑皆非的莫过于说是楚国西境的。如果我们从宏观整体上统摄了《离骚》结构以及诗人的整体游踪，置上面任意一个歧说于《离骚》文本之中，其文义都不能得以圆融贯通，只会留给读者以无限滞涩。

《天问》针对天文、地理、神话及历史诸多方面一一发出疑问，从《天问》总体上观察，这些问题不是屈原无知而问，而是他明知故问，这也难怪有人说《天问》一篇本是老师出给学生的考题，试题答案屈原自己当然十分清楚才对。在地理部分，屈原问到"何所冬暖？何所夏寒？"历来七零八落的解说已见前论。从古老典籍《周髀算经》对北极和赤道地貌的记载来看，我们没有理由怀疑屈原知识库里储存过相关的世界地理知识。只有把《天问》此句置放于世界地理范围来作解释，《天问》全篇关涉地理部分的诸多问题亦才能得以融通。比如"东西南北，其修孰多？南北顺椭，其衍几何"一问，如果不放在世界地理大背景下来考察，我们无论如何也体会不出个中三昧。屈原此处的东西南北,绝不会是东亚的四方,也不会是中国的四境,更不会是楚国的四周,它只能是就人类赖以生存的整个地球而言的。对地球形状南北顺椭的这种认识,几乎和现代地理知识毫无二致,所以我们没有理由怀疑屈原头脑里存在的广博地理观念。既然屈原的知识库里存储了地球形貌,他又如何不会了解极地与赤道呢!况且"何所冬暖?何所夏寒"句与"东西南北,其修孰多?南北顺椭,其衍几何"句在《天问》文献文本中又是前后紧承,这一点十分重要,这正可说明这一大段文字都是屈原对世界地理知识发出的索问。《天问》"何所"句与"东西"句之间牵涉到了"昆仑""羲和""若华","东西"问句后还牵涉到了"石林""黑水""玄趾"及"三危",这些名物岂是楚国本土地理所能囊括!从这些分析中我们可以得出这样的结论:屈原具有开放的世界大地理观念当无疑义。

既然如此,在这一大段有关世界地理知识的发问中,"黑水"和"三危"也当被纳入这个体系方才合乎逻辑。要正确解释"黑水",就须了解五行思想。两河流域先民使用五行,用五色配以五方,东为青水,南为赤水,西为白水,北为黑水。"黑水"位于两河平原之北,且这四水都导源于"昆仑"(亚美尼亚高原之阿拉拉特山)。"黑水"导源于昆仑之北,综合这些条件,我们考索出"黑水"为亚美尼亚高原以北的吉瑞尔河。屈原把这一问题置于《天问》之中,在先秦时代应该是有一定难度的,只有那些接触过域外典籍信息的知识分子或许才会清楚这到底说的是什么东西。这和当今情况没有什么两样,对一个十分了解域外地理的人来说,像威尼斯之类域外地名是不会有什么歧义产生的,但对于一个对域外情况一无所知的人来说,威尼斯这个名字恐怕就会让他浮想联翩、猜测不断,从而也就会附会迭起。历来注解"黑水"所造成的纷争让人目瞪口呆,什么张掖河、大通河、党河、疏勒河、雅砻江、金沙江、泸水、若水、澜沧江、漾濞河、怒江、伊洛瓦底江、盘江、西江、滇池、陕西城固县黑水、四川黑水县黑水等等等等,实在无法穷尽。试想,如果"黑水"在屈原时代为中土一固定河名,屈原还会这样无端发问吗?正是因为涉及域外地理和文化的双重知识,屈原才发出此一疑问。"三危"的情况与"黑水"大体一致,这里不再赘述。总之,将"黑水"和"三危"置于屈辞《天问》这段有关世界地理知识的大背景下来考察,既符合《天问》问旨精髓,又能使前后文字主题连贯一致,形成贯通之势,从而使《天问》这段向称难解的地理难题得以疏通。

第十三章　屈辞域外地名假说之旁证

一　旁证之引论

　　著名历史学家许倬云认为："春秋时期总的态度是尊重传统、缅怀过去,下面文字可为见证:'不愆不忘,率由旧章。'春秋时期的确很少说改革与创新之事。这种情况可以用'礼俗社会'的概念来涵盖,也即一个基于意愿一致的社会秩序,停留在和谐的层面上……当传统或制度衰老无用时,变革是不可避免的,也是必需的……以上讨论是改革家公开抨击传统的言论,他们认为传统是社会政治改革的障碍……总之,战国时期,对往古的尊敬已经被革命精神所取代。新观念会被称颂,新制度即将建立。"[①]春秋时代与战国时代对待传统持有完全不同的态度,战国时代精神更多表现出一种反传统的趋势。在一个封闭的文化环境中,人们是不会对自己所赖以生存的文化形态提出什么异议的,因为生活在其间的人们并没有其他外来文化用作比较,没有比较也就没有鉴别,没有鉴别哪来的反叛。这一逻辑对中国历史特别适合。当佛教传入中原后,两种文化先是短期的容忍,当佛教理论稍微深入社会文化深层的时候,排斥和冲突就在所难免,魏晋六朝直至唐宋,关于佛教与儒家思想的争论持续近千年,直到禅宗正式定型,争论才以佛教和中国本土文化的完美融合而告终结。在不断的争论当中,形成了一股反传统的潜流。明清之际思想界的一股反传统潮流也当作如是观。鸦片战争后直到五四的反传统诸如打倒孔家店之流亦如出一辙。20世纪80年代掀起的探讨中西文化

---

　　① 许倬云:《中国古代社会史论——春秋战国时期的社会流动》,广西师范大学出版社,2006年,第184—189页。

比较的热潮又何尝不是这样呢？在这一浪潮中，同样激起了守护传统与反传统的激烈交锋。所以我们说，对传统的全面反思只能来自于外来思想的撞击，没有外来思想文化的撞击，本土文化只会在平静中缓缓流淌，不会生出多少涟漪与波澜来。以此推测，先秦也当是一个南北文化、中西文化大碰撞的纷飞年代，在这样的碰撞之下，才产生了如许倬云所说的反传统的革命时代。屈辞正是在这样的背景下产生的，要观照屈辞，就不得不观照这样的时代背景。屈辞所呈现出来的就是屈原的精神风貌以及知识背景，屈原的思想与知识结构在这样的时代大背景下，不可避免地会打上时代的深刻烙印，本章即为力图探寻屈原在屈辞中所表现出来的广博域外知识的时代可能性与个体必然性。

二　稷下学宫为屈辞可能反映广阔世界地理提供了学术条件

举凡研究屈辞的人都相信，屈辞作为先秦个体性诗人创作的开山之作，其作品所展现的瑰丽华美、迷幻绚烂的文学想象世界不仅引人入胜，而且真正开启了后世写意抒情性灵文学的创作之源。另外，也须承认，在屈辞所建构的空间想象世界中，时常出现诸多带有地理区位属性的名词术语，以逻辑分明、条理清晰、层次错落有致的方式呈现在屈辞的写意系统里，从而营构出一幅既广阔恢弘、又颇富秩序感和结构感的具象空间。通过深入考察屈辞的内在意义，我们可以推知屈辞中这些大量蕴含着丰富神话色彩和历史文化信息的地理名词，除了体现创作主体生动玄妙的丰富想象、创造与虚构以外，也隐含指涉着大量丰富广泛的世界性地理知识内容。一定程度上，它们正是诗人自身广博的地理知识在屈辞中的折射。也就是说，在屈原的知识体系中，这些概念背后都应该存在和对应着某种以亚欧大陆区域为广阔背景的世界地理地貌——山脉、河流、沙漠、海洋——的具体原型。即是说，在屈辞中所呈现出来的这些带有地理、地域或空间指涉与标示意义的名词概念，不能只看作屈原无中生有的想象性自创,而是自有其渊源久远的知识谱系传统,有其特定的社会文化背景和历史文化脉络。它们一方面确证了诗人屈原作为个体生命的丰富知识内涵,以及超群绝伦、视域宏放的观念意识与个性气质,同时也正是屈原所处特定历史时代一种开放自由、思想迸发、海纳百川、眼界阔大的社会意识之积极体现。当然,我们也发现,同样是这些广泛的世界性地理名词及其所指向的知识内涵,不仅在屈辞文本中有着绚烂呈现,而且在秦汉时期其他相关典籍如《山海经》《穆天子传》《竹书纪年》《吕氏春秋》《庄子》《淮南子》中亦多有记载,并且彼此阐发,相互印证,从而共同形成一个时代整体的、系统性的世界地理知识概貌。

例如,以屈辞而论,其中就涉及"悬圃""昆仑""流沙""赤水""不周""西海""崦嵫""黑水""西极""何所冬暖,何所夏寒""三危"等意义远超出楚地与中原本土范围的地理名词。综观历来楚辞注疏者的考证辨析,依笔者浅见,这些名词在屈辞文本初创时代都本应当蕴含着某种原初性的世界地理意义与文化原型内涵:若以西亚阿拉拉特山为昆仑原型并以此为中心,那么屈辞中上述地名也都可以通过欧亚大陆这一世界地理版块为广阔的参照范围,共同构建起一幅壮阔宏大的世界性地理与空间视野。当然,这也可以说正是在同时期蜚声中原的"大九州"理论背景之下,在屈原脑海中,某种世界性地理意识观念获得了相当自觉的体现。"大九州"理论本为阴阳五行学派代表人物邹衍所推行传播的世界地理知识系统,邹衍在中华本土"九州"观念基础上,主张中国"九州"之外,另有九倍于中国"九州"的世界"大九州"存在,此详后论。在战国百家争鸣、学术自由的时代背景下,"大九州"理论应当说在这一时期如同儒道各家学说一样都获得了极其广泛的传播。从这一视角出发来探讨屈辞,追问在屈原自有知识系统中,如此广博丰富的世界性地理知识"何以产生"的问题便具备了某种确实的理据。换言之,通过考察屈原知识体系中有关世界性地理观念的来源,从知识发生学和接受学角度进一步探讨作家地理知识所从由自的渠道、路径及其影响因素,无疑对全面深入系统理解屈辞具有着重要意义。

欲图考察屈原的地理知识体系,必然需要就屈原所处历史条件及其既有社会知识背景展开深入探讨。我们看到,正是在屈原所处战国时期特定学术、思想、文化空前自由的社会大背景下,在诗人个体独特的游历生活影响下,屈原思想及其知识体系中的世界性地理观念才真正获得一种恰切的来源。毫无疑问,战国时期既是王纲解纽、诸侯战乱、社会纷争不断的历史时期,也是思想自由、学派林立、百家争鸣、文化传播和交融大发展的时代。屈原作为生活于战国后期的楚国贵胄,其年轻时代游历经行的楚国、齐国等诸侯大国,也正是文化蓬勃发展,学脉绵延悠久、思想碰撞时有发生的昌明之地。正如刘勰所赞:"齐开庄衢之第,楚广兰台之宫,孟轲宾馆,荀卿宰邑,故稷下扇其清风,兰陵郁其茂俗,邹子以谈天飞誉,驺奭以雕龙驰响……"①由此,我们特别需要强调屈原政治生活中的齐国游历,以及齐国稷下学宫的论学风尚对于屈原思想及其广阔的世界地理观念具有的潜在影响。

（一）稷下学宫的历史时代及其声响

公元前 481 年,田常(陈恒)发动武装政变,灭鲍氏、晏氏,杀齐简公姜生,立简公弟姜骜为平公,姜氏政权完全控制在田氏手里②。田氏代齐的年代,正逢战国初年各国变法改革的兴起。其先有魏文侯任用李悝为相,进行经济、政治全面改革,开启战国诸侯礼贤下士、重视学术和政治人才的时代风尚。李悝的同学吴起由魏入楚,李悝的学生商鞅由魏入秦,先后在楚、秦掀起变法运动。就在这一时代大背景之下,田氏政权也展开了变法图强的政治改革。据杨宽《战国史》附录《战国大事年表》的考证,田齐政权君主世系为桓公田午(公元前 374—公元前 357)、威王田因齐(公元前 356—公元前 320)、宣王田辟疆(公元前 319—公元前 301)、湣王田地(公元前 300—公元前 284)、襄王田法章(公元前 283—公元前 265)、王田建(公元前 264—

---

① 刘勰:《文心雕龙》,范文澜注,人民文学出版社,1962 年,第 671—672 页。
② 童书业:《春秋史》,上海古籍出版社,2003 年,第 266 页。

公元前 221)①,田齐政权的改革特别重视自由开放的学术风尚,上有所好,下必其焉,由政府牵头成立的学术研究机构"稷下学宫"由此应运而生,并一直伴随田齐政权终始,历时 150 余年。

《史记·田敬仲完世家》裴骃集解记载:"刘向《别录》曰:齐有稷门,城门也。谈说之士期会于稷下也。"②"稷"是齐都临淄一城门名,"稷下"即齐都临淄城稷门附近,齐国君主在此设立学宫,以供学者们自由辩论、发表政见,学宫因处稷下而称"稷下学宫"。东汉末年徐干《中论·亡国》亦有记载:"昔齐宣王(按:据胡家聪考证为齐桓公③)立稷下之宫,设大夫之号,招致贤人而尊宠之。自孟轲之徒皆游于齐。"④通过文献考查,我们得知,田齐政权官办大学府——稷下学宫对各家学派的学说采取兼容并包的态度,凭借百家争鸣的方式,大大促进了齐国学术思想的交流和发展。后世司马光《稷下赋》亦因此有其"致千里之奇士,总百家之伟说"⑤。稷下先生们既为政府的智囊团,为当权者提供真知灼见的治国策略,又广收门徒、著书立说,进行学术研究,其游学盛况,《史记·田敬仲完世家》的记载可窥一斑:

> 宣王喜文学游说之士,自如驺衍、淳于髡、田骈、接予、慎到、环渊之徒七十六人,皆赐列第,为上大夫,不治而议论。是以齐稷下学士复盛,且数百千人。⑥

稷下学术之兴盛,远非文献只言片语的记载所能备述。仅就儒家而言,孔子之后最为显赫的两个继承者孟子和荀子,都曾在稷下学宫任职,荀子在齐襄王时期曾三为"祭酒"。《盐铁论·论儒》亦有记载:"齐宣王褒儒尊学,孟轲、淳于髡之徒,受上大夫之禄,不任职而论

---

① 杨宽:《战国史》,上海人民出版社,2003 年,第 706—722 页。
② 司马迁:《史记》,中华书局,1959 年,第 1895 页。
③ 胡家聪:《稷下争鸣与黄老新学》,中国社会科学出版社,1998 年,第 15 页。
④ 徐干:《中论》,载《文渊阁四库全书》,上海古籍出版社,1987 年,第 696 册,第 499 页。
⑤ 司马光:《传家集》,载《文渊阁四库全书》,上海古籍出版社,1987 年,第 1094 册,第 4 页。
⑥ 司马迁:《史记》,中华书局,1959 年,第 1895 页。

国事,盖齐稷下先生千有余人。"①这些来自四面八方云集稷下的学者,各相类聚,学派林立,纵论天下万物,诸如政治、宗教、哲学、神话、传说、地理、风土人情等丰富知识和新奇思想定会激荡于此。可以说,中国自秦以后的各种文化思潮,差不多都能从稷下找到源头,由此我们已大致可窥齐国稷下学宫与其学术声誉之隆盛。

(二)邹衍"大九州"理论对战国时代观念意识的影响

在战国时期百家争鸣、名家辈出,在齐国稷下学宫学术隆盛的历史大背景下,我们须重点探讨被列为阴阳五行之祖的邹衍"大九州"学说,由此进而寻求邹衍和屈原世界性思维之间存有的潜在关联。

关于邹衍(按:先秦及汉代典籍又作驺衍)生平事迹现今学界尚存争议,不少学者主张邹衍当为域外来华学者,本文对此不拟讨论,但笔者认为,邹衍作为域外来华学者的可能性亦并非绝无可能。在齐都稷下,人称邹衍为"谈天衍"。邹衍其事,《史记·孟子荀卿列传》记载最为详赡,现摘录其有关"大九州"学说如下:

> 齐有三驺子……其次驺衍,后孟子。驺衍睹有国者益淫侈,不能尚德,若《大雅》整之于身,施及黎庶矣。乃深观阴阳消息而作怪迂之变,《终始》《大圣》之篇十余万言。其语闳大不经,必先验小物,推而大之,至于无垠。先序今以上至黄帝,学者所共术,大并世盛衰,因载其禨祥度制,推而远之,至天地未生,窈冥不可考而原也。先列中国名山大川通谷禽兽,水土所殖,物类所珍,因而推之及海外,人之所不能睹。称引天地剖判以来,五德转移,治各有宜,而符应若兹。
>
> 以为儒者所谓中国者,于天下乃八十一分居其一分耳。中国名曰赤县神州。赤县神州内自有九州,禹之序九州是也,不得为州数。中国外如赤县神州者九,乃所谓九州也。于是有裨海环之,人民禽兽莫能相通者,如一区中者,乃为一州。如此者九,乃有大瀛海环其外,天地之际焉。

---

① 王利器:《盐铁论校注》,载《新编诸子集成》,中华书局,1992年,第149页。

其术皆此类也。然要其归,必止乎仁义节俭,君臣上下六亲之施始也滥耳。王公大人,初见其术,惧然顾化,其后不能行之。是以驺子重于齐。适梁,惠王郊迎,执宾主之礼。适赵,平原君侧行撇席。如燕,昭王拥彗先驱,请列弟子之座而受业,筑碣石宫,身亲往师之。作《主运》。其游诸侯见尊礼如此,岂与仲尼菜色陈蔡、孟轲困于齐梁同乎哉……自驺衍与齐之稷下先生,如淳于髡、慎到、环渊、接子、田骈、驺奭之徒,各著书言治乱之事,以干世主,岂可胜道哉。①

邹衍的学说,主要为"五德终始说"和"大九州说"。《盐铁论·论邹》亦记载了邹衍大九州学说:

邹子疾晚世之儒墨,不知天地之弘,昭旷之道,将一曲而欲道九折,守一隅而欲知万方……先列中国名山通谷,以至海外。所谓中国者,天下八十一分之一,名曰赤县神州,而分为九州。绝陵陆不通,乃为一州,有大瀛海圜其外。此所谓八极,而天地际焉。②

东汉王充《论衡·谈天》亦有大体相似的说法:

邹衍之书,言天下有九州。《禹贡》之上所谓九州也。《禹贡》九州,所谓一州也。若《禹贡》以上者,九焉。《禹贡》九州,方今天下九州也,在东南隅,名曰赤县神州。复更有八州,每一州者,四海环之,名曰裨海,九州之外,更有瀛海。③

上引《史记》《盐铁论》《论衡》等典籍皆对邹衍"大九州"学说进

① 司马迁:《史记》,中华书局,1959 年,第 2344—2346 页。
② 王利器:《盐铁论校注》,载《新编诸子集成》,中华书局,1992 年,第 551 页。
③ 王充:《论衡》,黄晖校释,载《新编诸子集成》(第一辑),中华书局,1990 年,第 473 页。

行了概貌描述。从文献看来,当时应有儒者将齐国就说成是中国,将《禹贡》所言九州缩小到齐国范围,故以九州代指齐国,邹衍对儒者这种狭隘地理观作了批驳。邹氏认为,儒者所谓的齐国九州,只不过是《禹贡》九州的九分之一,而此九州之外,尚有地域范围更大的天下大九州。《禹贡》所言九州其实亦只不过为天下大九州的九分之一,即为世人所谓之中国(赤县神州),那么齐国就仅占全天下大九州之八十一分之一。由此可知在邹衍的世界地理知识观念里,天下世界可划分为九大州(天下九州),包括战国七雄在内的中国版图(中国小九州或《禹贡》九州)仅占天下九州九分之一,这一小九州之内的齐国又仅占其九分之一,中国小九州与齐国都处于天下世界之东南一隅。这一认识与中国所处欧亚大陆板块的实际位置是完全吻合的。邹衍之所以能批驳儒者,是因为他有"人之所不能睹",拥有别人所目不能及的见识,其视野宏阔的天下地理观,以及对于各地山川风物的熟知,已经相当程度上与今日世人的全球地理观接近。此于旁证屈原世界地理观念颇为重要。我们完全可以推想在战国时代,不仅屈原,甚至有大批学者对于整个世界性欧亚大陆板块结构的认识,可能都是相当自觉的。邹衍不但知道中国小九州外复有大九州,而且还阐说环绕大九州陆地的是大瀛海,也就是大陆板块以外概为海水所环绕。就这一学说本身而论,我们虽然还不能够断定邹衍是否已经认识到除欧亚(非)大陆之外美洲大陆的存在,甚至对于邹衍这一世界性地理知识理论何从产生,也不是本文关注重点,但不管如何,邹衍学说的推演已经为战国时代人们对于世界性地理区域认识和理解打开了一扇阔大的天窗。与此同时,与邹衍学说同时出现的文献典籍《山海经》,其所记载的诸多域外山海河流,似亦在遥遥对应着邹衍的"大九州"世界。已有学者认为,《山海经》可能就是邹衍学派学者所著[1],或者就是邹衍讲学的讲义[2]。许多专家至少已承认《山海经》与邹衍学说有着密切关系。游国恩于《屈赋探源》一文中也曾提到:

---

[1]　郑德坤:《山海经研究》,《燕京学报》1930 年第 11 期,第 1379 页。
[2]　苏雪林:《屈原评传》,载《屈原与〈九歌〉》,武汉大学出版社,2007 年,第 86 页。

"考《周礼·春官》'钟师'疏引《五经异义》,有'古《山海经》《邹子书》'云云,尤足以证明衍说与《山海经》有关。安知《山海经》一类神怪的书,非秦汉间人杂采衍说,或就阴阳家或地理家言推演附会而成的呢?"①饶宗颐于《邹衍书别考》亦有与游国恩相似的观点,饶宗颐亦认为《五经异义》"以邹子与《山经》骈举,则其书固俨然《山海经》之流亚也"②。方孝岳甚至认为《山海经》所提到的材料为邹衍、邹奭一派阴阳家和神仙家的大本营③。

邹衍"大九州"学说不仅在屈原的知识体系及创作中有所体现,除此而外,在同时期堪称思想巨著的《庄子》一书似乎也多有印证。"庄子者,蒙人也,名周。周尝为蒙漆园吏,与梁惠王、齐宣王同时。其学无所不窥。"④庄子(约公元前369年—公元前286年)生活年代正与屈原、邹衍大致同时。《逍遥游》云:"北冥有鱼,其名曰鲲。鲲之大,不知其几千里也。化而为鸟,其名为鹏。鹏之背,不知其几千里也。怒而飞,其翼若垂天之云。是鸟也,海运则将徙于南冥。南冥者,天池也。齐《谐》者,志怪者也。《谐》之言曰:'鹏之徙于南冥也,水击三千里,抟扶摇而上者九万里,去以六月息者也'……汤之问棘也是已。穷发之北有冥海者,天池也。"⑤庄子所谓北冥与南冥者,当与邹衍大九州之大瀛海学说不无关系,大陆板块之外,有海水环之,北冥或许正为极地之水,南冥或则是赤道之水。看来庄子所言并非完全虚妄,应有文献及学理之依据,笔者有所设想,齐《谐》者流,甚至不排除恰为邹衍一派学说之典册。

由是观之,邹衍学说之流播并不仅在屈原一人,屈辞所含"大九州"之世界性地理观念亦不过仅为整个时代知识文化面貌之一端而已。

(三)先秦文献对传统"九州"的记载及其与邹衍"大九州"学说

---

① 游国恩:《楚辞论文集》,古典文学出版社,1957年,第45页。
② 饶宗颐:《选堂集林·史林》,香港:中华书局,1982年,第124页。
③ 方孝岳:《关于楚辞天问》,载《楚辞研究论文集》,作家出版社,1957年,第156页。
④ 司马迁:《史记》,中华书局,1959年,第2143页。
⑤ 郭庆藩:《庄子集释》,中华书局,1961年,第2—14页。

的关联

　　探讨了邹衍的"大九州"学说,我们尚需回归典籍,进一步梳理有关文献就传统"九州"所作的记载。

　　"九州"之最早记录,目前为考古发掘春秋晚期齐灵公时的《叔尸钟》铭文记载:"又□九州,处堣(禹)之堵,不(丕)显□。"①这则材料似乎言大禹治水事,大禹治水足迹范围可能遍及九州,所以,这里的"九州"应该是大禹治水时所涉之"九州"。但问题在于,这个九州是中国意义上的小九州还是世界意义上的大九州呢?

　　考《尚书》,唯《禹贡》有"禹别九州"②及"九州攸同"③。但《禹贡》之成书年代,学界向称不一,迄无定论,有代表性的说法大凡有四:一、辛树帜"西周说";二、王成组"春秋孔子说";三、顾颉刚"战国中期说";四、日本内藤虎次郎"战国末至汉初说",目前学界多尊顾颉刚的"战国中期说"。也即是说,《禹贡》成书年代大致和邹衍时代相去不远。

　　《诗》无九州。《论语》无九州。《仪礼》无九州。《礼记》晚出不论。

　　《周礼》言九州共6则,兹录于下:

　　《地官司徒·大司徒》:"以天下土地之图,周知九州之地域广轮之数。"④这则材料记叙了大司徒的职责,大司徒应该掌握天下舆地图籍,了解九州的土地情况。

　　《春官宗伯·保章氏》:"以星土辨九州之地所封。"⑤保章氏的职责是掌管天文之天星,以星宿和土地的对应关系来辨别九州。

　　《夏官司马·量人》:"量人掌建国之法,以分国为九州。"⑥量人的职责是掌握建国的方法,并把国家分为九州。

---

① 中国社会科学院考古研究所编:《殷周金文集成》(第一册),中华书局,1984年,第318页。
② 《尚书正义》,载《阮刻十三经注疏》,上海古籍出版社,1997年,第146页。
③ 《尚书正义》,载《阮刻十三经注疏》,上海古籍出版社,1997年,第152页。
④ 《周礼注疏》,载《阮刻十三经注疏》,上海古籍出版社,1997年,第702页。
⑤ 《周礼注疏》,载《阮刻十三经注疏》,上海古籍出版社,1997年,第819页。
⑥ 《周礼注疏》,载《阮刻十三经注疏》,上海古籍出版社,1997年,第842页。

《夏官司马·司险》:"司险掌九州之图。"①司险的职责是掌握九州的地图,了解九州山林川泽的总体情况。

《夏官司马·职方氏》:"乃辨九州之国。"②职方氏的职责是掌管天下的地图,并根据地图掌管天下的土地,分辨出九州的范围。

《秋官司寇·大行人》:"九州之外,谓之蕃国。"③大行人的职责是掌握重大外交礼仪,以处理好和诸侯的关系。九州以外的地方,就称之为蕃国。由此不难看出,《周礼》所记九州乃是中国意义上的小九州概念。

西汉景帝、武帝之际,河间献王刘德从民间征得一批古书,其中一部名为《周官》,原书当有天官、地官、春官、夏官、秋官、冬官等六篇,冬官篇已亡,汉儒取性质与之相似的《考工记》补其缺。王莽时,因刘歆奏请,《周官》被列入学官,并更名为《周礼》。故《周礼》其书颇多疑惑之处,其成书年代更是争议不断。何休、欧阳修就曾质疑过其书真伪,康有为《新学伪经考》则直接认为是刘歆伪造,现今学界多认为其书当定型于战国年间,同样这也与邹衍时代相去不远。

《左传》襄公四年曰:"芒芒禹迹,画为九州。"④这与《叔尸钟》所记相同。《左传》成书年代学界一致认为出于战国。

《山海经·海内经》:"禹、鲧是始布土,均定九州……帝乃命禹卒布土以定九州。"⑤《山海经》说九州,也与大禹治水相关。《山海经》成书年代前已有说明,当与邹衍同时。

综上所述,从齐侯《叔尸钟》到《山海经》,所有文献有关九州的记载,几乎皆与大禹治水以定九州之事相涉,似乎更多意义上是指中国概念之"小九州",而这些文献产生年代也皆与邹衍所生活年代大致平行。邹衍正是看到流行于战国的小九州观念深入人心,所以,他才试图想通过宣扬自己的大九州学说来以正视听,纠正当时人们的

---

① 《周礼注疏》,载《阮刻十三经注疏》,上海古籍出版社,1997 年,第 844 页。
② 《周礼注疏》,载《阮刻十三经注疏》,上海古籍出版社,1997 年,第 862 页。
③ 《周礼注疏》,载《阮刻十三经注疏》,上海古籍出版社,1997 年,第 892 页。
④ 《春秋左传正义》,载《阮刻十三经注疏》,上海古籍出版社,1997 年,第 1933 页。
⑤ 袁珂:《山海经校注》,巴蜀书社,1996 年,第 532—536 页。

九州观念。此事至关重要！人们为什么会有小九州的观念？邹衍为什么又有大九州的观念？邹衍为什么认为人们的小九州观念是个错误？

关于传统"（小）九州"知识的相关情况，我们或可作出两种推定：一、大禹治水为历史史实，"九州划界"亦为真实发生过的上古事件，这些史实和历史事件通过文字出现之前的口头传述和早期文献记载，长久存留于后世民族记忆中，战国时随着思想的大迸发，人们再次大量称引。而后域外学者邹衍来华，看到时下流行的"小九州"观念深入人心，所以才试图通过宣扬自己的"大九州"学说以纠正视听，扩大时人对于中原以外大世界的广阔视野，因之最终推衍出"大九州"学说；二、大禹治水与"九州划界"之事本为虚无，或仅为外来传说，中土之士借用外来九州（邹衍"大九州"）观念而敷陈出"大禹治水"以及"九州划界"的中原版本"小九州"观念。"大九州"与"小九州"的概念孰先孰后，孰因孰果尚难论定。但至少所存文献已经清楚表明，在战国时代，两种"九州"的概念及其指称范围显然极为不同，邹衍竭力申说"大九州"之学术举动，其最终结果都格外彰显出"大九州"学说本身蕴蓄广阔的世界性地理面貌，及其所指涉的亚欧大陆板块乃至更大范围的世界地理结构这一知识信息。此事关涉重大，非专论不能厘清。但综观笔者所览资料，这九州恐怕也正与本论题前面所讨论的数十条语词有些相似，似乎也当为外来概念。盖九州进入中土后，中土之士用以指称中国版图，遂产生中国九州之说。这个概念传入中土之年代要远在春秋以前，这一概念经过几百年甚至上千年的本土化，在战国诸侯纷争、大一统思想盛行的时代背景下，再一次活跃起来。邹衍了解这九州的来龙去脉，故他对战国当时盛行的九州概念进行了辩驳。邹衍的辩驳不无道理，我们从九州的混乱名称也能得以证实：

《尚书·禹贡》九州为：冀州、兖州、青州、徐州、扬州、荆州、豫州、梁州、雍州①。

① 《尚书正义》，载《阮刻十三经注疏》，上海古籍出版社，1997年，第146—150页。

《周礼·职方氏》九州为：扬州、荆州、豫州、青州、兖州、雍州、幽州、冀州、并州①。

《尔雅·释地》九州为：冀州、豫州、雍州、荆州、扬州、兖州、徐州、幽州、营州②。

《吕氏春秋·有始览》九州为：豫州、冀州、兖州、青州、徐州、扬州、荆州、雍州、幽州③。

四书所记九州名目次序皆不同，如果大禹治水导九州为历史，那么，史官所记九州名目怎会如此歧乱？九州名目的混乱特性和前面所讨论的屈辞古地理如出一辙，混乱本身就足以说明九州来源的复杂性。

（四）屈原使齐及其对邹衍“大九州”学说接受的可能性

在邹衍时代，不仅邹衍试图对当时有些儒者狭隘的九州地理概念进行澄清匡正，屈原《天问》也提出了大胆质疑：“九州安错？川谷何洿？”《天问》此句置于鲧禹事后，无疑是屈原对大禹治水导九州之说提出的疑惑。邹衍与屈原如何能够同时对战国流行的九州之说提出质疑？或者说，“九州”问题如何能够成为一个重大的问题意识同时进入屈原与邹衍的理论之思、形上之思中？这难道仅只是两人思想的纯属巧合？问题至此，我们不得不进一步探讨屈原出使齐国的一段重要经历，及其对邹衍“大九州”学说接受的可能性问题。《史记·屈原贾生列传》记载：

> 屈平既绌，其后秦欲伐齐，齐与楚从亲，惠王患之，乃令张仪详去秦，厚币委质事楚，曰：“秦甚憎齐，齐与楚从亲，楚诚能绝齐，秦愿献商、於之地六百里。”楚怀王贪而信张仪，遂绝齐，使使如秦受地。张仪诈之曰：“仪与王约六里，不闻六百里。”楚使怒去，归告怀王。怀王怒，大兴师伐秦。秦发兵击之，大破楚师于

---

① 《周礼注疏》，载《阮刻十三经注疏》，上海古籍出版社，1997年，第862—863页。

② 《尔雅》，郭璞注，载《丛书集成初编》，商务印书馆，民国二十六年（1937），第79页。

③ 陈奇猷：《吕氏春秋校释》，学林出版社，1984年，第658页。

丹、淅,斩首八万,虏楚将屈匄,遂取楚之汉中地。怀王乃悉发国中兵以深入击秦,战于蓝田。魏闻之,袭楚至邓。楚兵惧,自秦归。而齐竟怒不救楚,楚大困。明年,秦割汉中地与楚以和。楚王曰:"不愿得地,愿得张仪而甘心焉。"张仪闻,乃曰:"以一仪而当汉中地,臣请往如楚。"如楚,又因厚币用事者臣靳尚,而设诡辩于怀王之宠姬郑袖,怀王竟听郑袖,复释去张仪。是时屈平既疏,不复在位,使于齐,顾反,谏怀王曰:"何不杀张仪?"怀王悔,追张仪不及。①

依《史记》叙述,秦惠王欲伐齐国,其时齐楚交好,秦国担心齐楚形成联盟对抗秦国,遂派张仪使楚,巧用连横之术,承诺楚国若与齐国绝交,将割让六百里秦地作为回报。楚怀王贪图秦诺,遂绝齐交秦。屈原对楚怀王的这个错误决策曾奋力谏诤,但终无所挽回。绝齐之后,楚怀王遣使领受秦地方知张仪乃诈,因之怒而兴师伐秦。盛怒之下,必有败兵,又因此前绝齐行径导致齐国怨愤,未能获其增援,结果楚秦蓝田一役,楚损失惨重。楚怀王醒悟,认识到绝齐所带来的严重后果,故重新派遣屈原出使齐国以修旧好。屈原使齐后,秦国由于政治需要又许割汉中地与楚修和,但怀王私愤未平,竟拒绝秦地,愿得张仪一人以为惩处。张仪至楚,以贿赂诡辩之计买通怀王近臣靳尚和宠姬郑袖,怀王昏聩竟又释放张仪。此时屈原正出使齐国,得知此情遂返楚。然此时张仪早已离去,怀王纵有悔悟都为时已晚。这段史实,《史记·楚世家》亦有大致相同的记载:

> 十八年,秦使使约复与楚亲,分汉中之半以和楚……张仪已去,屈原使从齐来,谏王曰:"何不诛张仪?"怀王悔,使人追仪,弗及。②

①　司马迁:《史记》,中华书局,1959 年,第 2483—2484 页。
②　司马迁:《史记》,中华书局,1959 年,第 1724—1725 页。

　　屈原出使齐国归来后,听说楚王放还了张仪,力陈怀王当杀掉张仪以除后患。由此可知,屈原当以外使身份在蓝田役后出使齐国以重修旧好,此一事件,应为当时诸侯各国对垒格局中的重要章节。

　　刘向《新序·节士》对屈原出使齐国的历史记载更为详切:

　　　　屈原者,名平,楚之同姓大夫,有博通之知,清洁之行,怀王用之。秦欲吞灭诸侯,并兼天下,屈原为楚东使于齐,以结强党。秦国患之,使张仪之楚。货楚贵臣上官大夫、靳尚之属,上及令尹子兰、司马子椒;内赂夫人郑袖,共谮屈原。屈原遂放于外,乃作《离骚》。张仪因使楚绝齐,许谢地六百里,怀王信左右之奸谋,听张仪之邪说,遂绝强齐之大辅。楚既绝齐,而秦欺以六里。怀王大怒,举兵伐秦,大战者数,秦兵大败楚师,斩首数万级。秦使人愿以汉中地谢,怀王不听,愿得张仪而甘心焉。张仪曰:"以一仪而易汉中地,何爱,仪请行。"遂至楚,楚囚之。上官大夫之属共言之王,王归之。是时怀王悔不用屈原之策,以至于此。于是复用屈原。屈原使齐还,闻张仪去,大为王言张仪之罪,怀王使人追之,不及。①

　　此为屈原使齐又一力证。从《新序》所记看来,屈原应有两次使齐经历。第一次使齐是为了抵制秦国并吞天下的野心,屈原东使齐国以结同好,共同抵御秦国的东侵,此为合纵之策。楚齐一南一北,与秦形成对垒三角,此为冷兵器时代重要的战略制衡格局,楚齐的结盟,自会延缓秦国东侵并以图吞并天下的步伐,对其用兵形成重要掣肘,故此举令秦十分不安,所以秦惠王派遣张仪使楚以离间楚齐,达到各个击破的目的。第二次使齐即为《史记》所记楚国在蓝田一役战败之后为与齐国重修旧盟,再次派遣屈原前往齐国。《新序》所记应不谬,符合历史逻辑,读之顺理成章。照此推论,要完成楚国如此重任,屈原定会在齐国首都临淄作长时逗留,况且屈原有两次使齐经

────────────

①　刘向:《新序》,石光瑛校释,中华书局,2001年,第936—945页。

历,其在齐国临淄客留时间亦应不能仅作时日计算。

屈原生年,学界意见不一、争议颇多,但皆相差不远。刘梦鹏《屈子纪略》认为是公元前366年夏历正月;刘耀湘《屈子编年》认为是公元前355年夏历正月;邹汉勋《屈子生卒年月日考》、刘师培《古历管窥》、游国恩《楚辞概论》、钱穆《先秦诸子系年》和张汝舟《二毋室古代天文历法论丛》等认为是公元前343年夏历正月二十一日;陈玚《屈子生卒年月考》认为是公元前343年夏历正月二十二日;郭沫若《屈原研究》认为是公元前340年夏历正月初七;汤炳正先生《历史文物的新出土与屈原生年月日的再探讨》认为是公元前342年夏历正月二十六日;浦江清《屈原生年月日的推算问题》认为是公元前339年正月十四日;林庚《屈原生年卒今考》认为是公元前335年夏历正月初七;陈久金《屈原生年考》认为是公元前341年周正正月;潘啸龙《论〈岁星纪年〉及屈原生年之研究》认为是公元前342年夏历十二月初二;高正《屈原生卒年考证》认为是公元前352年农历正月二十七日;胡念贻《屈原生年新考》认为是公元前353年农历正月二十三日①。屈原生年争议分歧如此,但屈原卒年却争议不大,学者大致认同为公元前278年楚顷襄王二十一年五月五日。

由以上学者的考证,我们大致可知,屈原生活在公元前340年前后至公元前278年左右。参照前列田齐政权的世系,屈原生活时代正是田齐威、宣、湣、襄之世。齐宣王田辟疆在位时间为公元前319年至公元前301年,此时屈原刚好三四十岁,正值年富力强,上下求索之时。从前面考证可知,邹衍亦活跃于齐宣王之时。由此,"博闻强志"②的屈原使齐期间不可能不知稷下学宫,同时对稷下学宫中的邹衍其人其说也必当多有所闻。《史记》所载邹衍恢宏"大九州"学说,应有理由为屈原所熟知。由此观之,屈原利用对邹衍"大九州"学说的接受,从而在自己的文学天地中营构出一种世界性的广阔地理面貌以及色彩斑斓的神话想象境界,也就是再自然不过的事情了。

---

① 吴心源:《屈原生卒年新考》,《云梦学刊》2008年第3期,第45—47页。
② 司马迁:《史记》,中华书局,1959年,第2481页。

通过此一路径,通过我们对于屈原使齐经历的梳理,显然最终也就为屈原对齐国稷下学术的熟知,以及对邹衍学说中世界性地理知识体系接受的可能性提供了无可辩驳的旁证。

(五)邹衍"大九州"学说对屈辞的意义

按照美国学者艾布拉姆斯的说法,每一件艺术作品,包括辞赋诗歌等语言艺术形式,总要涉及四个要点,即作品、艺术家(作家)、世界和欣赏者(读者)①。在这四要素中,"作家"与"世界"显然都居于重要地位,作家是作品文本的初始创作者,作家的性情、气质和思想高度往往决定作品的高度,作家的知识体系也在很大程度上决定了作品的书写、表达与内容呈现。作家总是生活在具体的社会背景和一定的文化结构、时代条件以及特定社会知识框架体系之下,这种环境和背景恰好构成艾布拉姆斯所言的"世界"因素。这一"世界"因素真正决定了作家的情感气质、知识体系、思想观念及其意识形态诸方面内容。由此我们看到,屈辞中所闪耀的瑰丽色彩和深沉感伤的思想、情感、审美品格,屈辞所展现的众多充满神话色彩和异域气息的地理名称,不仅仅是由屈原个人主观意趣所选择,更是由屈原所属的社会、历史,由屈原所处"世界"的一种"世界性"开阔面貌所决定。可以说,诗人屈原的作品也从另一个侧面展现了战国时代思想文化高度发达、高度开放自由的鼎盛局面,展现了所谓人类文明"轴心时期"②世界性思想观念的激烈碰撞与交融。从这一视点出发,我们也就更能理解在屈原时代,齐国稷下学宫这一历史事件以及邹衍"大九州"学说对于屈原及屈辞的重要意义。

屈原身为楚国人,其游历所及虽仅限于楚塞三湘及齐楚区域,但这并不能否定在诗人屈原知识体系中开阔辽远的世界性地理知识,通过考察屈原齐国之行及其在稷下学宫的可能性游历生活,以及屈原与邹衍及其学说之间的深刻渊源,我们显然可以找到诗人屈原世

① [美]M.H.艾布拉姆斯:《镜与灯——浪漫主义文论及其批评传统》,郦稚牛等译,北京大学出版社,1989年,第5—6页。

② [德]雅斯贝尔斯:《历史的起源与目标》,魏楚雄、俞新天译,华夏出版社,1989年,第7—8页。

界性地理知识的一种显明确切的来源渠道,"大九州"学说在战国时期中原各地的盛行流传显然为屈原作品中所呈现的世界性地理意识提供了学理上的重要依据,一种堪称"有典可查"、清晰可辨的推理论断。当然,指出这一点并不是说屈原的地理知识观念仅只来源于对邹衍学说的接受,屈原自身知识体系的储备与成型,自然有着更多的渠道、方式及其更为复杂的内在构成机制。从知识学角度讲,任何知识形态的创造、发生、接受、演变都是一种社会的、群体的,乃至于种族的行为,知识的背后隐含着诸多深刻的权力关系、群体意识、观念形态、文化承续及其总体性社会风貌。屈原所处时代的历史特征已在总体性知识背景框架、知识范型下奠定了屈原及其同代学者、思想家们一种开放的、广阔的、世界性的视域和眼界,这些世界性思想观念形诸笔端,见诸文字,存诸版册,由此形成众多文化典籍中有关山川地理、名物风光的生动神奇之记载,屈辞所示,亦只不过是其中一二而已。我们甚至可以设想,在先秦时代知识者群体之中,有关亚欧大陆及其世界性的地理知识,有关"大九州"的思想观念,或许本如当今时代人们对于"七大洲""四大洋"之类的常识一样,本已深入人心,无可置疑。只不过经由长久的历史演变和社会观念、时代思想的更替之后,在中华民族心灵历程经由大开放、大碰撞进入到 2000 余年总体性沉寂和禁锢的历史阶段之后,我们曾经拥有过的那些鲜活的思想、开放的胸襟、壮阔豪迈的气度以及自由不羁的性情才不由得淹没在历史的尘埃之中,以至于今天看来竟然显得如此陌生和难以置信。显然,这已经是属于历史哲学层面的另一话题了。

三　先秦中西交通为屈辞可能反映广阔世界地理提供了交通条件

先秦中西交通,前人研究著述已多,成绩斐然,请读者翻阅张星烺《中西交通史料汇编》(中华书局,2003),方豪《中西交通史》(上海人民出版社,2008),白寿彝《中国交通史》(团结出版社,2007),石云涛《早期中西交通与交流史稿》(学苑出版社,2004),孙光圻《中国古代航海史》(海洋出版社,2005),纪宗安《9世纪前的中亚北部与中西交通》(中华书局,2008),[法]沙畹著、冯承钧译《西突厥史料》(中华书局,1958),[美]麦高文著、章巽译《中亚古国史》(中华书局,1958),[德]夏德著、朱杰勤译《大秦国全录》(商务印书馆,1964),[美]劳费尔著、林筠因译《中国伊朗编》(商务印务馆,1964),冯承钧编、陆峻岭增订《西域地名》(中华书局,1980),季羡林《中印文化关系史论丛》(三联书店,1983),朱杰勤《中外关系史论文集》(河南人民出版社,1984),北京大学历史系、东语系编《中国与亚非国家关系史论丛》(江西人民出版社,1984),沈福伟《中西文化交流史》(上海人民出版社,2006),周一良《中外文化交流史》(河南人民出版社,1987),汶江《古代中国与亚非地区的海上交通》(四川省社会科学院出版社,1989),[苏联]列·谢·瓦西里耶夫《中国文明的起源问题》(文物出版社,1989),张维华《中国古代对外关系史》(高等教育出版社,1993),[美]弗雷德里·J·梯加特著、丘进译《罗马与中国:历史事件的关系研究》(人民交通出版社,1994),余太山《西域通史》(中州古籍出版社,1996),陈炎《海上丝绸之路与中外文化交流》(北京大学出版社,1996),黄时鉴《东西交流史论稿》(上海古籍出版社,1998),林梅村《古道西风——考古新发现所见中西文化交流》(三联书店,2000),陈尚胜《五千年中外文化交流史》(世界知识出版社,2002),[法]让—诺埃尔·罗伯特著、马军译《从罗马到中国——凯撒大帝时代的丝绸之路》(广西师范大学出版社,2005),林梅村《丝绸之路考古十五讲》(北京大学出版社,2006)等著述。上面所引有关早期先秦交通的研究资料,笔者仅择录了其中荦荦大端者。丰硕的研究成果告诉我们,先秦中西交通的客观存在已经不容置疑,而且这种交流的频度与广度也大大超出了常人的认知,正如张星烺所言:"博洽著作家如杜佑、郑樵、马端临等,皆谓西域之通,始自汉之武帝。武帝之前,黄帝、尧、舜三代之记载,鲜有问津。迄于今日,谬说相传,深入人心,佥以为汉族始自黄帝,经唐虞三代之修养,生聚教训,至秦汉而始统一强盛者。苟详加考察,而知上古二千余年之历史,有与吾人普通所臆想者,大相反也。上古历史,亦正与汉武帝以后,二千余年之历史相仿也。"①张星烺所言极是,自汉武帝遣使张骞西通诸国后,中国与西域产生了广泛的交流,有物质层面的大量物种与技术的引进与输出,也有文化艺术方面的互相吸收与融合,更有宗教意识层面上的互相碰撞与接受。可以这样认为,由汉代官方和民间所促成的这一次中西文化大交流对汉代以后中国历史文化的走向有着重要且巨大的影响。这一现象不独汉武帝与张骞,在汉武帝与张骞之前的中国历史文化进程中,中西间从未间断过由交通所带来的文化经贸交流,因此,先秦时代当然也并不例外。

方豪《中西交通史》首举中国人种之由来,罗列诸说,其中有丁谦《中国人种从来考》,蒋智由《中国人种考》,章炳麟《种姓编》,刘师培《国土原始论》《华夏篇》《思故国篇》,黄节之《立国篇》《种原篇》等认为中国人种来源于巴比伦者。今天我们再来考察这些论述,更能以一颗平静的心态来审视这些论点,因而,笔者认为,这些论点虽不免有片面的局限,但是,从这些学者的论述中,我们至少可以看到先秦甚至上古时代欧亚大陆板块不同种族之间的碰撞与交流。方豪从空桐、昆仑和西王母的传说推断出传说时代中西即已广开交流,时间的上限非常久远。方豪还从民族迁徙入手,证明公元前606年亚述帝国之倾覆,其远因实由于中国春秋之攘夷运动所致②。方豪断言:"自公元前第6世纪以降,即中国春秋战国之世,就已发现之文物言,中国与西方之关系,已有可考知者。此种关系之接触路线,可分南北二路,北路乃由西亚直接传入北方民族,然后传入中国;南路则由西亚传至中亚、印度,而入中国……北路传入者为艺术、为军制,有遗物可资研究,线索甚明,文献材料亦不乏可供引证者;南路传入者有异于是。"③方豪论证南路传入中国的学术思想与科学知识,往往无遗物可凭,但方豪仍从杂有神话的地理知识(如《禹贡》之昆仑)、天文知识(如《星经》恒星位置及天分九分野之说)、日晷与漏刻、寓言及

---

① 张星烺:《中西交通史料汇编》,中华书局,2003年,第3—4页。
② 方豪:《中西交通史》,上海人民出版社,2008年,第19—33页。
③ 方豪:《中西交通史》,上海人民出版社,2008年,第33—38页。

神话等方面举出大量西传之学术与科技①。结合方豪的历史论证,我们再去检寻屈原《天问》中诸多天文地理知识,问题或许有柳暗花明的生机。置屈原于中西文化大交流的时代背景之下,屈辞所呈现出来的有关世界地理知识怎会令我们徒生唐突而大惑不解呢!方豪最后还从亚历山大于公元前 334 年发动的东征入手,分析了东西在这一军事冲突中的激荡与交流②。置公元前 334 年于中国,正是田齐政权时代,田齐稷下学宫中纷繁恢宏的异端学术思想的兴起难道只是纯粹的机缘巧合?以邹衍为代表的阴阳五行学说以及墨家学派的兼爱学说难道仅仅是在封闭土壤中土生土长的本土产品?笔者只是顺带提出疑惑,这一切皆有嗣来者作进一步的深入考察研究。

张星烺《中西交通史料汇编》举出大量史前民族迁徙的例证,最后得出这样的结论:"人种之迁徙,亦上古无史时代,东西交通之一证也。"③张星烺用众多翔实的史料证明了黄帝时代、颛顼时代、帝喾时代、唐尧时代、虞舜时代、夏代、商代、西周时代、东周时代的中国与域外的交通④。张星烺并附《周穆王西征纪程》,论证西周时代中国与域外交通,坚信"《穆天子传》,乃一纯然旅行日记。依其干支,考证地理,皆历历不误"⑤。若《穆天子传》果为史书,书中所记西域、中亚乃至西亚地理风物同样能为屈原的世界地理观念提供有力佐证。顺带提及,笔者始终坚信《穆天子传》当为史地著述,如果我们能解开书中的一些死结,先秦乃至上古的许多疑难问题也就豁然开朗。

先秦时代,除了陆路交通已成繁荣景象外,海上交通亦很活跃。孙光圻《中国古代航海史》已多有论述。该书第三章论说了春秋战国的航海,孙光圻认为"在春秋战国时期,盛传着在燕齐东面的海洋中有神山仙岛的神话。这一切对于身居高位、享尽人间荣华富贵尚妄求长生不老的国君,以及贫困交加、苦于兵祸、梦寐以求在海外得到

---

① 方豪:《中西交通史》,上海人民出版社,2008 年,第 38—43 页。
② 方豪:《中西交通史》,上海人民出版社,2008 年,第 50—52 页。
③ 张星烺:《中西交通史料汇编》,中华书局,2003 年,第 12 页。
④ 张星烺:《中西交通史料汇编》,中华书局,2003 年,第 14—105 页。
⑤ 张星烺:《中西交通史料汇编》,中华书局,2003 年,第 89 页。

一片安生乐土的沿海居民来说,都具有极大的诱惑力。于是,以寻求神仙岛和灵丹妙药为名的远洋航海探险活动就应运而生"①。这一段历史记载与稷下学宫思想的繁盛关系甚大,稷下学宫能以全新的面貌展现在战国时代,当与此繁荣的航海事业密不可分。由航海业带来的寻仙探险热潮的原因或许有这样两种可能:要么有一批外来学者从海道来到稷下,大谈海外逸事,遂使诸侯各国风从而兴起航海探险热潮;要么是沿海诸国为了战事及商业广通海道,遂产生对海外的全新认识。两种情况皆有可能,本论题所关心的是先秦时代海上已有较为繁盛的交通这一史实本身,故对交通产生的动因暂时阙而不论。

此外,孙光圻还对春秋战国时南海的海上贸易作了介绍②。近年来学界在丝绸之路外,又研究开拓出了一条海上丝绸之路,并已达成共识。海上丝绸之路是陆上丝绸之路的延伸,形成主因或许是由于中国东南沿海山多路险,陆路往来极为不易,因此,为了生计,为了交流,沿海居民自古便积极向海上拓展。从陆路前往西域会经过许多不适合人类生存的地区,如大沙漠等,穿越干旱无水的茫茫沙漠并不是一件容易的事情。相反,中国东海岸夏、冬两季有季风助航,在洋流推动下由海路通往南亚次大陆以及西亚、欧洲反倒可能较陆路更为便捷。

结合孙光圻对战国时期海上贸易的考证,我们可以作这样的推测:早在先秦时代,从楚、蜀、滇、桂、粤穿越内陆抵达中南半岛及印度次大陆进而从陆、海两路南亚、西亚甚至欧洲进行物质与文化交流交通路线应该是客观存在的,这在客观上又为屈辞能融合更多世界文化知识提供了更为广阔的时代交通背景。早期楚、蜀南下的国际交通问题史地名家多有涉及,梁启超《中国印度之交通》(《改造》,1921年7月第3卷第11号)举出早期中印间有六条交通线路,法国伯希和《交广印度两道考》(中华书局,1955)、日本藤田丰八《中国南海古

①　孙光圻:《中国古代航海史》,海洋出版社,2005年,第79页。
②　孙光圻:《中国古代航海史》,海洋出版社,2005年,第82页。

代交通从考》（商务印书馆,1936）、英国哈威《缅甸史》（商务印书馆,1957）、缅甸波巴信《缅甸史》（商务印书馆,1965）、英国霍尔《东南亚史》（商务印书馆,1982）、冯承钧编译《西域南海史地考证译丛》（商务印书馆,1962）、方国瑜《云南与印度缅甸之古代交通》（《西南边疆》,1941 年 6 月第 12 期）、夏光南《中印缅道交通史》（中华书局,1948）等均有专论,此外,张星烺、饶宗颐、冯承钧、桑秀云、岑仲勉、丁山、季羡林、严耕望、杨宪益、美国劳费尔、法国玉尔、法国沙畹等人均有涉及。

四　先秦民族大迁徙为屈辞可能反映广阔世界地理提供了交流动力

　　仅从目前的考古实物来看,出土于埃塞俄比亚奥莫河边的南方古猿说明人类可能的起源地是 300 万年前的非洲。此后的 150 万年间,诞生了"能人","为了生存,在 100 万年前,能人走出了非洲,他们穿越北非、小亚细亚、两河流域,70 万年前,来到了印尼的爪哇国、德国的大学城海德堡;50 万年前,他们'建都'北京周口店山洞"①。"能人"的迁徙历史告诉我们,旧大陆上早期原始人类迁移的广度是今人无法想象的。考古人类学已充分证明,人类早期的生活与迁徙密不可分。为了说明早在先秦时代,欧亚大陆东西向度之间早已存在着广泛的民族大迁徙活动,我们特举古印欧人的迁徙为例。

　　我们知道,无论是创造两河文明的苏美尔人、阿卡德人、巴比伦人、亚述人和创造古埃及文明的埃及人,还是创造印度河文明的古印度人,抑或是创造黄河文明的古华夏,他们都生活在大河的两岸,依赖灌溉,以定居的种植农业创制出灿烂的人文文明。但是,6000年前,生活在伏尔加河和顿河冲积的东欧平原上的现代西方人最初的祖先——古印欧人却不属此例。古印欧人在他们 3000 多年的历史进程中,活动范围横跨欧亚大陆,始终以游牧为生计,食物的匮乏

---

　　① 丁弘:《历史上的大迁徙》,中国发展出版社,2007 年,第 2 页。

和食物来源的不固定使得他们无法在一个地方长久定居,所以居无定所,但就是这样一个不断游走的民族一次又一次地影响并改写着世界历史的发展轨迹。

目前,人类最早使用铜制品的考古遗存,是公元前 7500 年前的土耳其恰约尼(Cayonu Tepesi)遗址,位于安纳托利亚山地边缘幼发拉底河上游的一条支流旁,其制品有铜针、铜锥及铜珠。纯铜质地较软,不足铸造为坚硬器用。大约公元前 4000 年,古印欧人的一支古赫梯人跨越高加索山脉,进入到土耳其的安纳托利亚地区,摧毁了由胡里人建立的米坦尼王国,并在此缔结了安纳托利亚文明。安纳托利亚丘陵富产铜矿和锡矿,单纯的铜、锡,其熔点低、质地软,很易熔化,但混合之后,却异常坚硬。古赫梯人发明了铜锡合金冶炼的青铜术,宣告整个大陆青铜时代的来临。"早在西汉帝国的张骞大使疏通'丝绸之路'的 1000 多年前,古印欧人就早已经在欧亚大陆上,开辟了一条'青铜之路',这条'青铜之路'仅仅在短短的 1000 年的时间里就结束了人类历时 250 万年漫长的石器时代"[1]。

现有考古资料显示,中国地区出土最早的青铜器是甘肃东乡林家马家窑出土的青铜刀。其时代约为公元前 3000 年左右。铜刀由两块陶范浇铸而成,表面平整,有较厚的深灰色绿色锈,短柄长刃,刀尖圆钝,微上翘,弧背,薄厚均匀,柄端有明显的安装木把的痕迹,刀长 12.5 厘米。1981 年经北京钢铁学院冶金研究所检验,为含锡青铜。此刀被誉为"中华第一刀",现藏中国国家博物馆。但是,中国地区较普遍的青铜制品遗存,当为迄今 2000 年左右的甘肃广河齐家坪遗址。遗址发现大量铜刀、铜锥、铜斧、铜镜等小型红铜器和青铜器,呈现青铜文化初期的混合现象。齐家文化的铜器时代,晚于两河流域 1000 余年。

中原地区青铜文明则兴起于公元前 16 世纪,被认为是夏代遗址的龙山遗址和二里头早期遗址中没有出土过任何青铜器,然而被考古学家认定的商代早期的二里头晚期遗址以及其他商代遗址中却突

---

[1]　丁弘:《历史上的大迁徙》,中国发展出版社,2007 年,第 3 页。

然大量出现了制造精美的青铜器。我们知道,中原是贫锡地区,如果说夏商中原人民在缺乏锡资源的自然条件下独立发明了青铜术,这实在疑点颇多。从目前新疆罗布泊小河文化、哈密林雅文化、河西走廊西部的四坝文化及甘青地区的齐家文化来看,中国最早青铜文化中心出现在西北地区,经由西北,北经草原传至内蒙古朱开沟文化和夏家店文化、南由黄河流域传至龙山文化,这也正好印证了青铜西来东传的渐进路线。由考古时空观览,中国西部铜制品早于东部,问题或许只能是安纳托利亚地区的青铜术一路东传经中亚来到东亚,经中国再传至朝鲜半岛,已是公元前 800 年之后。

黄河流域和长江流域出土的大量青铜文明足以证明人类早期先民之间文化交流的频度与广度,特别是三星堆青铜文明的出土,以无可辩驳的实物证明先民在欧亚大陆上异常活跃的文化交流。我们不禁要问,在这一广阔背景之下,难道当时的楚国一点也没有受此中西文化交流的影响?

游走的古印欧人还有另外两项发明也足以让文明的定居民族为之震撼。在今天发掘出土的古印欧人的遗址中,发现了大量轮子,考古实物证明古印欧人是轮式车这一技术革命的创始人,这项发明无疑由这个民族的迁徙特性所决定。随后,古印欧人又驯化了欧洲平原上的欧洲野马,以用作拉车的工具。考古学家在乌克兰第聂伯河西岸的德累夫卡发现了具有明显戴马嚼子痕迹的家马,时间是公元前 4000 年前。中国比较肯定的家马发现于商代晚期,时间相差近3000 年。伊朗国家博物馆收藏的古印欧人使用的二轮战车,时间是公元前 2000 年,中国比较肯定的马车和家马一同发现于商代晚期,时间相差近千年。由考古所见,商代车辆的形制,基本上与西亚、埃及和印度的两轮马车类似。在中国地区,尚未发现车辆型制的演化历程。由此可以推知,车当为域外来物。当然,我们也完全有理由相信这一切现存的所谓考古事实可能只是由于考古资料的暂时缺失所致,但就目前考古来看,早在公元前 4000 年,欧亚大陆东西向度之间就已经存在广泛的交流,这是无可置疑的事实。在冷兵器时代,拥有这两项技术发明足以摧毁既有的一切文明存在。这一时代,正是族群移动十分频繁的时代，赫梯人在美索不达米亚建国，印度次大陆不断迎接雅利安人的移入，战车与马随着族群迁徙和文化交流迅速传遍世界，中国地区所在的东亚无疑亦当在此传播洪流之中。中国春秋战国年间诸侯国实力的象征就是这车和马，拥有上千乘战车的大国往往顷刻间就能摧毁一个弱小的国家，诸侯间所谓的厉兵秣马，也大多是修整战车，驯养良马。

考古实物同样证明，大约在公元前14世纪，赫梯人又开始大量使用铁器。其后闪族亚述人征服了赫梯人，迅速吸收了赫梯人的铁器技术，并靠此技术征服了整个近东。远在东亚的中国，其战国时代就是铁器大量使用的时代，正是因为有了利铁，战争所带来的杀伤力也就大大增强，这也是战国时代战争的惨烈度远比春秋为甚的一个重要原因。一个国家的统领者为了寻求上等的好铁所铸成的兵器，往往不惜重金广罗天下良才如莫邪、欧治子者，这样的故事在先秦古书里并不难寻得。我们不禁又心生疑惑，一心想称霸中原的楚国难道就没有受此"科技浪潮"的影响？

公元前2000年左右，古印欧人的一支雅利安人从东欧平原向东翻越乌拉尔山，来到中亚的里海和咸海之间的阿姆河和锡尔河流域。公元前1500年左右，雅利安人的一支又向南迁徙到印度次大陆的印度河流域的旁遮普平原，旋即创造了印度吠陀文明。成书于公元前1300年左右的《梨俱吠陀》是除赫梯语文献外的印欧语系中最古老的书记，它是吠陀文明的象征。关于印度次大陆和中土的关系，季羡林等前辈学者已有深入研究，在我们即将要探讨的南方丝绸之路中也将会有所涉及。

我们举例说明古印欧人的历史大迁徙，旨在窥一斑而见全豹。明白了古印欧民族的迁徙史，我们即可以举一而反三，洞悉整个人类的历史迁徙动向。考察古印欧人的迁徙足迹可知，早在公元前若干世纪欧亚大陆上就游走着这样一支草原民族，他们时而南下扰攘农业定居民族，农业定居民族为了躲避战乱，势必游走他乡，在背井离乡的征途上，他们也在传播着人文文化。同时，这些草原上的马背民族在自身的迁徙中也充当着文化传播的中介，把文化因子辗转传播到了世界各地。于是,大陆上早期各民族就呈现出一种错综复杂的文化交融现象,楚民族当然也不会例外,屈辞中遗留下来的丰富的域外文化讯息是否会是由早期先民迁徙所带来的呢? 这个问题有待我们作进一步探寻。但是,我们至少可以这样认为,地域与地域之间、民族与民族之间通过迁徙辗转传来远方文化因子并不是一件十分困难的事情,广泛而频繁的民族迁徙活动为楚民族接触外界、了解外界提供了极大的可能性。

五 丝路与南丝路更为屈辞可能反映广阔世界地理提供了直接路径

"西方考古资料也说明,中国丝绸至少在公元前 600 年就已传至欧洲,希腊雅典 Kerameikos 一处公元前 5 世纪的公墓里发现了五种不同的中国平纹丝织品,而中国丝绸早在公元前 11 世纪已传至埃及,到公元前四五世纪时,中国丝绸已在欧洲流行"[①]。"目前所见欧洲最早出土的中国丝绸,是属于早期铁器时代的公元前 6 世纪中叶的一座德国贵族墓葬。在德国西南部的巴登——符腾堡的荷米歇尔发掘的 6 号墓中,发现了一件当地制作的羊毛衫,羊毛和装饰图案中都杂有中国家蚕丝,墓中还出土成批的希腊和地中海地区的器物。这些中国蚕丝可能是经过黑海地区运入德国的,因为在斯图加特附近的霍克道夫—埃伯丁根一座公元前 6 世纪晚期的古墓中也出土了丝毛混纺的织物。这些史实生动地勾勒了驰骋在欧亚草原上的斯基泰人在公元前 6 至 3 世纪时充当了中国丝绸最大的中介商和贩运者"[②]。考古学家曾于 1936 年在阿富汗喀布尔以北约 60 公里处发掘亚历山大城(约建成于公元前 4 世纪)时,发现许多中国丝绸[③]。1949 年,原苏联考古学家在戈尔诺·阿尔泰斯克自治省的一座巨墓

---

① 段渝:《中国西南早期对外交通——先秦两汉的南方丝绸之路》,《历史研究》2009 年第 1 期。
② 沈福伟:《中西文化交流史》(第 2 版),上海人民出版社,2006 年,第 20 页。
③ 王治来:《中亚史》(第一卷),中国社会科学出版社,1980 年,第 69 页。

中发现了保存很好的丝织品,并于其中发掘出精致的中国刺绣褥面,上有用彩色丝线以锁绣法绣出的杂处于花枝间的凤凰图案,时间为公元前478年。这一丝织品与新疆1978年发现的刺绣技法和图案的风格完全一致,说明早在公元前5世纪,已有一条从黑海北岸经土耳其平原、哈萨克丘陵到准噶尔盆地、河套地区以及蒙古高原的草原贸易之路,将这一广大地区联系起来。

希腊历史学家希罗多德(Herodotus)在公元前5世纪所著的《历史》第四卷中,从另一角度对欧亚大陆既存的族群交通线做了详细记述:"斯奇提亚人前面我已经讲过,他们统治了亚细亚有二十八年……该律欧涅斯定居在黑海之外……越过塔纳伊司河以后,就不再是斯奇提亚了,渡河之后,首先到达的地方就是属于撒乌罗玛泰伊人的领地……在他们的上方的第二个地带住着布迪诺伊人……在布迪诺伊人以北,在七天的行程当中是一片无人居住的地方。走过这一片荒漠地带稍稍再往东转,住着一个人数众多而单独存在的民族,他们是杜萨该塔伊人,以狩猎为活的。在同一地区紧接着这些人还住着一个叫做玉尔卡依的民族。……越过他们生活的地方再稍稍往东,则又是斯奇提亚人居住的区域了,他们是背叛了王族斯奇提亚人以后,才来到这里的。……走过很长的这一段粗糙地区,则有人居住在高山的山脚下,据说这些人不分男女都是生下来便是秃头的。……他们被称为阿尔吉派欧伊人。……在秃头者以东的地区,是居住着伊赛多涅斯人。"[1]后来的学者认为,希罗多德所指的秃头民族,很可能就是东方的蒙古人种。该叙述所记从西到东的线路,相当于由今顿河以东,渡伏尔加河、乌拉尔河、恩巴河,过咸海北岸,东南转向锡尔河和楚河,然后沿伊犁河进入天山北麓的广大地区。希罗多德《历史》一书,对研究欧亚大陆之间的早期交通极为重要,只要稍稍阅读其书,我们一定会深信在先秦甚至更早时代,中西间的交流是异常频繁而活跃的。在这样一个中西融通交汇的时代,我们有什么理由怀疑屈原所具有的广阔世界知识观念呢!

---

[1]　希罗多德:《历史》,周永强译,陕西师范大学出版社,2008年,第220—228页。

1877 年,德国地理学家地质学家李希霍芬(F. von Richthofen)刊布他实地考察兼文献研究而成的《中国》一书,作者在该书第一卷第十章《中国与中亚南部和西部诸民族的交通往来之发展》中,分六个阶段考察了中国与中亚、印度从古至今的交往历史。作者叙述中国与中亚丝绸贸易和交通路线时,将之称为"驼队之路"(die Caravanstrasse)及"贸易之路"(die Handelsstrasse)。随后,作者叙述东西贸易丝绸记载时,又提出"丝绸之路"(die Seidenstrasse),且对丝绸之路作了如下定义:"从公元前 114 年到公元 127 年间,连接中国与河中(指中亚阿姆河与锡尔河之间)以及中国与印度,以丝绸贸易为媒介的西域交通路线。"①其后,德国历史学家赫尔曼(Albert Herrmann)于1910 年发表《中国和叙利亚之间的丝绸古道》(Die alten Seidenstrassen zwischen China and Syrien)一书,根据新发现的文献资料,进一步把丝绸之路名称的涵义延伸到遥远西方的叙利亚。因有考古的新发现,丝绸之路的外延已扩展为中国古代从黄河流域和长江流域经由中亚、西亚、印度通往欧洲、北非的陆上贸易通商孔道及文化交流之路。

自李希霍芬提出丝绸之路以来,中西学者前后相踵,对欧亚大陆的交通作出了大量实质性的研究工作,且成果斐然。近年来,学界又提出南方丝绸之路:"至迟从公元前二千年代中叶开始,在从近东、中亚、南亚到中国西南四川盆地之间广阔的空间内,存在着相同或相似文化因素集结的连续分布现象。这个广阔的连续空间,就是古代亚洲最大、最长的文化交流纽带。这条纽带的南段和南段转折向东伸入四川盆地,以及由四川盆地出云南至东南亚的一段远距离国际交流线路,便是'南方丝绸之路'。"②目前,这一课题研究成果颇丰:有伯希和《交广两道考》(冯承均译,中华书局,1958)、任乃强《中西陆上古商道》(《文史杂志》1987 年第 1 期)、童恩正《略谈秦汉时代成都地区的对外贸易》(《成都文物》1984 年

---

① 转引自林梅村《丝绸之路考古十五讲》,北京大学出版社,2006 年,第 2 页。

② 段渝:《浅谈南方丝绸之路》,《光明日报》1993 年 5 月 24 日。

第 2 期）、桑秀云《蜀布邛竹杖传至大夏路径的蠡测》（《历史语言研究所集刊》,1969）、饶宗颐《蜀布与 Cinapata》（《历史语言研究所集刊》,1974）、方国瑜《中国西南历史地理考释》（中华书局,1988）、徐中舒《成都是古代自由都市说》（《成都文物》1984 年第 1 期）、段渝《巴蜀古代城市的起源、结构和网络体系》（《历史研究》1993 年第 1 期）、段渝《古代巴蜀与近东文明》（《历史月刊》1993 年第 2 期）、伍加伦《古代西南丝绸之路研究》（四川大学出版社,1990）、段渝《中国丝绸的起源时代》（《中华文化论坛》1996 年第 4 期）、季羡林《中国蚕丝入印度问题的初步研究》（《中印文化关系史论文集》,三联书店,1982）、段渝《古代巴蜀与南亚和近东的经济文化交流》（《社会科学研究》1993 年第 3 期）、段渝《巴蜀丝绸对世界古代文明的贡献》（《文史杂志》1997 年第 4 期）、邹一清《先秦巴蜀与南丝路研究述略》（《中华文化论坛》2006 年第 4 期）、邹一清《古蜀与美索不达米亚城市对外贸易之比较》（《天府新论》2005 年第 2 期）、段渝主编《南方丝绸之路研究论集》（巴蜀书社,2008）、邹一清《先秦南方丝绸之路与巴蜀对外文化交流的材料和研究》（巴蜀书社,2009）等。以上研究成果已经充分证明贯穿长江流域的巴、蜀、滇、越、楚文化与古印度文化乃至近东诸文化早在 3000 年乃至 4000 年以前就已存在着频繁的文化交流。

　　笔者认为这条南方交通线路对认识屈辞外来文化关系甚大,故特表于此。

　　《史记·西南夷列传》记载：

　　　　及元狩元年,博望侯张骞使大夏来,言居大夏时见蜀布、邛竹杖,使问所从来,曰：“从东南身毒国,可数千里,得蜀贾人市。”或闻邛西可二千里有身毒国。骞因盛言大夏在汉西南,慕中国,患匈奴隔其道,诚通蜀身毒国道,便近,有利无害。①

---

① 司马迁：《史记》,中华书局,1959 年,第 2995—2996 页。

此事亦记载于《史记·大宛列传》：

> 骞曰："臣在大夏时，见邛竹杖、蜀布。问曰：安得此？大夏
> 国人曰：'吾贾人往市之身毒。身毒在大夏东南可数千里。其俗
> 土著，大与大夏同，而卑湿暑热云。其人民乘象以战。其国临大
> 水焉。'以骞度之，大夏去汉万二千里，居汉西南。今身毒国又居
> 大夏东南数千里，有蜀物，此其去蜀不远矣。今使大夏，从羌中，
> 险，羌人恶之；少北，则为匈奴所得；从蜀宜径，又无寇。"①

两则材料所记大同小异，这是公元前 122 年张骞出使西域后回
朝向汉武帝所作的报告，报告称张骞在大夏国（今阿富汗一带）生活
期间，亲眼见到产自蜀地的布帛和竹杖，并且得知这些货物是从身毒
国（今印度）传来的。汉武帝深信张骞之言，并派使节希冀打通这条
南方通道："天子欣然，以骞言为然，乃令骞因蜀犍为发间使，四道并
出：出駹，出冉，出徙，出邛、僰，皆各行一二千里。其北方闭氐、筰，南
方闭巂、昆明。昆明之属无君长，善寇盗，辄杀略汉使，终莫得通。然
闻其西可千余里有乘象国，名曰滇越，而蜀贾奸出物者或至焉，于是
汉以求大夏道始通滇国。"②

历史文献的记述告诉我们，早在张骞通西域以前，蜀地的物产就
通过印度辗转流传至阿富汗一带，那么，要承载这一货物运输功能，
就一定存在一条国际交通线路，此线路即为"蜀身毒国道"，此道和现
今学者提出的南方丝绸之路应该相差不远，只不过《史记》所记这一
条古道存在的时间远远超出汉人的想象，不是在汉武帝的时代，而是
在早于汉武之世的更为久远的年代里，这条南方交通线路就已经存
在于人们交流的足迹中。丁山甚至认为，楚印交通当早于蜀印，"楚
印文化交通之开始，至晚当移于公元前六世纪以前"③。

---

① 司马迁：《史记》，中华书局，1959 年，第 3166 页。
② 司马迁：《史记》，中华书局，1959 年，第 3166 页。
③ 丁山：《古代神话与民族》，商务印书馆，2006 年，第 389 页。

　　最早研究南方丝绸之路是法国汉学家伯希和。他于 1904 年发表的《交广印度两道考》①一书中，对南方丝绸之路的陆道和海道进行了深入研究。

　　前引 1936 年在阿富汗喀布尔发掘亚历山大城时所发现之中国丝绸，有学者认为有可能是从成都平原经滇缅道运至印巴次大陆，再传至中亚的②。

　　中国考古学家于 50 年代从古滇墓葬遗址出土的文物中，发现部分文物有来自西域远至今阿富汗的痕迹，由此证明南方丝绸之路当年确已存在。殷墟小屯 YH127 坑出土的所见殷墟最大有字龟甲"武丁大龟"，大且厚实，与其他卜甲相去甚远，生物学家伍献文鉴定为马来半岛龟类。同为 YH127 坑出土的几片甲骨，表面包裹着织物，非丝非麻，却为仅产于印度的木棉③。凡此皆可说明，早在商代，西南对外通道即已畅通存在。

　　"南方丝绸之路国内段的起点为蜀文化的中心——成都，向南分为东、西两路。西路沿牦牛道南下，经今邛崃、雅安、荥经、汉源、越西、西昌、会理、攀枝花、大姚，西折至大理。东路从成都南行至今乐山、犍为、宜宾，再沿五尺道经今大关、昭通、曲靖，西折经昆明、楚雄，进抵大理。两道在大理会为一道，又继续西行，经保山、腾冲，出德宏抵达缅甸八莫，或从保山出瑞丽进抵八莫，跨入外域。……从云南至西亚的交通线，则由云南经缅甸、印度、巴基斯坦至中亚，这是历史上的'蜀身毒道'，又称'滇缅道'。再由中亚入西亚，就不困难了"④。这条经贸文化交通线由赛里斯（Seres）一名亦可印证。前引雅典公墓考古所现中国丝绸可知，公元前 5 世纪，中国丝绸已成为希腊上层社会喜爱的衣料。由希腊语和拉丁语演化出来的赛尔、赛里、赛里克、赛里亚、赛里斯、赛里可斯，以及后来英语的锡尔克（silk）、俄语的

------

　　①　伯希和：《交广印度两道考》，冯承钧译，中华书局，2003 年。
　　②　童恩正：《略谈秦汉时代成都地区的对外贸易》，《成都文物》1984 年第 2 期。
　　③　李学勤：《三星堆与南方丝绸之路青铜文化研讨会论文集序》，载《三星堆研究》（第 2 辑），文物出版社，2007 年，第 1—2 页。
　　④　段渝：《巴蜀古代文明与南方丝绸之路》，载《南方丝绸之路研究论集》，巴蜀书社，2008 年，第 15—16 页。

旭尔克,学者认为都与中国丝绸有关。公元前 4 世纪希腊史学家克泰夏斯(Ctesias)在其著作中提到赛里斯(seres),赛里斯究指何处,学界尚存争议,然有学者考证认为,赛里斯(seres)语出支那(Cina),而支那即为成都的梵语音译①。由此可知,至少在克泰夏斯记录赛里斯的时代,中国西南地区就通过南方丝绸之路与南亚、中亚、西亚乃至地中海地区有着广泛商贸文化交流。产于蜀地的丝绸通过南方丝绸之路交流至古印度,印度即用产丝之地成都(Cina)代称蜀地,基本内容成书于约公元前 5 世纪的印度古文献《摩诃婆罗多》和《罗摩衍那》为印度史诗巨著,《摩诃婆罗多》第二篇《大会篇》二十三章十九颂载有“Cīna”,《罗摩衍那》第四十二章十二节亦载有“Cīna”,皆指称中国②。关于“支那”问题的历史渊源,请参拙文《1700 年“支那”语源研究综述》③。

　　前引大量材料都说明南方丝绸之路在先秦以前就早已存在。这条交通要道抵达成都平原后,并没有就此终结,从成都平原沿江东下入楚,应该是十分便捷的通道。湖南长沙、湖北江陵战国楚墓出土的大量蜀锦④已经证明古蜀和楚从来就没有中断过文化的交流。《华阳国志·序志》云:“荆人鳖灵死,尸化西上,后为蜀帝。”⑤参之《蜀王本纪》及《风俗通》等记载,我们可知楚人鳖灵于古蜀杜宇王朝入蜀并取代杜宇建立开明王朝,巴、蜀与楚之间因之长江一脉流贯而自古就联系紧密。那么,这些异域文化因子辗转来到巴蜀大地,有没有可能通过长江流域再传至楚地,从而在最能代表楚风的《楚辞》中留下痕迹呢? 有关这方面的研究成果有:刘玉堂《试论楚对异族文化的吸收》(《荆州师专学报》1988 年第 4 期)、黄尚明《论楚文化对巴文化的影响》(《江汉考古》2008 年第 2 期)、薛新力《略论巴渝文化与蜀文化、楚文化的关系》(《湖北民族学院学报》2002 年第 6 期)、邹芙都

---

① 段渝:《支那名称起源之再研究——论支那名称本源于蜀之成都》,载《中国西南的古代交通与文化》,四川大学出版社,1994 年,第 126—162 页。

② 汶江:《支那一词起源质疑》,《中国史研究》1980 年第 2 期。

③ 汤洪:《1700 年“支那”语源研究综述》,《中华文化论坛》2012 年第 4 期。

④ 武敏:《吐鲁番出土蜀锦的研究》,《文物》1984 年第 6 期。

⑤ 任乃强:《华阳国志校补图注》,上海古籍出版社,1987 年,第 727 页。

《巴蜀文化中的楚文化因素》(《衡阳师范学院学报》2005 年第 8 期)、段渝《先秦巴文化与楚文化的形成》(《华中师范大学学报》2004 年第 6 期)、段渝《略论巴、蜀与楚的文化交流关系》(《长江文化论集》,湖北教育出版社,1995 年)、李远国《南方丝绸之路上的宗教文化交流》(《中华文化论坛》2008 年第 4 期)、唐世贵《从〈诗经〉"周南"、"召南"看楚风与巴蜀文化之关系》(《攀枝花学院学报》2003 年第 6 期)、萧兵《巴楚关系》(《楚辞文化》,中国社会科学出版社,1990)、李诚《古蜀文明与古华夏文明》(《天府新论》1998 年第 5 期)、李诚《古蜀神话传说与中华文明建构》(《中国俗文化研究》第一辑,巴蜀书社,2003)、李诚《从图腾看屈赋神话传说与华夏文化的关系》(《四川师范大学学报》1988 年第 1 期)、李诚《巴蜀神话传说刍论——龙凤文化研究之二》(电子科技大学出版社,1996)等。以上研究成果表明,由蜀入楚这一文化交流路线一直存在于远古时代巴楚地域山水之间。

以成都平原为起点,向南分东、西两路,经大理抵达缅甸是为一条国际通道,同样的情形当亦存在于楚地,从楚入中南半岛、缅甸,再向西行进,其时同样甚早。笔者认为,从巴、蜀、楚等广义的中国西南地区经缅甸、印度,入中亚,至西亚,再抵地中海沿岸的国际交通路线都应当纳入南方丝绸之路。关于楚、印交通,我们试作说明,以期为屈辞的生成勾勒出更为广阔的历史交通背景。

楚印交通,从今湖北、湖南经贵州、云南、缅甸,抵达印度,从考古实物来看,楚国的出口物资和古蜀相差不远,亦以丝织品为主,楚国进口多琉璃、玑、珠,先秦荆楚之地与外界一定存在着畅通的商贸通道。湖北江陵马山一号墓是战国中晚期的一座楚墓,该墓出土了大量丝织品,有绢、锦、罗、纱、组、绦等织物品种,说明当时楚国蚕丝和丝织品工艺已经达到相当高的水平。

《史记·楚世家》载:"初,吴之边邑卑梁与楚边邑钟离小童争桑,两家交怒相攻,灭卑梁人。卑梁大夫怒,发邑兵攻钟离。楚王闻之怒,发国兵灭卑梁。吴王闻之大怒,亦发兵,使公子光因建母家攻楚,遂灭钟离、居巢。"①此为楚平王十年所发生的事件,即公元前519年。"桑"为蚕之主要饲料,"争桑"事件的背后应涉及养蚕业,为了小小桑叶而大动干戈,兵戎相见,甚至举国兵以赴,问题似不会仅为"桑叶"而发。其实质应为两国边境因桑蚕贸易的顺逆差而导致的重大经济矛盾,此矛盾因这一"争桑"事件之导火索,最终通过战争来解决贸易争端,由此可见,在公元前6世纪,桑蚕以及丝织工业已经成为楚国经济命脉之大宗。楚威王时,楚国急需充实经济实力,以资备兵应战,因而发动灭越战争,旨在夺取吴越财富,将长江流域的丝织品生产基地据为国有,并将丝和丝织品源源不断通过南方丝绸之路运往印度,并转销中亚。秦国兼并天下,以楚为先,秦楚之战,秦国又先夺楚之黔中与巫郡,黔中郡故地在今湖南溆浦沅陵一带,此一策略,无疑为阻隔楚国与巴蜀及南方丝绸之路交通命脉,截断楚国经济支柱。至此,楚、印丝绸交通之路似即暂行中断。秦统一六国,其政治、经济、文化中心皆在秦之故地——西北一带,秦汉遂以西北为据点,经河西走廊,出天山,经锡尔河流域,再通往中亚各国及地中海沿岸,最终开辟出西汉以来即李希霍芬所谓之举世闻名的丝绸之路。

《史记·货殖列传》载:"江陵故郢都,西通巫、巴,东有云梦之饶。陈在楚夏之交,通鱼盐之货,其民多贾。"②楚国经商人众,足见楚地人民善于经商,在利益驱使下,楚国贩夫走卒定会卖有购无,将本国所产丝及丝织品贩往印度。

至于楚文化所受印度文化之影响,丁山有诸多考证,虽不免有推测成分,但至少可备一说,以资参考。丁山认为"《庄子》吐纳之术,出于印度《瑜伽师》禅定说,鲲鹏之化亦为《大战书》所传金翼鸟故事之变相,邹衍所谓五德终始与印度四大五谛相应;大九州说与印度四大部州尤相符;而其说最值吾人注意者,则屈原《天问》中更寻出若干传自印度之故事,如月中有兔,鳌戴山抃,虬负熊游之类"③。丁山还

---

① 司马迁:《史记》,中华书局,1959年,第1714页。
② 司马迁:《史记》,中华书局,1959年,第3267页。
③ 丁山:《古代神话与民族》,商务印书馆,2006年,第339页。

从吴雷胁生故事演自印度因陀罗神话、楚人尚左亦印度人习惯、楚人以肉袒示敬俗同印度、重黎绝地天通故事为婆罗门教分别三界神格说变相、楚史倚相所读《三坟》即婆罗门教之三《吠陀》、《九歌》迎神曲全用婆罗门教祭仪、《天问》宇宙本源论即《梨俱吠陀》创造赞歌之意译、老子有无道一名词皆出《吠陀典》、新郑出土楚铜器之莲鹤方壶即印度艺术之特征、郢都为古代中印交通之枢纽等侧面试图论证荆楚文化所受印度文化之深远影响①。姜亮夫在《荆楚名义及楚史地》一文中也认为："楚之南疆,实乃我国文化史上文化传播交流最重要之地区。而其事大抵于战国时代为最大……则中土与南洋印度及今日之所谓西南亚者,战国以前有交通关系,可推理而得知。"②从姜亮夫的推测,我们可知,楚文化与巴蜀文化、滇越文化通过南丝路在极其遥远的时代就与外界发生着联系,且交流当异常活跃。在这样一个交通大背景下,屈辞所呈现出来的广阔世界观念自有其交通来源可寻,当不会为空穴来风。近年来,不少学者对楚文化中的外来文化色彩作了较为深入的研究。苏仲湘认为印度古文献之"支那"即指荆,而不是秦③。季羡林认为屈原《天问》"而顾菟在腹"以及中国古代典籍中大量月中有兔的说法源于印度,他说中国古书中还有颇能透露一点印度影响中国的迹象,譬如屈原《天问》中的一些神话,《吕氏春秋》中刻舟求剑的故事,《庄子》中的大鹏鸟,等等④。此外,季羡林还认为《离骚》"摄提贞于孟陬兮"之"摄提"一词,不大像中国固有的词,而有一点印度的味道⑤。有学者认为《战国策·楚策》中的《狐假虎威》寓言亦源自印度⑥。屈辞多有"陆离"一语,历来都解为参差貌,但史树青以楚墓出土的"璧琉璃"为证据,认为"陆离"为"琉璃"

---

① 丁山:《古代神话与民族》,商务印书馆,2006 年,第 340—386 页。
② 姜亮夫:《楚辞学论文集》,上海古籍出版社,1984 年,第 208 页。
③ 苏仲湘:《论"支那"一词的起源与荆的历史和文化》,《历史研究》1979 年第 4 期,第 41 页。
④ 季羡林:《中印文化交流史》,中国社会科学出版社,2008 年,第 8—9 页。
⑤ 许欣:《跨世纪的楚辞学研究——2000 年楚辞学国际研讨会暨屈原学会第八届年会会议综述》,载《中国楚辞学》(第七辑),学苑出版社,2005 年,第 282 页。
⑥ 申旭:《古代南方对外通道研究笔谈》,《思想战线》2001 年第 5 期。

一音之转,即为用"璧琉璃"做的佩饰①。日本藤田丰八于《中国南海交通考》推论楚、印交通不仅存在,且时间早于春秋以前,并以"琉璃"为例证实。"琉璃",湖北、湖南和贵州民间皆称之为"料"或"烧料","料"为梵语"宝石"(bery)的音译。1965 年湖北江陵出土越王勾践剑,上有蓝色琉璃佩饰,1978 年湖北随县战国曾侯乙墓亦出土大量琉璃饰,据此,有学者考证楚墓出土的大量蜻蜓眼式琉璃珠,从化学成分和式样考察,无疑是古印度等异域文化的呈现②。关于"蜻蜓眼",毛庆有更多证明,兹引于此:"'蜻蜓眼'是一种玻璃珠,古代又称琉璃珠,通常为球形,少数有圆中见方的。珠上有若干眼珠纹,每个眼珠纹都由一个圆点的蓝色套上一个或几个圆圈的白色构成,各眼珠纹之间为朱色或绿色,活像一只蜻蜓的眼睛,由此得名。'蜻蜓眼'的装饰风格全不同于古代中国传统,倒与西业、南业的完全一样,而西亚和南亚的玻璃珠早出并更多见。更重要的是,古代中国的玻璃是铅钡玻璃,西亚和南亚的玻璃则是钠钙玻璃。河南固始县侯古堆一号墓出土的一颗'蜻蜓眼'偏偏是钠钙玻璃,湖北江陵县出土的越王勾践剑和河南辉县出土的吴王夫差剑剑格上镶嵌的玻璃,也都是钠钙玻璃,足证'蜻蜓眼'最初是从西亚和南亚进口,以后楚国才有仿制品。从出土数量看,河南侯古堆只出土一颗'蜻蜓眼',湖北江陵地区则有多颗,湖南长沙地区多于湖北江陵,而云南地区又多于湖南地区,印度考古出土的'蜻蜓眼'则是大量的。这种数量的递增现象分明已为我们描绘出一条南方交通贸易古道。"③

黄河流域以南诸如巴蜀、滇越和楚文化与南亚次大陆的文化交流既有如此多的确证,那么,以印度为中介,中亚甚至更远的西亚文化流传至楚在交通上也是不无可能的。交流是双向的,如果我们仅仅论述巴楚文化中的外来痕迹尚不足打动人心,若能从反面证明巴蜀、滇越和楚文化同样通过这条贸易古道流向南亚、西亚甚至地中海

---

① 史树青:《"陆离"新解》,《文史》1981 年第 11 辑,第 176 页。

② 李会:《蜻蜓眼式玻璃珠的初步研究》,四川大学考古学与博物馆学专业 2004 年度优秀硕士论文。

③ 毛庆:《屈原与中华文化和民族精神》,四川大学出版社,2008 年,第 29—30 页。

沿岸,那么,问题就能得以更为全面的说明。我们在本章节前面部分已经引述了大量实证。为了形成一个逻辑论证链条,我们再作些补充说明。

饶宗颐认为印度地区所见有肩石斧及有段石锛,是沿陆路从中国进入东印度阿萨姆地区以及沿海路进入盘福加(孟加拉)的[①]。阿萨姆地区新石器时代的房屋建筑是干栏式[②],这同楚境考古所见楚国民间建筑式样相同。丁山认为,"印度人所谓支那(Cina),余得谓即荆蛮(Kiang-man)之对音"[③],为楚国之译名。古印度两大史诗《摩诃婆罗多》和《罗摩衍那》中很多地方提到中国(Cina)[④]。"公元前320—公元前315年间,摩揭陀王国孔雀王朝大臣商那阇的《政论》一书中,也说到有从中国运去的丝"[⑤]。"丝路西端的希腊,由于在雕刻和陶器彩绘人像中发现所穿衣服细薄透明,因而有人推测在公元前5世纪中国丝绸已成为希腊上层人物喜爱的服装……希腊绘画中也有类似的丝质衣料,公元前5世纪雅典成批生产的红花陶壶上已有非常薄的衣料……特别是克里米亚半岛库尔·奥巴出土公元前3世纪希腊制作的象牙版上的绘画'波利斯的裁判',将希腊女神身上穿著的纤细衣料表现得十分完美,透明的丝质罗纱将女神乳房、脐眼完全显露出来,这就可以断定,这种衣料只有中国才能制造,决非野蚕丝织成。在雅典西北陶工区的墓葬内,有一座是雅典的富豪阿尔西比亚斯家族的墓葬,出土有6件丝织物和一束可分成三股的丝线,经鉴定,这些丝织品是中国家蚕丝所织,属于公元前430—前400年"[⑥]。不仅丝绸,其他技术和艺术也有诸多交流,更为详细的情况可参沈福伟《中西交流史》第一章第三节之"中国和中亚、西亚以及欧洲技术、艺术的交流"[⑦]。

①　饶宗颐:《梵学集》,上海古籍出版社,1997年,第353页。
②　童恩正:《古代中国南方与印度交通的考古学研究》,《文物》1999年第4期。
③　丁山:《古代神话与民族》,商务印书馆,2006年,第388页。
④　季羡林:《中印文化交流史》,中国社会科学出版社,2008年,第10页。
⑤　张正明:《楚文化史》,上海人民出版社,1988年,第345页。
⑥　沈福伟:《中西文化交流史》(第2版),上海人民出版社,2006年,第19—20页。
⑦　沈福伟:《中西文化交流史》(第2版),上海人民出版社,2006年,第20—24页。

　　大量考古和实物已充分证明这条中西交通古道的存在。人们一
贯所主张的由于山高水急、山川阻越所造成的道路难于上青天的认
识,恐怕并不太符合历史真实。由于人们怀有这种主观的认识偏误,
从而认为古人缺乏区域间的文化交流的主观想象似乎也不符合历史
事实。现代考古学、人类学、遗传学都极为有力地证明:地球上远古
居民不同地域、不同种族之间的文化传播与交流的能力异常强大且
极富渗透力。文化就像调色板中的颜料,原始颜料可能只有几种,但
经过不同颜色的混合调制后,新的色彩将是无穷无尽的。我们喜欢
赤橙黄绿青蓝紫的本色,但我们同样也会欣赏大千世界的五颜六色。
置屈辞于这样的时代宏观背景之下,诸多疑难问题兴许有柳暗花明
的新景,当然,屈辞中涉及的诸多域外古地名也就能得以圆释,我们
也不会再惊诧于屈原通过屈辞所呈露出来的那种广阔的世界地理
观念。

第十四章　屈辞先秦古地名
注疏淆乱现象之成因

我们在前面的章节中花了大量篇幅钩稽整理了两千年来楚辞注疏者对一系列屈辞古地名所作的歧乱纷繁的注解,以及以先秦为主的其他文字典籍对屈辞所记相同古地名所呈现出来的矛盾重重的文献记载。那么,我们不禁要问,是什么原因导致了这种种的分歧与矛盾?

我们以"西海"为例,试着探寻生成此种现象的历史原因。典籍中的"西海"有指青海、居延泽、蒲昌海或博斯腾湖的,也有指咸海、里海或地中海的,还有指印度洋或大西洋的。如果笔者再花些时间和精力,恐怕还能搜寻出更多名目。一个地名,怎会生出如此众多的不同指称? 可能有人会认为,典籍中的"西海"本指中土西方一固定水域,只怪后人才疏学浅,知识不够丰富,以致无知,最后弄不明白"西海"的原初意义。但是,我们认为,一个固定的地名无论历史怎样变迁,也不会混乱到如"西海"这样跨度如此之巨大。比如历史上"长安"与"西安"也有一些地域空间的变迁,但是,可能没有人会把"长安"注解到甘肃、青海甚至新疆以西去的。先秦典籍多有"东海"一语,历来没有注疏者会把"东海"解释成为洞庭湖或者鄱阳湖之类。因此,我们的结论是"西海"或许并不是固定在中土之上的一个地名,如果它类似于诸如"黄河""华山"一类的固定地名,在现实地理和文字典籍中都有十分确定的地理位置,古人应当不会凭空生出这么多歧说异词。

那么,答案或许是"西海"这个地名所指原初地理本不在中土地域之内,"西海"和"东海"构成一对比,本代表先秦时代人们的世界地理观念。大陆板块连在一起,四周为水所包围,东为"东海",正好在中国之东境,"东海"离中原并不太遥远,中原人亲历"东海"亦不算太难,因而对于"东海"的实际存在以及"东海"的方位,人们是毫无疑惑的。"西海"要么为印度洋,要么为大西洋,远离中原,恐怕就不为常人所知所晓。但先秦博达之士的头脑中是知道这样一个世界地理概念的,就像我们当代人,虽然没有去过美国,但大脑里应该清楚明白有这么一个实际存在。当知识丰富的博达之士在运用这些没有亲历过的地理名词时,更多是一种穿越空间的内心想象,这正如屈原在屈辞里所使用的"西海"。但是,久而久之,鄙陋浅学之人在面对"西海"这类地理概念时,总习惯于在自身所处的地域版图上按图索骥,这就难免张冠李戴,造成公婆各言其理的纷乱局面。每个注疏解说者都根据自己对中原版图的定义,在中土以西的地域找寻一个具有较大水域的湖泊来命名"西海",遂生出以上所列举的五花八门的不同地名来。

此种地理文化现象,现实生活中有很多例证可供我们对比。如峨嵋山伏虎寺下有一地名曰"布金林",本取自佛典,说的是舍卫国有叫给孤独长者的,想请释迦牟尼讲法,但苦于无一个清净禅院,遂向祇陀王子借静林一用,王子的条件是要用金子布满林子,"布金林"当由此而来。这本是一个外来佛教典籍中的语词,人们借指为峨嵋这片树林,但若信以为真,将峨嵋的这片树林等同于佛典里的那个名称,误会当然也就由此而生。又如"洗象池",或以为峨嵋山尝有大象出没。其实洗象一名乃出普贤菩萨之坐骑为大象,中土又附会普贤道场为峨嵋,则峨嵋自然应有洗象池。试想倘若中土其他名山亦被指为普贤道场,那么,其他名山一样也可能产生出"洗象池"之类的名称来,其后年深月久,恐怕后人也会来考察一番到底哪一个"洗象池"才是普贤真正的洗象之地了!

不止是"西海",前面所讨论的"昆仑""流沙""赤水""不周""崦嵫""黑水""三危"等情况亦大体相似。由此可知,文化的传播、移入与渗透功能是不容低估的。

理解了道理,我们再回到注疏者们对屈辞古地理语词矛盾重重的解析现象本身上来,问题或许已经十分清楚。屈辞中诸多古地名被后世注疏者解释得矛盾重重、七零八落甚至一片混乱,其根本原因就在于后世注疏者脱离先秦时代多元文化交流融合的时代大背景，将屈辞中出现的这类地理语词局限于屈原所生活的所谓中国地理大空间以及楚国民族地理小空间来进行胶柱鼓瑟式的解释，其结果必然是各言其是，每个注疏者都按照自己对中国地理的理解去诠释屈辞，遂致几千年来屈辞诠释注疏乱麻一团，造成剪不断、理还乱的困惑局面。

第十五章　由屈辞古地名研究所发现的中国地理文化之特点

通过前面各个章节的讨论,我们可以看出,屈辞古地名的诠释,历代异说不断,歧义纷繁。笔者在清理屈辞所涉域外古地名时,偶然发现一些有趣现象。中国古时如何看待域中域外之地理名物? 人们以怎样的态度接受外来地名? 外来地名进入中国后,人们会以怎样的方式在中国版图上"因名循物"——即在本土境内寻找地理名物类似者与之对应? 随着时代和政治地域环境的变迁,屈辞之中原初地名地望是如何随着历史更替而发生认识上的迁移? 后人对先期传入的外来地名又是如何进行着一种动态的接受、理解和意义阐释? 这其中体现着怎样的本质性认识与知识构建关系? 以上问题笔者皆有诸多思索,由此大致形成逻辑上相互关联、意义上彼此衔接的几方面基本特征。

一　基于主体理解角度的地名意义动态演变

1.先秦地理观为基于欧亚大陆板块的世界地理意识

通过考察研究先秦汉初时期大量文献资料如《山海经》《列子》《庄子》《吕氏春秋》《淮南子》等,笔者发现这些典籍往往谈及诸多异域风土物貌、方位地名乃至于极其辽远的海洋山泽之所。传统注家学者无不以其为神话奇诡之谈而视若"谬悠之说,荒唐之言"①(《庄子·天下》),事实上,这只是后人对于古人知识水平及其思想意识范围的严重误解。不可否认,先秦时期,人们并不具备高度发达的技术条件,今天的人们可以通过卫星、遥感技术、全球定位以及地理测绘

①　郭庆藩:《庄子集释》,中华书局,1961 年,第 1098 页。

等方式来获得关于世界地理精准详细的知识信息，但是，这并不能否认，先秦时期由于欧亚大陆早已开展的民族迁徙、广泛贸易、文化交往、人员往来以及地理知识信息的大量流通，形成了人们辽阔旷远的世界地理观念，在笔者前面相关研究中，通过对屈辞西海、西极、冬暖之所及夏寒之所进行文献清理时，发现先秦不同典籍所载这类语词的指代并无多大歧义。西海为印度洋或大西洋，西极为大地之西极为遥远之地，冬暖之所言赤道，夏寒之所言北冰洋。故此笔者认为，屈辞所现这类地理语词，表明中华知识士人至少在先秦时代就已经有着泛欧亚大陆意义上的世界地理观念，这是探寻屈辞诸多外来地理名物之关键门径。

先秦典籍往往"四海"并举。先秦时代对"四海"的知识建构，是基于整个欧亚大陆地理板块进而生发的世界地理观念。人们认为，整个大陆四周为海水所环绕，这就是史籍所载的大瀛海，也即为阴阳五行之祖邹衍所宣扬传播的"大九州"理论。邹衍申说在中国"九州"观念之外，另有世界"大九州"存在，世界"大九州"是中国"九州"的9倍（《孟子荀卿列传》）①。在先秦，"东海"和"南海"所指与今天人们认识的东海南海尚无二致，"西海"所指为大地极西的水域，"北海"所指为大地极北的水域，这"四海"又连成一片，构成大瀛海。但是，自汉代以后，中国人反倒迷失了先秦时期所具有的欧亚世界宏阔认识，其地理视域不断内趋，遂使许多世界地名收缩至中华政治地域版图。此间，对屈辞所载之"西海""西极""冬暖之所"和"夏寒之所"的认识即为典型例证。

屈辞"西海"本指大地极西的水域，或为大西洋，但汉后不断东渐。从大西洋、地中海、里海、咸海、博斯腾湖、蒲昌海、居延泽一直东缩至青海。但这些以"海"为名的水域，其实大多为不同时期中国境内之某个湖泊。笔者认为，"湖""海"两字在原初阶段所承载的语义迥然有别，即便是在晚于先秦成书的《说文解字》里，东汉许慎对于

---

①　司马迁：《史记》，中华书局，1959年，第2344—2346页。

"湖""海"的解释也都差异明显:"海,天池也,以纳百川者。"①"湖,大陂也……扬州浸有五湖。浸,川泽所仰以灌溉者也。"②在早期经典中,"湖""海"并不混淆,海指大面积开放水域,因其开放,方能容纳百川;"陂,阪也"③,"阪,坡者曰阪。一曰泽障。一曰山胁"④,由此,湖则多指内陆山麓水区,与陆地农耕输灌文化密切相关。因而先秦时代所称"东海""西海""南海"与"北海"应是"海"之原初语义,与"湖"无涉。

与此相类,先秦典籍所载"西极"亦为基于欧亚大陆的大地极西之地。《山海经》之《海外东经》和《大荒西经》皆言"西极",此与《离骚》"西极"所指完全一致,皆是以地球整体为参照的地理空间宏阔观念。《庄子》所记"西极"明显和日落相关,《列子》所记"西极"往往与四极并举,《淮南子》言"西极"大体与《山海经》同。此外,诸如《大戴礼记》《海内十洲记》《盐铁论》等汉初文献所记"西极"亦与先秦典籍相去不远,皆为陆地极边之概念。

"冬暖之所"与"夏寒之所"记载于《周髀算经》《尸子》《海内十洲记》《神异经》《淮南子》等典籍,其说无歧义,皆符合赤道与北极的气候及地貌特征。

2.两汉以降,国人地理、世界观念逐渐呈现收缩内倾态势

以后世楚辞学者对屈辞"西海""三危""西极"三个古地名的注疏为例,可以发现自两汉以来,后世注疏者对于屈辞所涉世界地理知识及其观念意识错讹流变状况。

"西海"所指,汉之后不断内视而东渐。《后汉书·西域传》所记"西海"为地中海,《汉书·西域传》所记"西海"为里海,《史记·大宛列传》所记"西海"为咸海,《水经注》所记"西海"为博斯腾湖,《汉书·西域传》所记"西海"为蒲昌海,《汉书·陈汤传》所记"西海"为居延泽,清人齐召南《汉书考证》考订"西海"为青海。自先秦欧亚大

① 许慎:《说文解字》,中华书局,1963年,第229页。
② 许慎:《说文解字》,中华书局,1963年,第232页。
③ 许慎:《说文解字》,中华书局,1963年,第304页。
④ 许慎:《说文解字》,中华书局,1963年,第304页。

陆畅达无阻的东西交通被地缘政治隔断后，人们对"西海"的界定随着中土地理视域不断的西进东缩，时而有着不同的赋义。"西海"这一概念所指反反复复，不断演化，我们由此窥豹一斑，大致可以洞察几千年来中华民族地理视域不断开合纵横的历程。当然，在这一总体历程中，不时又有所回归，汉人所理解的"西海"尚有远指地中海的，后来一路东渐，直到青海而定型。明清之际西方传教士传入近代世界地理知识，为"西海"又一次回归其先秦指称之原貌提供了重要的视域参照。

　　"三危"较为特别，只有西进，而无东渐，从汉代《地记书》甘肃鸟鼠之西到三国《水经》敦煌县南，三危从鸟鼠到瓜州敦煌一路西进至敦煌南境，"三危"所指逐步具体化。直到唐代《括地志》，"三危"正式定型为敦煌县东南三十里的卑羽山。对"三危"实际地望的追认经历不断从东到西的演化历程，这既反映出中国实际控制疆域在某些朝代的不断西进趋势，又反映出经典阐释者自迷失先秦经典原意后，不断自圆其说的弥缝努力，这正符合中国历史文化"地层"级叠加的基本原则。

　　再如"西极"，该词所蕴内涵与外延在汉代就有不断东渐之势。直至明清，人们的认识才再次回归到先秦世界地理视域之西方极远之地。这一演变历程，亦反映出不同时代对此一地名认识的淆乱。《史记·乐书》所言"西极"已经不是先秦极为渺远的大地极西之地，而指帕米尔以西、里海以东的中亚一带，《汉书·礼乐志》所记与《乐书》同。此后，"西极"被逐渐缩短视距、不断东渐，晋人郭璞《尔雅注》已将先秦西极东缩至中土长安之西的豳国，南朝裴骃、唐人张守节和李善、宋人洪兴祖皆沿袭这一误说。杜甫诗歌《送从弟亚赴河西判官》的"西极"已东缩视距至长安以西。苏轼《书传》已将"西极"指实为甘肃天水眛谷。明清之际，一批西方来华的天主教传教士输入近代西方科学知识，其中世界舆图学知识尤为重要，利玛窦《万国图志》带给中国知识分子对世界地理的又一次全新认识。正是在此基础上，中国当时学者再次吸纳这些观念，他们以新的视角重新审视被大家熟视无睹的先秦典籍，时有创获。蒋骥、戴震、朱鹤龄等对"西极"的认识才再次回归到先秦世界视域中的西方极远之地。

由此我们发现,后世注疏者对屈辞地名解说阐释的一种整体性趋势,那就是随着历史时代的发展和政治文化的变迁,先秦时期人们知识系统中的世界性地理观念逐渐内缩,有关中国域外众多带有欧亚大陆整体性的地理名词,其原有意义逐渐被新的解释替代甚至于被歪曲、篡改,从而最终远离其原初地理语义。从模糊的世界性含义到精确的中土化指代,从欧亚大陆核心地理板块语义指代到明显东方化的意义蕴含,这些先秦时期文献所载的世界性地名大多都打上了一种西进东渐、收缩内倾与狭隘化的整体性历史烙印。两汉之后,屈辞阐释学从初建经由魏晋六朝屈辞阐释的进一步发展,再到隋唐盛世对于中国文化阐释的整体性政治诉求,直到明清时期随着大一统帝国对于古典文献解释话语权力的掌控欲望,屈辞域外地名历代解说的这一流变历程俨然折射出一部屈辞阐释史的曲折演进过程。

3.国人对于地理地名的认识、理解与时代、政治和历史密切相关

现代西方新历史主义学者认为,任何历史都是当代史,任何对于历史的解说与阐释都不过是对于当代社会思想的一种曲折反应与折射。事实上,这一观念同样适用于中国文献阐释史中关于屈辞的理解和阐说。后世学者对于屈辞域外地名的解释充满着大量的主观性、随意性、当下性以及不确定性色彩。这种对于域外地理名词不同的赋义、解说、阐释、论证、争辩,从表面上虽然只是寻常普遍的学术探讨,然而其深层处却无不关涉着不同时期学者和学术所处时代、社会、政治以及意识形态的宏大背景。简言之,国人对于地理地名的认识、理解及其变化无不与其所处特定历史语境密切关联。以屈辞"昆仑"为例,各代文献中对这一崇高地名都有不同认定,《史记·大宛列传》记载的于阗南山、《水经注》所记之葱岭、《元史》所载之兴都库什山、《大清一统志》记载的巴颜喀拉山(冈底斯山)等说法的背后,无不暗藏着某种政治王朝强大的历史身影,正是出于这种政治因素推动下的文化诉求,才使得人们以自己的需要和眼界为基准,将既是上古神话中的重要仙界之所,亦是上古文化中的重要世界性地理概念——"昆仑",认定为了既在中国西北境内,又在极其偏远的某处不

同山脉之上。按照古人的观念,"昆仑"地处大地西北极远之所,既是众神居住之所,亦是河源所出之地,黄河为中国文化的母亲河,其重要意义自不待言,因之"昆仑"意义的重要性也不言而喻。作为中国文化起源中意义重大的文化概念,任何一个王朝只有在真正据有了"昆仑"的话语权、解释权,谁才真正据有了中国文脉的根系,才真正具备了中华文化的原初合法性。因此"昆仑"注定要被解说为中国地域版图之内,同时又一定要处在中国西北地理的极远之域,这一界定与其说是古人对于中国上古文献按"名"索骥的追寻,不如说是中国大一统政治条件下必然的意识形态比附。而作为不定关系的"西北极远之所"又显然与一个国家或王朝时代权力版图的大小密切关联着,由此我们才看到,"昆仑"不管是后人所认定的葱岭也好,于阗南山也好,还是兴都库什山、巴颜喀拉山也好,与其说它是学者们孜孜以求的历史信实,不如说它更折射出的是不同时代的人们共同拥有的价值信仰。

二　上古地名中包含大量外来地理语词(音译词与意译词)成分

1.承载模糊语义者可能为音译外来词

我们首先以屈辞中的重要地名"昆仑"为证,根据前述,"昆仑"当为西亚上古语音的转译。西亚远古传说,谓有一仙山曰 Khursag Kurkura,义为"大地唯一之山"(Mountain of All Lands)或曰"世界之山"(Mountain of the World),此山为诸神聚居之所,亦即诸神之诞生地(The birthplace of the gods)。Khursag 之一字或指"世界",或指"大地",而 Kurkura 之一字则或为"大山",或为"高山",中国之昆仑,古书皆作昆仑。说文谓昆为古浑切,仑,卢昆切。以今日粤音读之,与 Kurkura 相差不远,殆音译其后一字也。又波斯人呼阿拉拉特山为 Kuh-i-nuh,则音与昆仑更近①。如果苏雪林所考证波斯人对阿拉拉

---

① 苏雪林:《屈赋论丛》,武汉大学出版社,2007 年,第 511—512 页。

特山的称呼不差,那么,以此佐证"昆仑"一语为阿拉拉特山的声音转译是完全具有说服力的。此外有学者也认为,"昆仑"一语当为突回语 Qurum 之音译,突回语此音之转音为 Qurum-Kurum-Qorum-Korum-Khurum-Khorom-Khorim,本意为云雾之山。

"昆仑"而外,我们再言"三危"。"三危"在先秦文献典籍中没有歧义,概指大地极西之山。这是一个极为有趣的地名,我们试做如下设问,如果"三危"原初本指一座具体山名,为什么先秦文献皆用极西、极远等模糊方位隐约其辞,概无实际地望之指称?汉人郑玄注《禹贡》首将"三危"与鸟鼠、岷山和积石相连,西晋杜预注《左传》将"三危"放在敦煌,唐人李泰《括地志》已将"三危"解释成"三峰之山"了。我们认为,"三危"应为音译的外来语词,在先秦时期,传入时间既短,自然尚未将之坐实为中国实际地名。

"崦嵫"亦复如是。《山海经》两处言"崦嵫",《大荒西经》为神名,《西山经》为山名,《大荒西经》为"西海"中人面鸟身且操蛇之崦嵫神,《西山经》为甘肃首阳西南鸟鼠同穴山之西南山名,其义尚无确指。此"崦嵫"在汉人伏生《尚书大传》中又与洧盘之水相关联。但在王逸《楚辞章句》中,此"崦嵫"与蒙水、蒙谷、虞渊相关,皆与日落相涉。不难看出,"崦嵫"在原初阶段,其语义整体上呈现出模糊不清之态势。究其缘由,这种情况似亦适合"外来语词"的转生、融入规律。

2. 随着时间的推移,音译词逐渐汉化而坐实

"崦嵫""三危"等地理名词皆具此种特征。"崦嵫"从先秦到东汉王逸时代概无确指,皆为大地极西处日落之山,甚至在南北朝郦道元《水经注》中尚为居延泽之西、西海郡之北等,"崦嵫"之义皆为较模糊的地理概念。但是在唐人《十道志》中则言之凿凿,说甘肃天水西南有一山曰"昧谷",又曰"兑山",又曰"崦嵫"。晚至《明一统志》"崦嵫"才正式定型,坐实为甘肃天水县境之崦嵫山。而今人赵逵夫则在此基础上,又将"崦嵫"固化为甘肃幡冢山。由此可见,后世注疏者为了解说经典而人为地戮力缝合,逐层叠加的孤诣苦心,最终将一个异域外来语词硬生生汉化坐实为貌似确凿的中土地物。

"三危"一语,初为大地极西之山,语义模糊,后世不断演化为有三个山峰之山。有关"三危"的讹变历程,前论已详,现简单复述如下。《禹贡》"三危既宅,三苗丕叙",唐孔颖达引汉人郑玄语:"《地记书》云:'三危之山,在鸟鼠之西,南当岷山,则在积石之西南。'"①《史记·夏本纪》"三危既度,三苗大序",唐司马贞引郑玄语:"《河图》及《地说》云:'三危山在鸟鼠西南,与歧山相连。'"②由此可知,汉代经学家以其身处时代的政治舆图来索求"三危",郑玄或为将"三危"汉化的第一案例。三国张揖的认识和偏误与郑玄同出一辙,两人皆将域外地名经学化、历史化、本土化。《水经》"三危山在燉煌县南","三危"已从甘肃渭源县境之鸟鼠山之西推演到敦煌县南境,此说为西晋杜预和东晋郭璞重申,只是二人对"三危"的本土化更为具体而明确,这是"三危"从鸟鼠西移至敦煌的关键转折。至迟到唐代,"三危"所指地望已然定型。唐初李泰《括地志》:"三危山有三峰,故曰三危,俗亦名卑羽山,在沙州敦煌县东南三十里。"③(按:此则材料为唐代张守节《史记·五帝本纪》正义所引。)《括地志》所记在"三危"的讹变进程中与郑玄所引《地记书》同为转捩点。李泰的这一本土考证和比附遂成后世公论,成为后代地理志书及辞书解释"三危"的依据。但是,李泰所言的"三危",当地人远在唐代之前本就早以"卑羽"名之,此山"三危"之说于唐以前实在渺无依据。个中究竟,或许只能解释为李泰基于《尚书》,参证前代注疏者所划定的地理范围,在敦煌东南三十里外的此处将当地人呼为"卑羽"的山峰,只因其恰有"三峰突兀"之势,遂强行附会命名为"三危"。"三危"之新义,最终由此得以汉化而牢牢坐实。

三 外来地理语词与本土文化因素的复杂互动

1.音译词进入汉字系统后,随即会造出新的形声字与之对应

---

① 《尚书正义》,载《阮刻十三经注疏》,上海古籍出版社,1997年,第150页。
② 司马迁:《史记》,中华书局,1959年,第66页。
③ 司马迁:《史记》,中华书局,1959年,第29页。

"昆仑"和"崦嵫"为音译词,当这类音译词进入中华汉字文化系统之前,汉字库里应只有"昆、仑"和"奄、兹",当声音进入汉字系统后,声音所对应义项即会逐渐本土汉化,并深深印入民族记忆的集体无意识,使用者即会另造新的形声字与之对应。

汉字具有独特的表意性,音译首先考虑的是声符,但按照汉字文化圈的使用习惯,尚须添加义符,从而构成形声字。造字法其实简单明了,即在原有汉字声符的基础上,加上类化的意符而构成。于是,"昆仑"之音变为昆仑、崑崙、昆陵、混沦、混沦、祁沦之形。我们认为,在借用汉字表达外来语音的初始阶段应有极大随意,在逐渐经由权威典籍的解释定型后,人们也就遵照并形成一种通行的写法。而当这种通行写法逐年累月、渐次深深植入人们头脑后,常人也就很难看出它真正的源头,甚至于想当然地认为该词即是土生土长。之后,"昆仑"再义变定型为"崑崙","奄兹"义变定型为"崦嵫"。这一现象在汉字形声系统中当异常普遍,中国境内之山名如"崆峒""峨嵋"也应作如是观。对于地名之外的其他学科领域,该种"造字"情形也同样存在,一部化学元素周期表中的各元素名称,几乎皆属此类。

2.意译词不好坐实,故歧说较少

"赤水""不周"是也。《山海经》《淮南子》所载"赤水"皆与"昆仑"有关,"赤水"一词当为意译,取其为红色之水这一蕴含。较之"昆仑",中国境内以"赤水"名之者并不多见,因而歧说不如"昆仑"繁复。

《山海经》《列子》《淮南子》所载"不周"基本没有歧义,不与"昆仑"发生关系,也没有确指在"昆仑"西北。我们认为,先秦之"周"概为"合"意,"不周"一语当为意译词,"不周之山"即为山形开而不合之山。中国境内实难找寻具此特征的大山,故较之"昆仑",中国境内以"不周"名山者亦不多见。而东非大裂谷深逾千米的地理地貌或正与"不周"吻合。

3.外来地名所具特征与中土地理地貌相似多者歧说多,少者歧说少

"昆仑""流沙""西海"等所具特征在中土不同地域皆有其相似

者,故歧说较多。先秦文献所载"昆仑"指称本就早已一团乱麻。而屈辞《离骚》《九歌》《天问》《九章》所记"昆仑"其义应当无多大差别,但后世楚辞注疏者的解说却同样歧异纷繁,计有西北、祁连山、河源所出、仙山、日没之山、和田南山、西极山、阿耨达山、西域之国、大秦之国等等,让人目眩。甚至还有学者考证出,泰山在上古也被称之为"昆仑"①。苏雪林《昆仑之谜》更考证出中国境内多有以"昆仑"名山者,安徽潜山、福建惠安、广西邕宁皆有②,真可谓洋洋大观。为什么"昆仑"歧说如此之多?究其原因,若以"昆仑"某一特征比附中国境内之大山,符合其特征一二者并不少见。如"昆仑"为通天绝地之高山,中国境内具有高耸入云的大山无数。如"昆仑"有四水,中国境内一山源出四条河流的亦不少见。故而"昆仑"所指,无论先秦文献还是后世对屈辞的注解,最终都导致其歧说异常繁多。

　　《山海经》言"流沙"凡22处,它们位于东、南、西、北等不同方位,由此可知,"流沙"并不是一个确指的地名,它极有可能是古人对沙漠地貌的统称,《说文》云:"漠,北方流沙也。"③沙漠为晚出词汇,在使用之前,可能以"流沙"概指沙漠。屈辞《离骚》《招魂》《大招》所记"流沙"亦应作如是观。中国境内之西方和北方,沙漠众多,所以"流沙"所指歧说也同样纷繁,仅《离骚》"流沙"所指,后世注疏者即有西海居延泽、塔克拉玛干沙漠、敦煌鸣沙山与西极等等认识,不一而足。

　　位处中国西部,且水域面积广大,具此特征的大湖在中国西部甚多,故"西海"所指同样歧说纷乱。

　　相比之下,"赤水""不周""冬暖之所"与"夏寒之所"所具特征在中土不同地域极少有相似者,故歧说较少。水色呈显红色的河流在中国实在难寻,故几无歧说。具有不合特征的大山在中国几乎没有,故歧说不多。中国中原为明显大陆季风气候,冬季气温普遍偏

　　① 何幼琦:《〈海经〉新探》,《历史研究》1985年第2期。
　　② 苏雪林:《屈赋论丛》,武汉大学出版社,2007年,第500—505页。
　　③ 许慎:《说文解字》,中华书局,1963年,第229页。

低,夏季气温普遍偏高,如果我们着眼于先秦中国版图,符合冬暖、夏寒特征的地貌也很难觅,故历来歧说较少。

4.解说分歧与空间方位关系密切

此外,我们也发现屈辞中某个地理名词在理解上的纷争状况,往往与该词语所指代的地理空间维度关系密切,简言之,那就是南北宏阔,东西短视;南北明晰,东西纷乱。即各地名在涉及东西向的空间方位地名时,往往争论纷繁,而在涉及南北方向的地理名称时,则多有一致看法。屈辞《大招》涉及“北极”一语,从王逸到洪兴祖,从朱熹到王夫之、蒋骥、屈复,历来注疏者解“北极”都没有太大差异,概指今天意义上的北冰洋地域。“冬暖之所”与“夏寒之所”历来也具有相同指认。但是,屈辞中诸如“西海”“西极”等关涉东西方向的语词,自汉代就一团乱麻,无从缕析,个中原因何在? 这实在是一个令人深思的极为有趣的话题。

四 结 语

总体言之,历代楚辞学者研究注解屈辞名物以及在对待所涉地理名称方面的纷争,早已不仅是一个学术争论或求真务实的问题,而是深刻关系到一个学者群体乃至于一个文化种族通过长期的历史延续所积累下来的文化集体无意识行为,在表面的学术背后隐藏着曲折复杂的政治、社会、历史文化以及意识形态等幽暗症结,同时也折射出中国数千年文化进程中开开阖阖、山重水复的时代进程。笔者主张,历史意识的变化是导致屈辞地理名称的解说永远变动不居的根本原因,它从最根基处关联着人们对于世界、对于社会、文化乃至与历史本身的认识与理解的方式,关联着一个群体知识谱系的构建、延伸与扩展的内在规则,关联着人们自身在世的根本性存在方式。中华民族是一个至少拥有五千年悠久历史文化的文明种族,一直拥有其强大、深厚、绵长不绝的政治、经济以及文化影响力,我们由此也形成了对于自己的国家、种族、文化及其事业的强韧尊严与信心,加之不同时代出于社会的、政治王朝以及历史现实的要求,中国的民族以及文化自尊使得我们更乐于把一切异域的、外邦的、非我属类的对象吸纳、包容并整合为我们自己的一部分,从而逐渐构建起自我所属的历史以及文化知识体系,构建成中原大国自身的文化以及意识形态话语言说方式。研究先秦文献典籍,研究屈辞并指出文献中所包含的大量异域外来词汇和地理名称,由此进一步展现先秦时期包括屈原等众多文化大家在内的人们普遍性的世界地理观念,并从而侧面揭示先秦乃至更早时期发生在中国与欧亚大陆土地上频繁密集的文化交流,揭示出隐藏在历史文献以及传统话语背后更加真实的上古世界文化讯息,我们相信这样的工作非但不是对前人学者的抹杀否定,相反却是对已有工作的进一步推进和充实。我们依然怀着一种赤诚之心去对待历史的真实性与恒定性,对待文献典籍所给予我们的一种唯一性价值与阐释地位,不断追根溯源其文献,溯源屈辞作品在诗人那里诞生时候的初始情感、初始意义、初始蕴含乃至于其整体性的文本原初世界,毫无疑问这依旧是后世学者研究屈辞所义不容辞的责任。

第十六章 结 语

一 本研究之结论与创新

（一）研究结论 本研究出发点为探讨屈辞古地名语词,我们选取了屈辞 12 个互为关联的古地名进行了条分缕析式的深入研究。研究悬圃共使用了 65 条材料,研究昆仑共使用了 128 条材料,研究流沙共使用了 46 条材料,研究赤水共使用了 25 条材料,研究不周共使用了 20 条材料,研究西海共使用了 46 条材料,研究崦嵫共使用了 32 条材料,研究西极共使用了 33 条材料,研究冬暖之所和夏寒之所共使用了 30 条材料,研究黑水共使用了 74 条材料,研究三危共使用了 47 条材料,屈辞古地名的主体研究部分共使用了 546 条文献材料。笔者花费大量精力钩稽相关史料,旨在通过对一手文献材料的归纳总结,用证伪法、逻辑推理、假设法及旁证法,从材料自身的清理中得出一系列相关推论。此外,文献材料本身也可为后继者提供检寻方便,研究者也可从这批材料中进一步提炼更加完善甚至迥然有别的研究结论。对屈辞古地名的研究,我们可以得出如下结论:

屈辞"悬圃"在流传过程中,出现了"县圃""悬圃"与"玄圃"等三种不同版本的记写与解说。"县""悬"为古今字,当初应为"悬挂的花园","悬圃"原初意象或是借用了两河流域古代亚述帝国、巴比伦帝国的"空中花园"这一事物,由于具有祭祀通天功能,后用以描摹神话"昆仑"大山的通天高境。《楚辞》各版本及其他文献典籍中,"悬圃"与"昆仑"都有着紧密联系,由"悬圃"进而必然牵涉到"昆仑"。

屈辞"昆仑"与传统楚辞注疏者所谓祁连山、黄河之源、缥缈仙山、日没之山、和田南山、西极之山、阿耨达山、西域之国等诸种说法都不相关涉,苏雪林亚美尼亚高原之阿拉拉特山一说得其正解。屈辞"昆仑"与其他诸多典籍所载青海湖西宁之国名或山名、西域民族名、帕米尔高原、葱岭、概念化之高邈大山、大昆仑、小昆仑、海内昆仑、海外昆仑、北海之北、黄帝所休之昆仑、敦煌昆仑障、酒泉南山、阿尼玛卿山、天山、于阗南山、喀喇科龙山、巴颜喀拉山、冈底斯山、兴都库什山等令人目眩的诸种说法皆没有太多关系。中国境内的"昆仑",首为汉武帝官方追寻河源所认定,但这已为司马迁所讥刺。历来官方多有追寻河源、认定"昆仑"的举动,直至康熙先认定为巴颜喀拉山,后又钦定为冈底斯山。种种纠结,皆由历来人们死守黄河导源于"昆仑"的信条所致,黄河的源头有不同的认定,"昆仑"就随之而变化。中国现今地图上的"昆仑"为德国学者洪博德于19世纪所认定。"昆仑"是本研究工作的核心,解决了"昆仑"问题,其他诸多古地名就能根据屈辞的逻辑游踪一一检讨,因而"昆仑"在本研究中占有大量篇幅和笔墨。笔者基本赞同苏雪林《昆仑之谜》的观点,在此基础上,我们进行了进一步更为深入翔实的考证。从"昆仑"字形书写的混乱以及"昆仑"造词的特殊形式来看,"昆仑"当为音译外来语词。当然,认定"昆仑"为阿拉拉特山,是根据屈辞一系列域外地名的逻辑关联作出的判断,特别是"西海"和"西极"两个语词在先秦文献典籍中基本没有什么歧义,皆指大地极西的尽头,屈辞亦当不是特例。以"昆仑"和"西海"为坐标考索屈辞诸多地名,问题皆能得以化解,这也是我们立论和假设的基本前提。

屈辞"流沙"与传统楚辞注疏者所谓沙如流水、西海居延泽、塔克拉玛干沙漠、敦煌鸣沙山、西极等诸种说法皆没有关系,与其他文献典籍所载巴丹吉林沙漠、居延泽、毛乌素沙地、库布齐沙漠、塔克拉玛干沙漠以及概念化之沙漠等歧说也没有多少关联。根据屈辞文本文义,屈辞"流沙"应为"昆仑"与"西海"之间且紧邻"昆仑"的沙漠,故此,我们推断出屈辞"流沙"为阿拉伯沙漠。

传统楚辞注疏者解说"赤水",分歧不太明显,大都认为水出"昆仑",但这也并不是屈辞原义,此外,大渡河一说显然也不合情理。其他文献典籍所载"赤水"由于与"赤水"的相关地理异常混乱,故很难确定出"赤水"的具体所指。根据屈辞文本文义,"赤水"亦当位于"昆仑"与"西海"之间,且紧邻"流沙",考察"赤"的字义,我们推断出"赤水"为红海。"赤水"之所以在中国文献典籍中分歧不甚明显,其原因在于这一外来地名在中国境内很难找到具有相似特征的河流进行比照。

屈辞"不周"与传统楚辞注疏者所谓昆仑西北之山、昆仑东南之山、北方之总名、昆仑正北门、阿尔金山等异说都没有关系,与其他文献典籍所载昆仑西北、昆仑东南、"不周"在翟等说法也没有关联。我们对先秦"不周"一语进行了系统考证,所有典籍之"周"概为"合"意,"不周"即为"不合","不周之山"即为山形开而不合之山,根据屈辞文本文义,"不周"当位于"昆仑"与"西海"之间,且紧邻"赤水",因而我们推断出屈辞"不周"为东非大裂谷。"不周"也很特别,楚辞注疏者和其他典籍对"不周"的异说并不是指实意义上的具体山名,而是多在"不周"与"昆仑"的方位上存有异议,这种情况极似"赤水",其原因亦在于要找出一个符合"不周"特征的大山在中国实在难寻。

屈辞"西海"与传统楚辞注疏者所谓青海、居延泽、蒲昌海、博斯腾湖、咸海、里海、地中海等诸多说法都没有关系。先秦文献典籍所载"西海"往往"四海"并举,皆是指与"东海"有着相似特性的极大水域,自《荀子》《战国策》始,"西海"才开始逐渐指实为河西走廊以西的湖泊。"西海"地名所指自汉代开始,便伴随着中华民族对西域以西地理地貌的不同认识而发生相应变化,同时,也随着中国政治地域的不断伸缩而相应变化。屈辞"西海"是本论又一关键问题,我们探索屈辞"西海",参照了先秦文献典籍对"西海"一词基本一致的总体记载,援引先秦整个时代对这一语词的集体记录,以求证实屈辞"西海"亦当是"四海"观念上与"东海"并举的广渺水域。"西海"为屈原游踪之最终目的地,确定了"西海",中间一系列游踪地名也就迎刃而解。根据屈辞文本文义及逻辑游踪,我们推断屈辞"西海"当为大西洋。

传统楚辞注疏者对"崦嵫"没有多少实质性的考证,大体都认为是日没之山,赵逵夫"崦嵫"为兑山的认识也不符合屈辞原义。其他文献典籍所载"崦嵫"情况较为复杂,东方之山、天水西南之兑山、居延泽之西、西海郡之北等说法都与屈辞"崦嵫"不相关联。屈辞"崦嵫"与"西极""西海"所指基本一致,都为大地极西之地,也即太阳落山之地。"崦嵫"一词汉字记录形式异常繁多,当符合音译外来词的不同汉字书写规律。"崦嵫"本义当为西海中守护太阳落山的弇兹神,后演化为指太阳落山之地名崦嵫,南北朝之前,"崦嵫"虽存有歧义,但尚未具体化为中国境内某座山名,郦道元第一次指实"崦嵫"位于居延泽之西,但尚不明确,真正坐实"崦嵫"为中国境内具体山名的,即今所称谓的甘肃天水崦嵫山的已经晚至《明一统志》,这也即为现今辞书"崦嵫"注解的根据。"崦嵫"语义的历史演变痕迹反映了外来语词逐渐被合理"中国化"的有趣文化现象。

屈辞"西极"与传统楚辞注疏者所谓西方极远之地、豳国、楚之西境、昆仑、西海等说法没有关系,王逸大地极西之地似得其正解。先秦文献典籍所载"西极"语义基本没有淆乱,这又是一个具有时代性的地理地名语词,我们探索屈辞"西极",亦正是根据先秦时代总体特征作出的判断。根据屈辞文本文义,"西极"与"西海"所指当为同一,因而我们推断屈辞"西极"当为大地极西之地。"西极"一词正如"西海",其内涵与外延在汉代就呈东渐之势,从帕米尔以西和里海以东一直东缩至长安以西,反映出中华民族地理视域自先秦以后不断开开合合的有趣历程。

屈辞"何所冬暖""何所夏寒"与传统楚辞注疏者所谓笼统之南北、中国南北之某个实际地名、苦暑忧寒之比附等说法没有关系,蒋骥、戴震赤道、北极一说得其正解。先秦文献典籍对此基本没有异说,概指赤道与北极,与屈辞所指相同,这也是我们判定屈辞"何所冬暖"与"何所夏寒"当为"赤道虽冬而暖,北冰洋虽夏犹寒"的重要理由。此外,我们作此判断,还关涉了屈辞"西海"与"西极",以逻辑论之,一个人甚至一个时代对地球东西向度能有如此洞彻的见解,在南北问题上也应作如是观。我们对《天问》相关地理章节进行清理研究发现,屈原众多涉及天文地理的问题具有整体的一致性,都呈显出域外地理的重要特征,这也是我们作此判断的又一理由。

　　屈辞"黑水"与传统楚辞注疏者所谓出张掖鸡山入海之黑水、穷于不姜之黑水、西南都广野之黑水、干涸之古河、出鸟鼠注南海之黑水、绝域之夷地、勃鞮黑河、出幽都之黑水、澜沧江、藏卫滇越间之河流、滇池等诸多说法毫不相涉,苏雪林吉瑞尔河一说得其正解。屈辞"黑水"与其他文献典籍所载张掖河、大通河、党河、疏勒河、雅砻江、泸水、若水、金沙江、澜沧江、漾濞河、怒江、伊洛瓦底江、盘江、西江、滇池、陕西城固县黑水、四川黑水县黑水等繁多歧说也没有多少关联。根据"黑水"所处《天问》域外地理的特殊位置,我们推测"黑水"当问域外地理事,考察《山海经》《穆天子传》等先秦典籍所记"黑水"不仅要导源于昆仑之北、且要入海,此外,还要与赤水、青水、白水共同构成昆仑"四水",且"四水"都要流注入海等诸多必备条件,中国境内难寻符合这些特征的河流,因而我们证实"黑水"或为导源于亚美尼亚高原的吉瑞尔河。

　　屈辞"三危"与传统楚辞注疏者所谓西方之山、黑水之南、鸟鼠之西、乐民之西、肃州塞外、敦煌东南、卑羽山、荆梁雍之边、藏卫滇越间、南海附近、黑水下游等诸多说法都没有关系。先秦文献典籍一致认为"三危"为西极之山,对此没有异说。同理,我们亦正是根据先秦文献对"三危"的集体指认推定屈辞"三危"为西极之山。"三危"地名的指称也有极为有趣的历史演进痕迹,郑玄引《地记书》认为"三危"在鸟鼠之西当为"三危"地名具体化的第一案例,然后不断西进,至迟在唐代已经定型为敦煌的卑羽山。"三危"地名的演进历程,同样反映出中国政治地域因不断西渐而导致不确定地名的逐渐推移过程。

　　对屈辞十二个先秦古地名的详细考察,我们可以得出,屈辞中存有大量域外文化因子,这些域外文化经由先秦时代中西交通的时代宏观背景辗转传入。它们或许是由北方丝绸之路传入西域,然后再一路东传,经过中原而入楚地。或许是由南丝路经印度传入云、贵,再东传至楚,也可能经由云、贵传入蜀地,再顺江东传至楚。或许由海路传入山东半岛,再南传至楚。种种假设皆有可能,总之,在青铜时代、铁器时代甚至所谓的人类"轴心时代",欧亚大陆从来就没有停止过东西南北间的多层次多领域多向度的文化交流,屈辞正是在这一宏大语境中经多种文化碰撞所结出的奇花异果。

（二）本研究我们主要的创新

第一,以往屈辞地理地名研究,多为《九章》地理的实地考察,偶有涉及域外地理者,亦多为训释之解说,本研究是迄今为止第一次对屈辞域外地名进行系统的专章论述之作。

第二,针对"屈辞"命名,我们作出了自己观点鲜明的区分。在前人研究的基础上,我们主张辞、赋截然划境。如果辞、赋不分或者以赋称辞,对深入研究《楚辞》及楚文化无疑皆多有不便。因而我们对"屈赋""屈骚"和"屈辞"的学术称谓作出了清晰的厘定。

第三,基于前人的大量探索,我们在论证屈辞篇目问题时,主张《九歌》之"九"以及屈辞所用"九"者当概为确数,从而考证出"屈赋二十五"篇的具体名目。

第四,我们对屈辞古地名的研究,是立足于对大量历史文献材料的原始归纳,进而考察其语义的歧乱。我们的研究不仅仅停留在屈辞本身,还同时观照其他相关文献典籍所涉屈辞相同地名的语义情况,以双重文献证据为基石,进而作出一系列大胆推定与假设。如"西海""西极"、"冬暖之所"与"夏寒之所"及"三危"都是通过先秦文献典籍本身的一致记载而得出的内证性结论。

第五,以往屈辞地理地名研究,多是着眼于单个语词本身的孤立的文献考证。我们关照屈辞古地名,强调对屈辞原始文本进行整体全面的宏观研究,置一系列地名于屈原整体连贯的逻辑游踪的时空之中以及整体世界性的地理观念之下加以考察。

第六,当然,本研究最为显明的新观点即为在前人推定"昆仑"为阿拉拉特山、"黑水"为吉瑞尔河的研究探索前提下,进一步清理考证出"流沙"为阿拉伯沙漠、"赤水"为红海、"不周"为东非大裂谷、"西海"为大西洋、"崦嵫"本为西海之神,其后演化为大地极西之山、"西极"为大地极西之地、"何所冬暖"问赤道、"何所夏寒"问北冰洋、"三危"为西极之山等前人所未发的结论。

第七，以往楚辞学者研究屈原与稷下学宫的关系，多从屈原的交游历程去证实《史记》所记材料的不虚妄性以及论证屈原思想与中原诸子思想之间的紧密关联。我们使用稷下学宫的旁证材料，旨在证明屈原外来思想特别是域外地理知识获得的可能途径。

第八，本研究结合目前的考古资料、三星堆发掘成果以及南方丝绸之路最新研究动态，在前人探索的基础上，将南丝路的广阔交通背景用于探寻屈辞域外地名来源的交通旁证。

第九，探讨屈辞古地名，并不是本研究的终极目的，我们基于历史文献材料的清理，还着力探寻了"西海""崦嵫""西极"和"三危"等古地名的历史演变痕迹，从中探求先秦独特的文化思维以及中华民族在历史演进过程中所表现出来的地理观、世界观以及宇宙观。诸如，先秦时代拥有基于欧亚大陆空间维度的世界地理意识；文献中承载模糊语义的地名可能为音译的外来词；音译地名随着时间的推移会逐渐汉化并被坐实；意译地名不便坐实，故歧说较少；音译地名进入中原后，随即会产生新的形声字与之相对应；随着政治地域视野的开合，地名总会打上朝代的思维烙印；中土地理地貌与域外地名特征相似多者歧说就多，相似少者歧说就少；自汉代以后，中华民族的地理观呈现南北宏阔、东西短视的特殊现象等。

二　需要澄清的一些观念

苏雪林在其屈辞研究四书特别是《屈赋论丛》中以屈辞的域外文化探讨为由，罗列大量史实，认为屈辞存有大量外来文化，进而得出中华文化与西方文化一样，皆来源于产生《圣经》文化的西亚，苏雪林以天主教徒的身份，将世界文化统统归于《圣经》的流衍。笔者虽然赞同屈辞中存有大量丰富的异域文化因子，但是，我们认为，中华元文化本源于黄河、长江流域，有其独特的意义内涵及其呈现形态，因而具有自身独特的文化范式，我们不能因为中华文化吸收借鉴了域外文明，就认定中华文化导源于古西亚，这与中华文化发展的历史事实并不吻合，因此，我们有必要在此作一辩解与澄清。

我们之所以对屈辞古地名有以上诸种认识，并不是空穴来风的哗众取宠，而是来自于我们对屈辞文本所作的整体关照，这些地名在屈辞中多有前后照应的逻辑关联，这种逻辑时空关联也正体现了屈原思绪的逻辑顺序，由此，我们正可以对《离骚》乃至屈辞作出合理融通的解读而不至于前后龃龉扞格，由此解读，我们又能窥探先秦时代中国士人宏阔的世界知识背景，从而印证为考古所证实的先秦中西文化大交流的时代风貌。

本研究牵扯到苏雪林诸多研究观点与结论，可能有读者会产生这样的误会，认为本研究所讨论的屈辞域外地理文化问题，会将中国先秦文化引入虚无。虽然我们赞同苏雪林的研究思路以及由此得出的一些结论，但是，我们对苏雪林《屈赋论丛》所持的根本观点却并不认同，为此，我们需作一陈述，以期让读者明白我们所持屈辞域外文化所禀承的谨慎态度。

苏雪林在《屈赋论丛》中反复强调了她的一个核心观点，即世界文化同出一源。她在《自序》中说到："若知世界文化同出一源则大同主义当可早日实现。世界文化同出一源，中国文化也是世界文化的一支，这话我已说过无数次了。本来人类一元论与文化一元论是不能轻易谈的。……不过据我对屈赋的研究，世界几支古文化像西亚、埃及、沿地中海国家、希伯来、希腊、印度及我们中国的宗教神话，面目虽异，精神则同，种族虽殊，血缘相近，谓其同出一源，我想谁也没法否认。"[1]在《我国古代移民通商沟通文化之伟绩》一文中，她说："……他们也承认希腊文化曾受两河影响，但他们却不知道，我们中国与两河文化之接触，更比希腊早。我们同出一个大家庭，而我们中国实为文化的老大哥，希腊只能算小弟弟，我们是长房的子孙，欧美人只能算二房三房的苗裔。"[2]在《希伯来文化对中国之影响》一文中，她又说到："谓世界文化同出一源，必须承认世界民族也同出一源，所谓人类来源如何，据旧经创世纪之说，当然简便不过……本

① 苏雪林：《屈赋论丛》，武汉大学出版社，2007年，第12页。
② 苏雪林：《屈赋论丛》，武汉大学出版社，2007年，第29页。

人……惟对于一派历史学者的主张,颇乐于接受。因为有一派历史权威者根据许多证据,推测世界人类策源于地中海一带。"①

综观苏雪林《楚骚新诂》《天问正简》《屈原与九歌》《屈赋论丛》等《楚辞》研究四书,世界文化同出一源,也即是世界文化同出西亚,中国文化也是西亚文化之源下的一支,这些观点当为苏氏所秉持的主要观点。苏雪林在《域外文化两度来华的来踪去迹》②和《域外文化第一度来华的根据地》③两篇文章中,表明屈辞包括《九歌》《天问》皆是域外文化思想之总汇,"这域外文化策源西亚,也就是两河流域,传播遍于世界,世界几支古文化国家如埃及、希腊、印度及地中海诸国,均在此种文化势力笼罩之下。这种文化曾两度来我中华,一度在夏商前,一度则在战国中叶,后者正当屈原时代"④。苏雪林认为,早在夏商之前,西亚有一古老民族名为苏末,后为闪族所灭,其中一支逃至印度,又沿海向东航行到达山东半岛,由登州、莱州登陆,建立一个西亚雏形国家并逐渐占据山东全境。这些外来移民认为泰山处在大地之"脐",去掉左边的"肉",即为"齐"。传四百年至桀,为殷商民族所灭,遗民又东南开建越国。第二次则在战国中叶,域外文化又大量传入。马其顿亚历山大征服亚非欧时期,大批学者为逃避战祸,携带学术知识,纷纷举家东逃至燕、齐两国。齐之稷下尤盛,以域外学者邹衍为巨擘⑤。

苏雪林一生坎坷,思想转变较大。上世纪 20 年代,苏雪林便在留学法国期间皈依天主教⑥,她自己就曾说"我信的是天主教"⑦,回国后,又在苏州基督教长老会创办的景海女子师范担任国文主任⑧。以此人生背景,苏雪林禀持以天主教文化中心论看待世界文化的起

---

① 苏雪林:《屈赋论丛》,武汉大学出版社,2007 年,第 568 页。
② 苏雪林:《屈赋论丛》,武汉大学出版社,2007 年,第 31—39 页。
③ 苏雪林:《屈赋论丛》,武汉大学出版社,2007 年,第 40—45 页。
④ 苏雪林:《屈赋论丛》,武汉大学出版社,2007 年,第 32 页。
⑤ 苏雪林:《屈赋论丛》,武汉大学出版社,2007 年,第 31—45 页。
⑥ 苏雪林:《苏雪林自传》,江苏文艺出版社,1996 年,第 55—57 页。
⑦ 苏雪林:《苏雪林自传》,江苏文艺出版社,1996 年,第 65 页。
⑧ 苏雪林:《苏雪林自传》,江苏文艺出版社,1996 年,第 64—65 页。

源与流变,因而自然会得出上述诸端主张。

苏雪林提出世界文化同出一源的观点,自有其时代历史因缘。19世纪中叶鸦片战争,中华民族在东西夹击之下,节节溃败,中华士人的思想随着国势的变化而不断转变。先有师夷长技以制夷,旨在向西方学习先进技术,用技术强国。但是,洋务运动所造就的所谓经济和国防的中兴却在近邻日本的侵扰下一败涂地。此时,士人方才觉悟,仅有技术而无科学的制度管理,一样不能强大,由是有戊戌变法,废科举、办学校、兴议会,旨在向西方学习改革制度。但是,这一系列的尝试依旧没能让中国跻身于世界强国之列,义和团运动失败,辛丑条约签订,辛亥革命风起云涌,袁世凯渔翁得利,中国士人再一次意识到,技术、制度皆不能救国,唯有从根本上改变固有文化,方能疗救中国。由是,以反传统为主题的五四新文化运动应运而生。由此历史线索,在此三千年未有的大变局之下,中西文化激烈碰撞,文化在经济和军事强力之下的软弱无力让中华士人刻骨铭心,由此而生文化之西方中心论也不足为怪。士人们一面主张中国文化要西化,但另一方面,他们又怀着极度虔敬的爱国情怀,两种心理的结合,自然会生出中西文化殊途同归、世界文化同出一源的念头来。

苏雪林的观点同样也打上了那个时代的印记。"我遂于民国十年即一九二一年与本校一同考取的林宝权、罗振英到上海,与男女同学一百零五人,由吴稚晖先生率领海轮'Porthor'号四等特舱,航行三十余日抵达法国马赛,改乘火车赴里昂而入中法学院了"①。苏雪林正是在五四新文化运动后赴法求学,然后皈依天主教。在西方文化中心论的话语世界里,她把当时的中西两方文化都归源于西亚,并且认为中国文化是西亚文化流播的长房子孙,其拳拳爱国之情跃然纸上。其实,这并不是苏雪林一人心血来潮,也并非空穴来风,此种论调在"五四"前后的中国士人中当有广泛认同,很多人都曾主张过此种理念。苏雪林所主张中国文化来源于巴比伦一说,也是那个时代反满情绪高涨之必然。甚至为汉族不同于满族计,主张汉族亦西来

---

① 苏雪林:《苏雪林自传》,江苏文艺出版社,1996年,第46页。

者也颇有影响。如蒋智由于 1903 年 9 月在《新民丛报》发表《中国人种考》，认为汉族由纪元前 2282 年底格里士河巴克（Bak）民族从土耳其斯坦，经喀什噶尔（Kashgar，即疏勒），沿塔里木河（Tarym），达于昆仑山脉之东方迁徙而来。甚至"中国"一名也为此迁徙民族纪念故土而设①。刘师培 1903 年 11 月发表《中国民族志》，认为汉族在上古时由西方巴枯（盘古一音之转）族移居黄河沿岸而来②。1904 年 1月，刘师培《攘书·华夏篇》重申汉族初兴，肇基西土，汉土民人数典忘祖，制盘古创世之说，以溯汉族起源③。1904 年 7 月，刘师培在《警钟日报》发表《思祖国篇》，再次重申"巴枯"即"盘古"。1905 年 5月，刘师培在《国粹学报》以"刘光汉"的笔名发表《国土原始论》，又一次声称，神州民族，兴于迦克底亚。"巴枯"为"盘古"之转音，也即"百姓"之转音④。刘师培的这些主张，皆完整汇集于他编纂的《中国历史教科书》中⑤。章炳麟在 1904 年《訄书·序种姓》篇中认为方夏之族，自科派利考见石刻，出于加尔特亚⑥。1915 年丁谦发表《中国人种从来考》，以上古诸种文献为依据，考证中华民族西来的种种史迹⑦。凡此种种，皆为"五四"前夕中国人种及文化西来主张之印证。其实，这些主张皆肇端于西方基督教学者的中西比较文化研究，他们以《圣经》为中心，试图从世界各族各地遗迹中找寻蛛丝马迹以期证明《圣经》所载之史实以及《圣经》辐射之影响，当然，人类文明起源于《圣经》更是他们所关注的核心问题。

　　本来，置苏雪林的观点于历史时代语境之下，并不是什么标新立异的孤论，但是，如果我们的研究由于苏雪林的根本主张而被读者误解，甚于憾事。因而，阐明笔者在中华文化之源起及其特征上的一些思考，似乎就显得十分必要。

---

① 蒋智由：《中国人种考》，《新民丛报》1903 年 9 月 5 日第 37 号，第 9—19 页。
② 刘师培：《中国民族志》，载《刘申叔遗书》，江苏古籍出版社，1997 年，第 602—603 页。
③ 刘师培：《攘书·华夏篇》，载《刘申叔遗书》，江苏古籍出版社，1997 年，第 631 页。
④ 刘光汉：《国土原始论》，《国粹学报》第 2 册第 4 期，第 1 页。
⑤ 刘师培：《中国历史教科书》，载《刘申叔遗书》，江苏古籍出版社，1997 年，第 2178 页。
⑥ 章炳麟：《章太炎全集》（三），上海人民出版社，1984 年，第 170 页。
⑦ 丁谦：《中国人种从来考》，转引自柳诒徵《中国文化史》，东方出版社，2008 年，第 2—3 页。

宇宙从何而来？万物从何而来？人从何而来？人生的意义何在？这是初民所普遍关注的核心问题，或许世界上所有古文化的原始经典都曾试图对这些问题给予自己智慧的解答。有比较才会有鉴别，对自己的认识须建基于对他者的关照。《圣经》开篇之《创世纪》认为神创造了天地万物，是神创造了光、区分了昼夜，是神创造了空气、陆地、海洋、植物、日月、飞禽、走兽，是神创造了男人和女人，也即是说，万能的神创造了世间一切[1]，这是希伯来先民给出的答案。同样，古希腊神话认为混沌之神卡俄斯（Chaos）构成宇宙万有并产生大地女神盖亚（Gaea），盖亚生乌拉诺斯（Uranus）又与之结合，后又生十二提坦神，提坦神们彼此结合，生出日月星辰及居住于奥林匹斯山之十二天神[2]。混沌之神创设天地，这是古希腊神话给出的解答。《古兰经》开篇之《开端》也确认万能的真主创造了天地[3]，这是伊斯兰先民给出的回答。《梨俱吠陀》之《创造之歌》《金卵歌》及《原人歌》则认为宇宙万物来源于"生主"，《奥义书》中对此问题作出的解答则是代表宇宙神灵的"大梵"创设了天地万物[4]，这是古印度先民给出的答案。佛祖释迦牟尼在菩提树下参悟出的答案是"缘起性空"及因缘和合而生万物，即万物起源于因缘。我们再来考察中华群经之首《周易》，"易有太极，是生两仪"（《系辞上》）[5]。《周易》以乾坤指天地，用阴阳指动静刚柔，一阴一阳之谓道，道不是神，也不是真主，道是阴阳，阴阳是天地，是天地生出了万物和人，中华先贤在解答这个问题时迥异于前述诸种古老文明。在中华元文化里，中华先贤推崇以大智慧认识世界，不相信世间会有主宰之神，所谓神的存在只不过是由于人的智慧不到所引起的"阴阳不测之谓神"（《系辞上》）[6]。开启大智慧，成就大事业，一切要靠人自己来完成，自佑才会天佑。火要

① 《圣经》和合本，中国基督教两会，第1—4页。
② ［希腊］索菲娅·N·斯菲罗亚：《希腊诸神传》，［美国］黛安·舒加特英译，张云江译，国际文化出版公司，2007年，第6—9页。
③ 《古兰经》，马坚译，中国社会科学出版社，1996年，第1页。
④ 《五十奥义书》，徐梵澄译，中国社会科学出版社，1984年，第20页。
⑤ 《周易正义》，载《阮刻十三经注疏》，上海古籍出版社，1997年，第82页。
⑥ 《周易正义》，载《阮刻十三经注疏》，上海古籍出版社，1997年，第78页。

靠人自己钻木取得,药草要靠人自己遍尝才能得知,衣裳要靠人自己养蚕抽丝而制,捕鱼的利器要靠人自己来结网,耕田的工具要靠人自己揉木为耒耜,洪水之患也要靠人自己通过艰苦智慧的治理方能消除。当其他民族在造神的时候,中华历史从远古传说时代的轩辕、神农、颛顼、帝喾到尧、舜、禹时代,就以神话言说的形式为中国人自身建构了另一个渊远流长、脉络分明的圣王谱系,这一谱系直到商周之后的文武周孔,这一圣王谱系,既是中国后世道德化形象的初始原型,也正是中国历史从原初时期就开始的各种具体文化行为的开创者和延续者,如前述神农氏对于农业的发明创造,燧人氏对于火的发明,大禹对于治水的功绩等。与其说这一谱系是传说与巫史时代的神谱,不如说,它更是对于中国上古文化以及发展源头的隐秘追述。我们一直强调这是中华文化自身所独有的,我们也特别强调中华先贤塑造出的是能从生产实践中发明创造的圣人,圣人是人,而不是神,也不是古希腊神话中的人格神。《周易·乾·九三》认为"君子终日乾乾,夕惕若厉,无咎"①。乾者,阳也,阳者,奋进也。说的是君子白天须勤勉奋进,晚上须像遇到危险一般地反思,这样,才不会有过错。中华先贤们强调的是人发自内心的反思,与《圣经》所言"原罪"而须忏悔一说亦大相径庭。从这些比较可以看出,中华元文化应该是有别于其他诸种古老文化类型的独特文化内容形态及其言说方式,如果我们以西方宗教元文化中心论来看待中华文化,就会作出如苏雪林的错误结论。

　　我们研究屈辞里遗存的域外文化,并非要将结论引入到苏雪林中华文化西来的中心论题上去。研究屈辞外来地名,笔者亦旨在通过屈辞文学作品的个案,体察屈辞中透露的中西文化交流因子,然后以此观照先秦中西文化大融合的时代特征。我们认为,屈原生活于先秦中西文化大碰撞时,这也是历史学家所谓的世界轴心时代。不同于本土狭小的地理空间观念,屈原拥有广阔的世界地理知识,并且,屈原将这种地理知识用文学形式织入自己瑰丽绚烂的作品之中。

① 《周易正义》,载《阮刻十三经注疏》,上海古籍出版社,1997年,第13页。

不仅屈原如此,整个先秦甚至更早时代,中西文化都呈显互融互汇之势,对外来文化采取兼容并包的态度是一个民族文化生生不息的象征,正如《周易》所谓"穷则变,变则通,通则久"(《系辞下》)①,一种文化只有不断主动吸取外来营养,积极发展升华,才可能时时放出绚烂夺目的光芒。《周易》也说:"天行健,君子以自强不息。"正是因为先秦时代中华文化的开阔眼界与胸襟,刚健硬朗的气度与品性,敢于吸纳世界文明的优秀成果,也才造就出整个时代的辉煌。我们的结论是,文化只要处在不断交流之中,就会保持生机与活力,阻断交流,文化就会呈僵死状态,了无生气。正是基于楚地、中原、域外以及东西南北、四面八方多元文化之浇灌,让诗人在舒肆妙虑、沉思瀚藻中呈露出屈辞这样陆离斑斓而精彩绝艳的诗篇。但是,这并不意味着因为屈辞有此异彩,从而得出中华文化完全来源于域外甚至西亚,苏雪林的失误即在于此。屈原以上的若干世代,中华先贤即在这片土地上创制出了自己独特的文化范式,其元文化本质特征迥异于世界其他诸种文化形态,这是由黄河、长江流域时地、环境、气候、物种、生产方式等诸多因素所决定的特有文化生成。此种文化在后来的发展壮大中,不断吸取周边以及域外的文化因子,从而成长为自己的文化之河,我们不能因为一种文化由于吸收借鉴过其他文化因子,而断定这种文化来源于另一文化,此一态度,应是忽略文化的历史发展历程的误解,因此,我们特澄清于此,似乎亦为必要。

三　本研究主要欠缺、原因以及对继续研究的展望

研究至此,笔者内心不免惶惑,因为笔者十分清楚,本研究存在着大量欠缺。第一,对上古语词的考订,文献材料固然重要,但若能从历史语言学角度就屈辞外来地理语词加以比较研究,结论就会更具说服力。笔者试图作这方面的努力,也查阅了大量资料,如吐火罗语的发现,就足以证明汉语与印欧语本为近邻,而且在早期更为遥远

---

① 《周易正义》,载《阮刻十三经注疏》,上海古籍出版社,1997年,第86页。

的年代里,汉语与印欧语曾有过密切接触,但囿于时间仓促与知识局限,笔者未能对屈辞外来地名系统地从历史语言学角度与其他域外语言作一一比较,因而只好留待日后进行更加深入的探索。第二,楚地出土文物尚多,这些文物对研究《楚辞》多有裨益,笔者论证屈辞古地名问题,虽间有出土考古文献材料的支撑,但终嫌薄弱,同样需要日后加倍勤勉致学,孜孜求教,以期能为研究工作提供更加翔实的论据。

《楚辞》研究已逾两千余年,众多注疏与专论已将《楚辞》建构成一门专业的精深学问,时至今日,尤为学界所热衷。随着研究的深入,《楚辞》的价值更为世人所关注。《楚辞》旧学基本沿袭义理、音义、评论、考证等"小学"路径而进行,"五四"以后现当代《楚辞》研究更加关注新材料、新理论、新视域,往往打破传统学科界限,综合人类学、考古学、历史学、语言学、民族学、文化学等相关人文学科甚至自然科学而不断前行,多学科交叉一定会碰撞出真理之火,未来《楚辞》研究之路亦将承续这一趋势,不断生发出新的课题与结论。本研究仅仅是对屈辞域外地名作出的一种抛砖引玉式的初探,我们确信,屈辞域外地理乃至域外文化研究将会呈显出更加宏阔的视界,亦将会融合更多相关学科,由此而进一步推进《楚辞》研究的不断发展。特别是考古材料以及历史语言学、比较文化学及人类学的综合运用,必将为一些悬而未决的古地理古地名探索出更加准确的答案,从而最终使屈辞、《楚辞》呈现更加真实、完整而丰满的原初面貌。

参考文献

楚辞补注、楚辞考异(洪兴祖,中华书局,1983年)

楚辞集注、楚辞辨证(朱熹,上海古籍出版社,1979年)

离骚草木疏(吴仁杰,文渊阁四库全书,上海古籍出版社,1987年)

离骚集传(钱杲之,续修四库全书,上海古籍出版社,2002年)

楚辞集解、楚辞蒙引、楚辞考异(汪瑗,四库全书存目丛书,齐鲁书社,
　　1997年)

庄屈合诂(钱澄之,四库全书存目丛书,齐鲁书社,1995年)

楚辞通释(王夫之,续修四库全书,上海古籍出版社,2002年)

楚辞灯(林云铭,四库全书存目丛书,齐鲁书社,1997年)

离骚汇订、屈子杂文笺略(王邦采,广雅书局本)

山带阁注楚辞、楚辞余论、楚辞说韵(蒋骥,上海古籍出版社,1958
　　年)

屈原赋注(戴震,续修四库全书,上海古籍出版社,2002年)

楚词释(王闿运,续修四库全书,上海古籍出版社,2002年)

屈原研究(梁启超,饮冰室合集,中华书局,1989年)

屈原研究(郭沫若,新文艺出版社,1952年)

楚辞校补(闻一多,巴蜀书社,2002年)

离骚解诂(闻一多,上海古籍出版社,1985年)

天问疏证(闻一多,上海古籍出版社,1985年)

楚辞地名考(钱穆,古史地理论丛,三联书店,2004年)

楚辞地理考(饶宗颐,商务印书馆,1946年)

楚地出土文献三种研究(饶宗颐,中华书局,1993年)

楚辞概论(游国恩,商务印书馆万有文库,1939年)

楚辞论文集(游国恩,古典文学出版社,1957年)

离骚纂义(游国恩,中华书局,1980年)

天问纂义(游国恩,中华书局,1982年)

楚辞书目五种(姜亮夫,中华书局,1961年)

楚辞通故(姜亮夫,云南人民出版社,1999年)

楚辞学论文集(姜亮夫,上海古籍出版社,1984年)

重订屈原赋校注(姜亮夫,天津古籍出版社,1987年)

屈赋通笺、笺屈余义(刘永济,中华书局,2007年)

屈赋音注详解、屈赋释词(刘永济,中华书局,2007年)

楚辞解故(朱季海,中华书局,1963年)

屈赋新探(汤炳正,齐鲁书社,1984年)

楚辞类稿(汤炳正,巴蜀书社,1988年)

渊研楼屈学存稿(汤炳正,中国社会科学出版社,2004年)

离骚发微(魏炯若,四川人民出版社,1980年)

天问论笺(林庚,人民文学出版社,1983年)

天问新注(程嘉哲,四川人民出版社,1984年)

楚辞校释(蒋天枢,上海古籍出版社,1989年)

屈原与九歌(苏雪林,武汉大学出版社,2007年)

天问正简(苏雪林,武汉大学出版社,2007年)

楚骚新诂(苏雪林,武汉大学出版社,2007年)

屈赋论丛(苏雪林,武汉大学出版社,2007年)

苏雪林自传(苏雪林,江苏文艺出版社,1996年)

楚辞研究集成(马茂元,湖北人民出版社,1984年)

楚辞与神话(萧兵,江苏古籍出版社,1987年)

楚辞新探(萧兵,天津古籍出版社,1988年)

楚辞的文化破译(萧兵,湖北人民出版社,1991年)

楚辞文化(萧兵,中国社会科学出版社,1992年)

楚辞全译(萧兵,江苏古籍出版社,1998年)

天问研究(孙作云,中华书局,1989年)

屈原问题论争史稿(黄中模,北京十月文艺出版社,1987年)

现代楚辞批评史(黄中模,湖北教育出版社,1990年)

楚国狂人屈原与中国政治神话([美]劳伦斯·A·施奈德,张啸虎

译,湖北教育出版社,1990 年)

中国楚辞学史(易重廉,湖南出版社,1991 年)

当代楚辞研究论纲(周建忠,湖北教育出版社,1992 年)

九歌诸神的重新研究(何新,黑龙江出版社,1993 年)

楚辞文化背景研究(赵辉,湖北教育出版社,1995 年)

屈原集校注(金开诚等,中华书局,1996 年)

屈原和他的时代(赵逵夫,人民文学出版社,1996 年)

屈骚探幽(赵逵夫,甘肃人民出版社,1998 年)

楚辞文心管窥(李诚,台湾文津出版社,1995 年)

楚辞与人情(李诚,四川人民出版社,1995 年)

楚辞论稿(李诚,中国社会科学出版社,2006 年)

楚辞文献学史论考(李大明,巴蜀书社,1997 年)

汉楚辞学史(李大明,中国社会科学出版社,2004 年)

楚辞文化研究(熊良智,巴蜀书社,2002 年)

楚辞与原始宗教(过常宝,东方出版社,1997 年)

楚辞学文库(第一卷至第四卷)(崔富章等,湖北教育出版社,2002
年)

楚辞要论(褚斌杰,北京大学出版社,2003 年)

楚辞考论(周建忠,商务印书馆,2003 年)

出土文献与楚辞九歌(汤漳平,中国社会科学出版社,2004 年)

楚辞新注(聂石樵,商务印书馆,2004 年)

楚辞章句疏证(黄灵庚,中华书局,2007 年)

屈原与中华文化和民族精神(毛庆,四川大学出版社,2008 年)

楚辞原物(周秉高,内蒙古大学出版社,2008 年)

周易(周易正义,阮刻十三经注疏,上海古籍出版社,1997 年)

尚书(尚书正义,阮刻十三经注疏,上海古籍出版社,1997 年)

诗经(毛诗正义,阮刻十三经注疏,上海古籍出版社,1997 年)

周礼(周礼注疏,阮刻十三经注疏,上海古籍出版社,1997 年)

仪礼(仪礼注疏,阮刻十三经注疏,上海古籍出版社,1997 年)

礼记(礼记正义,阮刻十三经注疏,上海古籍出版社,1997 年)

左传(春秋左传正义,阮刻十三经注疏,上海古籍出版社,1997 年)

论语(论语注疏,阮刻十三经注疏,上海古籍出版社,1997 年)

孟子(孟子注疏,阮刻十三经注疏,上海古籍出版社,1997 年)

庄子(庄子集释,王先谦,中华书局,1961 年)

墨子(墨子间诂,孙诒让,中华书局,2001 年)

荀子(荀子集解,王先谦,中华书局,1988 年)

列子(列子集释,杨伯峻,中华书局,1979 年)

韩非子(韩非子集解,王先慎,中华书局,1998 年)

管子(管子校注,黎翔凤,中华书局,2004 年)

吕氏春秋(吕氏春秋校释,陈奇猷,学林出版社,1984 年)

战国策(刘向,上海古籍出版社,1985 年)

穆天子传(文渊阁四库全书,上海古籍出版社,1987 年)

竹书纪年(文渊阁四库全书,上海古籍出版社,1987 年)

逸周书(文渊阁四库全书,上海古籍出版社,1987 年)

山海经(山海经校注,袁珂,巴蜀书社,1996 年)

说文解字(许慎,中华书局,1963 年)

尔雅[郭璞注,丛书集成初编,商务印书馆,民国二十八年(1939)]

史记(司马迁,中华书局,1959 年)

汉书(班固,中华书局,1962 年)

后汉书(范晔,中华书局,1965 年)

三国志(陈寿,中华书局,1982 年)

新序(刘向,上海古籍出版社,1990 年)

淮南子(淮南子集释,何宁,中华书局,1998 年)

海内十洲记(东方朔,文渊阁四库全书,上海古籍出版社,1987 年)

盐铁论(王利器校注,中华书局,1992 年)

文选(李善注,中华书局,1977 年)

文心雕龙(周振甫注释,人民文学出版社,1981 年)

水经注(郦道元,岳麓书社,1995 年)

博物志[张华,丛书集成初编,商务印书馆,民国二十八年(1939)]

华阳国志(常璩,任乃强校补图注,上海古籍出版社,1987 年)

十三州志[阚骃,丛书集成初编,商务印书馆,民国二十六年(1937)]

括地志(李泰,贺次君辑校,中华书局,1980 年)

元和郡县图志(李吉甫,中华书局,1983 年)

太平寰宇记(乐史,中华书局,2007 年)

舆地广记(欧阳忞,文渊阁四库全书,上海古籍出版社,1987 年)

元一统志(札马剌丁等,文渊阁四库全书,上海古籍出版社,1987 年)

大明一统志(李贤等,文渊阁四库全书,上海古籍出版社,1987 年)

大清一统志(文渊阁四库全书,上海古籍出版社,1987 年)

殷周金文集成(中国社会科学院考古研究所编,中华书局,1984 年)

楚文化考古大事记(楚文化研究会编,1984 年)

曾侯乙墓(谭维四,文物出版社,2001 年)

楚文化(杨权喜,文物出版社,2000 年)

望山楚简(朱德熙等,中华书局,1995 年)

楚文物图片集(湖南省文物工作委员会编,湖南人民出版社,1958 年)

楚艺术精品鉴赏(向一尊,华中师范大学出版社,1996 年)

中国考古大发现(龚良,山东画报出版社,1999 年)

三星堆祭祀坑出土文物选(四川省文物考古研究所编,巴蜀书社,2009 年)

中国文明的起源问题([苏联]列·谢·瓦西里耶夫,文物出版社,1989 年)

中国文明起源研究(中国社会科学院考古研究所编,文物出版社,2003 年)

剑桥插图考古史(保罗·G·巴恩,山东画报出版社,2000 年)

世界考古大探索(李津,金城出版社,2005 年)

西亚考古史(拱玉书,文物出版社,2002 年)

中国人种考(蒋智由,《新民丛报》1903 年 9 月 5 日)

刘申叔遗书(刘师培,江苏古籍出版社,1997 年)

国土原始论(刘光汉,《国粹学报》第 2 册第 4 期)
章太炎全集(章太炎,上海人民出版社,1984 年)

佛国记(法显,文渊阁四库全书,上海古籍出版社,1987 年)
大唐西域记(玄奘,中华书局,1981 年)
东西洋考(张燮,中华书局,1981 年)
西域水道记(徐松,中华书局,2005 年)
西突厥史料(沙畹,冯承钧译,中华书局,2004 年)
多桑蒙古史([瑞典]多桑,冯承钧译,中华书局,2004 年)
中西交通史(方豪,上海人民出版社,2008 年)
中西交通史料汇编(张星烺,中华书局,2003 年)
中国古代航海史(孙光圻,海洋出版社,2005 年)
中国历史地图集(谭其骧,地图出版社,1982 年)

中国文化史(柳诒徵,东方出版社,2008 年)
楚文化史(张正明,上海人民出版社,1987 年)
楚文学史(蔡靖泉,湖北教育出版社,1996 年)
圣经(中国基督教两会,《圣经》和合本)
五十奥义书(徐梵澄译,中国社会科学出版社,1984 年)
古兰经(马坚译,中国社会科学出版社,1996 年)
历史([古希腊]希罗多德,周永强译,陕西师范大学出版社,2008 年)
西洋上古史(刘增泉,吉林出版集团,2008 年)
中国科学技术史([英]李约瑟,陆学善译,上海古籍出版社,2003 年)
中国天文学史(中国天文学史整理研究小组,科学出版社,1981 年)
中国地图学史([美]余定国,姜道章译,北京大学出版社,2006 年)
中国哲学对于欧洲文化之影响(朱谦之,福建人民出版社,1985 年)
中西文化交流史(沈福伟,上海人民出版社,2006 年)
中印文化交流史(季羡林,中国社会科学出版社,2008 年)
明清之季中西关系简史(张维华,齐鲁书社,1987 年)
中国青铜时代(张光直,三联书店,1990 年)

古代神话与民族(丁山,商务印书馆,2006 年)

中国古代宗教与神话考(丁山,上海文艺出版社,1988 年)

中国神源(潜明兹,上海人民出版社,2008 年)

世界三大宗教在中国(曹琦等,中国社会科学出版社,1991 年)

宗教学通论(吕大吉,中国社会科学出版社,1989 年)

历史哲学([德]黑格尔,王造时译,上海书店出版社,2001 年)

神话学([美]戴维·利明,李培茱译,上海人民出版社,1990 年)

比较神话学([德]麦克斯·缪勒,上海文艺出版社,1989 年)

希腊神话([俄]库恩,朱志顺译,上海译文出版社,2006 年)

古希腊星象说([德]莎德瓦尔德,卢白羽译,华东师范大学出版社,
    2008 年)

诸神的起源(何新,北京工业大学出版社,2007 年)

文化人类学([美]威廉·A·哈维兰,瞿铁鹏等译,上海科学院出版
    社,2006 年)

金枝([英]弗雷泽,徐育新等译,新世界出版社,2006 年)

原始思维([法]布留尔,丁由译,商务印书馆,1981 年)

古代社会([美]摩尔根,杨东莼等译,商务印书馆,1997 年)

后 记

2007年，学校派我去韩国大邱一所大学任教，我之所以欣然应允，有一半原由即是我想静心读书写博士论文，因为这一年正是我攻读博士的关键之年。一个人远在异国他乡，加之学校又地处城市偏远山林，只有书本成了陪伴我的无言友朋。在办公室的外面，是一棵紫花梧桐，花开的季节，一个人独坐窗前，手捧《楚辞》，别有一番滋味萦绕心头。有老师介绍我先读宋人洪兴祖的《楚辞补注》，一遍下来，我发现自己每每被大量繁琐的注疏搞得云里雾里，并不能通晓屈辞原始文本真正要表达的是些什么。于是，我自己动手制作了一本屈辞，只有文辞本身，不留任何注疏文字。每大早上，在办公室外面一个小山坡上大声诵读，那是一个长满韩国特有的一种树叶稀疏、枝干古拙、外形苍劲的松树的山坡，每有看不懂的字词或不明白的句意，再去翻检洪兴祖及其他注家的注疏文字，如此一来，我发现自己居然对屈辞有了些不同于很多楚辞传统注疏者的看法，而且我相信这些看法可能更符合屈原的本真意义，反反复复地阅读和斟酌体会，我对自己的想法越来越坚信有加。

先秦文化在中国历史进程中至关重要，不仅因其异彩纷呈，更在于其成为后世种种文化形式的最早源泉，在中国文化过度碎片化的今天，如何让国人真正走进先秦，走进原典，体悟原典精义，对中国今天的文化建设无疑大有裨益。点燃先秦原创精神，回到先秦文化原点，阐发古典文献的现代价值，从经典中汲取现代中国所需的若干营养，从而为现代人提供智慧滋养，这应当是现代学人的历史责任，也是我读《楚辞》后的一些想法。儒家原典的经典还原重现工作学者目前已多有从事，但对于《楚辞》特别是屈辞似乎关注不够。我阅读屈辞原文的经历，更加让我坚定地试图对屈辞经典文本作些力所能及的还原工作，以期能为当今读者提供一个更加接近屈辞原义的另一解读途径。

　　我的这些想法古人是否已经有所道明,这是我接下来必须要确定的问题。我找来相关文献,花了大量时间逐一翻阅,我做了读书计划,规定了每天的阅读数量,并且做详细的读书笔记,这样一来,仅仅一部资料汇编我就整整花了 70 多天才算读完,当时的辛苦和执着,现在想来,真有一种"衣带渐宽终不悔,为伊消得人憔悴"的不能再行复制的感叹。但是,经过此番熟稔的白文诵读和针对前人几千年楚辞研究资料的清理工作,我居然发现自己已经有了一个比较成熟的博士论文选题了,当我怀着忐忑的心情将这些大胆的想法汇报给李诚老师,没想到恩师却毫无反对的意见,时至今日,每想到恩师常能包容我的陋识异见,尤使我深怀感激。

　　一年后我从韩国重新回到四川师范大学,论文资料的继续收集和撰写工作也随即展开。论题最耗费时光的即清理屈辞中那些域外地名的历史变迁轨迹,这需要查阅大量的历史文献资料,而且必须是我亲自查阅的第一手文献,这让我常常会花几个星期去求索一条重要的文献证据。好在学校图书馆有《四库全书》以及《续修四库全书》《四库全书存目丛书》等大部头典籍,很多楚辞文献颇能助我检阅。个别屈辞研究的稀有图籍学校图书馆没有收藏,只好求之他处。特别是《屈辞域外地名假说之旁证》一章有些文献甚为难求,现在想来,其过程的一波三折、回环往复也足令我终生回味。但是,为了撰写此章,迫使我参阅大量先秦史书、中西交通史、民族迁徙史、丝绸之路与南方丝绸之路研究成果、中西文化比较、文化人类学等类型的书籍,时光流逝,现在回想起来,留给自己的既有辛劳的回忆,更是满满的欣慰。

　　时至今日,博士论文答辩的场景,尤令人心生惴惧。我的这个论题本身即是一个颇多争议的话题,站在不同角度,自然会有不同的声音,我真诚地感谢那些给我提出过尖锐批评意见的老师们,正是因为有他们的不同看法,才促使我不断反省和完善。通过博士答辩,这个问题并没有因此而终结,自 2010 年以来,我又花了整整 5 年时间对原来的论文进行了较大修订。这一次的修订,从字词章句到篇章结构,皆有较大改动,特别是补充增加了不少理论性的阐述和文字上的润色,我真诚希望自己能从理论上、逻辑上增加文章论点的说服力量,但愿读者能原谅我的这些"触景生思"的议论之辞。

书稿既成,为求寻找一个能够付梓印行的出版社也不是件容易的事情,况且书稿所涉论题又极具学术争议,当我怀着惴惴之心将书稿呈给中华书局,没想到编辑同志居然愿意为我推荐,出版之事因之最终得以顺利进行。我一生路上,总有热心人为我提供无私帮助,感激之情,难于言表。

四川大学项楚老师,四川师范大学文学院万光治、吴明贤、李大明、熊良智、李凯、周及徐、黄尚军、王红霞、汤君等诸位师长以及师母余亚丽老师、国际教育学院李军老师、林科学友对我的研究给予了很多无私的帮助,甚为感激。韩国汉阳大学严翼相老师也对此书"昆仑"问题给予我很多启发,终生难忘。中华书局柴剑虹老师、罗华彤老师、吴爱兰老师在编辑出版此书的过程中,更是给予我诸多关怀,在此谨一并深致谢意。

这些年来,读书写作期间,我更是无暇顾及家务,小女清媛刚刚出生不久,我就远赴韩国,现在想来,内心每生愧意,家父汤仁忠、家母李绪根以及贤内助谢婉、保姆范蓉皆在我读书写作期间默默操劳而无怨言,每念及此,内心不免歉意丛生,难表万一。

汤　洪

2015 年 8 月 26 日于锦城